此心安处是吾乡

华晔 著

上海三联书店

哪怕生命只剩下最后一秒，
我也要做一朵铿锵玫瑰，
艳丽馨香，热烈绽放！

夕阳下，一对情侣喃喃细语相依相偎

大峡谷前留个影

松绿色的碧吐湖让人流连忘返

我们去了Key West，美国最南端

灵魂和肉体，都在路上

背上行囊，来一次说走就走的旅行

故地重游，BC省首府维多利亚

每年都去海岛看看

奥兰多伊奥拉湖公园的大蓝鹭

迈阿密的南沙滩

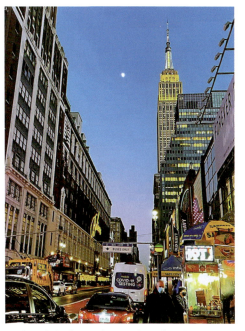

纽约不代表美国，却是许多人梦开始的地方　　惊鸿一瞥，刹那亦是永恒

这里才是曼哈顿最美的天际线

泛舟梦莲湖

闯入我家后院吃树叶的小鹿

窗外的哈德逊河风光迷人

纽约哈林区警察局门口

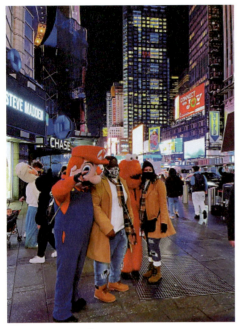

2021纽约·圣诞节

布莱斯峡谷国家公园的奇美岩柱

纽约随处可见的五彩涂鸦墙

纽约熊山公园山顶，一群快乐的音乐人

路易斯湖背靠维多利亚冰川，姑娘们喜欢在
这里合影

I Love NY

犹他州大拱门

我种的葡萄被八月的一场飓风摧毁了

赌城拉斯维加斯是不夜城

班夫之美，美在山水之间

走上玻璃栈道观赏哥伦比亚冰原的美景

纽约街头各式各样的口罩

2020年的夏天，纽约人在户外用餐

纽约街头的演艺人

梅西百货感恩节大游行

大纽约地区云卷云舒

2020年秋天，MiKi收获了属于自己的爱情

暴雪之后邻居一家出来铲雪

米娅打卡布鲁克林大桥

纽约著名地标Hudson Yards

我和撒布耶娜（左1）、萨酷铁（右1）是同学加朋友

让华盛顿大桥见证神圣的时刻

雪山下合张影，留住美好瞬间

9·11是纽约人心中永远的痛

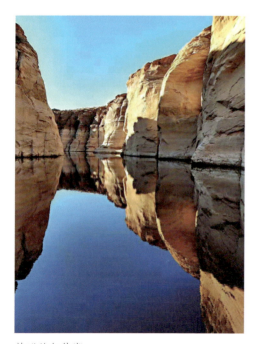

静谧的包伟湖

曼丽老师手工制作的蛋壳工艺品

珍妮的手工编织和自制的美味小月饼　　　　我们社区的樱花绽放美不胜收

2022纽约•复活节

皇后区图书馆门口，亚裔们为支持纽约警察振臂高呼

时代广场跨年（中间是纽约老市长Bloomberg）

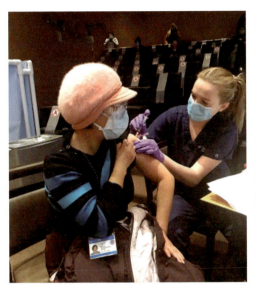

邻居晓青正在接种Moderna疫苗

万圣节莫娜（右1）和邻居扮成鬼怪去讨糖

旅行途中结识新朋友

跑纽马的美女邻居

宇歌的艺术梦在纽约得以实现

萍儿在中央公园向大鹅挥舞着纱巾

小岛上的婚礼，爱的誓言

2022新春•佛州之旅

美国的威尼斯，罗德岱堡

家门口杜鹃花开，灿若锦霞

梦幻的羚羊峡谷

这枚红叶美的炫目

纽约街头的行为艺术

在纽约看赛马

我在墙角种了两棵向日葵

一场冰雨后，后院的花草坠满了冰雕

雪落下的声音

纽约州的大南瓜

别样离愁

尽管华晔当年在市里很红，但我们却是并无交集，我对她不了解，她也没有采访过我。只是在前几年听说有位镇江的女记者，在美国成了自由撰稿人，出了几本书。

忽然一天，华晔就来到了我的家，是由她哥哥带来的，原来她的父母和哥嫂就和我住在同一小区。她送我一本刚出的《时差渐小，这一刻很温暖》的书，短短的交谈，我感觉她是个性情中人，坦率、热情、真诚，快人快语。

这次疫情中，华晔历经磨难，用了两个月时间才辗转回国。几天之后又来看我，说起出书难，我帮她联系了上海三联书店，确定了之后，她就请我写序。

这才开始看她的文字。

她的经历复杂，从镇江路人皆知的当红节目主持人，人才引进到上海教育电视台，参加了奥运会、世博会等几大项目的采访报道，成长为主任记者，但始终伴字为生，即使移民到了美国，也还坚持用中文写作，算是旅美华人作家了。

我从20世纪90年代起，就和海外华人作家有接触，开始研究他们的作品，还是江苏省海外华文文学研究会的副秘书长。我知道无论是早期的一代旅美作家，还是更晚些的二代、三代、四代抑或五代旅美作家，在他们的作品中弥散着的，无不是浓烈的乡情和离愁，是对故国的怀念。

　　然而，随着时代的变迁，情况又有所不同。早期的旅美者，他们的背井离乡，或是为生活所迫，或是为政治所逼，或是家庭团聚，或是负笈求学。他们的文字中，或是有着寄人篱下的委屈，或是有着有家难归的情愫，或是有着有苦不能诉的难处，或是有着漂泊异乡的失落，或是有着落叶归根的喟叹，文字不一，情怀却同。

　　近二十年里，赴美者多不是为生活所迫，中国的对外开放，给了新移民以自由出行、往返自如的利好，世界已成地球村，使他们的乡情化成了一张机票，迅捷就能到达彼岸。即使政策再严酷，疫情再猖獗，机票再昂贵，也不能阻止住他们回乡的路。乡情不可能消失，然而可以嬗变，可以转化为文字，从而淡化了他们苦思而不得归的遗恨，成了一种别样的离愁。

　　尽管华晔有爱有恨有回味，有苦有痛有情殇，也有追求有奋斗有拼搏，有事业有辉煌有成功。然而在这本书中，她显然已安然度过，已经能够抛却前嫌，在自己营造的小屋里舐伤安居。她的爱依然炽热，她的痛却已淡然于心，或是业已隐藏，或是业已埋葬，或是置于脑后、一笑泯然。于是，我们在书中看到的，已不是那种对异国不适应，不能介入新世界，不能融入所居环境之中的早期移民，而是一位为爱远嫁、衣食不愁、能够随遇而安、怡然生活、闲时能够用双语写作的美丽主妇。

　　旅美十载，华晔已是"却把他乡作故乡"，欣然说"此心安处是吾乡"。

　　华晔在书中写买房、邻居、装修、疫情、公益、人际、旅行、购物、讨价还价、社会杂项、派对聚会、生活琐事，能看出她作为记者敏锐的观察力，对文字驾驭的熟练性。她不仅仅是如实写照，而是从一种充满情趣的角度去安排生活，并在里面充填进人性的光芒，关照的情怀。在叙述之中又时有抒情，时有感慨，文字富有哲理，也富有活泼的弹性。

　　虽然都是生活琐事，都是个人生活，然而却是不令人嫌烦，有文学色彩。

　　写作有几个层次，早期的移民、苦力和"猪仔"，有着丰富的人生经历，但他们没有文化，没有形成文字。经历和故事并不等同于文学，把经历记录下来那只是文章，但要升华成文学还要加入精华。记者的文字有的偏于关注故事，介绍经历，往往缺少文学色彩，只有在故事的基础上赋予人文的精神，加入叙述、抒情和议论等文学手法，才能够具有思想的光芒、升华成文学的价值。

安然恬静，不怨不伤、不哀不愤，用平淡而灵性的文字写出自己的故事，就是本书的特点。

淡淡的离愁是诗。

王川

2022年6月底于江南

王川：1947年生。著名作家、画家和学者，江苏文化名人。已发表700余万字的文学作品，出版22部书、8本画册。曾获"人民文学奖"、"紫金山文学奖"等奖项。

目 录

北美生活的
色彩

2019年6月18日

安抵纽约那一天

夜色中，飞机稳稳落地，安抵纽约JFK机场。打开手机，几个未接来电，好多待回信息。显示最多的，是疑惑不解，或者直接抗议我把微信朋友圈设置为"三天可见"。

于是迅速把微信改成"一月可见"，一些朋友秒赞，我松了口气。微信几日可见？纯属鸡毛小事，却也众口难调。我的上海老朋友陆校长、季老师以及镇江的老同学晖晖几乎同时抱怨说：还以为你屏蔽了我呢！

真的屏蔽长啥样？比如点开某人的微信，看见一条冷冰冰的直线，那便是。

临行前最是忙乱。去银行结清了房子的公积金贷款，探视父亲安慰母亲，与同学闺蜜们匆匆告别，无数次催问出版社书号何时能批下来，从超重的行李中拿出一件件物品，对着镜子狠狠地拔下一根躲藏在鬓角的白发……

我是何其幸运！竟然在返美的前一天，出版了新书，举行了首发式，拿到刚刚从印刷厂运送来的，还散发着淡淡墨香的书籍。整整三年时间，写故事，写心情，写风景，写文化，写别人，也写自己……

写作的过程，是寂寞的宣泄，是激情的迸发。有遗憾有忧伤，有欣喜有感动，但更多的，是思绪起伏后的平静怡然。

人们常说：创作来源于生活。码字的人，往往会在原有的素材上添油加醋做加法，我却做了减法。因为很多现实，狗血得不忍下笔。很多结痂的伤口，撕开了会流血。翻开陈年旧事，有些回忆是甜蜜的，有些经历是苦涩的。叙述的过程，有时会笑出眼泪，有时会心痛如绞。

懒散如我，矫情如我，随心如我，仍会心无旁骛地写下去，记录生活，抒发悲喜。如同我会在每一个春暖花开的季节回到故土，眼神坚定，风雨无阻。

如果思念，距离不是问题。如果深爱，时间不是问题。如果信任，微信几日可见不是问题。

夏夜微凉。回家的路，笼罩在蒙蒙细雨中。多情而质朴的故乡，繁华而拥挤的魔都，早已在视线里消失殆尽……。

此刻，是凌晨两点的纽约，也是午后两点的上海。我将在切换后的时空、场景和人物关系中，开启一段全新的旅程。

晨起。碰见我家斜对面的白人邻居埃斯特。

看见我，埃斯特热情地走过来打招呼。她说：好久不见啊，我想你一定是回中国了。父母都好吗？哦，你回来的正好，这里夏天凉快！她瞥一眼我的薄纱裙，嘀咕了一句：你要多穿些。

我看了一下手机，气温只有20摄氏度。虽然因为时差，整个人昏沉沉的，邻居的问候，却让我心里暖暖的。

夏至已至，光暖风灿，晨曦吐绿，野趣天然，清风徐来，鸟儿欢唱，虫鸣蝶舞，露珠闪烁……我被熟悉的气息包裹。

荷包牡丹开得正艳，玫瑰和月季竞相绽放，葡萄已经爬藤结果，紫色的四季豆挂满枝头，黄瓜和秋葵可以收获了，辣椒苗番茄秧已经半人高。小别后的眸光里，闪烁着浓情蜜意，原木餐桌上，飘着诱人的饭菜香。

坐标纽约的小屋，住着被上帝宠幸的女人。

漂洋过海的深情，是彼此灵魂对视的真心。

📅 | 2019年8月16日

纽约买房记

01

我在皇后区看上一套房子。

那套房子的地理位置很好，处于环境优美、闹中取静的社区，周边商业很发达。费了些口舌说服Ben，书呆子同意和我一起去看看。

其实我们刚从加拿大旅行回来，又累又困。可是一接到老朋友安迪夫妇从Queens打来的电话，说那边有几个Open House，我一听就心动了。

我们最初想看的是一栋标价108万的House，虽然已经超出预算，但还在可以承受的价格区间。然而当我们兴冲冲赶过去，却被告知这栋House刚刚签约，不给看了。安迪的太太丽萨安慰我们说，没关系的，不急，或许还有更合适的。

丽萨是福州女人，说话慢条斯理，气质温文尔雅，做事精明干练，是法拉盛地产一姐，纽约屈指可数的王牌经纪人。

果然，那天下午，我们一眼相中了一栋标价122万的House！

房主是意大利人。土地是标准的60*100（6000平方呎），Colonial风格，五房三卫，外带一个方正透亮的阳光房（冬天晒太阳喝咖啡，夏天喝茶打牌

BBQ），完全finished地下室，独立车库，与隔壁House的分界线上，有两棵粗壮的大树。烈日当空，长长的driveway上满是斑驳的树影。

这是一栋建于20世纪的Single Family House，已经109岁高龄了！话说美国一百年以上的House有不少呢。

我们在Zillow上查到了该房源的基本情况。挂牌两个半月，最初叫价129万，有100多组客户看过房。我们去的那天，Owner主动降了7万刀，如今售价122万。降价原因是老人家记性不好，忘记关水龙头，把地下室给淹了！

粗略看了一下房子：整栋房屋架构不错，关键是location（地段）好！环境幽静，街区整洁，绿树成荫，花团锦簇，步行到热闹的商业街不过一刻钟。附近有韩国人餐馆，中国人超市，各种百货食杂小吃店，去缅街开车10分钟，看医生很方便（法拉盛有很多中国医生）。一想到将来住到这里，可以轻松地用中文和医生沟通，就很心安。

当然这栋房子需要维修改造的地方也不少：破旧不堪的屋顶要换成全新的；车库四壁的木墙已坏要重建；取暖和热水用的油罐要请人挖走换成燃气（仅此一项就得花费1万美刀）；厨房要整体重装；被水淹过的地下室要铺新地砖；卧室的窗户要换成双层玻璃；卫生间需要安装新的台盆、花洒、龙头……

走出House，我在屋子前面的花园，看见一只毛色黑白相间的胖猫咪，懒懒地躺在一棵低矮宽大的日本枫树下假寐。Ben坐在台阶上飞快地画出房子草图，列出购房成本，修缮费用以及还贷利率……一脸严肃的样子。

我觉得买房如同择偶。首先合眼缘，其次求合拍，努力抓机会，最终顺天意。纽约房屋的升值幅度不能跟上海相比，但是出租收益还是稳定的。

Ben对所有投资的事情都不感兴趣，而我是一个爱折腾的人。他嘴上喊我疯子，内心却不得不赞许我看房的眼光。

其实，这次出手有些底气不足。想着手上还有一个闲置的小condo，里面的租客刚好搬走了。再贷些款，应该可以买下House。

卖condo首先要卖相好。于是花了整整一周时间，每天往返三个半小时，粉刷墙壁、整修厨房、清洁卫浴、重新做了窗帘、换了灯泡和电源开关板……唉，累成狗！说实话，我自己住的房子都没有这么用心卖力地打扫过。

丽萨帮我们周旋。她跟House的老美经纪人谈了一个双方都可以接受的价钱：118万！

02

卖掉小Condo置换大House，这个过程其实挺煎熬。

好消息是刚好赶上美联储降息，贷款利率比以前低。坏消息是皇后区新出来一批公寓，物美价廉，直接影响到我们小condo的销售。

condo果然难卖，挂牌20天无人问津。不得已降价，也只来过两组客户看房。

我们能拿出来的现金并不多。七拼八凑，总算把首付搞定了。即使小condo能卖55万，加上过户费、律师费、经纪费……还短缺资金30万！如果签约45天后，小condo仍没有卖掉，我们需要贷款72万！

在美国买卖房屋和中国不同。美国的房价长期稳定，波动不大。你千万别指望买了就涨，卖了就赚。各种交易税费，生生剥掉你一层皮！如果一套房买下来，不hold住个五年八年，卖的时候亏本属于正常。

中国人有土地情结，喜欢买房。大部分华人喜欢长期待在一个城市，就职于一家单位。他们重视子女教育，青睐学区房。所以华人聚集的地方，房价往往居高不下，房租收益也比较稳定。

可是在美国，40%的老美是租房子住的！美国是移民国家，人们有迁徙的习惯，换工作换城市比较频繁。老美的观念里，一旦买了房，要缴纳地税，管理费，还贷款……万一工作变动，搬家和卖房都是很麻烦的事情，而租房退房则省心得多！

就在我们商量购买方案，筹措资金，准备贷款材料时，丽萨那里传来一个令我们紧张的消息：有人也看中这房子！并且加价到119万！然后又接到一个通知：原先那栋标价108万的House因买家贷款有问题没能成功交易，现在又拿出来卖了！明天可以看房。

纽约买房就是这么crazy（疯狂）！不到最后一刻，谁也不能保证你成功。因为两块地面积差不多大，价钱却相差10万，当然要去比较一下。

108万的房子距离商业街更近，步行过去只要5分钟，地点很热闹。如果我是建商，一定会选这一栋！拿地成本低，盖栋豪宅然后高价出售，利润大呀。但如果是用于自住，这栋房子性价比就不高了！

它一楼有半个卫生间，二楼有三个小卧室共用一个卫生间，没有阁楼，没有sun-room，车道磨损严重，地下室也很破旧。地上房屋建筑面积1700平方呎，比我们中意的那套小很多。看完房我们没做任何评价，客气地与坐在厅里的白人经纪说了声再见。

都说美国是好山好水好寂寞！我总结Queens这片社区是好房好景好适宜！

如果现在的市场像前几年的多伦多一样，House一出来就抢offer，我们是无力承受的。况且118万的房价已经超出预算很多。如果再遇上个捣乱的家伙，把价格哄抬上去，买房肯定没戏。

其实，我们最怕与自己同胞竞争。因为一些有实力的中国买家根本不要求验屋，他们常常现金买地，简单粗暴，推倒重建！

选择在Queens买House，和安迪丽萨做邻居，是我在去年参观了他们的新房后暗下的决心。他们的新房就是把原来的老破旧推倒重建的。由丽萨设计，安迪监理，工程耗时4年，投入200多万，一栋美轮美奂的地标式建筑拔地而起！我们要买的房子与他家只隔一条街，朴素低调，与豪宅有天壤之别。但如果重新装修一下自住，还是很实惠的。

美国房产市场成熟，房屋买卖必须通过经纪人。经纪人费用通常由卖方承担。

成功买卖房屋，经纪人很关键！一个优秀的地产经纪，除了经验、人脉、沟通能力，还要能够平衡买卖双方和各自经纪人之间的利益，更要具有牺牲精神！

验屋那天正赶上大暑，纽约气温高达华氏100度！丽萨陪着我们，跟着验屋师仔仔细细把房子查验了一遍，又发现好几处需要整改的地方：烟囱盖被风刮走了一个、后花园一面石墙倾斜严重、地下室有一小块有渗水现象……

这也意味着我们拿下房子后，需要花费更多的时间、精力和金钱用于修缮。

为避免夜长梦多，我们希望早点签约。拿到验屋报告后，没向屋主提出补偿要求。但是丽萨还是找到对方经纪人，指出房屋缺陷，帮我们争取了5000美元的修缮费用。

后来我们得知，同我们竞价的是一个白人家庭。和我们一样，他们也需要贷款。要知道在美国，一次性付清全款的买家少之又少！

03

得益于丽萨在业界的名气和影响力，一番权衡后，屋主的经纪人最终决定与丽萨合作，把房子卖给我们！

我觉得这里面除了策略，还有大牌地产经纪人之间多年的信任和默契。满足屋主心理价位的同时，让对方经纪人的利益最大化……可以这么说，如果不是丽萨，我们既拿不下这套房，也拿不到这个价。

验屋之后是双方签合约。在纽约买House，从看房到签约，通常需要两三个月时间。从一见钟情，到完成最后签约，我们只用了短短26天！

这个过程看起来非常顺利，实际上是好些个忐忑的日日夜夜。我们签好字，对方Owner也要签字。如果对方不签字，这个合约就不成立。而等待对方签字的过程，有时会出现意外：比如房子被更有实力的买家看中，通过经纪人找到Owner加价购买等等。

签约成功了，并不代表买卖成功。如果全额现金付款，问题不大。如果贷款，就要看贷款能否批下来。我们按照合约，把房屋总价10%的押金，即11.8万存到银行里。卖方的律师会提取并代为保管。一旦支票兑现，买卖双方就都不能反悔了, 否则罚金很重!

这期间还有个小插曲, 帮我们转钱的银行犯了一个错误, 把钱错转到 Ben 发工资的账户里了。为了确保11.8万押金在规定时间内到账, 我们去银行买了张银行本票, 第二天看见钱进了约定账户, 才松了口气。

选择贷款银行, 是购房成功的另一个关键。因为不同银行给我们的贷款额度和利率是不同的。30年利率高, 每月还款少, 支付的总利息高。15年利率低, 每月还款多, 支付的总利息低。

丽萨帮我们找了一家靠谱的贷款公司, 做Pre-Approval (预先批准) 的贷款额度。验资、查收入、查税、查信用……过程繁琐, 这里就不赘述了。

我们希望能够贷款15年, 利率3.125%。贷款批复前, 我们必须小心翼翼。取消了原本准备感恩节外出旅行的计划, 删除了Amazon购物车里想买的几大件商品。嗯, 接下来几年要节衣缩食了……看着表情凝重的Ben, 我差点笑出声来。

这书呆子一定被巨额贷款吓坏了! 呵呵。房住不炒。作为中产家庭, 我们会提前还贷。这里做房奴不比中国, 我可不想为美国银行打工太久。

买房这两个月, 累并兴奋着! 律师说, 我们这个case已经是相当的快了!

纽约不同区域买卖房屋的速度是不同的。比如曼哈顿中城的公寓、法拉盛的House都很吃香, 常常挂牌出来一套, 市场上就消灭一套。但也有些区域很难卖得动, 挂牌很久也没人出价。

这里特别提一下, 相比其他州, 在纽约买房的成本是很高的。贷款要缴纳2.175%的税! 总价超过一百万的房子, 还要缴纳1%的奢侈税!

买卖双方约定在十月一日Closing (交房拿钥匙)。过户之后就可以翻新屋顶, 粉刷外墙, 掀掉全屋地毯, 打磨木地板, 做全新花园fence……

曾经干过简单的装修, 本着实用的原则, 我们喜欢一步一步改造老房子, 这是一件有趣而富挑战的事儿!

很快就接到通知,我们的贷款被有条件批准了!和安迪丽萨聚会皇后区的一家中餐厅,庆贺两家人终于可以做邻居啦!

远亲不如近邻。对安迪丽萨的倾力相助,我们由衷感激!纽约地产经纪人的淘汰率高达98%,而丽萨永远是那个成功的2%!很多老美经纪人的业绩也做不过她。这次购房经历,我明白了为什么丽萨可以成为王牌。

饭后,我们去了那个美丽的社区。在一片静谧的绿色中,我们终于有了新家。想着将来这里可以作为亲朋好友在纽约欢聚的窝点,我满心欢喜。

微风中,蓝鸲低旋,花舞虫鸣。树荫下,闲话家常,心事浮袅。

儿子喜欢狗,盼望能养一条拉布拉多犬,在后院训练它。Ben计算着修缮屋顶的成本,思虑着换成富贵的琉璃瓦还是古朴的树脂瓦?我则满脑子想着深秋时节,门口那棵枫树的叶子,会变成红艳艳呢还是黄灿灿……

📅 | 2019年9月1日

小镇图书馆的江湖

　　闲来无事，我喜欢去town里的图书馆坐坐。除了借阅图书，上英文课，这里还可以遇见形形色色的人。

　　美国纳税人的钱绝大部分用于公共设施服务，类似于图书馆、学校、医院、公园、机场等等。town里的图书馆分儿童天地和成人世界。盛夏时节，这里可以纳凉会友；天寒地冻，这里总是宁静温暖。

艾妮老师（左）热情时尚

　　艾妮是新来的老师。

　　这个夏天，她负责图书馆成年人的Conversation class。艾妮穿着时尚，满头银发配上一脸沧桑却无比自信的笑容，气质很是高冷。可她一开口，热情的词汇，温柔的语调，立刻拉近了彼此的距离。艾妮对亚裔学生很亲切，她年轻时曾去过中国、韩国和日本，对亚洲文化很感兴趣。

　　我猜不出艾妮的年龄，看模样她应该

在75岁上下吧。这是一个有故事的美国女人。她说她第二个孩子出生之后，丈夫劈腿，离家出走，至今未归。艾妮独自一人撑起一片天，在药厂做过工，在超市收过银，含辛茹苦养大了一对儿女。中年之后她用积攒的钱开了一家贸易公司，生活日渐富裕。5年前她卖掉公司，拿了一大笔退休金，做了志愿者。除了教英文，她还常去纽约的一家癌症治疗中心，帮助那里的患儿进行心理疏导。

韩国人金先生是油画高手。有一次课的主题是艺术，金向大家展示了他最近创作的一幅油画。他谈到一个小插曲：画这幅画时缺了一种调色油，他跑了几家商店都没买到。有天早上打开门，竟发现门口有一只小盒，里面装着他需要的调色油。

于是金激动地说："Thank you, God！这一定是上帝派人送给我的！"

艾妮笑得一脸诡秘。课后她小声告诉我，调色油是她买了悄悄送给金的。她拍拍我的胳膊说，你不是喜欢写故事吗，这个素材怎么样？金刚刚受洗成为基督徒，艾妮认为有信仰的人生会更加积极。她不说出这个秘密，就是宁愿金先生相信：上帝的存在有多么美妙！

库伯也是志愿者，这个白人老太太喜欢把自己打扮得美美的，每次见面都惊艳到我们。不过她讲话语速太快，大家常常听不懂。

库伯在布鲁克林出生长大，父母是俄罗斯人，丈夫来自瑞士。库伯非常理解新移民的困惑和烦恼。她说，美国是一个大熔炉，也是一个大家庭。每个人都热爱自己的母国，也热爱着我们生活的这片土地。

夏天快结束时，库伯说，希望我送她一本签名书留作纪念，我却担心她看不懂。库伯连声说没问题，她的孙子在大学里选修了中文，可以帮她翻译。

在图书馆里学英文，交朋友，当然也有不愉快发生。就像家门口的哈德逊河水，偶尔也会涤荡起伏，波涛汹涌，失去往日的温柔。

我参加了一个英文group，里面一共有三个中国人。我来自大陆，一个年轻女子来自台湾，一个老年女子来自香港。其他几个

库伯老师拿着我的书非常开心

同学分别来自俄罗斯、叙利亚、韩国和日本。

有一天老师跟大家讨论公民权利问题。香港大妈义愤填膺，说这个夏天发生在香港的暴乱是中国政府的问题，是警察与港府勾结，镇压青年学生的民主运动。我听着脊背嗖嗖发冷，毫不客气怒怼！

我说：你看到的新闻，是来自香港无良媒体的不实报道，其目的就是祸乱香港！暴徒头领煽动废青闹事，自己却捞取政治资本纳投名状去了美国名校，是不是很讽刺？

这时，一旁的台湾女子语出惊人！她说她从不承认台湾属于中国。台湾一定要独立。

天哪，教室里三个中国人，竟然一个港独！一个台独！而我因为坚持一个中国，坚持香港和台湾是中国不可分割的一部分，被她们视为异己，联合起来攻击我。

那天心情很糟。三个女人唇枪舌剑辩驳了一通各自散去。

港独和台独，一个奴性十足认贼作父！一个竟然忘记了自己的祖宗！我为她们感到悲哀。我不明白这两个来自香港和台湾的女人，缘何对手足相亲骨肉相连的中国有着如此深重的偏见和诋毁？好在她们并不代表大多数生活在美国的香港人和台湾人。我的台湾邻居夏莲说，这些人数典忘祖，不要理睬！

是啊，历史的车轮滚滚向前，一切分裂祖国破坏稳定的言行，都是垃圾民粹，终将被钉在历史的耻辱柱上！

有人的地方就有江湖。纽约从不缺故事，新剧情每天上演。我想，做人无需个个喜欢，但求问心无愧。无论文化价值和政治认同上有多大差异，底线必须守住！儿不嫌母丑，狗不嫌家贫。无论身在何方，都不能背叛自己的祖国，出卖自己的良心。

进入九月，纽约的天气开始转凉。此刻，静静地坐在图书馆里，透过落地窗，瞥见不远处一枚已经微微变黄的树叶。

而心绪，早已漂过茫茫大海，穿梭大街小巷，跨越春花夏雨秋风冬雪……海外华人华侨，自当展现爱我中华的姿态：那是不畏挑衅的风骨，是守望相助的责任，是与祖国同呼吸共命运的担当。

📅 | 2019年10月11日

我被色诱　一醉千年

纽约的秋天，来得悄无声息。树叶黄了，橙了，红了，灿了，在阳光下透着丝绸般柔滑的光亮。

后院一盆已经长出5个花骨朵的昙花，从茂盛肥厚的叶子中斜斜地探出头来，羞涩地散发着绽放的讯息。

进入十月，气温起伏不定。小镇上的居民是乱穿衣的：T恤短裤，长裙针织衫，毛背心厚夹克……

邻居埃斯特晃晃悠悠从家里走出来。今天她穿了一身淡粉色带小花图案的套衫，很上去很是清新雅致，我夸了她。

老太太很高兴。幽默地说了一句：那还不是因为我人长得漂亮呗！

一大早，表妹丽丽和她

老公瑞伊开车到我家。他们刚从加拿大旅行回来，马不停蹄要飞巴塞罗那，开启五十天的西班牙之旅。

他们把车停在我家的driveway上，打算旅行回来再把车开走。

我难得起一次早，煮了一锅酒酿圆子，蒸了两个南瓜花卷，还有自家腌的小酱菜，为他们备好了简单美味的brunch。

丽丽身材高挑，赴美前在国内是专职模特儿，几年前与瑞伊相识相恋，喜结连理。瑞伊原籍伊朗，年轻时来美国读大学，后来在银行做高管。遇见丽丽之后，他决定提前退休。

这是一对酷爱运动和旅行的伴侣，奉行极简主义。婚后，他们开始了居无定所、周游世界的生活。一部车，装满了全部家当。几年时间，已经游历了五十多个国家。

瑞伊为了迎娶丽丽，曾跑去中国两趟，深度游之后返美，却念念不忘重庆火锅和南京桂花鸭。丽丽跟着瑞伊暴走世界，遍寻美食，却随身携带着家乡的秘制辣椒酱。一旦食物不对胃口，拌点儿中国辣，立马吃得喷香。

我上海的单身贵族老同学也酷爱旅游。她曾在日本生活过八年，回上海工作的这些年里，足迹踏遍了祖国的大好河山。

利用有限的假期，她还去了东南亚寺庙、非洲热带雨林、美国东西海岸城市……所到之处，探幽访秘，品尝美味，结交朋友，极尽逍遥。

入秋之前，听到一则好消息：老同学终于觅得一如意郎君。从此，有人问她粥可温，有人与她结伴游。我在内心为她祝福和高兴！

上海闺蜜玉香更是一枚不折不扣的旅游达人。这些年，欧洲，澳洲，北美洲，组团游，独立游，自驾游……玉香能力超强，家里家外事无巨细，打理得一丝不苟井井有条，把退休后的生活过成诗和远方。

想起有些日子未联系了，不知她在哪里潇洒？打开微信，果不其然，玉香正和朋友在巴厘岛海边品红酒吃猪排呢。

江苏闺蜜妙滟，职场白骨精，节奏快压力大。这个月她给自己放了长假。脱下西装套裙，一身休闲打扮，飞去新西兰散心。平日里，她喜欢畅游占地两亩的自家庭院，在天然氧吧里坚持健身。妙滟深谙茶道，打造了江南水乡的曼妙风情：亭台楼阁，翠竹掩映，养花种草，修枝剪叶，小桥流水，鱼儿嬉戏……

其实我更欣赏妙滟的佛系心境：努力之后的坦然接受，得失之间的淡定从容，富贵之后的感恩回馈。活得那叫一个通透！

住在美国大农村，健身和旅游是生活的常态。

相比初来纽约时的新鲜好奇，我那满世界乱跑的激情，渐渐消散于日复一日的闲淡庸碌中。如今更喜欢宅在家里，静静地听时钟滴答，懒懒地做一顿早餐，怔怔地看一部电影，草草地写两笔周记。在咖啡的香韵和红茶的浓醇中，独享一份旷日安宁。

假日是葛优躺，假日是背包客，假日是千杯少，假日是亲朋会，假日就是找个地方安放一下躁动的灵魂。

朋友们晒出了北京长城的比肩继踵，上海外滩的游人如织，西子湖畔的熙熙攘攘，宽窄巷子的人声鼎沸……这些烟火味十足的假日，让人们期盼着，烦恼着，忙碌着，兴奋着。

朋友圈有人打趣说，时光静止在节日里吧，好想天天休假！身在海外，我们又将迎来美国的Columbus Day！行走中美之间，感受着两国不同的节日和文化氛围。

邻居埃斯特期盼这个冬天不太冷。丽丽和瑞伊下一站计划去中国的西藏。老同学情陷魔都暖暖的爱情里。玉香准备重游美东，顺便探望即将博士毕业的儿子。妙滟更新了微博，不愧是"地主家"的庭院：暗红的石榴，橙黄的橘子，嫣粉的苹果，紫黑的葡萄。

秋色满园，硕果累累。

在纽约色彩斑斓的秋天里，我被色诱了。仿佛一醉千年，幻想自己回到了故乡。

变成一朵云，一只鸟，一滴水，一片叶，一株花，一个果……

感怀而泪目，寂静而欢喜。

你的万水千山

从纽约出发，一路向北，秋叶红得愈发热烈。从80号经81号转90号公路，驾车狂奔8小时，进入北美第四大城市多伦多。

一路上阳光和煦。

驾车行进至Endless mountains那一段时，竟然没有像往年一样遇到狂风暴雨。过加拿大海关也出奇地顺利，仅用了两分钟。

还是那几个老问题：从哪里来？到哪里去？住几天？有没有带种子肉类水果等违禁物品？

入境加拿大后，沿着蔚蓝色的安大略湖开了很长一段路。傍晚时分，终于抵达朋友位于北约克的家。

朋友家暖暖的灯下，正在举行查经聚会。

这是一个虔诚的基督教家庭：男主人Steven在加拿大著名的投行做高管，女主人Rae勤勉和善，是一名全职太太。夫妇俩来自福建泉州，早年技术移民到加拿大。一晃十几载春秋冬夏，他们的4个漂亮宝贝相继出生在多伦多。

Rae家的老大稳重寡言，擅长绘画，明年即将读大学，决定学医。老幺四岁半，聪颖呆萌，中文、英语、法语切换自如，极富语言天赋。老二和老三是两个活泼可爱的女孩子，游泳、钢琴、芭蕾样样精通，令人艳羡。

距离上次相聚，我们两家已经好久未见了。Rae为我们准备了可口的晚餐，一碗冒着热气的排骨莲藕汤下肚，旅途的疲惫立刻消散。

在这个温馨的周末，我们还见到了多伦多的另一个好朋友Vincent。祖籍河北的Vincent高大帅气，也是基督徒，和Rae、Steven是同一个教会的弟兄姐妹。

Vincent幸福的一家，岳母超级能干（后排中）

信主这些年，Vincent在多伦多的事业发展顺利，娶了率真美丽的南京姑娘，组建了幸福的小家庭，生了一对聪明可爱的儿女。

相聚的时光短暂而美好，南京话，上海话，闽南话，北京话……大家说着家乡话，欢乐的气氛交汇在异国他乡，亲切又暖心。

因为要赶回纽约上班，我们在多伦多只待了两天。参加了朋友在万锦教会的团契活动，去教堂附近的Millennium Square赏了秋叶。

临行前一晚，Rae在家里为我们祷告平安。

她说，在漫长的岁月里，我们会遭遇很多困难、冷漠、敌意和软弱，但因为信主，内心不再害怕和孤单。耶稣基督赋予我们每一日的温暖平静，足以抵御生活中所有的艰辛磨难。

心怀感恩，我环顾四周：Rae家的老大聚精会神做数学题，老二陶醉在自己

Rae，Steven和他们四个可爱的孩子

弹奏的钢琴曲里，老三和老四坐在地毯上叽里咕噜讨论一部动画片，Steven忙着收拾小家伙们散落在墙角的玩具……交往10余年，这个家庭愈发和谐丰满。

正如他们所言：是主的看顾保守，使得内心洁净，自律警醒。一切都是神的恩典！

圣经上说：鼎为炼银，炉为炼金；惟有耶和华熬炼人心。

我不是基督徒，可是我喜欢身边这些信仰基督的朋友。他们纯粹而友善，喜乐而帮衬。我想，人是需要精神依托的。无论信仰什么，只要这种信仰能够鼓励人们进取向善、有祝福和期盼……都是好的。

多伦多的气候比纽约寒冷，秋的意境比纽约委婉。一边是树叶飘飞，千娇百媚。一边是黄黄绿绿，层林尽染。两国的秋天各有特色。

不是每一枚叶子都能红得惊艳，不是每一次分别都能再次相见，不是每一段缠绵都有圆满的结局……日子沉淀下来，是一粥一饭的平淡，是一颦一笑的相守，是念念长情的陪伴。

带着Rae一家的祝福，返程用了9小时。夜色阑珊中，我们安抵纽约。

第二天一早下了场小雨。风吹在脸上陡生寒意。紫色的大丽花却不畏秋凉，在瑟瑟的风中妖娆盛开，端庄富贵，灿若云霞……绚烂了心情，温暖了回忆。

生命中，总有一个人是你的万水千山。

愿你，也成为他的日月星辰。

纽约House装修记

01

我们在皇后区新买的House，10月1日那天顺利完成了过户。打算先出租几年，以后收回来再重新装修自己住。

Closing手续办完，当天我们就让工人进场开始装修。

真不愧是100多年的老房子！处理漏水、墙纸发霉、纱窗破损……越修问题越多，越补耗时越长，这一折腾就是一个多月。

修补老房子还真是个体力活儿！我们采取包工不包料的方式，付给李师傅工钱一万刀。

老李是福州人，看上去50岁出头，实际上已经63岁了。他是我们从网上找的，打了个电话，他就来了。见面聊上两句，感觉人挺老实，反正是简单装修，工艺要求不高，就把主要的活都交给他做了。

三层楼面，老李的工作量不小：扒掉全部旧地毯、地板和楼梯打磨、书房新铺实木地板、地下室新铺地砖、三楼卫生间换瓷砖、重做地下室楼梯……老李有些木讷，话不多，有些蛮力气。他开价合理，木工活虽不算很精细，也基本上说得过去。

装修这些日子和老李混熟了，发现他其实很健谈。老李告诉我，他1992年来美国，餐馆洗过盘子、帮人运送过货物、建筑公司做过小工。因为生养了三个孩子（那时候中国还在实行计划生育政策），他申请了政治庇护。

老李运气好，第二年就拿到了绿卡！如今老李夫妇租住在纽约地段极佳的政府楼里，每月只需付600刀。三个孩子从小学到高中都读的纽约公立学校，之后陆续考取了大学，参加了工作。

和老李一样，纽约有不少华人当年是靠申请政治庇护拿到绿卡的。一胎化、宗教信仰……理由五花八门。

20世纪八九十年代来美国闯荡的华人，特别是来自广东福建等沿海地区的，工作努力肯吃苦，久而久之扎根下来，他们中绝大多数都拿到了美国身份，然后再申请家人亲属移民，一家人团聚在美国。

02

为节省开支，装修中的小活儿，比如刷漆补墙粘胶，我们都自己做。大活儿就请Amigo做。

Amigo是纽约华人对讲西班牙语的南美兄弟的统称。他们干活卖力诚实用心，很多华人不愿意干的脏活累活儿，他们都做。比如夏天割草、秋天扫落叶、冬天铲雪……

通常屋顶的使用寿命是15年到20年。新买House的屋顶状况还可以，再用七八年应该没问题。但车库顶实在是太烂了。我们先把旧车库的墙体用灰板加固了一圈，刷上两遍白漆，再请Amigo更换破旧不堪的车库顶。

做屋顶是Amigo的强项。他们报价1000刀，包括帮我们把整个House的Gutter做好。在纽约，比起一些专业公司或者白人师傅的报价，1000刀做车库顶真的是很便宜了。

我们选了一个晴朗的早晨开工，一共来了四个Amigo，喊里喀喳，仅用了一个上午，就把车库屋顶全部铺好了！他们还额外帮我们买了防水布，把所有窗户缝隙打了硅胶，重新安装了排水管道，附送了两个弯头，用补墙的专用水泥把外墙渗水的地方一并做了处理。

中午我们在法拉盛的中餐馆Order了四客盖浇饭给他们，却忘记西班牙兄弟吃饭是习惯用刀叉的，可中餐馆给的是筷子。出乎我的意料，Amigo说，他们为许多中国家庭做工，已经学会了使用筷子！因为干活效率高、完工后把现场清理得很干净，结账时我们多付了200刀。

Amigo很激动，用中文说"谢谢"，兴奋地踩着舞步，跳上皮卡与我们道别。

与我家紧挨着的左右两栋房子，一栋是全新翻修的豪华House，正在市场上出售，叫价178万刀。不过挂牌已经大半年了，至今没卖掉。

从外观看，这栋房子装修得非常漂亮！全新砖墙、落地窗、花园拱门、红色的琉璃瓦、白色的罗马柱、绿色的草坪……更难得的是，在与我家分界的墙边，一片红红绿绿的藤蔓上，竟然结出了一个黄澄澄的大南瓜。

我把南瓜摘下来，摆放在后院的干草垛旁。有时候干活忙里偷闲，我偶尔会看着那个南瓜发呆。寻思着：谁将会是隔壁那栋豪宅的新主人呢？

03

我家旁边的另一栋House，住着美国白人邻居一家，养着一条金毛犬。这天我们正要离开，恰巧碰见邻居女主人回家。

本来我们是想等装修结束，买盒巧克力去她家拜访一下。择日不如撞日，那就打个招呼吧！女邻居很热情，自我介绍叫特瑞莎。她指着我家房子说，她的第六感觉一向很准！之前有很多人来看房，她都觉得不可能成交。直到有一天她看到了我们。

她说着说着笑出了声："我感觉，最后一定是你们和我家做邻居！哈哈哈……"

特瑞莎爽朗的笑声还在空中回荡，我突然有一种渴望，想早点儿搬到这里来住。

装修房子真是琐碎又烦乱，有个小插曲令我印象深刻。

通常买材料，我们都会去美国最著名的家居建材零售商场Home Depot。那里小到一颗螺丝钉，大到房梁预制板，造房建材应有尽有，而且售后服务好。

有一天我们买了油漆、木板、门锁、五金配件等一大堆东西，结完账光顾着手推车上的货物，却把一包装有胶水插座开关和灯泡的袋子遗忘在收银台上了。

三天后开始做水电，却怎么也找不到灯泡，才想起这包东西忘了拿。我看着收银条发愣。Ben说，要么我们去Home Depot问问看吧，说不定人家会退还给我们呢。

钱货两清，而且过了好几天，谁会还给你啊？在我看来，把这些东西要回来简直就是天方夜谭。

可是，当我们拿着收银条到Home Depot的售后说明了来意，一个满头卷发，脑后扎着小辫子的非裔小哥二话不说，直接让我们自己去货架上把这几样东西找来，然后他用袋子帮我们装好让我们拿走，末了说了句：I believe you!

一种被信任的感动，瞬间充盈了我的心房！在美国购物的愉悦心情，除了来自无理由退换的便捷，更来自买卖双方的理解和信任。

04

我们这栋房的原Owner是意大利贵族后裔。1910年建造伊始，是按照那个年代最豪华的设计标准施工的。以今天的审美，虽不够时尚，但房屋架构以及实木吊顶也不算落伍。

第一次看房时，屋里还保留着古色古香的欧式家具、油画、壁灯和烛台。二楼主卧室超大，我们担心夏天冷气不够，决定加装一台格力空调，市场价1300刀。帮我们更换锅炉的朱先生说，他那里1250刀就可以做了。

朱先生是西安人，既当老板又做伙计，在法拉盛开了一家小型冷暖安装公司。安装空调那天，他来得有些晚。因为天黑，收尾时还有两段管线保护套没做完。他答应隔天抽空来补装。

全款付清后，我不免有些担心：万一他不来了呢？事实证明我的顾虑是多余的。两天后再去看，白色的保护套顺着蓝色的外墙笔直地延伸下来，漂亮！朱先生果然没有食言。

在美国，诚信比钱更值钱。

材料加工钱，算了又算，省了又省，按照出租标准装修改造，一共花费2万5千刀！虽然大部分活儿都是请人做，但这些日子来来回回的奔波劳碌，累得够呛！呵呵，买房卖房租房，读书工作旅行，恋爱结婚生子，体验折腾享受……生命何其短暂，纵情活过就好。

又是周末。四下寂静。我们驱车前往新房子，准备把地下室新买的两个木门装上，再打扫一遍卫生。至此，装修就告一段落啦！

停好车。一眼瞥见那棵低矮茂密的日本枫树。惊讶于她完全不是我夏天想象的样子！既没红艳艳，也不黄灿灿，竟是翠绿绿的。

倒是那排沧桑的木栅栏上，爬着几簇销魂的红叶，古朴俏丽，热烈奔放，在绿叶的衬托下，自然和美，相得益彰，把秋意渲染得更浓郁。

但在我心里，那还不是最美的秋叶。

小雪节气已过，上海已经入冬，纽约还是暮秋。买房这一年，恰好是我嫁到美国的第九个年头。

傍晚，又接到母亲打来的电话，说外面乱，让我们没事不要出门。母亲总是一惊一乍的，仿佛纽约天天上演枪战片。

抛开中国娘家和美国婆家的那些鸡毛蒜皮恩恩怨怨，对于我们这次买House，母亲是高兴的。我对母亲说，等你来纽约定居的时候，就可以住新房了。

纽约生活既不是天堂，也不是地狱。不像有些人描述的那样遍地黄金，梦幻癫狂；也不像有些人形容的那样水深火热，没落不堪。

有过新鲜和感动，猎奇和惊艳。有过思念和焦虑，希望和沮丧。绝大多数时候，日子过得平淡无奇。

进入12月。纽约接连下了几场雨，还飘过一场落地无痕的小雪。新房长长的Driveway上树叶飘飞，满地金黄。最美的秋叶洒脱随性，散落一地，色彩斑斓，缤纷无序，如同我们回眸的过往，庸常的四季。

此刻的乡愁，似落叶一般被深埋土里，却宛如春天的芽，在心底疯长。

▦ │ 2020年1月24日

有三样东西你无法隐瞒

从Vegas返回纽约的第二天，下了场不大不小的雪，气温骤降。

我们在西部旅行那些日子，纽约的气温保持在不可思议的华氏50度上下！这意味着最冷的日子，将滞后于2月。

我开始在网上浏览机票信息。惊讶地发现，现在买春天回国的机票，从纽约JFK直飞上海浦东机场，往返只需600多刀！立即下单，并挑选了靠走道的座位。

每年春天，都下意识地打包行李，满心期待地准备回国。

Ben总是说：你的家在大纽约地区，回到故乡，你也只是一个匆匆过客。

书呆子说话直白，却也不无道理。斗转星移，岁月蹉跎，一个崭新的10年已然开启。故乡的人和事于我而言，渐行渐远。多少过往，云烟成雨。那一抹乡愁，像是附着在卷珠帘上的一粒尘埃，静静掩于岁月，无声匿于时空。

有时怕失去什么，就想抓得更紧，而那些东西却像手中的流沙，流失得更快。爱情、财富、权力、欲望……无一例外。

午后的阳光斜斜地射入房间。UPS厢式货车在家门口停下，酷酷的白人小哥送来了我网购的NEST香烛。这是香烛中的极品。5盎司售价60美元。

点燃烛火，香草奶油味十足的熏香顿时在屋中弥漫开来……这是嗅觉的盛宴，充满纽约风情的年味儿。

气息浪漫，芬芳馥郁。

第一次闻见NEST香烛的味道，是在邻居耀华家里。

耀华是一个特别爱笑的上海女人，生活精致，穿着打扮得体又时尚，家里收拾得一尘不染。

圣诞节去她家聚餐，发现她家的圣诞树是那种老式带透明罩子，长满圣诞红枝叶的装饰树，喜洋洋红艳艳的一大片，现在市场上已经很难看到。一问，竟然是20年前买的！维护得跟新的一样。

第一代移民，特别能吃苦，特别能奋斗！就像耀华家，哪怕已经实现了财务自由，仍保留着节俭的习惯和纯朴的心态。

我们这个小镇有很多亚裔居民，以中国人和韩国人居多。因为学区好，紧挨曼哈顿，这些年从外州搬来的华人越来越多，快变成小小的中国城了。

为迎接农历新年，中韩两国居民在社区中心大礼堂，献演了一台精彩的文艺

在耀华家聚会（前排右2是耀华）

节目。舞龙舞狮、民族器乐、歌舞魔术……好不热闹！

不甘寂寞的，还有迎春纳福的雪花。她们随风飘舞，空中凌乱。

瑞雪兆丰年！住在Uptown的梁太打来电话，说她刚刚做了猪油年糕，让我们去拿一下。Ben的同事吴俊邀请我们年初五去曼哈顿的林肯艺术中心，欣赏一年一度的新春音乐会。

除夕夜说好了去邻居娜娜家聚餐。

Ben和娜娜都擅长厨艺。娜娜说要做烤鱼、粉蒸肉和牛尾汤。Ben准备做他

的招牌菜南京盐水鸭。那我就做我拿手的酒酿圆子吧。嘿嘿，高手过招，不分伯仲，只图做得美味，吃得尽兴。

在哥大医学院工作的晓青，买了新House，准备新年乔迁。为表庆贺，大家约好了年初二去她家的新房子里疯一下，火锅麻将加K歌。

因为搬家要处理一些旧的家具家电，晓青把老房子里的大床、餐桌、矮柜、摇椅、冰箱等东西拍照后，悉数发到我们town的华人微信群，需要的朋友免费自取。

晓青家的东西保养得特别好，有七、八成新。一些短期来美的访问学者，或者手头不宽裕的留学生可以直接搬走，省的买了。有人问她要那把摇椅，晓青回复：我老公已经有人要了！众群友愕然。

她在"老公"后面漏写了一个"说"字，结果闹了笑话。

群主趁火打劫，问：谁在转让老公？一个群友跟在后面调侃：老公也免费自取吗？过了很久晓青才发现纰漏，自己也被逗乐了：取摇椅送老公，取一送一！群里沸腾，笑成一片……

一把摇椅引发的欢乐，为农历新年增添了喜庆。

这个世界很大，我的心愿很小。

日子安宁，家人安康，朋友安顺，快乐可以简简单单。这样蛮好。平时无焦虑，人心不设防。吃得香，睡得甜，不知不觉又一年。

韩国电影《触不到的恋人》中，女主恩珠写信安慰男主成贤。恩珠说，人有三样东西无法隐瞒：咳嗽、贫穷和爱。

我想，人还有三样东西不能丢弃：自由的灵魂、本性的良善和温暖的希望。

烹茶。观雪。发呆。然后list了一张菜单，准备做过年的大餐。

在这个远离故乡的小镇，在这个飘着雪花的黄昏，在这个辞旧迎新的时刻，我们相视而笑，听见彼此的心跳……

一半是海水，一半是火焰

01

在曼哈顿工作的爱伦想念大儿子。前天从纽约飞去德克萨斯州，探望在那里工作的孩子。

爱伦的大儿子毕业于卡内基梅隆大学。由于计算机科学成绩优异，被德州一家公司录用，做软件开发。自3月份以来，孩子一直坚守岗位，没有回过纽约的家。

爱伦在德州这些日子，感受到两地不同的生活态度。她说，纽约节奏快，德州很放松。

爱伦说的"放松"，从她乘上飞机那一刻起就感受到了：热情的空嫂提供饮料和零食，周围乘客嘻嘻哈哈、吃吃喝喝。一对情侣一边吃东西一边嘀嘀咕咕说了半天话才安静下来。

爱伦说，飞机落地奥斯汀后，就更放松了！机场虽然冷清，但井然有序。空嫂走出机舱那一刻，快乐地哼起小调。

入住酒店非常迅速。不像在大纽约地区，这里没人询问爱伦的个人健康问

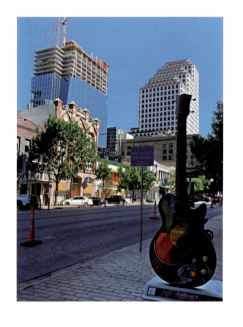

题，更没人要求她测体温。酒店里的健身房和泳池都是开放的，只贴了一个告示，说是有人数限制。保洁员告诉她，房间打扫减少了次数，入住十天的话，没特殊要求，只打扫两次。

晚上，酒吧街人流涌动，一片喧嚣。有人戴口罩，也有人不戴。爱伦感觉奥斯汀这座城市年轻人特别多。人们崇尚自由，不"惧怕"病毒。

这里的餐馆都开门了。说是要保持距离，但是聚餐喝酒高兴起来也顾不了那么多。人们说着笑着、高谈阔论、手舞足蹈。

但是在纽约，爱伦去公司上班，不戴口罩是绝对不让进公司大门的，当场还要测体温，体温异常直接让你回家。

奥斯汀是德州的首府，因为住房便宜，生活成本低，缴税也低，吸引了大批高科技人才和企业入驻，被誉为"硅山"，是Freescale半导体公司、戴尔公司总部所在地。此外，亚马逊、苹果、谷歌、思科、eBay等也在当地设有分部。特斯拉上个月刚刚宣布将在奥斯汀建一座新工厂。

这座享有"世界现场音乐之都"美誉的城市，是休闲浪漫的。

酒店附近的草坪上有几个年轻人聚在一起喝酒聊天。站在街头，看着扛着赛

艇兴高采烈去海边的姑娘和小伙儿，爱伦调侃道：如果说纽约人的性格大大咧咧，德州人简直就是没心没肺。

当地人根本不把新冠当回事儿，该吃吃该喝喝该玩玩……爱伦不免有些担心大儿子。大儿子说，没事，自己平时注意安全就行了，这里年轻人都这样，爱咋咋地吧。

戴着口罩，远离人群聚集的地方，去超市买水果、外卖打包熟食、到酒店附近的公园跑步、逛了几次唐人街……

爱伦这几天的体验就是，整个奥斯汀的防疫，只有唐人街做得最好！看来特殊时期，还是咱们华人小心谨慎，防护严实。

02

八月底的纽约，渐渐显露出初秋独特的气息。风仍然带着热烈的暖意，树叶由翠绿转墨绿，却并不急着变红。

黄昏的街道，披裹着一层紫色的霞光。伊人每天总是在这个时候和先生一起出门，沿着五大道悠闲地散步。

这次散步无意间发现了一个好去处，79街靠近中央公园的地方，有一间欧式风格的书店，里面吊灯低垂，书香满溢。

这间书店掩映在绿色植物、芬芳花草之间，出售法文书和英文书。顾客需戴着口罩进入，可以捧一本书，坐在里面静静地阅读。

伊人的先生在纽约做律师，第二外语就是法语。伊人平时喜欢阅读英文原著。两人各取所需，很快被里面五花八门的书籍吸引了。

伊人原本就是一个书虫。她在纽约生活了18年，是一家公司的企划，致力于中美文化的交流和推广。伊人去过很多国家，除了看自然风光，其余的时间都用来逛各地的博物馆、图书馆和书店了。

北美生活，一切从简。最近在家远程办公，她和先生定期网购一些食品，解决最基本的饮食需求，然后各自钻进喜欢的书堆里。

伊人说，没有艺术的纽约，是没有灵魂的。没有书籍的人生，是不完整的。我们经历的喜怒哀乐，悲欢离合，对立冲突……书里都有深刻的描述和解读。但是在现实生活中，落到个人头上，却又没有完美的答案。或许，这正是我们追求美好的意义吧。如果今天就已经知道明天后天是什么样子的，人生是不是会变得很无趣？

和伊人一样，生活在纽约，你很难不被这座城市浓厚的艺术气息和文化氛围所吸引。

如今纽约州感染率仅为0.66%，降至疫情爆发以来的新低。之前关闭的一些博物馆和文化机构，本周起开门迎客了。

自由女神像博物馆和埃利斯岛国家移民博物馆正在重新开放。大都会艺术博物馆计划于8月29日对公众重新开放。

自3月12日关闭的现代艺术博物馆（MoMA）将在8月27日起，对公众重新开放。

让市民们兴奋的是，重开的第一个月，MoMA将免费提供入场券，参观者可以在网上预约取票，届时凭票入场。

据了解，纽约重开的各个博物馆将实施全新的安全措施。包括限制人数、全程佩戴口罩、保持社交距离等。

在新的安全规程下，市民们可以尽情地观摩艺术收藏和展览，拥有无与伦比的体验，找到安慰和灵感。

03

这次和纽约的各大博物馆一起开放的，还有关闭了数月的健身房。它们将被允许在9月2日重新开放，但室内团体课程和游泳池将保持关闭。

　　这对于健身爱好者来说是一个福音！纽约州长库莫说，必须在重新开放之前检查每个健身场所，以确保符合各种COVID-19规程。

　　此次重开，容量将被限制在33%，每隔一个半小时进行一次清洁，消毒健身器材和共享设备，禁止共用饮水机。要求会员保持六英尺距离，始终戴口罩，适当地通风，在门口填写健康表、体温测试等等。

　　健身场馆重开受到了市民们的欢迎。伊尼莎说，我感觉好极了！很高兴健身房重开，自三月关闭以来，我还没有锻炼过。马歇尔说，我几个月不出门、也不参加体育运动，体重增加了20磅！

　　但是纽约市民期盼的恢复室内用餐还没有时间表。市长白思豪表示，我们没有短期内进行室内用餐的计划。

　　开放堂吃担心风险，但是迟迟不恢复室内用餐，很多餐馆已经支撑不下去了。为了活下去，餐饮业不断增加户外座位。

　　纽约市为街道上的用餐区制定了规则：分隔线必须至少三英尺高，十八英寸宽。

　　然而对于大多数饭店来说，户外用餐终究不是一种可持续发展的商业模式。

　　周一晚上，一辆汽车猛撞到上东区的一个户外用餐区，使食客受到轻伤。警察说，事故中Uber司机没有受伤，但他的汽车受到了严重损坏，车辆碎片遍布街道和人行道。一对刚吃好饭付完账的夫妇说，听到一声巨响后，他们拼命逃离了现场。

　　由于大流行导致餐馆被迫只提供户外用餐，食客们担心此类事故会增多。

　　就在上个月，一辆失控的卡车驶入日落公园餐厅的户外用餐区，车祸导致三人被送往医院。在此之前的几周，一名昏昏欲睡的驾驶员撞到新泽西州Waldwick一家餐馆的户外座位，但没有人受伤。

　　除了不良驾驶或交通事故的危险外，餐厅老板渴望返回室内用餐，还因为在秋季和冬季几个月的恶劣天气中，有更多不确定因素可能给他们造成麻烦。

　　相比缓慢的经济复苏，COVID-19造成的破坏，更是波及人们的身心健康。一些人患上各种后遗症：肥胖、虚弱、糖尿病、抑郁、孤僻、暴躁等等。

　　关于自愈方法，伊人给出的答案是读书。她说每每读完一本书，合上书页那一刻，会有很多思考和领悟，心情愉悦，豁然开朗。

爱伦给出的答案是运动。她说每天去公园跑一圈，出一身汗，洗一把澡，吃点好的，晚上睡个安稳觉，啥毛病都好啦！

今天收到我们社区图书馆英文老师Sharon发来的邮件，她亲切地询问我这些日子的身体和生活情况，鼓励我多读一些英文书。

她说，纽约最美的秋天就要来了，可惜图书馆的英文课只能在网上学习。希望这一切快点结束，让我们一起祈祷吧！邮件的结尾，她用了一句美国人日常对话中常用的俚语："Fingers crossed"（祈祷好运！）

Sharon老师负责图书馆的ESL课程。她是土生土长的纽约人，说话条理分明，黑色的眼镜框后面，闪烁着智慧热情的光，对待不同族裔的居民也总是很和善。

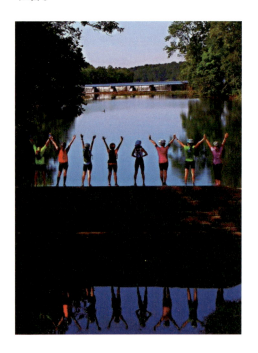

加州，德州，纽约州……阴影无处不在。东部的飓风，西部的山火，病毒肆虐下的城市，一半是海水，一半是火焰。

生活细碎，折射出人情冷暖；生命无常，映照出世间百态。

这个秋天，我们有浓缩的愁绪，也有无限的期待。努力的人们，默默与病毒抗争。城市也在自我修复，一切都在慢慢变好。让我们在心底点燃希望的篝火，认真过好每一天。

夏秋流转，岁月无声。历经风雨，陌上花开。Fingers crossed！

2020年11月15日

秋色抚慰心绪

01

坐标美国东海岸，纽约。

热爱摄影的Annie住在皇后区。最近的大选让人心烦意乱，为避开人群，她只在每天黄昏的时候，去人少的地方走走看看拍拍照片。

那天Annie像往常一样散步时，瞥见东河对岸那几间小房子，蓦然发现秋意中曾经熟悉的景观，像画卷般缤纷俏丽、令人惊艳。

Annie说，三月份以来，自己很少去逛商店，取消了旅游和聚会，也鲜有去餐馆吃饭。病毒的阴霾，让人忘记了生活本来的面目。天天宅家，让一些爱美的女人"堕落"到素面朝天不修边幅，一件睡衣一套运动装打发时间。这一年大家封闭了欲望，就像与世隔绝了许久。

心情可以分享，快乐也可以感染。Annie的大学师妹Mary在哥大医学院工作，3月份以来，一直坚守在工作岗位上，姊妹俩已经大半年没见面了。赶在秋天的尾巴，上个周末两家人相约赏红叶，在长岛一个公园里相聚了！

Annie天天拍摄家门口的风景，却没给自己好好拍过一张照片，她调侃这一年来都忘了自己长啥样了。Mary平时工作繁忙，也好久没来长岛玩了。

此刻，在大自然斑斓的色彩里，亲近草木的惬意，畅叙友谊的温暖，她们找回了久违的快乐。

好天气转瞬即逝。这两天秋风萧瑟，阴雨绵绵。

风雨之后，金黄的树叶纷纷飘落，枝头所剩无几。可是Annie不想轻易放弃这么美的秋天，她抓住本周最后一个好天气，背上相机去了趟罗斯福岛。

天空湛蓝，云朵似梦，水波如縠，祥和安宁。罗斯福岛是一座狭长的岛屿，长度约为3000米，最大宽度240米，介于曼哈顿东侧与皇后区西侧之间，人口一万，有"迷你曼哈顿"之称。跨越东河的皇后区大桥，位于罗斯福的正上方。

去罗斯福岛可以乘坐红色的缆车，看中城的风景。从华尔街出发去罗斯福岛的话，可以乘坐轮渡抵达。Annie难得上岛，这次戴着口罩，走进深秋的小岛，感觉自己站在油画里。

曾经有过疯人院、监狱和天花医院的罗斯福岛，早已凤凰涅槃。自由公园，北角灯塔，康奈尔科技……如今的罗斯福岛有大学和古建筑，有历史、艺术和高科技，是将古典风情与现代意识巧妙结合在一起的岛屿。

低头可以闻见花香，隔岸可以望见女神，Annie漫步在800米长的河畔樱花道上，疫情带来的抑郁，大选带来的焦虑一扫而光。

02

坐标美国西海岸，旧金山。

珍妮来自上海，性格贤淑，气质文雅，浑身上下透着浓郁的艺术气息。被加州秀丽的风光浸润过的眼眸，纯净温柔。

3月之前，她经常骑车去海边，享受这里明媚的阳光和清新的空气。山火肆虐的阴影还在，珍妮现在已经很少出门了，食物和生活用品也大多网购。

珍妮放慢脚步，感受生活的美好

珍妮本来春天有回国的打算，可是航班不断被取消。上海的家暂时回不去，她索性安下心来，宅在旧金山的家里。不知不觉，来加州快一年了。

珍妮的儿子大学毕业后入职硅谷的高科技公司，今年大部分时间都在家办公。有儿子相伴的日子，珍妮过得挺充实。

甜瓜如何摘心打顶？苦瓜如何整枝打叉？西红柿是单杆整枝还是双杆整枝？种辣椒的过程中，门椒对椒要不要摘除？珍妮感叹当个农妇真心不易，要学习的知识实在太多。

养花弄草，种菜摘瓜，享受美食，手工艺术，在菜园的晨曦中发呆，去家附近的自然湿地保护区拍鸟观日落……与一般农妇求丰收求硕果的心态不同，珍妮只求唯美。在她的努力下，小院四季如春开花结果色彩斑斓，精心伺弄的花草爬满了格栅。

宅家的日子偶感寂寞，却给了珍妮一片创意的天空。除了种植，她还爱上了棉绳编织。

无论是院子里的植物吊篮，动物装饰，还是房间里的风格挂毯，置物架子，还有各种窗帘坠子、杯垫和羽毛饰品，甚至饮料瓶调味罐也可以编织新衣……简单的材料加以简单的手法，却带来极具变幻的视觉，质朴中带着清新，平淡中透着雅趣。

珍妮说，只要你会涂胶水、绕绳子、编辫子，就可以把寻常变成时尚。疫情无奈，却让我们有更多的时间放慢

脚步，去感受生活中的美好。种一株花，垦一块地，编织一个小挂件，当你付出的那一刻，快乐便已悄然绽放。

美好，是可以传递的。珍妮的作品在朋友圈获赞无数。她索性开设了网上公益课，每周一次，通过视频，从零基础开始教授棉绳编织的技巧。大家说，手工编织缓解了工作的压力，也带来了慢生活的体验。

在枯燥中找寻快乐，在喧嚣中保持平和，在焦虑中坚守信念。

有时候抚慰我们心绪的，只是一张照片，一件手工，一碗热汤，一首老歌，一句暖心话。

 2020年12月10日

雪落下的声音

喜欢12月。挂历一旦翻到这一页，意味着新年快来了。

风隐隐刺骨，天气也愈发寒冷。

晨起，细雪纷飞。这个璀璨而寂寞的城市，下着她独有的冬雪。估计飘到晚上，地面就一片银白了。

午后，密集的雪花变得稀疏。

站在家门口，看到树叶上的雪花晶莹透亮，我掏出了手机。斜对门的邻居埃斯特老太太穿了双绿色的雨靴颤巍巍走出来，看我聚焦枝头一阵乱拍，于是远远冲着我说：来，到我家后院拍，那里的雪景才漂亮呢！

埃斯特家的后院特别大，有两棵红色的枫树。深秋时节，美轮美奂，寒冬落雪，冰雕玉砌。埃斯特快80岁了，身体很硬朗，人也很活络。每年冬天，她家门口人行道上的积雪都是她亲自上阵扫干净的。

除了为人nice，埃斯特还有一双堪比北京朝阳群众的火眼金睛。她能够从众多往来的车辆和行人中，一下子辨别出谁是外来访客，谁是town里的住户亲友。平日里，她为外出旅行的邻居拿信，帮我家和埃迪家收拾翻倒在路边的垃圾桶，慰问生病的邻居，帮助放学回家的孩子安全过马路。她还悄悄监督政府工作，定

期向镇子里反映问题，提出自己的建议……

远亲不如近邻！埃斯特给我们的温暖，总是不动声色，却又恰到好处。

埃斯特告诉我，我们的邻居埃迪仍然住在医院里没回来。上次因为高血压去了急诊室，情况应该不算太糟，没call 911，是埃迪自己打电话告诉曼哈顿工作的儿子，然后儿子开车过来送她去医院的。

埃斯特为埃迪祈祷：愿上帝保佑她！

其实我昨天见到了埃迪的儿子爱德华。他说他母亲脑中风了，转到新泽西的一家疗养院去了。那里冬天暖和，有护工照顾，比让老母亲一个人待在家里强。

我心里有些难过，安慰爱德华：熬过这个冬天，一切都会好起来。

我偷了懒，没去清理车道上的雪。雪天路滑，反正最近几天都不会开车外出。如果明天出太阳的话，晒上一天，雪很快就融化了。

不过今天这场雪，下得并不厚。下午4点，雪渐渐停了。

北美的冬天，懒人的最爱。儿子宅家上网课，今天总算考完了最后一门，接下来是圣诞节，马上就要放寒假了。Ben下午和他们系里的同事online meeting，讨论了一下工作。这大半年他鲜有去学校，大部分时间都在家办公。

我把蒸熟的山药捣碎成泥，加了些牛奶，拌了一点糯米粉，搓成小丸子，煮开后放了两勺酒酿，做了一锅山药枸杞酒酿羹。

大纽约地区的下雪天，总是很静，很慢，很美。只有思绪，像雪花一样迎风飘舞，逍遥自在。

我像一只候鸟，开始整理衣橱，折叠饰物，心里念叨着归期。打开抽屉，一顶手工刺绣的丝绒帽子映入眼帘。

手指轻触，内心一阵温暖。

帽子是我上次回国时，一个我未曾谋面的笔友多吉巴姆邮寄给我的。

多吉巴姆是一个有异域风情和独特品位的艺术家，擅长摄影、绘画和服装设计。在她日日更新的微信朋友圈里，充溢了快乐满足和对大自然的热爱，以及她对艺术的孜孜以求。我曾问多吉巴姆，这个名字是啥意思？她答：吉祥的金刚女，性格坚毅勇敢！

多吉巴姆设计的帽子

名如其人！在与多吉巴姆两年多的微信交流中，我了解到她是一个浪漫感性的女子，讨厌一成不变的生活，艺术上一直创新求变。

多吉巴姆拿过很多奖项，有英国皇家奖、国际摄影比赛大奖，欧洲报纸曾大篇幅报道过她和她的作品。她也曾遭遇过一段漫长的瓶颈期，内心很是焦虑……然而多吉巴姆从不认输！她卧薪尝胆，厚积薄发，用勤奋、自律、坚守和修炼，把自己活成一束光！

多吉巴姆

说到此生憾事，她说，在自己最美好的年华里，从事了不喜欢的金融行业，扼杀了理想，压抑了欲望。

但是回过头，多吉巴姆也非常感谢生活给了她不一样的世界。就像一枚钱币的两面，感性的和理性的交融，让她对待生命，有了更多的思考，对待艺术和创作，有了多样性的探索。

我想起我的小舅妈。小舅妈退休前在省立医院工作，退休后开始潜心学习绘画。她把家里的一间卧室改造成了画室，里面堆满了她的颜料和习作。写意山水、花鸟人物、工笔重彩……

她在北京学了两年水墨人物，先后赴贵州五趟，几次三番去岜沙神秘的苗族村落写生，迷上了那里独特的文化。她用一整年时间，画了无数幅画表现苗寨的生活。她笔下的岜沙汉子，单纯质朴而又张力十足。

功夫不负有心人，她的画作《笙歌悠扬醉岜沙》，终于在全国性的绘画大赛中获奖了！后来被故宫博物院收藏。

漫长的岁月里，有人让时光温柔，有人让回忆惊艳，有人让梦想破灭，有人

舅妈王和平的获奖画作

让肝肠寸断。年少时，总以为自己是人群中与众不同的那一个。走过蹉跎岁月，历经坎坷沧桑，才明白自己不过是芸芸众生里最平凡的那一个。

成年人的世界，除了头发里显而易见的白发，甩也甩不掉的肥肉，职场竞争的恐慌，人际纷争的疲惫，还有油盐酱醋的琐碎，上有老下有小的重压，以及夜深人静的崩溃。

可是，我们依然感恩经历让我们成长，感念磨难让我们坚强。大地苍茫，世事无常。每个人的心底，都有一个不忍触碰的地方。

罗曼·罗兰说，世界上只有一种真正的英雄主义，那就是认清生活的真相后依然热爱它。

作为医务工作者，舅妈把一腔热血都献给了医院和病人，退休后才开始追逐她的绘画梦想。多吉巴姆年轻时错过了报考艺校的机会，但是她从未放弃过对摄影艺术的追求。早已过了古稀之年的埃斯特，家中有个生活不能完全自理的中年儿子需要她照顾。埃迪的老伴早逝，晚年孤独，体弱多病，至今还住在疗养院。

我把心掰成两半。一半在这里，一半在彼岸……

每个人的生命中，都有许多遗憾，每个人都微笑着用力奔跑。但愿这些遗憾，都是未来的美好铺垫。只要把最难捱的那些日子捱过去，当你面朝大海，即使没有春暖，内心也会花开。

呼啸的北风，宁静的小镇，流转的眸光，相伴的爱人。在地球昼夜交替的晨昏线上，把雪花捧起，握在掌心。把相思揉碎，枕入梦乡。

我在凌晨两点的夜里醒来。守着你，也守着细碎的月光……

| 2020年12月20日

月色与雪色之间，爱是第三种绝色

01

年末的这一场暴雪，和往年一样，似柳絮，如云朵，同杨花，像鹅毛，轻轻柔柔、纷纷扬扬……

下得那么美，下得那么认真。

一觉醒来，天地间由一片金黄的晚秋，切换成令人惊艳的冰雪世界。

朋友玉婵家住在皇后区靠近北方大道附近的社区。这些年她见惯了纽约的暴雪天气，她认为气象预报不准，这场雪下得没有预报说的那么大。

玉婵像个开心的孩子一般，去小店铺买了几个刚出炉的热面包，在楼下的雪地里溜达了一圈又一圈。捧起晶莹的雪花，她感慨万千：再冰凉的雪，也是会融化的。雪花一飘，春节就临近了。

纽约州不同的地方降雪量是不一样的。Binghamton是这次降雪量最大的地区，那里的积雪厚度高达3英尺。

Green来自泰国，是我多年前在纽约结识的好朋友，这几天她正好在Binghamton的亲戚家度假。

在热带地区长大的她特别喜欢下雪天。她说，纽约州的Binghamton雪景非常美。可以在厚厚的雪上打滚，还可以躺在自己挖的雪洞里，真是太开心啦。

Green祈祷纯洁美丽的雪，让人们保持童心，找寻一份宁静的快乐。

哈恩一早起来想送点东西去女儿家。可是他发现楼下的汽车像一排排巨型面包，全都被雪覆盖了。

哪一辆才是自己的车呢？他只能凭着记忆去扒开雪堆。挖雪的时候，哈恩脚下一滑，一屁股坐在了雪堆里。

在纽约州首府Albany，朋友John花了两个小时铲雪。

当地降雪是他来美国20多年遇上的最大一场雪，也是近10年来美东地区最强的一次暴风雪。

John家里有一台9个马力的除雪机，17年前买的，从没换过机油，这些年来一直运行良好。可是这次，因为雪实在太厚，铲雪机工作时熄火了好几次。

我家的车也被雪覆盖了，没停在车库里的原因是根本没法停进去。

冬天寒冷，我家的车库像冰窖，就做了临时仓库，用来摆放快递和包裹。网购的食品和日常用品通常放置几天，消毒过后，再一样样拖进屋里。我们把一些无需摆放在冰箱里的食物，特别是一些干货和零食，全都堆在车库里。

车库门前的雪，一脚踩下去是留下两个深深的坑。

镇上的铲雪车来得真快！主要是铲除主干道上的积雪，方便居民开车出行。

住在公寓楼里和联排屋里的居民，是不用自己铲雪的，他们每年要支付高昂的管理费，这里面已经包含了除草、铲雪和清扫落叶等公共事业费用。

但如果你是住在独立的House里，家门口的雪是需要自己铲除的，或者花钱请人来清理。

02

我已经有好几个月没见着隔壁邻居埃迪了。

每次碰见埃迪的儿子爱德华，我总是询问埃迪的身体情况，爱德华的表情越来越沮丧。他说母亲住在疗养院里，状态很差，现在已经不认识他了。爱德华不确定母亲是否能熬过这个冬天。

我们都存有彼此的手机号码。爱德华说，如果发现什么异常就直接call他，就像上次的飓风，他家院子里的大树被劈成两半，Ben第一时间打电话告诉他一样。

这次暴雪后，爱德华没来。

我家斜对面的邻居埃斯特，是一个非常nice的美国老太太。看见Ben在门口铲雪，她走过来说，埃迪住院前留了一些现金给她，让她帮忙支付一些账单。现在还剩下最后50美刀，她需要请工人过来铲除埃迪家门口的积雪。

其实我们都知道，50美刀是不够的。这次雪下得比较厚，仅仅铲除车道上的雪，就需要40美刀，如果加上门口人行道上的雪，一起要80美刀。不过有时候遇上好说话的工人，60美刀也愿意做。

我家的铲雪机不争气，刚点上火还没开始干活儿，皮带就断了，只好用大铲子人工铲雪。Ben对埃斯特说，别担心，我来帮埃迪家铲雪吧。埃斯特乐呵呵地说，不用了！她已经付了60美刀给一个西语裔工人，自己帮埃

埃斯特（左）和Ben说着扫雪的事儿

迪贴了10美刀。

下雪天，总有一些年轻人出来打零工。

埃斯特家门口和车道的积雪，是三个大学生过来清理的，他们只要了60美刀。

到底是年轻人，身手敏捷，很快把雪铲干净了。埃斯特很满意，几个大男孩每人拿到20美刀，也很高兴。

雪后天晴。思念也变得晶莹。

我家后院的草地像盖上了一层厚厚的棉被。花盆和竹篮里盛满了雪，白白胖胖的，像儿时吃过的棉花糖，看着有趣。

我深一脚浅一脚地在家附近拍照。才晃悠了半小时，手机就没电了。进了屋才发现脖子里的一条丝巾不知所踪。

Ben说，你去后院看看吧。我一瞧，丝巾不知在哪儿被他捡到，系在木制花架上随风飘舞呢。呵呵，理工男偶尔浪漫，算是雪天的一个小惊喜。

下雪天对孩子们来说，是欢呼雀跃的。

躺在雪地里撒野的，用冻得红红的小手堆雪人的，帮妈妈在家门口铲雪的，雪天的世界，就是孩子的童话世界。

朋友戴西跟在两个儿子身后，小心翼翼地走到户外。邻居索菲娅和儿子也来了，大家提议一起去滑雪。这两天戴西家的网断了，要下周二才有人来维修。戴西的小儿子就去索菲娅家上网课，两家的孩子正好是同学。

戴西说，这段日子，两个热爱户外运动的儿子被她禁足了好久。一直等到雪后天晴，才敢让孩子们放风。

可是爱玩耍是孩子的天性。孩子整天被关在家里上网课打游戏，觉得很没趣。这场暴雪却一扫阴霾，给了孩子们一个快乐的理由。

带上孩子，狗狗和滑雪板，欢欢喜喜，共赴一场冰雪的盛会吧。

03

雪天总让人莫名兴奋。站在茫茫雪色里，仿佛听见那些遥远的、温情又凄美的情话，像雪花一样在心中轻舞跳跃：

下雪的时候我们还是不打伞吧，这样走下去就能一起白头。

我们曾在雪地里温暖过对方，可我不小心把你弄丢了。如今的你啊在哪里？

我一直以为你在等我。过了好多年，我才明白，那时的你，在等雪。

落在掌心的雪花，慢慢化作一滴干枯的眼泪，就像我们再也回不去的从前。

对大多数人来说，2020是艰难困苦，风雪交加的一年。

每一片雪花都传递着冬天的讯息。把忧伤埋在雪里，将欢喜定格在记忆里。

如果可以陪在喜欢的人身边，如果大家一起抱团取暖，这个冬天一定不太冷。

由于这场暴风雪没有预期那么严重，纽约市长白思豪随即就宣布，户外用餐可以在纽约市重开。

大雪也无法阻止纽约人用餐的兴致。

一个名叫迈克的市民在推特里发文说，只有在纽约，人们才会在这样的暴雪天气，坐在室外餐厅吃东西。

泰伦斯说，他在回家的路上，看到有人在室外用餐，他们看上去还挺舒服的，没有什么能阻止纽约人。

但是泰伦斯认为，这个时候每个人都应该待在家里。他希望用餐者能慷慨地给小费，因为餐馆的工作人员是冒着风险在为大家服务。

一些餐厅老板在网上发布了视频和照片，说明最近室内用餐关闭以及纽约市的餐厅所承受的压力。

一个叫罗科的餐馆老板在Instagram上写道：这就是我的纽约市，这就是在室外用餐的样子。我们爱纽约，但现在的情况是一团糟。如果说我们平时能挣30至40分，现在我们只能挣5分。

这是真实的描述，也是纽约市每家餐厅需要面对的现实。

晴朗的冬日。冷冽的风，婉约的雪，温柔的阳光，美得就像我的故乡。

下雪的日子，有人忧心忡忡，有人欣喜若狂，有人焦虑烦躁，有人平静如常。由于气温低，这么厚的雪是很难在短时间内融化的。纽约人说，再过几天，或许我们可以拥有一个白色的圣诞节。

余光中在诗中写道：月色与雪色之间，你是第三种绝色。

月色可以旖旎动人，雪色可以纯净唯美。我想，除了月色和雪色，如果人间还有第三种绝色，那一定是爱和希望。

📅 ｜ 2020年12月26日

那只呆萌的小鹿，携女友来我家啦

　　我家的后院是开放型的，没有栅栏，春天绿草茵茵，夏天蔬果鲜美，秋天红叶满地，冬天冰雕玉砌。

　　动物很喜欢，它们来去自由，无拘无束。

　　秋日的午后，一只小鹿从隔壁邻居家院子里跑进我家后院。

　　不远处紧跟着两个穿制服的中年男人。原来他们是动物保护协会的工作人员。这只鹿有条腿受了伤，他们接到市民的举报电话，准备把鹿带回去让兽医帮忙治疗一下。

　　别看小鹿受了伤，跑起来并不慢。一眨眼，又从我家后院跳进远处一家人的草坪上。两个人高马大的男人气喘吁吁地跟我打招呼说，打扰啦！继续追赶那只跛脚小鹿去了。

　　曾经听过《红鼻子驯鹿鲁道夫》的传说。

　　鲁道夫是一只长着红鼻子的驯鹿，大家都笑话过它的红鼻子，鲁道夫自己也因此而

自卑。

有一年的平安夜，圣诞老人想召集4只驯鹿环游世界，给孩子们送去圣诞礼物。但浓雾突然笼罩了大地，在这样的天气很难看见烟囱。

这时鲁道夫出现了，它的红鼻子在雾中闪闪发亮。圣诞老人带着鲁道夫一起出发了，鲁道夫套上缰绳拉起雪橇，带着圣诞老人安全到达每一根烟囱。它的红鼻子像一盏灯，能够穿透迷雾！

鲁道夫给那年的圣诞带来了惊喜，后来它成为有名的驯鹿，受到所有人的尊重。而曾经令它自卑的红鼻子，却让其他驯鹿羡慕不已。从此，鲁道夫过着平静而幸福的生活……

喜欢这样的神话故事。

在古代，鹿被看作吉祥的动物。修长健壮的四肢，骄傲昂起的头颅，锋利珍贵的鹿角，光滑厚实的皮毛，特别是鹿天性的柔美内敛的气质，博得人们的喜爱和赞誉。

每逢圣诞节，我们社区很多人家的门前，都装饰了小驯鹿的可爱形象，还用小彩灯制作成各式各样闪闪发亮的卡通小鹿。

在中国的商代，鹿骨已用作占卜。殷墟还发现鹿角刻辞。东周时期，楚墓中流行使用本雕镇墓鸟兽神怪，头上都安装真实的鹿角。

楚地巫风浓郁，楚人认为鹿是巫觋通天地的助手。而鹿角被认为有神异之力，对死者在冥界生活起到某种保护作用。

万圣节的时候，我家后院跑进来一只呆萌的野鹿。它与我对视十几秒，毫无惧色。然后大摇大摆在后院住下来，吃光了树上的嫩叶，还啃坏了几株菜苗，拉了几摊屎，终于在第三天的早晨潇洒离去。

上一周，大纽约地区下了一场暴雪。因为天冷，后院的积雪一直未融化。

平安夜之前的一个黄昏，那只肥肥的野鹿又跑进我家的后院。这次不是它自

情侣鹿

节日的消防车

已来的，身后还跟着一只小母鹿。哈哈，两个月没见，这家伙居然恋爱了。

两只野鹿在雪地上来回踱步，卿卿我我，根本不理睬在近处为它们拍照录像的我。在雪地上玩耍了好久，两只鹿心满意足，一前一后跑进隔壁邻居埃迪家的后院了。

我想，这是那只呆萌小鹿的情窦初开，也是两只野鹿的风花雪月。它们在圣诞节前来到我家，给我们带来了惊喜和好运。

节日期间的小镇很安详。

消防车奏乐鸣笛，载着圣诞老人，围绕着社区转了一圈又一圈。虽然今年许多圣诞活动都取消了，但缅街依旧像往年一样张灯结彩，橱窗也布置得缤纷多彩。

有小孩子的家庭早早就装饰了圣诞树，像童话般梦幻，处处都能感受节日的温馨和浪漫。

平安夜很暖和，夜里下了场大雨。第二天早晨醒来，后院的雪全都融化了。

日子静下来，像窗台的花，日子野起来，像飞奔的鹿。其实，每一个平凡的日子都可以光彩夺目。

只要你的心底，盛满了热爱。

📅 | 2021年7月5日

返美这几天

顺利返美啦

相比今年1月份回国的艰难曲折，6个月后的返美之途，则是一路绿灯，极为顺畅。

年龄2岁或以上，搭乘直达航班入境美国的旅客，须在航班起飞前3天内完成新冠病毒检测，登机时出示有效核酸检测阴性证明及旅客保证书。

根据之前顺利返美的群友提供的信息，我划出几家可以出英文报告的检测点。最先拨通了浦东一家医院的电话，电话那头说，必须上午9点半之前到医院做检测。算算时间来不及了，赶紧拨打了另外几家检测中心的预约电话，最终选择了虹桥机场附近一家叫作"兰卫"的医学检验所。

下午一点开始检测，做了鼻试和咽试两种。说是12小时就能出报告，果然第二天早上醒来，打开手机小程序，检测报告已经出来了，下楼找家小店打印了一份纸质的。

登机前还有一份全英文的"健康申报表"，check-in时填写即可。这个比较简单，在机场工作人员指导下打个勾签个名就行了。

进入安检通道之前，需扫码进入"海关旅客指尖服务"页面，填写一份"健康申报"，向安检人员出示一下绿码即可。

1月份回国时一票难求，为防回美机票难买，一回到国内就在东航官网上购买了返程机票。直到半年后登机，才发现飞机挺空的，经济舱并不满，中间一排四人座的，通常只坐了两人。靠舷窗那排三人座的，有的只坐了一人。在14个半小时的飞行途中，甚至可以半躺着睡一会儿。

飞机稳稳落地。排队过海关的时候，大家一交流，才看见很多人手上拿着五花八门的核酸检测报告，有纯中文的，也有中英文双语的。

海关只是抽查，并不是所有材料都看。

排在我前面的一个30来岁的中国女子，被盘问了很长时间。面无表情的海关官员还喊来了一个懂中文的华裔女警帮忙问话和解答。原来，这个持绿卡的女子已经离开美国一年多时间了。海关官员警告她说，以后不可以逾期这么久回美，下不为例。接着又问女子随身携带钱了没有，美元加人民币一共带了多少？女子回答：没有超过一万美元。空气凝固了几秒，随后海关人员在女子的护照上盖了章，予以放行了。

终于轮到我了。过程轻松简单，面对镜头拍照后，海关官员只问了我两个问题：在中国待了多久？有没有带烟草和美金？

只用了两分钟就顺利过关啦！后来读了一些飞友在微信里分享的返美经历，才知道有人行李箱被海关要求打开检查了，也有个别人被海关官员带走，进了"小黑屋"盘问。总之，情况因人而异。

过了海关去拿行李，我长舒了一口气。这些年来来回回，奔波于中美之间，从不违规，亦无逾期，过海关时，早已没有了初次赴美时的忐忑。

这两年，国际旅行受困于疫情，人们无法像从前那样随心所欲自由飞行。一些人回中国后，因各种琐事缠绕未能如期返美。

微信群里有人分享自己离境两年顺利回美的经历。这位朋友是从广州飞洛杉矶，回美证也过期了半年，入境美国时遇到一个苛刻的海关官员，被盘问了10多分钟，问了20多个问题。幸好材料准备充分，被告知以后不得离境超过180天，最终顺利过关。

绿意葱茏的夏天

穿越曼哈顿人海，驶过华盛顿大桥，回到宁静的小镇，回到离开半年的家。因为时差，我的生物钟乱了，困意汹涌而至，睡得昏天黑地……

接连几天都下了雨。大纽约地区的夏天，只有华氏72度，实在是凉爽舒适。雨水浇透了草地，小小的后院，绿得如此耀眼。

香椿芽被采摘了N次，成为餐桌上的美食；繁茂的芝麻菜正恣意生长；葡萄

已经悄悄爬上藤蔓，结出青涩翠绿的果；紫豆角绽放着迷人的小花；番茄已经缀满了枝头；遍地都是金银花，散发着淡淡的清香，有些已经被晒干制成新鲜的金银花茶。

蒸糯米做酒酿的时候，我忽然想起隔壁邻居老太太埃迪。每年夏天她都会问我：做酒酿了吗？她爱吃我做的酒酿，喜欢糯米的香甜和酒酿冰爽的味道。

不知埃迪近况怎样了，还住在老人院吗，身体好些了没有？

埃迪的儿子爱德华告诉我一个不幸的消息：埃迪平安度过了Covid-19爆发的最危险时期，却没能熬过今年春天。在新泽西的一家老人院里，90岁的埃迪安详地去世了……。如今，爱德华每个周末都从曼哈顿过来，打理母亲生前种植的花花草草。

我心里一阵难过。我与埃迪做了10年邻居。她为人谦和、包容友善。养花种树、除草铲雪、开车购物，埃迪都亲力亲为，是一个独立性很强的老人。后来她生病了，很少出门，偶尔精神好一点，出来给门前的草坪浇个水，也总是面带微笑，装扮得整整齐齐。

爱德华说，死亡对于被病痛折磨已久的母亲而言，或许是一种解脱。此刻，母亲已经和早逝的父亲，在另一个世界里团聚了。

因为担心美国的Delta突变株，返美后我就在网上预约接种辉瑞疫苗。我们社

区的华人几乎都已经打完成了两针疫苗。如今遍布全美的各个药房也都可以接种疫苗，我家门口就有一个，方便得很。

为我接种疫苗的是一个年轻的药剂师。他说，国庆节这段时间接种疫苗，政府有奖励，可以领取25美刀购物券。然后，他顿了一下，坏坏地笑着说：但是纽约，新泽西和阿肯色这三个州打疫苗是没有奖励的。

我被他逗乐了。我说：奖励不奖励无关紧要，关键是防病毒保小命呀。打完针后，胳膊被注射的部位有一点点疼，不过一觉醒来后就无感了。

午后，好朋友娜娜和凤伟驱车来我家。凤伟带来了绣球花，他说绣球花实惠好养，开起花来又大又美。娜娜帮我们把黄瓜和辣椒打侧枝，这样能获得更高产量。他们还带来了一个好消息：他们的第二个孙儿即将在这个夏天出生。

真是太好了！一个新生命的诞生如同一颗饱满的种子，在这片肥沃安宁的土地上生根发芽，苗壮成长，给人们带来喜悦、期盼和祝福。

雨后天晴，我在后院发呆。浓密的树荫和绿植，仿佛是一堵墙，隔开了外界的喧嚣和纷扰。回国半年，深刻感受到了国内生活的时尚动感，热烈鲜活……而在这里，小镇的一切仍是寂静无声，质朴天然。

夏日的蝴蝶五彩缤纷，两只小松鼠在树上嬉闹着不肯离去，被雨水浸润过的花朵明艳动人，碧绿的叶片上顶着颤颤的水珠……大自然的盎然生机总是带给我们欣喜和满足。而生命的漫漫旅程，那些不期而遇的温暖和生生不息的希望，总是激励着我们一腔孤勇，永不言弃。

飞越万水千山，在夜与昼切换过的时空里，我又变回大纽约郊区那个勤勉笨拙的农妇。在异国他乡的暖风中，在第二故乡的土地上，沉淀自我，放飞心情。

📅 | 2021年8月18日

美国物价，在涨！

从来没有一个时代如此魔幻。

疫情以来，上海，深圳，杭州，南京等城市的房价迎来上涨，而且幅度不小。如今美国也正在上演这样的剧情，股价和房价屡创新高。事实上，每一次经济危机，每一次货币滥发，都意味着对中产和底层民众的洗劫。

昨天晚上和南京老乡聊天。他问我：你们那边物价是不是涨得很厉害啊？

我回复他：房价的话，纽约中心城区很贵，比如中央公园附近，跟上海内环内有一拼，但纽约郊区的房价就很亲民。

说到郊区，我所在的Town，这些年房价涨了不少呢。10年前60几万美刀的独栋，如今已经卖到90万美刀。

还有去年春天开始的疫情，导致住在曼哈顿高楼里的居民，有不少逃离纽约主城区，跑到郊外或者新泽西买House，使得纽约周边的独立屋价格疯涨。

油价也突破了3美元！去年4月份的时候，家门口的加油站油价是＄1.9一加仑。现在是＄3.13一加仑，涨了1刀多。

一加仑是3.8升，换算下来，美国油价也不比国内油价便宜多少了。

随着油价上涨，二手车的价格也飙升了。原来叫价5000美刀的车，现在可以多卖2000美刀。除非是住在人口密度高的City中心，交通乘地铁或Bus，通常美国民众出行都开车。此番油价上涨，给老百姓的生活带来不小的压力。

低收入人群不得不精打细算，把更大的花费用于购买生活必需品上。近期的调研发现，87%的美国人担忧通货膨胀。

在美国生活这些年，我很少关心菜价。

因为服装，鞋帽，特别是食品，我觉得纽约地区的价格总体来说比上海便宜。所以平时去超市，看到什么喜欢的就直接放进购物车里，不太在意价格。

白天刚刚去过Costco，Walmart以及韩国人超市Hmart，买了一大堆吃的东西，翻出收银条，跟过去的价格对比一下，惊讶地发现，食品的价格真的涨了！

任何时间，Walmart的人气总是很旺。水果价格不高，和去年持平。堆成山的玉米，便宜的时候，1美刀可以买4根。

疫情期间，Walmart的网购平台做得非常好。为避免接触，我们总是在网上购物付款，然后开车去取货。到达指定地点，不用下车，超市员工会把我们选好的东西一样样放进汽车后备箱里。

平时去逛Walmart，我总喜欢买两条大蒜面包，售价10年未变。今天的价格一如既往，一长条面包只要1美刀。通常两个人早餐，这样两条面包要吃三天。

Walmart也被称作福利超市，常年吸引着美国普通老百姓的购买欲。衣服食物，日杂用品等，经济实惠，物美价廉。

Costco是＄6.99，Walmart是＄5.48，Hmart是＄4.99，法拉盛的西瓜通常摆放在超市门口，价格在＄5~＄6。

最便宜的大西瓜在ShopRite，常常3.99美刀就可以抱一只回家。

相比Walmart，Costco是我们日常生活最常去的大型购物超市。Costco是会员制，每年需要缴纳会费60美刀。

通常人们去Costco购物，都是买一大家子的吃穿用度。那里的食品分量足，而且都是大包装，并不适合单身人士。

我们喜欢在Costco买五花肉。五花肉分带皮的和不带皮的，带皮五花肉做梅菜扣肉非常好吃。

长条排骨＄4.7一磅，之前是3美元出头。一大袋10磅土豆的价格是＄7.5，我们去年在ACME超市买一袋5磅的土豆，是3美刀。特价时，3磅土豆只要1美刀。

我们在Costco买了牛尾，准备用红酒炖牛尾。每磅＄7.99。一袋包装好的牛尾一共是34.12美刀。比去年稍贵，去年买这样一袋牛尾不到30美元。

看了一下牛腿肉的价格，每磅＄4.99，一盒25.8美元。这个价格不贵，和去年差不多。

应该说，Costco最日常的食品牛奶鸡蛋的价格涨幅不大。之前一盒24个有机鸡蛋＄5.99，现在＄6.49，涨了50美分。

一桶牛奶的价格，以前是＄2.99或者是＄3.19，现在是＄3.54。

从电器到服装，从日用杂品到食物，Costco卖场里的货品，绝大部分都有5%到7%的涨幅。

通常去Costco购物，我们会在那里解决午餐。Costco的牛肉肠热狗很受欢迎，老少咸宜，1.5美刀一个，赠送一杯饮料，如果坐在那里就餐，饮料可以换不同口味，免费续杯。披萨可以买一整张，＄9.95，也可以只买一片，＄1.99。

以我的饭量，一顿午餐的话，一个热狗一杯可乐足矣。

Costco的烤鸡一直卖得火爆，不仅仅味道好，售价＄4.99多年未变，实惠才是受欢迎的主要原因。很多人冲进Costco只为买一只喷香的烤鸡，就像捡到便宜货一样满心欢喜。

今年夏天，我在Costco发现一样好东西，那就是黑糖珍珠雪糕。入口丝滑，香浓美味，实在是太好吃啦！雪糕里面的珍珠咬起来糯糯的，很有嚼头。焦糖有些甜，奶味也很重，嗫几下就下肚，几乎可以完美替代珍珠奶茶。12.99美刀一大盒，里面有3小盒，每盒里面有4只雪糕。平均下来一只雪糕才1美刀，真是良心价！但是Costco不常有售，想买，得碰巧。

买鱼虾、蓝蟹之类的海产品，我们习惯去韩国人超市。

从家驱车10分钟有一个大Hmart超市，住家附近有一个散步即到的小型Hmart Fresh超市，十分便利，货物很全。

Hmart超市的鱼虾非常新鲜。如果买鱼，你需要把一条鱼清理、切片成什么样子，都可以看图说话。我曾看见一个不会讲英文的老婆婆，买了一条鱼，比照着图片让工作人员清洗剖段，拿到了自己想要的鱼肉部分。

这里的三文鱼肉质肥美，通常＄6.99一磅。现在涨价了，10美刀一磅。撒上胡椒盐放进烤箱，就是很好的晚餐主菜。

Hmart超市的筒子骨也是我们常买的食材，价格一直没什么变化，都在1.5美刀上下，而且一年四季都有货源。今天的价格是每磅1.29＄，买一盒筒子骨4.09美刀，可以熬一大锅汤，营养又经济。

还有花生，正常价是2.99美刀一磅，但常常有1.88美刀的特价。买两磅，可以煮满满一锅盐水花生。

在美国买菜，是可以货比三家的。

比如肉蛋奶我们通常去Costco买，蔬菜水果我们通常去Hmart买，活鱼活虾和调味料我们通常去中国人超市买。如果想买一些特价海鲜，比如大龙虾和螃蟹腿，就去ShopRite和ACME看看。

我在ACME超市买到过小龙虾，每磅＄4.99。说实话，这个价格真不贵，但是吃口没有上海的好。上海小龙虾都是鲜活的，这里小龙虾都是冰冻的。

ACME和ShopRite常常有我们想买的肉类，以及令我们惊艳的价格。

比如猪大排通常2美元左右一磅，去年特价的时候，才0.99美元一磅，花了10.73美元买了一大盒。

说说中国人超市吧。我们在中国人超市的平均消费每次是150刀。法拉盛华人超市有很多，选择性大，想吃的东西那里几乎都可以买到。作为郊区小镇上的村民，我们不常去法拉盛，因为开车进城实在太堵，单程有时要耗费一个半小时。

所以一旦到了法拉盛，就是一通狂买。法拉盛的糯米荔枝每磅＄3.99，龙眼＄4.99（路边摊10美元3磅）。香蕉价格没什么变化，每磅＄0.69或者＄0.59。

一长条大蒜里面大概有6头，通常＄2，打折的时候＄1。琳琅满目的食材，看起来好像都不怎么贵，但事实上，法拉盛的水果蔬菜比去年上涨了约10%。

肉类也涨价了。猪肘子每磅＄3.79，五花肉每磅＄5.79，牛腱子每磅＄7.39，记得去年我们买牛腱子，每磅＄4.49。

每次去法拉盛，总要去皇后区图书馆斜对面的熟食店买熟食，这次也不例外。

一整只脆皮烤鸭是＄25，再称两磅脆皮乳猪肉，每磅是＄12，加上纽约的销售税，一共花了53美刀。

网上流传着这样一句调侃：没有什么事是一顿火锅解决不了的，如果有，那就两顿。

法拉盛的华人超市

这句话用在我家，就变成这样：没有什么矛盾是一只盐水鸭解决不了的，如果有，那就再做一份卤牛肉。

我们起初都在Costco买冰冻鸭子，一只16美刀左右。疫情期间，网购反而便宜，打折后只要14美刀。

家有南京大萝卜，擅长淮扬菜，做盐水鸭的技艺愈发精进。腌两天，泡一晚，煮开、捞出、切块、装盘，拯救灵魂的盐水鸭啊，妥妥的治愈系硬菜。

菜价涨了。但是对于居住在市郊，有个小小的后院，擅长养花种菜的华人来说，这些都不是事儿。

春耕、夏耘、秋收、冬藏。从5月份采摘香椿开始，菊花脑、韭菜、茴香、空心菜、芝麻菜、马兰头、茄子、丝瓜、紫豆角、黄瓜、番茄、葡萄……

一大早，地里的收获

地里的瓜果可以一直吃到深秋。去超市补给，也就是买些肉食和海鲜。

美国通胀形势不容乐观。劳工部近期公布的数据显示，2021年5月消费者物价指数(CPI)较2020年同期上涨5%，涨幅高于2021年4月的4.2%及市场预期的4.7%，创近13年以来最高增幅。

绝大多数美国民众认为物价上涨和疫情脱不了干系。政府通过失业救济、消费补贴、减税、直接向民众派发现金等方式为经济托底，连续两次推出高达万亿美元的刺激经济计划。而随着全美疫苗普及，疫情缓和，民众报复性出游、就餐和消费，导致了物价进一步上涨。

也有分析说，通胀已经见顶。7月底，通过各种渠道领取失业补贴的人数，创下2020年3月底以来的最低水平。

物价上涨，于美国各个群体的影响是不同的。

一般而言，意识更强、资产实力更高的群体，反而能从危机中嗅到机会。在货币狂潮中，他们能通过合适的操作保住财富、增加财富。而普通人无法在危机中拥有更好的认知去做深度收益，从而造成了"K型分化"。

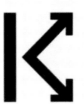

如今的美国也有一些在"内卷"和"躺平"之间挣扎的年轻人。因为种种顾虑，他们减少了资产的增值性投资，减少了扩张，也减少了"财富欲望"。

但实际上，从2020年开始，无论欧美还是中国，房价都涨了。再看看股市，有些个股的涨幅是相当可观的。疫情导致了货币狂飙，普通美国民众只能通过买房子买股票来抵御通胀。

而物价上涨，在一定程度上抵御了财富风险。

遇到大事件，普通人往往节流。而有见识的人明白省是省不出资产的。只能用知识、见解、技能、创新、胆略，去做超越自我的努力，要有更多拼搏，更多创新的路径，才能实现"较高资产+更好的购买力"的目标。

柴米油盐茶，吃喝拉撒睡。人活着的三个层次：第一是基本生活的物质保障，第二是精神层面的社会交往，第三是灵魂信仰的安慰满足。

美国物价上涨是真，但绝大多数老百姓的日子过得还算平稳。对于低收入人群来说，食品、教育、医疗等丰厚福利远大于物价上涨的冲击。对于有钱人来说，这点涨价可以忽略不计。最辛苦的还是中产，他们纳税高，打拼得累啊。

反正穷人有穷人的活法，富人有富人的潇洒。中产嘛，该吃吃该喝喝，善待自己；努努力加加油，把握未来。

我们活在最好的时代，我们活在最坏的时代。生活在北美，鲜有饿死的人，只有懒死的鬼。

闻香识女人

曼丽的手工

曼丽老师移民美国50年了，一直在新泽西的华夏博根中文学校给孩子们上艺术课，她教学生做中国结的时间，超过20年。

作为北美杰出的华人艺术家，曼丽老师制作的精美中国结，超一流的艺术造诣，被纽约时报等多家美国媒体报道过。

艺术课除了讲解和展示，很多时候需要同学们自己做手工。曼丽老师教得特别用心，材料选择，色彩搭配，工艺定型……

跟曼丽老师学艺术的孩子，对中国结编织、蛋壳雕刻、珠串首饰制作等，都产生了浓厚的兴趣。

老鼠娶亲的童谣，兄弟争雁的寓言，龟兔赛跑的故事……

曼丽老师寓教于乐，把流传于中国民间的古老故事讲给华裔孩子听，教他们用长长短短的彩绳，编织出一个个栩栩如生的小动物。

疫情以来，曼丽坚持给孩子们上网课。

学习手工艺，特别是学做中国结的过程，也是这些在美国出生长大的孩子

曼丽作品：老鼠娶亲

学生作品：吉祥挂件

们，了解中国传统文化的过程。

每个学年结束之前，学校展示学生们的中国结作品，孩子们收获了很多赞誉和好评。

每逢农历新年，华人社区举行庆祝活动，曼丽老师展示的作品，对结绳艺术的文化内涵进行复活和发掘，总是令我们叹为观止。

让曼丽老师担忧的是，一些中华传统手工艺濒临失传，比如竹编、刺绣、剪纸、琉璃、玉雕等，现在年轻一代会做得越来越少了。中国结是老祖宗留下的艺术结晶，最早来自旧石器时代的缝衣打结，后来发展至汉朝的仪礼记事，再演变成今天的装饰手艺。

曼丽老师想把中国结传承下去。她说："每一个学生，就是一粒种子。"

其实，我更爱曼丽老师的蛋壳艺术。

曼丽把那些又薄又脆的蛋壳，赋予了奇妙的构思，精巧的点缀，华美的图案、童话般的意境，带给大家观赏的乐趣和美好的想象。

在曼丽老师家，我们观赏了她手工雕刻的蛋壳，既有皇家奢华精美的风格，又结合了民间复活节彩蛋的绘制工艺。

她的蛋雕技巧独特细腻，充满了生活气息和人文色彩。

蛋雕是将蛋钻孔掏空，在脆薄、易破的蛋壳上操刀，还要展现出繁杂的画面，雕刻出各种山水、花鸟、人物等图案。考验的是耐心，还有对生活的热情和专注。

那么，蛋雕绝技的历史渊源又是怎样的呢？

小小的蛋壳，每一个都经过曼丽老师的精雕细琢

其实在中国的明清时代，民间婚娶祝寿、喜得贵子时，就有赠送红蛋的习俗。商贩摆摊，专门售卖染过的红鸡蛋，称其为"彩蛋"，有讨个好彩头之意。

后来人们发挥想象力，在彩蛋上画些花鸟鱼虫、戏曲脸谱等图案，以图生意兴隆。

基督教传入欧洲之后，大约在中世纪，人们开始将蛋壳进行彩绘和装饰，赋予这些彩蛋"新生"和"重生"之意，使之迅速成为复活节的装饰品。

而最终使得装饰蛋成为举世闻名的艺术品的，非Faberge家族莫属。

公元1884年，俄罗斯皇室御用珠宝商Faberge家族为沙皇亚历山大三世设计了第一款"皇家复活蛋"，在蛋壳上镶嵌宝石，雕工精致，设计华丽，从此把蛋雕工艺推上了艺术领域。

有记载说，俄罗斯博物馆的收藏品中，蛋文化占到了4%。

蛋的种类繁多，我们常见的有鸡蛋、鸭蛋、鹅蛋、火鸡蛋、鸵鸟蛋等，都可以用来做蛋雕。因为蛋的特性迥异，蛋壳的坚硬厚度也各不相同，通常蛋壳越大越厚越好操刀。

曼丽老师做得最多的，是在鹅鸟蛋壳上进行的绘画雕刻。除了复活节和圣诞节，她的蛋雕艺术品也作为邻里之间的节日赠礼，传递吉祥和温暖。

在世界工艺美术舞台上，蛋文化已有百年的历史。即便是现在，彩蛋在西方的复活节、圣诞节都是吉祥、祝福的礼物。

曼丽老师设计制作蛋壳工艺品多年，她在制作的过程中，享受快乐，体味生活的美好。

珍妮的瓶饰

住在旧金山的朋友珍妮，今年春天历经辛苦回到了上海的家。

彼时的我已从纽约回国。我们再次相见，正是蜂蝶带香，轻絮舞风的初夏。在外滩的闺蜜欢聚中，珍妮讲述了自己回国数月的生活，特别提到她对立体瓶饰的研究。

和曼丽老师一样，珍妮也擅长手工艺制作。

珍妮的棉绳编织，在去年疫情严重的时候，曾经惊艳了西海岸的华人朋友圈。她在网上开设的编织公益课广受欢迎，为社区居民，同学朋友，以及素不相识的学员释放了压力，带来内心的平静喜乐。

回国后，珍妮研究了立体瓶饰的制作流程。

瓶饰制作需要两种简单的材料：风干粘土和丙烯颜料。珍妮把家中日常废弃的调味瓶，还有喝过的红酒瓶拿来，大胆进行装扮，使得瓶身精致而艺术。为此，她还静下心来自学了水彩入门。

从简单到复杂，从平淡到惊艳，珍妮尝试了六款不同图案的作品，制作手法渐入佳境。珍妮说，各种废丝袜、印花餐巾纸、一次性木筷，都能成为瓶饰的材料。只要运用得

变废为宝，珍妮的瓶饰为生活增添了一抹亮色

当，它们会呈现出意想不到的纹理效果。

红酒酒瓶经过手工雕饰，华丽变身复古装饰品，珍妮的作品得到朋友们的怒赞。邻居蔡阿姨看到她发在朋友圈的瓶饰，热心地送来几个空酒瓶。由于形状特别，珍妮欣然收下，开始创作。

面对邻居送来的小茶壶，珍妮仔细琢磨，几易其稿，设计灵感在夏日的午后不断涌现：缠绕着绿叶和果实，仿古做旧，选用古铜色，让物件充满了质感，做好的成品摆放在铁艺圆桌上，小巧玲珑又生机盎然。

构图饱满，色泽鲜艳，造型别具一格，珍妮的每一个作品都是独一无二的。她把自己对生活的热爱，融入瓶饰工艺的倾心打造中。

随着技巧娴熟，珍妮忙里偷闲，做了两款特别的瓶饰。一个是用橄榄油瓶，尝试了一款泰国风情，图案的每个线条均由粘土手工搓制而成。

虽然装饰的面积不算大，但却耗时费力。

另一个瓶饰，珍妮取名"树屋"。

这是珍妮做过的最费材料和精力、也最为复杂的作品。她在这款玻璃饮料瓶的外形上进行改动，瓶身贴覆粘土刻画出树木的肌理，然后细心地捏制了沉思的小人、美丽的小花、袖珍的小蘑菇、金色的叶片等等。

完工后，一幅饱满深情的"秋思"瓶饰跃然眼前，不禁让人拍案叫绝。珍妮说，艺术来源于生活，它不仅给人们带来享受，也陶冶自己的情操。

在上海家中，石库门上海老酒是常备的。一次烧菜，珍妮盯着手上的酒瓶，灵感乍现。

珍妮说，石库门上海老酒的酒瓶子是扁平的形状，非常适合做带门的石头屋。

她用瓶身贴出墙壁的石质纹理，再用风干粘土制作简洁的门窗及缠绕的古藤，点缀绿叶粉花，一款小清新风格的瓶饰脱颖而出。

　　珍妮在瓶饰中常用的材料还有印花餐巾纸。打上底色，简简单单地一贴，便给予那些废弃的碗盆、瓶子及饼干筒全新的生命。

　　当然，手工制作过程也不是一帆风顺的。

　　珍妮说，纸巾遇水会有折皱，如何贴得平整光滑那可要窍门。成品的表面也需涂上防水亮光保护油，以防氧化退色及损伤。

　　从上海到旧金山再到上海，从花卉种植到棉绳编织再到瓶饰艺术，珍妮不仅心灵手巧，她清丽淡雅的形象、娴淑温婉的性格，让人如沐春风，是一个灵魂中弥漫着花香的女子。

　　闺蜜们问她，那些瓶瓶罐罐到了你手上怎么可以变得那么美？珍妮莞尔一笑：你若有心，美可以无处不在……

农妇的昙花

　　后院的昙花开了。

　　可惜第一朵昙花盛开时，外面下着大雨。直到第二天早晨，才发现她已经开过了。

　　另外四朵昙花我们没有错过，用相机捕捉了她们绽放时的美丽。

　　细数这些年开在后院的昙花，都在夏末秋初。本以为"昙花一现"都是夜晚

绽放，但也有例外。

有一年夏末，昙花盛开在白昼，从上午10点一直开到下午4点。还有一次初秋，昙花在午后2点绽放。

昙花盛开，芬芳四溢。观赏之余，还可入药煲汤。

昙花入菜属于上品。做法多样，可咸可甜，清肺养颜，比藕粉香，比银耳糯，味道诱人……有人喜欢用新鲜花瓣入锅小炒，或者与排骨一起煲汤。

炎炎夏日，昙花还有凉拌的吃法。将昙花洗净后切段与黄瓜丝、粉皮丝等搅和在一起，加盐、糖、醋之类调料，最后淋上辣椒油。

我喜欢用昙花做甜羹。

将开完的昙花摘下洗净，去掉花蕊，加些冰糖炖煮，等昙花颜色变透明，汤汁变浓稠，就可以关火了。出锅时可以撒一点桂花和枸杞。吃不完也可以放冰箱，第二天取出吃，口感更佳。

昙花煲汤赏心悦目香气馥郁，有清热疗喘、养心安神之功效，还可以治疗心悸和失眠。

朋友说，昙花闪现人间，是美丽的忧伤。

可我觉得昙花惊艳于世，并无哀叹。热烈投入过，深情爱恋过，短暂又何妨？

电影《闻香识女人》中，有一场浪漫至极的探戈。当风度翩翩的盲人中校弗兰克搂着年轻美丽的女子跳起节奏欢快的探戈舞时，故事情节愈发引人入胜，把观众的情绪带入一个个小高潮。

奔放的旋律、顿挫的节奏、灵动的舞步，像是雨点打在莲花盛开的湖面，拨起阵阵涟漪。一个是双目失明的退役中校，一个是散发着淡淡芳香的女子……那段精彩绝伦的探戈，亦成为电影史上的经典。

阿尔·帕西诺演绎了暴戾自负、抑郁好色、正直并富有同情心的弗兰克中校形象。他是盲人，却有着异于常人的灵敏嗅觉，仅仅凭借女人身上散发的香水或

电影《闻香识女人》剧照

香皂的味道，就能猜测判断女人的体态容貌性情和教育程度。

影片中，一系列疯狂的举动过后，弗兰克拿枪对准了自己的脑袋……

电影里和弗兰克中校翩翩起舞的女子，还有曼丽老师和珍妮，都是那种由内而外，散发着迷人香气的女子。

有时候，生活是灰色的，暗淡的，焦虑的，让人们在毫无防备之时，陷入一点一滴的无助，抓狂和沉沦之中。电影中的弗兰克中校，经历过战争和挫折，意外失明后对生活产生了厌倦，原本设想以自杀为结局，却在开着法拉利飙车，与美女共舞，尤其是学校听证会上，他以查理监护人的身份所做的那段酣畅淋漓的演讲之后，成功保护了查理，也彻底改变了自己的人生轨迹。

影片表现了弗兰克和查理的互相救赎，对生命和尊严做了完美的诠释。而最终让弗兰克放弃自杀的念想，是因为他从查理这个高中生的身上，看到了人性的光辉。

所以啊，哪怕日子一团糟，也要保持善良，遵从内心。也许我们没有曼丽老师和珍妮的才艺，也没有查理那么勇敢和讲原则，更没有弗兰克中校的睿智和胆识，但是，当我们珍惜每一次遇见，无惧每一程风雨，善待每一寸光阴时，生活就豁亮了许多。

丢掉绝望，这个世界还有很多东西让我们留恋。

📅 | 2021年10月12日

再过半月，新泽西就要美哭了！

01

新泽西州又名 "The Garden State"，是美东地区最美的花园州。

我有很多朋友在纽约市工作，却住在新泽西州。生活在美东的华人，习惯称呼新泽西州为"新州"。

虽然与纽约仅仅一水之隔，但这里分布着大大小小的湖泊，景色秀丽的公园：

High Point State Park、蜿蜒曲折景致优美的德拉瓦河谷、被称为新泽西州尼亚加拉大瀑布的Paterson Great Falls、原为杜克家族豪华庄园的杜克农场、位于新泽西最南端的海滩度假小镇Cape May……

Paterson早在1778年，就被指定为美国第一个工业城镇。

美国的棉纺织、造纸、火车等众多工业都是从这里开始的，所以来Paterson游玩，可以参观美国工业发展的历史遗迹。

Paterson Great Falls当然没有尼亚加拉瀑布那么壮观，却有着岁月沉淀下的美。特别在夏日，飞瀑直下，势如奔马，激昂咆哮，珠玑四溅，令人赏心悦目。

然而我最喜欢的景点却是Liberty State Park。那里有观看曼哈顿南端最美天际线的最佳位置。

占地1212英亩，隔着哈德逊河，从Liberty State Park可以眺望纽约湾、自由女神和艾利斯岛。

碧海蓝天，白帆穿行，气淡神闲，何其悠哉，无论从哪个角度拍照都是那么惊艳。

普林斯顿大学

事实上，它是距离自由女神最近的地方。

还有新州的Princeton，因普林斯顿大学而闻名遐迩，幽静美丽，是一个别具特色的乡村都市。那里老宅很多，因为学区好，所以房价不便宜。

很多年前，我曾陪国内朋友一家人去参观过普林斯顿大学。朋友非常喜欢大学周边环境的书香气，甚至动了在小镇上买一套房的念头。可是后来，儿子考取了加州的大学，买房的事就作罢。

戏剧性的是，又过了几年，朋友一家移民美国。机缘巧合，他们最终还是定居在普林斯顿市。

朋友说，这叫"念念不忘，必有回响"。

众所周知，新泽西州的公立学校系统，是美国最好的，没有之一。

据美国《Education Week》的数据，得分为87.3的新泽西州，在大、中、小学教育，以及学前教育领域的排名，位于全美第一。第二名和第三名分别为马萨诸塞州和佛罗里达州。

华人注重教育。美东地区，华人家长买房或者租房在新泽西，为的就是让孩子享受这里高质量的公立教育。从小学到高中，公立学校都是免费的。而新泽西的私校另当别论，那是另一种精英教育模式。

新泽西有背靠纽约的繁华便利，又有风景如画的恬淡舒适。浓浓的书卷气，更为这个花园州加分不少。

除了拥有普林斯顿大学、罗格斯大学、斯蒂文斯理工学院、新泽西理工学院等著名高等学府外，新州闻名全美的还有药企。

这里拥有JOHNSON & JOHNSON、MERCK、WARNER-LAMBERT等著名药企。制药企业发达，在全美名列第一，被誉为美国乃至世界制药业的心脏。

药企发达，医院排名也不错。前不久，《美国新闻与世界报道》发布了国家、地区和州一级的医院排名，新泽西州有13家医院达到"高水平"标准，入围最好医院。

新泽西州还有一座城市，位于大西洋沿岸的阿布西康岛，以Boardwalk

Englewood医院的急诊室条件很好

和赌场著称，它就是仅次于拉斯维加斯的美国第二大赌城：大西洋城。

从纽约到大西洋城，自驾两个多小时。没车的朋友可以选择坐巴士。巴士公司和大西洋城的赌场常年合作运营，车站设在曼哈顿唐人街，皇后区法拉盛和布鲁克林三处，往返票价25美刀。

为了吸引游客，买票去大西洋城还可以得到50美刀赌博券。这相当于免费乘坐巴士，另外还获赠了25美刀赌资。

邻居芬妮经常去大西洋城，但是她并不热衷赌博，而是喜欢去那里观光购物。她说，周末的时候，一家老小来这里玩水、吃饭、日光浴，真是不错的选择。

这里更适合老年人度假。除了赌场，大西洋城的休闲海滩，Outlet，价格实惠的酒店，还有诱人的餐馆和小吃，对有钱又有闲的退休老人吸引力很大。

其实我至今还未去过大西洋城。想着距离这么近，想去玩还不是分分钟的事儿，结果疫情来了，哪里也去不了。

现在疫情平缓了许多，加上打过疫苗，胆儿也肥了，List一个出游清单，想去很多地方，大西洋城却不是我的首选。

02

新州自行车赛

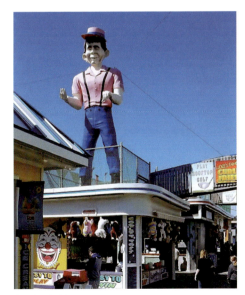

新州汤姆镇

新泽西州的秋天，是别有一番韵味的。

新州不大，却拥有130英里崎岖的海岸线，需要花时间去踩点和探索。

这里有山脉、田野、森林、湖泊、瀑布……还能观赏到令人惊叹的野生动物。很多州立公园，除了历史遗迹，还可以远足、骑自行车、钓鱼和游泳。

其实，好看的秋天没有特定的模式，那只是一种情绪。是因念而起的感怀，是肉眼可见的欢喜。

新泽西有很多美丽的小镇，Hunterdon County克林顿小镇是比较出名的。

作为新泽西最美小镇之一的克林顿小镇，只有数千人口。蜿蜒的河流South Branch Riritan River贯穿小镇，刚好将镇上的两个地标建筑物红磨坊The Red Mill与石磨坊The

Stone Mill隔开。

红磨坊博物馆的前身是19世纪的羊毛加工厂，于20世纪60年代被指定为博物馆，现如今收集了4000多件古物。

通过展览，人们可以了解红磨坊当年的作用，以及小镇曾经繁华的生活景象。

依山傍水，湖光山色，更深露重，烟波浩渺。站在新州的黄昏里，满目皆是色彩。

钓鱼的小哥，划船的情侣，嬉笑的孩童，翱翔的海鸟……

树叶，正悄悄变着颜色，有的由绿变黄，有的由绿变红。

无论是漫步山间幽深的小路，还是泛舟温柔恬静的湖面，抑或登高远眺，层峦叠嶂，植被茂密，这里的一切，浓墨重彩地绽放着秋的讯息。

新州人却说，时候未到。想看最美的红叶呀，再等半个月！

练瑜伽的女子

郊外爬山，偶遇一健身的女子，在飘满树叶的山间步道上练瑜伽。她身材娇小，身体柔软，各种体式，松弛有度。

女子看见我们，礼貌地微笑打招呼，然后旁若无人地继续练瑜伽。

网络上流行这样一句话，女人最好的闺蜜是：烟火里谋生，月光下谋爱，文字里谋心，音乐里谋魂。

其实，就是做最真实、独立、快乐的自己。

上海朋友打来电话，说她女儿纠结了许久，最终还是赴美读研了，放弃了入职陆家嘴一家不错外企的机会。

朋友叹口气说，孩子大了，让她自己选择自己的人生吧。放眼未来，对与错，得与失，谁又能说得清楚呢。

是啊，这个世界是守恒的。

我们得到的每一件东西，都是用失去的东西换回来的。而人的一生究竟能得到多少东西，冥冥中早已注定。

末了，朋友带着兴奋的语气说：也好，女儿去了新泽西的大学，以后我和她爸爸可以去美东旅游，到新泽西看红叶啦！

意阑珊，叶金黄。一念秋风，满腹相思。

新泽西的秋天，每年都不一样。随着气候变暖，入秋之后的天气已经没有前些年寒凉，树叶也相对红得晚些。

今天是美国哥伦布日，与加拿大的感恩节是同一天，都是10月的第二个星期一。

由于是长周末，我们在疫情之后，第一次驾车去了新泽西的百货商场。停车的时候，发现周边的树已经一片黄艳艳了。

关在家里太久了，去逛个Mall也很开心。虽然现在人气还不行，但整个新州的经济状况在慢慢向好。

有人说，新泽西的秋天，能把人美哭了。赞誉虽然有些夸张，但新泽西的红叶，确实是沉静内敛、缤纷难忘的。

北美的秋天或短或长。住在卡尔加里的老同学发来微信说，他们那里，此刻正飘着雪花。

老同学调侃：窗外树叶金黄，大雪纷纷扬扬。不过今年的雪，下得已经算迟了。卡尔加里的冬天，来得比往年更晚一些。

我一直觉得纽约新泽西地区的雪季太长，和卡尔加里比，真是小巫见大巫啊。

美国进入10月之后，各种节日接踵而至。过完Columbus Day，接下来就是万圣节。然后是感恩节，圣诞节……12月31日迎接新年，这一年就过完了。

流光易逝，我却一点都不沮丧。疫情以来，我只盼日子快点过，盼着这个世界快点恢复常态。

天黑了，哈德逊河一片静谧。成群结队的野鹅觅食归来，懒懒散散地游弋到河岸。

夜幕下，水天一色，湛蓝祥和，纽约市的繁华和新泽西的质朴彼此映照。此刻的思绪像河水，随波逐流，肆意蔓延。

月高悬，对影仨，思念悠悠。

秋红黄，杯盏双，饮尽乡愁。

📅 | 2021年10月30日

纽约的红叶，错过了就要等一年

纽约的红叶是迷人的。十月底，金秋的面纱被轻轻撩起。面纱下，是宛如少妇般成熟娴雅、风韵动人的姿色。

趁着阳光灿烂好天气，我们决定去Harriman State Park赏秋叶。

那里是纽约州第二大州立公园，位于纽约市北面30 miles。森林茂密，湖泊幽静，适合野餐和聚会。带老人散心，带孩子出游，都是不错的选择。

因为天气暖和，今年纽约市和新泽西州北部的树叶，红得比往年要晚一些。

我们邻居刚从纽约上州回来，他说那里的红叶已经at peak了。

下面是10月27至11月2日纽约州的秋叶变化图。想去看秋景赏红叶的人们，可以参考这个图，选择出行的目的地。

Harriman State Park紧靠熊山西南侧，那一带有许多大大小小的湖泊。

因为公园的主干

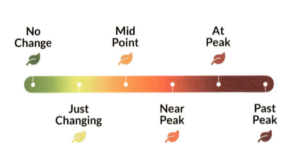

道叫七湖路Seven Lakes Drive，所以这里常常被人们称为七湖地区。距纽约市不远，不到一小时车程。

我们沿着Palisades Pkwy公路行驶，先到了Lake Welch。

这一处景点是每年秋天必来的。树叶缤纷，云朵洁白，湖水湛蓝，茂密的芦苇在微风中轻轻摇曳，烘托出一片静谧的秋意，仿佛置身世外桃源。

金秋，让生活在美东地区的人们，像变换色彩一样，变换着心情。

此刻，正是赏秋的好时机。一路上阳光暖暖的，远处山峦层层叠叠，近处树叶色彩万千，令人赏心悦目。

那些枝头的叶片，黄灿灿或者红艳艳，浸染了岁月的相思，绽放着从容的美丽，在入冬之前，飘飞入土，化作尘泥。

在Lake Kanawauke，我们看见一个红色的皮划艇。主人把小船放在湖边，然后和家人一起BBQ，吃饱喝足，泛舟湖上。中年大叔说他在纽约工作，周末常来这里划船，秋天的七湖风光，是一年中最美的。

中午时分，我们在这里野餐。喝一罐啤酒，啃几个烤鸡翅，晒晒太阳，树下打个小盹，真是太惬意啦。

七湖区树种丰富，有红橡、枫树、桦树、山核桃、山毛榉等。准备离开时，观景、拍照的人渐渐多起来。

在Kanawauke Rd.对面有几个小湖，景色也非常不错。

多彩的秋叶，翠绿的湖水，温暖的秋阳，悠闲饮水的野鹅，艺术感十足的枯藤，让眼前的一切，显得如此温婉动人。

发呆的功夫，Google了一下，七湖由南至北，分别是：Lake Sebago、

喜欢这里的芦苇

Lake Kanawauke、Lake Skannatati、Lake Askoti、Lake Tiorati、Silver Mine Lake、Queensboro Lake。

Lake Skannatati的湖水明亮如镜，秋风下荡起微微的涟漪。美中不足的是停车场比较小，停车位难找。

离开Lake Skannatati后，沿着Seven Lake Dr.驾车向北行驶，汽车在湖边树林中穿梭。

红叶将秋色晕染开来，一路上的风景美不胜收。

Silver Mine Lake也叫银矿湖。旁边有一个坡度很大的滑雪场，只是我们每次去的时间，要么在夏天，要么在秋天，都不是冬天落雪的时候，所以那个大坡看上去总是绿油油的。

银矿湖里到底有没有银子啊？

我寻思着，银矿湖里应该没有银子，就像老婆饼里没有老婆一样。

从游览Lake Welch开始，手机就一直连不上网。离开银矿湖之后，开车穿过Bear Mountain State Park（熊山州立公园），手机终于有信号了。

我们没去熊山公园。因为天气好，出来秋游的人实在太多。排队进停车场的汽车，已经排到高速公路进熊山公园的路口了。所以想看熊山美景，一定要赶早。

熊山是哈德逊河边的一个州立公园，因为山的轮廓看起来像一头熊躺在那里，由此而得名。

熊山有两个不错的酒店，Overlook Lodge和Bear Mountain Inn，如果是情侣，可以小住两天，过浪漫的二人世界。

熊山上有熊吗？我倒是从未见过。但是住在新泽西的朋友告诉我，熊山上确实是有熊的，多年之前他曾在熊山见过黑熊。

熊山有熊出没？

熊山在纽约地区名气挺大，一年四季游客不断，景色属秋季最佳。

树叶飘飞，漫山红遍，这里是郊游胜地，也是表白爱情、拍摄婚纱照的好地方。

熊山附近还有著名的西点军校，非常值得一游。

如果去西点军校参观，一定要记得带上身份证明，本地居民出示驾照，外国游客出示护照。

离开熊山公园，我们的下一站是Fort Montgomery（蒙哥马利堡）。

蒙哥马利堡是美国纽约州奥兰治县的一个小村庄，这里的树叶偏绿带黄，游客稀少，很多设施保留着原始的风貌。

还有一处美景，就是跨越哈德逊河的高架桥Walkway Over The Hudson，在哈德逊河上方212英尺的位置。

高架桥连接东岸的Poughkeepsie，西岸的Highland，全长一英里多，是世界上最长的高架人行天桥。这里也是摄影爱好者的天堂，有无数步道，登高远眺，俯瞰哈德逊河谷，将整个秋天的景色尽收眼底。

变换的四季，宽广的河流、五彩的山谷，静谧的农场，安逸的小镇，哈德逊河谷被国家地理旅行者杂志评为全球20个必去游览的目的地之一。

朋友说，高架桥上可以360度观赏秋景。走进秋日的青山碧水绿树红叶，逃离城市的喧嚣，心境变得宁静悠远。

从中央公园到西点军校，从哈德逊河沿岸到长岛地区……纽约观赏红叶的地方很多，无论自驾、划船、徒步、登山，不同的时间，不同的地点，红叶的意境各有千秋。

纽约的红叶古朴自然，有一种原始的魅力，野性又豪迈。错过了，就要等一年。

在这思念的季节，晒几张红叶，述一段温情。愿这静好的时光，穿越秋日斜阳，穿越姹紫嫣红，穿越悲喜无常。

Marty的快艇&色色的晚秋

01

自从Marty爱上划船之后，每一个日落清晨，在他的眼里，都是全新的景色，都有别样的风情。

先是玩皮划艇。纽约州，新泽西州，但凡有湖泊的公园，Marty几乎都去踩过点，划过船。

划累了，Marty躺在小船里，让皮划艇静静漂浮在水面上，随波逐流。

Marty见过凌晨五点的月亮，也见过日落前一分钟的太阳。

他说，湖水像翡翠一般，闪着魅惑的光泽。湖边的大树，历经春秋冬夏，悄悄变换着颜色。

湖畔那种静谧的美，总是令他深深沉醉。

比较下来，Marty觉得在哈德逊河划船，比在新泽西湖泊里划船更刺激。哈德逊河上常常有风浪，划船的难度比在平静的湖面要大许多。

作为纽约州最重要的河流之一，哈德逊河由意大利探险家乔瓦尼·达韦拉扎诺于1524年发现，全长507公里，自北向南，流经纽约州东部，纽约市，奥尔巴尼市，流域面积可达34628平方公里。

哈德逊河是纽约的母亲河，也是纽约州的经济命脉。

划船是一项健身运动。Marty挑战过皮划艇之后，觉得不过瘾，想试试快艇。调研了一番，Marty在网上订购了一艘快艇。在十月的金秋，Marty的快艇，终于开进了哈德逊河。

无惧冷风扑面，驰骋哈德逊河。Marty戴着墨镜驾驶快艇的样子，真是太酷啦。

独乐乐不如众乐乐。Marty是一个喜欢分享的人。自从买了快艇，他的户外运动时间更多了。他热情地邀请朋友、邻居、同学、同事们乘坐快艇，在水上游览哈德逊河两岸的风光。

Marty开快艇

哈德逊河上的皮划艇

哈德逊河两岸景色迷人，建筑群高高低低、错落有致。有的恢宏大气，有的唯美精致，有的历史厚重，有的时尚新潮。

当快艇靠近自由女神像时，大家凝神观望。天空湛蓝，碧波荡漾，女神端庄温婉，两岸景色相得益彰。每一幅照片，都是为之惊叹的美丽画卷。

哈德逊河的水很清澈，河道水深都在12米以上，大船小艇自由穿行在深秋的风里。

因为航运业，带动了哈德逊河谷地带的繁荣。哈德逊河就像一条纽带，把纽约州的经济、政治、文化、旅游、体育连成一个整体，被誉为纽约州的"黄金水道"。

在Marty的快艇上，我们巧遇皮划艇船队。一艘艘红红黄黄的小船，在蓝色的河面上驰骋，点缀着晚秋的哈德逊河。

在纽约人心中，哈德逊河不仅富饶美丽，还是一条幸运的母亲河。她曾经迫降过飞机，拯救过生命。

当年，全美航空1549号班机在起飞两分钟后，遭到飞鸟攻击，两架发动机全部熄火，机长萨利决定在哈德逊河上迫降，155人全数生还。

电影《Sully》，是根据2009年全美航空1549号航班迫降事件的真人真事改编。

影片拍得精彩震撼，是我喜欢的影星汤姆汉克斯主演的，讲述了萨利机长在发动机失效的紧急情况下，成功迫降哈德逊河，拯救生命的故事。

在哈德逊河上，可以看到自然与艺术融合的VIA 57 West金字塔型住宅楼，沉浸式体验的Little Island，停泊在港口的豪华邮轮Norwegian Cruise，被纽约人称为大

松果的150英尺高Vessel，庄严肃穆的Riverside Church，傲然挺立的世贸中心一号楼……

Marty在哈德逊河上划过皮艇，开过快艇，淋过春天的如丝细雨，晒过夏天的似火骄阳，赏过秋天的斑斓色彩，见过冬天的漫天飞雪。

Marty不仅仅会玩船，他才艺双全，能文能武，作为我们24 Hour Fitness健身群的群主，还是动手能力超强的达人。

修房屋，刷墙面，改装电梯，玩车玩船，样样在行，还学过开飞机。

二胡，萨克斯，古筝，小号，手风琴……不管什么乐器，他都能顺手拈来，无师自通，演奏起来有模有样。

Marty说，在这寡淡的世上，有着最迷人的烟火。

中年以后，我们要学会与自己对话，与内心妥协。看轻利益，看淡得失，看重亲情友情，才能活得平心静气，豪情万丈。

02

Marty常去哈德逊河开快艇。快艇下水的地方，是一个叫Ross Dock Picnic Area的公园。

晚秋的Ross Dock Picnic Area，值得一游。

驾车从曼哈顿Uptown穿过乔治·华盛顿大桥到哈德逊河对岸的新泽西，不堵车的话，也就一刻钟。

午后的阳光暖得让人犯困，开上Henry Hudson Drive后，心情变得愉悦起来。一边驾车，一边欣赏路边的景色。不一会儿，就到了哈德逊大桥下的公园。

Ross Dock Picnic Area挺大的，休闲放松，富有野趣，特别受情侣们青睐。

这里也是海鸟，松鼠，加拿大鹅，野兔等小动物的欢乐家园。面对镜头，加拿大鹅不慌不忙镇定自若，甚至摆出各种姿态，任你拍摄。

Ross Dock Picnic Area环境朴实宁静。从这里可以欣赏到乔治·华盛顿大桥的全景，以及哈德逊河两岸风光。

阳光穿过厚重的云层，照在山水树木上，树叶呈现出美丽的红色、橙色和黄色。

远处的曼哈顿建筑群时而朦胧时而清晰，在嶙峋突兀的岩石上眺望纽约的天际线，景色神秘又美丽。

公园里有很多长椅和烧烤架，亲朋好友们可以野餐。河边空气清新。这里也是散步、遛狗、写生、恋爱、以及拍摄婚纱照的好地方。

哈德逊河岸，有许多令人印象深刻的岩壁，以及一丛丛攀绕在岩壁上的红叶。

她们在斑驳陡峭的岩石上蜿蜒着，挺立着，张扬着，表现出旺盛的生命力。

昨夜一场雨，落叶纷纷扬扬。

早上醒来，天空澄澈，云朵飘忽，微风清扬，满地落黄。缤纷的色彩绽放在一树树静默中，唱着如歌的晚秋。

其实最美的晚秋，不在遥远的地方，就在家门口，就在你我身边。我们却无法留住这么迷人的晚秋，就像我们无法留住那些美好的时光。

小雪节气已过，窗外秋叶飘零。

一年一度的感恩节，在丰盛的火鸡大餐和梅西百货惊艳的大巡游中落幕。11月底，大纽约地区的天气越来越冷。黑色星期五的夜里，气温降到摄氏零度。

经历了Covid-19大流行，经历了相聚和别离，经历了错乱和悲伤，纽约人心中那些惶恐和不安，已经渐行渐远。剩下的，是对自然的敬畏，对无常的淡定，对岁月的不舍，对生命的珍爱。

以后的以后，谁知道呢。

平淡如水的日子，因为拥有而感恩，因为努力而丰盈。

📅 | 2022年1月8日

2022年的第一场雪

昨夜一场大雪，下得悄无声息。

早晨醒来，阳光暖暖地洒在银色的屋顶上。焦黄的树叶，仍然倔强地挂在枝头，在冬日的微风里轻轻晃动。

2022年的第一场大雪，给大家带来喜悦的同时，也给出行带来了烦恼。LaGuardia，JFK和Newark Airport因这场雪取消了500多趟航班。

而在大雪过后，住在独立屋的每户人家都需要把家门口人行通道上的雪铲干净。

雪刚停。我家斜对门的邻居埃斯特就戴着红色的保暖帽，穿着她那双标志性的绿色雨靴走上街了。

埃斯特戴着红帽穿着绿雨靴

她指挥着前来铲雪的西语裔兄弟，先把她家车道上的雪铲除干净，然后再去帮我家隔壁的埃迪老太太家铲雪。当然，干活前，先谈好价钱。

昨天傍晚散步时，我们碰见埃迪的儿子爱德华了。

爱德华说，自从母亲去世之后，他不太愿意来老房子。每每看见屋内熟悉的窗帘和饰物，似乎还存着母亲的气息，他心里就很难过。

So……爱德华说："我想我还是住在曼哈顿的公寓里吧！也许，过几年我会搬过来和你们做邻居。反正现在是疫情期间，什么都做不了，I should do nothing。"

我们问他有什么需要帮忙的？爱德华说他看了预报，知道第二天要下雪，已经委托埃斯特帮忙请人来铲雪。

埃斯特一扭头看见我们，缓步走了过来。

她说，今年铲雪的人工费也涨价了，要80美刀一户人家，包括清理车道和门前的积雪。但如果是两家一起包给工人做，他们只收150美刀，可以节省10美刀。

埃斯特是个热心肠的老太太，还有我们的台湾邻居杨先生，为人都很nice，平时有什么需要帮忙，打一声招呼就ok了。

去年，隔壁邻居埃迪去世了。我们另外一个好邻居克莱蒙一家为了照顾孙子孙女，也搬家去了佛州，令我伤感了好一阵子。

镇上的铲雪车来得很及时。就在我看着雪景发呆的工夫，铲雪车已经把我们这条街主干道上的雪都清干净了。

我不喜欢大纽约地区漫长寒冷的冬季，却很喜欢下雪后的小镇风光。

银装素裹，剔透妖娆。每户的房前屋后，都覆盖了纯白色的积雪，像厚厚的棉被。这让本就安宁的小镇，显得更加静谧。

我们把车库里的铲雪车推出来，清扫了路面的积雪。还不错，这次铲雪车没有像去年那样，铲到一半就熄火。

回家煮咖啡的时候，刷刷手机，我的朋友圈已经开始晒雪景了：阳台、花盆、窗台、后院……

邻里们分享着雪后天晴的美好心情。

安娜和女儿是小镇的新居民，她们来自温暖的南加州，很少遇见下雪天。

这场大雪让母女俩开心极了。她们踩着厚厚的积雪，深一脚浅一脚地在家附近拍摄雪景，女儿还用雪堆了一个小动物。

朋友才文家的后院，有一株沙棘，红红黄黄的果子像小灯笼一样挂在枝杈上，在皑皑白雪的映照下分外醒目。

雪天对孩子来说，就是白色的童话世界。

才文把圣诞节的装饰物进行了改造和创新，给孙子做了一个俏皮的小雪人。她说，这场雪下得很认真，有6英寸厚。

才文的孙子今天玩雪也玩得很认真，堆雪人的过程，刨雪，搬运，装扮，兴高采烈，乐此不疲。

住在曼哈顿的朋友萍儿，一早就去了楼下的中央公园。

偌大的公园里，萍儿看见跑步的，遛狗的，骑车去上班的，有说有笑散步的，还有一些是和萍儿一样出来透口气，观赏雪景的纽约人。

萍儿说，纽约人无惧风雪。疫情爆发两年，病毒不断变异，Omicron正在扩散，纽约疫情正处于令人焦虑的时刻。2022年的初雪，却给人们带来了欢喜。

2022年的第一场雪，比往年来得更早一些。虽然机票还没着落，我却下意识地开始收拾行李，只一会儿，就把一只准备托运的大箱子塞得满满的了。

望一眼窗外还没来及消融的雪花，心底那根思念的细线，疯狂地向远方遥遥伸展……

📅 | 2022年3月31日

纽约的烟火，我的三餐四季

修车那些事

可能是前几天下雨没注意，从图书馆回家的行驶途中，一粒尖锐的小石子飞溅到汽车玻璃上，回家后也没检查。

第二天要外出，坐进车里才发现，汽车前挡风玻璃上，有一道新鲜的长长的裂缝。

在美国，像汽车修理，房屋装修之类的活儿，通常是找人做。但如果能力范围所及，就自己做。这样的话可以去选购比较好的零部件材料，最重要的是省钱。

美国的普通家庭，汽车只是代步工具。除非经济状况特别好，一般不会开豪车。

有一次，开车去曼哈顿上城看望一个朋友，车停在路边，离开时，发现汽车一侧的门锁被捅坏了，有人试图打开车门。

朋友说，应该是哪个醉鬼或者瘾君子透过车窗玻璃，看见座位上放的一只布包，以为里面有值钱的东西，于是起了邪念。

锁坏了简单，买一把新锁换上即可。令人气恼的是车身划痕。纽约街头，车停在路边被划的可能性是有的，这座城市本就鱼龙混杂，形形色色什么人都有，除非抓现行或者有监控，否则车被划了也很难找到谁干的。

曼哈顿街头停车难一直被吐槽。

有时候好不容易发现一个刚好可以停进去的车位，只能拼车技，前车头拱拱，后屁股撅撅，硬挤进去。这里大多数司机的停车本事都是一等一的牛掰。所以在纽约开旧车比较好，磕磕碰碰地也不心疼。

这次挡风玻璃破损，我们自己搞不定。于是网上预约了专门换汽车玻璃的店家，他们说，可以上门服务。

一个头发花白的老师傅很快过来了。他手脚麻利地卸下那块破裂的挡风玻璃，置换了一块全新的，不到1小时就搞定了。

一共300美刀（含税），另外付了20美刀小费给师傅。

我家这部车开了11年，一共行驶了6.8万mile。除了上下班和购物外，还包括每年去一趟多伦多，每年两次外出自驾游。当然这两年因为疫情，我们大部分时间宅家，汽车的使用率并不高。

挡风玻璃换好没几天，汽车又出状况了。买菜回家停好车，后盖箱无论电控还是手动，怎么也打不开。只好把后排座位放倒，趴进车里用工具把后盖捅开。

干脆做一次全面检查。我们把车开到一家专业汽车维修店，结果发现是乌龙一场。

两个师傅认真查了半天，发现后备箱的安全锁根本没坏，是电控被人为关闭了。

原来，在汽车副驾驶座位前面的小抽屉里，有一个开关。不知道什么时候，谁无意间触碰了一下，不小心给关掉了，结果导致后盖箱打不开。

而我竟然从不知道控制汽车后备箱的电控开关，隐藏在副驾驶座位前的小抽屉里。

维修店的老板查了一下维修记录，说这些年我们这部车的所有维修，包括换机油，换电池，换刹车都是在他家做的，是老客户了。这次后备箱只是检查了一下，没换任何零件，就给我们免费了。

维修店一次消费满100美刀，就会获得一次汽车的免费清洗。

休息处还有免费的咖啡喝。估计当天洗车的人多，拿铁和卡布基诺都没有了。

为了防患于未然，我们决定把车全面检修一遍。该修理的修理，该置换的置换。仔细算了一下，维修店老板列出了一串有必要更新的零部件换修价格表。

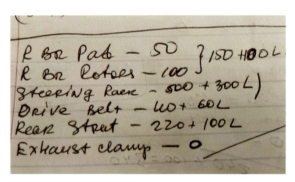

汽修店开出的部件换修价格

打折后的价格一共是1500美刀。

虽然感觉小贵，还是接受了。疫情期间自驾更安全，不再搭乘地铁和大巴出行。

我想这次整修后，这部车至少再开个三五年，不会有什么大问题了。

相比中国，美国的人工费贵得吓人。

所以如果是在质保期内的新车，有任何问题就去dealer那里；如果是保养比较好的二手车，需要修理就去本地修车行；如果换轮胎，去Costco就不错，东西好，价格也实惠；如果买的是比较旧的便宜二手车，需要维修的话，就去找华人修车铺的师傅，可以讨价还价。

其实在美国生活，不少家庭都会学习一些汽修原理和机械常识。一些小问题小故障，很多丈夫甚至单身女性会自己动手修理。对汽车基本结构和机械原理有一定的熟悉了解，修车时就不会轻易被人宰。

上面说的都是维修的事儿。大家知道美国汽车的售价，比中国便宜太多。像标配的宝马奔驰等车，在美国也就4万多美刀，国内却要五六十万人民币。同样品牌和配置的车，在美国买要比国内便宜一半。

我们小镇的亚裔占比三分之一。居民们特别是韩国人最喜欢售价5万美刀的雷克萨斯RX350，据说这款SUV是全美汽车评比中安全系数最高的车，减震特别好。

生活在这里的华人认为，购置车辆，适合自己的就是好的，安全系数第一，不会因攀比而买豪车。

购物的体验

普通百姓的衣食住行，在美国生活，性价比更高一些。

记得赴美第一年，我在上海买了一个4千多元人民币的Samsonite拉杆箱，里面装满了我自认为高档的大牌服饰，漂亮的大衣和皮鞋，套装和裙子。

结果来了美国，发现同样款式和大小的新秀丽拉杆箱，只要200多美刀。而那满满一箱为了出国而买的名牌衣服，竟然根本就没机会穿！

除了屈指可数的几次朋友的婚礼，为数不多的正装Party，几乎没机会穿我漂洋过海带来的那些套裙，风衣，大衣和高跟鞋。

这里穿着随意就好。

春天：薄羽绒衣或者棉外套+薄棉裤或者厚牛仔裤+运动鞋。夏天：牛仔短裤+T恤+人字拖。秋天：纯棉卫衣+牛仔裤+耐克鞋。冬天：厚羽绒衣+棉裤或绒裤+棉靴。

纽约地区的一年四季，基本上就是牛仔裤+休闲鞋+或厚或薄的舒服上衣即可。

在美国买牛仔裤不贵，比如Lee或Levi's，一般三五十美刀，特价的时候，二十美刀也能买到。一件绣花的牛仔上衣，一般四五十美刀。而国内卖到一两千人民币的耐克鞋，这里一百美刀左右。

美国的穿衣打扮，都以实用为主，贴身舒服排在第一位。

在美国做断舍离很简单。过季的衣物鞋帽，老旧款式，或者全新未穿过的，只要是完整的干净的，步行或者开车，捐赠到社区中心的回收点就行了。

这些年生活松散随性，我变得愈发土气。每次回国都要改头换面，从头到脚

顾客排队进Mall买耐克鞋

社区衣服鞋子回收站

重新修饰一番，来适应上海的海派时尚氛围。

聚餐时，闺蜜们打趣我的穿着。我说如今真成美国农民了，土得掉渣。不过在美国生活，当地人绝对不会因为一身名牌服饰而高看你一眼。

美国的多元文化尊重每个人的标新立异，也尊重每个人的平凡普通。

我发现在美国商场里买的服饰，如果标着"Made In China"，那质量是要远远高于在国内买的。

还有食品，我在美国买的来自中国的食品和调味料，质量更好，价格比国内还便宜，这点让我感到难过。好东西都供应到海外了，国内却下架了。

我的美国朋友，大多数是中产阶层。如果做到开源节流，日子可以过得比较舒坦。

在美国，1美刀可以喝杯咖啡，50美刀可以买件名牌衬衫，100美刀可以请几个朋友吃上一顿大餐，200美刀可以买双意大利皮鞋，500美刀可以买台笔记本电脑，1000美刀可以买辆二手车。

虽然疫情这两年通胀厉害，美国食品价格上涨了不少，但是在超市买食材回家自己做饭吃，还是比较实惠的。

今年的物价涨幅，比去年更甚。

时光清浅，人生百味。不苛求，不计较，不生气，不放弃，就是我们对无奈人生最大的反击。

寿司店门口的年轻人

春花又绚烂

春日的黄昏，连翘花在低吟浅唱。

光线柔和的路灯下，是微醺的影子。街角的咖啡店，飘散出咖啡豆研磨后的醇香。

还有那家无论有没有疫情，人气都一直爆棚的寿司店，带着悄无声息的浪漫，只为晚归的纽约客和小情侣们敞开。

疫情之前，几乎每年的三月至六月我都在回国探亲，几乎很少能感受纽约的春天。

大流行期间，机票难，检测难，隔离难……虽然难上加难，记挂年迈双亲，特别是住院的老爸，今年仍有回国的打算。

索性抛开烦心事，静下心来看看春天，感受这里的清新温婉，以及偶有冻雨冰雪带来的倒春寒。

小镇的公共场所和一些家庭，趁着晴好天气开工啦。铺设路面，重修泳池，置换屋顶，装饰墙面等等。

外出散步，碰见许多年轻的亚裔面孔。

市长移民事务办公室最新的年度报告显示，纽约目前有大约300多万移民人口，说200种不同语言。中国出生的第一代华人新移民已构成纽约第二大移民群体，有32万人之多，仅次于多米尼加移民。

纽约是世界金融中心，是全球最多元化的城市，是800万不同种族移民的家园。

时而乌烟瘴气，时而百媚千娇。她的冷漠和堕落，只一眼就能看见。她的包容与美好，却需要花时间慢慢去体会。

纽约地区房价从疫情好转之后，开启了上涨趋势。原本搬家到新泽西州和康州的纽约人中，有一部分又搬回到纽约。

通货膨胀也使得房租价格疯涨，草根生活雪上加霜。据报道，全美2月份的

平均租金比去年同期增长了15%。目前曼哈顿公寓的房租中位数达到3000多美刀。

还有居高不下的地税、糟糕的治安、种族的矛盾……纽约的丛林社会，问题一大堆。

然而这座城市的接纳和理解，自由和激情，多彩的文化，丰富的内涵，国际大都市的底蕴，提供的诸多就业机会和社会福利，仍然是许多人向往的伊甸园。

纽约的教育医疗，工资待遇，食品安全等等，有着许多其他城市无法比拟的优势。

我认识的两个移民家庭，为了孩子能够享受纽约免费的公立学校优质教育资源，巴西妈妈放弃了圣保罗医院稳定的职业，韩国妈妈放弃了家乡首尔高薪的工作。

而衡量幸福与成功，纽约人有着自己的评判标准。他们更看重健康的体魄、和谐的家庭关系、孩子学习兴趣的培养、丰富的人生阅历等等。金钱多少，排位靠后。

草色青青，碧空如洗。

家门口淡紫色的玉兰花和纯白色的泡泡花同时绽放。四月，开始在后院春耕了。

种一片地，日子有了希冀。烹一壶茶，小屋有了香气。读一本书，岁月有了诗意。念一个人，梦里有了相遇。

一朵玉兰，惊艳了一个春天

发小问我：如果时光倒流，让你再选一次，还会出国吗？还会定居纽约吗？我说会的。世界那么大，一定要看看。如果可以选择，依然去纽约。

漂泊的日子里，婆家是平淡的烟火，娘家是灵魂的归途。

卡耐基曾写给女人这样一段话：

这个世上能百毒不侵的女人，都曾伤痕累累，能笑看风云的女人，都曾千疮百孔，每个自强不息的女人，都曾无处可依。每个看淡情爱的女人，都曾至死不渝。

刚刚过去的三月，是令人心痛的。失控的疫情，残酷的战争，突发的空难，难挡的灾害……还有莫测的未来。有生之年，我们每个人还要经历许许多多的艰难。

当下的安宁，显得弥足珍贵。

人间浮躁。索性把生活调成静音模式，不管外界纷扰，心无旁骛地做自己喜欢的事，才能不负这明媚的春光。

时间是静止的，衣食是无忧的，核酸是阴性的，你是爱我的。

有什么好忧虑的呢。

人在旅途的
邂逅

2019年6月18日

江南古城六月天

01

立夏之后是小满、芒种、夏至……日子一如既往的匆忙。来不及细数，已从指缝中溜走。

住院的老父亲，看我的表情一脸茫然，好像不认识。经历几次抢救，父亲的身体愈发脆弱，犹如风中的残烛，随时随地会熄灭。

母亲的焦虑像初夏的雨，还没看到乌云，就没头没脑地砸下来……而且，记性越来越差，耳朵越来越背，脾气越来越大。但她每每坐在病床前，握着父亲那没有知觉的手，眼神里就会流露出

楼下那一池碧绿的荷

满满的疼惜和爱意。那一刻，我真的希望时光静止，这样的画面能够定格。

闻着淡淡的荷香，从母亲家住的小区散步5分钟，就走进了晨曦中的西津渡。这是镇江文物古迹保存最完好的地方，也是这座古城的"文脉"所在。

在西津渡古街上的"太平泥叫叫"非遗传承点，我见到了失联多年的老友宝康。我们认识快30年了！宝康有一双灵巧的手，会设计制作各种精美的手工艺品。

"太平泥叫叫"能吹响，祈太平，是发源于镇江华山村的民间玩具。飞禽走兽，花鸟鱼虫，都可以成为捏塑时取材的原型，凝结了古代劳动人民的智慧。想当年，样貌平平的宝康，幸运地拥有美丽女子谏生的爱情。他俩送我的钟馗驱鬼木雕，几经辗转，如今挂在我纽约的家中。

因为西津渡，因为云台山，因为童年回忆，因为同学朋友……购房的欲念蠢蠢欲动，像打开的潘多拉盒子，在血液里奔涌。怀着魔鬼般的冲动，我在美丽的荷花池畔购置了新居。这些年，我在股票市场上输得血本无归，感情历经坎坷，职场身心俱疲。唯有房产，让我心安。何况，小城已经是沪宁线的价格洼地，涨或者跌，又何妨？

我喜欢在喧嚣的昼写下短短的词，在寂寥的夜将它们连成长长的诗句，然后一点点删除。喜欢坐在卧室的窗台上俯瞰楼下那一池碧绿的荷。喜欢混在人群中吸溜吸溜地吃一碗地道的锅盖面。喜欢去菜市场称两斤猪头肉，搭一段卤猪肠，再买一堆农户新摘的蚕豆。在市民气息浓郁的小城，我活得琐碎又朴实。

旅居海外的高中同学返乡了！苏南地区的同窗好友回镇了！曾经共事的广播电视台的旧友们狂欢了！有不期而遇，有蓄谋已久。紧紧相拥，一句"别来无恙"，感叹岁月如梭。

镇江回沪第二天，母亲打来电话，说她翻看了书橱里我五年前写的一本书。母亲说：没想到上海那些年，你采访了那么多人啊！

难得母亲有闲，读了N年前我的采访纪实。这20年来，我不断地失去，也不断地拥有……常常走到人生的十字路口，选择，前行。然后，是下一个十字路口，再选择，再前行。表面淡定，内心波澜。闺蜜总笑我：人生如若不折腾，或许也很无趣呢。

江南正烟雨，深情永珍藏。我将半世的忧伤抛洒在风中，却将对你的思念刻在六月天。

02

绣球蓝粉，蔷薇香浓，晚樱倾城，紫藤如瀑……不知不觉已经回国两个月了！返美倒计时。整理衣柜，发现角落里一件不起眼的灯芯绒棉袄，似曾相识的感觉，看着直发愣。

那是25年前的一段旧情。忘了缘起何时，也想不起缘灭何故。错过的芳华流落他乡开出娇艳的杜鹃花，荒芜了热烈的追求。镇江，南京，上海，纽约，随着工作城市的变换，我一路上扔掉了许多东西和念想，却不明白这件棉袄为何会跟着我搬了几次家？只是，它的余温早已散尽。后来……这个故事没有后来。我决定把棉袄寄还给他。有些人和事，只能留作回忆。

情感故事的开篇总是鸟语花香，结局却总是唏嘘感伤。渐行渐远的我们，连改写的勇气都没有！人来人往，潮起潮落。江南温润潮湿的空气，稀释了流年的惆怅，也模糊了曾经的怨愤。

朋友武文在美国普林斯顿大学工作，微信里说他这段时间正好出差上海，于是我们相约在新天地碰面。得知他半年前辞掉了美国的工作，做了"海龟"，我一点儿也不惊讶。我调侃他：回国，不一直是你想要的嘛！

作为美国的高科技人才，武文被苏州一家上市公司聘用，年薪两百万人民币。这位老兄在美国时总是感叹早年出国留学，错过了祖国改革开放的黄金期，没能抓住机遇成为马云第二。如今回国了，挣钱过瘾了，奔波劳碌了，意乱情迷了，又感叹国内空气不佳，节奏太快，人心浮躁，还得忍受与太太两地分居，无法兼顾到美国的家庭。

上海外滩的郁金香

古城镇江的西津渡

享受国内生活的便利和多彩，必然会滋生焦虑和烦恼。拿着令人羡慕的高薪，必然要承受职场的高压。混迹江湖，总有纠缠不清的人际关系。武文说，回国治愈了他的患得患失。他终于明白了自己真正想要的是什么。

花红柳绿，云蒸霞蔚。初夏的心情，是行走在云端的风景。吃了心心念念的饭，聊了青春鲁莽的事，还了欠下许久的情，见了一直相见的人。不问来路，亦不问归期。漫步熟悉的街道，誓言铮铮在耳，往事历历在目。留得住热气腾腾的黄昏，留不住两情相悦的子夜。岁月像伸展的枝蔓，蜿蜒曲折，盘根错节，覆盖了年少的痴狂，也埋葬了昔日的爱恨。魔都人，故土情，似雨中飘飞的花瓣，有些沉积心底，有些遍寻不见。

这一天排得满满的。看了一场电影，读了半部小说，品了红茶，喝了咖啡，临睡前饮了杯30年陈酿。未来遥不可及，此刻抵挡不住。带着七分醉意站在30层高的阳台上，看外滩风云变幻，看浦江星空璀璨。

即便是一个人的24小时，卒卒鲜暇，竟忙得不可开交！

村上春树说：哪里会有人喜欢孤独，不过是不喜欢失望罢了。

夜里梦游，彼岸的你赤裸出现。月色撩人，夏花绚烂，水波摇曳，爱欲缠绵。我的春梦被你填满，春心被你搅乱……

醒来，暗自发笑。家乡一句著名的情话从脑海中悠悠飘过：不是你的错，不是我的错，都是月亮惹的祸！

色色的班夫，一见钟情

01

一直想去班夫（Banff）看看。

不仅仅因为班夫享有"世界十大人间天堂之一"的美誉，是许多人此生必去的地方。还因为她靠近温哥华，从纽约飞温哥华只需6小时，而温哥华一直都在我的旅行清单上。

上海和纽约时差12小时。纽约和温哥华时差3小时。从中国探亲刚刚返回美国，我就在睡眼朦胧中开启了期待已久的落基山脉之旅。

受太平洋海洋气候的影响，温哥华的气候温暖湿润。在Richmond市，华人占比高达54%，被描述为"北美最具中国风情的城市"。当地华人喜欢说广东话，年轻人基本都说英文，说普通话的以游客居多。

移民不论新老，在这里出生长大的华人孩子，大多成绩优异。导游Kelvin的儿子Jason今年考取了滑铁卢大学计算机系，腼腆的少年开车带我们参观了不列颠哥伦比亚大学（简称UBC）。

Jason告诉我们，这所大学培养了7位诺贝尔奖得主、3位加拿大总理。他在

这里参加过BC省高中生网球赛。

前年我们乘邮轮游览过BC省首府维多利亚，这次是故地重游。

这是一座悠闲静谧的城市。她有一个特别的座右铭：Night is for sleeping, day is for resting。晚上睡觉，白天休闲。呵呵，偷懒也这么任性！

议会大厦、渔人码头、古堡内港……我们巧遇拍摄婚纱照的新娘，还有几对新人正匆匆赶往教堂。伴郎伴娘们也都是盛装出场，空气中弥漫着甜蜜的气息。

好玩的地方很多，我却偏偏钟情于宝翠花园。

宝翠花园建于1904年，面积达35公顷，百万株花卉缤纷盛开，富贵吉祥，是维多利亚最美丽的人间天堂。

第三天的傍晚，我们终于抵达落基山脉最大的国家公园贾斯珀。都说班夫美，可贾斯伯（Jasper National Park）与之相比，毫不逊色！

贾斯伯的美，宛如童话世界：幽静的山谷，古老的冰川，茂密的丛林，飞泻的瀑布，清澈的溪流，五彩的湖泊……

入夜，繁星点点，明月高悬，星空湛蓝，神秘莫测。

原本以为，曾经去过的阿拉斯加冰川是这世上最美的冰川。

可是天外有天！乘坐巨型雪车来到哥伦比亚冰原，踩在三百公尺厚的万年冰河上，抬头是一朵朵怒放的白云，心中涌出莫名的感动！

踏上天空步道，小心翼翼走上玻璃观景台，落基山的精华尽收眼底。心，早已漂浮在云端之上！

据说这儿是除北极圈外，全球最大的冰原遗迹，有325平方公里。因冰层密度高，阳光无法折射，冰河在蓝天的映衬下，呈现出晶莹剔透的蓝。

冰雪厚滑。

Ben紧紧拽着我。仿佛一松手，我就会像景点VCR里那只笨笨的小胖熊一样，滚到山脚下。

登顶。伫立。远眺。屏息。依偎。此刻，是视觉的盛宴，语言是多余的。

当晚入住鲜花环绕、绿草如茵的小木屋。没有Wi-Fi，连不上网，手机显示无服务。终于有时间翻看放在行李里的一本书：《你若安好 便是晴天》。

女作家白落梅用优美细腻的笔触，描写了林徽因传奇的一生。

开篇妙笔生花，贴合心境：

"山和水可以两两相忘，日与月可以毫无瓜葛……真正的平静，不是避开车马喧嚣，而是在心中修篱种菊。"

02

湖光山色，俏丽相依。生命蓬勃，天人合一。

从班夫到卡尔加里再到弗农，除了沿途的荒野、火山、峭壁、峡谷、奇峰和秀岩，最令人惊叹的，当属变幻多姿的湖水！

碧吐湖隐身茂密的针叶林和绵延的山谷中，在阳光的折射下透出夺目的松绿色。

梦莲湖被十座巍峨的山峰环抱着，湖如其名，高冷似梦，波光涟漪，倒影深邃。

露易丝湖背靠维多利亚冰川，气势恢弘，风姿绰约，依湖而建的Fairmont城堡酒店是"全球十大最美酒店"之一。

翡翠湖犹如一颗璀璨的宝石，镶嵌在险峻的峡谷中⋯⋯

这些大自然的鬼斧神工，经年累月，脉脉含情，钟灵毓秀，熠熠生辉。清纯如少女，风韵比娇娘。

你来，或者不来，她都在那里，美轮美奂，风华绝代！

住在班夫小镇那一晚，恰逢加拿大国庆日。小镇的夜空烟花绽放，热闹非凡。

漫无目的闲逛，蓦然发现我们住的酒店楼下，有一家号称"世界上最好吃的冰激凌店"，于是排长队买了蜜桃+芒果的双球冰激凌。

也许是期望值过高，没觉得它的味道比纽约更好。倒是在镇上小店里买的一根全牛皮腰带，58加币，玲珑细腻，做工扎实，物超所值。

除了十九世纪的古典建筑，让班夫小镇更出名的，是不远处的断背山。

中国香港导演李安把《断背山》的外景地选在这里，为观众呈现了壮丽的落基山风光。

该部影片2005年在美国上映，讲述了怀俄明州两个男人之间存在的复杂情爱关系。冲动、热血和牵挂；守望、重逢和回忆。描写出两个男人一生的缠绵和伤痛⋯⋯

还有玛丽莲·梦露主演的电影《大江东去》，这部文艺片以淘金热时期的美国西北山区为背景，描写了两位主角患难与共的情感经历，也曾在班夫温泉城堡酒店取景。

那首著名的主题曲《River of No Return》，由梦露低沉而富有磁性的嗓音唱出来，着实令人动容。

"卡尔加里"一词的意思是"清澈流动的水"。这座著名的石油城有100多万人口，是加拿大的能源中心。

她紧邻落基山脉，四季分明，阳光充足，已连续多年被评为全球最宜居城市的前五名，也是加拿大赋税最低的城市。

说到税，旧话重提。和美国一样，加拿大很多年轻人为打拼事业，往往选择多伦多、温哥华、魁

北克这些就业机会多的城市。一旦退休，就搬家到地税少、物价低、环境优美的小城居住。

我就盘算着再过几年，从赋税高、冬季寒冷的纽约，搬家到缴税少、气候温暖的亚特兰大。

抵达卡尔加里前，打了一个电话给居住在那里的老同学志强。志强早年移民加拿大，在卡尔加里机场工作，如今他就职于亚马逊公司。因为这次我们不是自驾游，跟着旅行团有诸多不便，就没有相约见面。

老同学互道问候。青葱岁月厚重久远，同窗情谊历久弥新。放下电话，还是有些遗憾。虽然都住北美，但真正见上一面，不知道猴年马月。

在弓河边散散步，去中国城寻美味。午餐时间，走进一家香港餐厅，喝了地道的奶茶，吃了改良过的牛肉面。番茄辣椒酱口感微甜，在舌尖上翻转，很是过瘾。

下午参观了皇家泰勒恐龙博物馆，在这座全世界最大的恐龙博物馆里，相中一只霸王龙模型玩具，付了30元加币，返程时像孩子一样开心地把玩了一路。

夜宿Vernon Lodge。花园、泳池、酒吧、星空、音乐、笑脸，原始添野趣，飘飘入仙境。

人生得意须尽欢，哪怕快乐似云烟。

在如此温情的夏夜，挽一缕清风，剪一叶思念，拥一人入梦，享一树花开……

03

风喃喃，水潺潺，车渺渺，人寥寥。

夏日的落基山脉，宁静中蕴藏着悸动。麋鹿、野牛、大角羊、黑熊……动物散乱地藏在树丛和山谷中。雪山下的公路蜿蜒曲折，田野连绵不绝，树木葱郁茂盛，房屋古朴自然。

行程第七天，前往基洛纳。

在英国女皇曾亲临的夏丘酒庄里，我们品尝了口感堪称完美的加拿大冰酒。当地独特的地理位置和气候盛产葡萄。16磅冰葡萄只能做出375毫升的优质冰酒，保留了纯正的葡萄香气，清洌甘爽。

其中148加元一瓶的霞多丽白冰酒，获得世界第一的殊荣！

买买买！不期而遇，一见钟情，酒逢知己，一醉方休，此乃人生幸事也。

除了美酒，让我心生欢喜的，还有旅途中结识的新朋友。

司机闯获是约翰·丹佛的粉丝，一路上为我们演唱经典民谣，拿手歌曲是

"Take Me Home，Country Roads"。来自菲律宾的女医生巴丽在四家医院任职，平时工作繁忙，此行专程陪伴母亲度假。

来自台湾的吕大哥定居温哥华多年，如今是加拿大著名的园林设计师，这已经是他第六次重游落基山，为的就是再次目睹梦莲湖的迷人风采。多伦多的麻黑和波利娜是大学同学，半年前就开始做攻略，相约一起游班夫。

澳洲悉尼的巴士司机亨利和来自美国加州的药剂师查理是交往多年的老朋友，此次结伴同游加拿大。我最佩服84岁高龄的查理，爬山涉水像年轻人一样自如。还有来自上海的胡老师夫妇，带着酷帅的侄子和两个可爱的儿子，一路欢笑，萌翻一车人……

旅途中结识了菲律宾女医生巴丽（左）

在横跨加拿大东西的太平洋铁路竣工纪念地Eagle Pass，我们见到了"最后一颗钉"。

这颗金灿灿的铜钉，承载着建造太平洋铁路的历史与艰辛。

查理（左）和亨利（右）是一对老朋友

当年修筑铁路的15700名华人劳工中，有4000人客死他乡。

令人气愤的是，华工用自己的血汗和生命打通了落基山脉的崇山峻岭，却没有资格参加竣工纪念仪式。加拿大政府随后出台了歧视华人的"人头税"……

物换星移，岁月更迭。曾经贫穷落后、任人欺凌的旧中国早已不复存在！随着中国经济高速发展，综合国力不断上升，国际影响力不断增强，当年华工为修建太平洋铁路做出的杰出贡献，终于得到了全世界的承认！

行程最后一天，大巴经过Hope小镇。

这里几乎每个街口，都伫立着各式各样的木雕，有西部牛仔、卡通动物和各种图腾，很有特色。

1982年，电影《第一滴血》在这里拍摄，36岁的功夫巨星史泰龙在小镇居住了半年之久。

走进咖啡馆，买了一杯抹茶拿铁，望着窗外发呆，想象着当年小镇一半以上的居民参演电影的盛况……

如今史泰龙已经是74岁的老人，小镇也安静祥和了数十年。

Hope小镇！这个名字好。茂密的丛林把喧嚣挡在外面，人们过着恬淡又充满希望的生活。

银色的山脉，湛蓝的湖水，绿色的丛林，萌蠢的动物……我们拍摄了数千张风景照，每一张都艳丽多彩，每一张都有心情故事。微信九宫格装不下班夫的美景，更装不下出游的美好心情。

歌德说：人之所以爱旅行，不是为了抵达目的地，而是为了享受旅途中的种种乐趣。

是啊。每一座城都有不同的味道，每一处景都有独到的气息，每一个人都传递着特别的能量。里面藏着读过的书，走过的路，爱过的人。

想去流浪？阳光正好。偶尔荒唐，心还未老！旅行，看的是风景，品的是人生。如果一个地方，能够装得下你的梦想，如果你的梦想，能够把你变得更美好，也许，这就是我们出门看世界的意义吧！

班夫，一个让人一见钟情，再见倾心的地方！

班夫的美，静静的。色色的。嗲嗲的。

📅 | 2020年1月20日

不负遇见：
科罗拉多高原的悲欢和感动

01

为了圆自己一个科罗拉多高原梦，我们一月中旬从Newark登机，经过6小时飞行，终于抵达闻名遐迩的赌城拉斯维加斯，入住米高梅酒店。

Vegas有着挥金如土的昼和纸醉金迷的夜。她能让你一夜暴富，亦能让你一贫如洗。这里是及时行乐的天堂。结婚随意，离婚随时，成为很多明星隐婚的首选之地。

这个世界娱乐之都，醉生梦死的欲望之城，能满足你对博彩、夜店、娱乐、冒险、购物……所有的想象和贪欲；也能让你在这个世界第一赌城，从沉溺到顿悟，完成一次心灵的自我救赎。

我们在Vegas住了两晚。赌场嘛也就看看而已，我连老虎机都不会玩儿。欣赏了不夜城的喷泉、焰火和成人秀表演，感受一下这里别样的夜生活。

白天气温华氏60度，乘坐免费的小火车，参观了6个世界顶级酒店并品尝美食。每家酒店都设有赌场、购物中心、餐厅、秀场……极尽奢华。

川普大厦巍峨耸立，是这里为数不多的没有开设赌场的酒店之一。不是总统

先生不好赌，而是因为没有拿到开赌场的许可证。

虽然Vegas在2008年金融风暴之后，已经不复曾经的辉煌，但她仍然是镶嵌在沙漠上的一颗璀璨夺目的明珠。

我们在Vegas参团，游览美西大峡谷及其沿途的美景。

人在旅途，融入自然。每天身临其境，如同演绎一部西部大片。大屏幕开启的那一刻，期待、惊喜和震撼充盈着我的小心脏。

锡安国家公园在古希伯来语中是避难所或圣殿的意思。据说经数亿年地壳碰撞，沧桑巨变，上帝才打造出如此美得浑然天成，叹为观止的景色。

暖流、浅海、湖泊、沙漠、林地，独特的地理环境，为数百种鸟类、哺乳类、爬行动物以及多种类植物的生长，提供了丰饶的生存空间。

随后我们去了布莱斯峡谷国家公园。正值隆冬。从内华达州经亚利桑那州再到犹他州，一路上随处可见白雪皑皑的原野，银装素裹的山峦。

我的上海朋友去年夏天来过这里。红色的沉积岩，白色和橙色的岩柱，荒凉寂寞的山谷……仅仅看她发的微信图片，就被那些奇妙的天然石俑组成的自然景观吸引了。

布莱斯峡谷由摩门教信徒于1850年开发。作为地球上岩柱最多的地方，这里其实是被流水切割过的谷地。连续几日的晴好天气，为我们的旅程带来了巨大的视觉享受。

形态各异的岩柱，在阳光下泛着五颜六色的光。如同爱人的拥抱，好似缠绵的伴侣。有的娇羞妩媚，有的傲然挺立。天地飘渺，风情万种，令人浮想联翩……无声无息，却张力十足。据说这些奇观是由6300万年至4000万年前的水流和湖泊的沉积物侵蚀而形成。

我喜欢各种奇特的石制工艺品。在布莱斯峡谷小镇上，看中一只玲珑剔透做工精湛的翡翠小苹果。她的原材料是一种叫onyx的玛瑙石，售价才16美元。捧在手心，沉甸甸的，小巧可爱，满心欢喜。

离开苍凉的山谷，来到宁静的包伟湖。置身于湛蓝的湖水之中，看湖泊两岸红色白色的砂岩，形态各异的石拱。开着快艇在湖面上兜风的勇士穿梭在迂回的峡谷中。游船划过水面，碧波粼粼，两岸砂岩泛着玄妙的光晕。

印第安人的神秘家园，纳瓦霍人的久远的传说，像浪花一样翻卷在人们的心头。

黄昏时分我们入住包伟湖度假村。

第二天天不亮就爬起来看日出：霞光满天、曙光绽放、水波不兴、红日喷薄！白舟浮于绿水之上，鸟儿展翅直冲云霄。湖光山色，春意萌动。

占地面积6.5万公顷，充塞着96个红色山岩峡谷，拥有3千公里长湖岸线的包伟湖，是干旱少雨、砂石突兀的科罗拉多高原上的一滴稀有的眼泪！美的不可思议，令人动容。

这里也是我心中的乌托邦：明媚的阳光、宁静的湖水，清澈的蓝天、温柔的爱人……

02

世界那么大，应该去看看！

想寻求刺激？来Vegas！看绝世风光？来科罗拉多高原！喜欢摄影？来美西大巨环！26人的tour中有一半华人。大家组建了一个微信群，分享每天拍的照片，说说旅途中的俏皮话。

这是一个摄影团，也是一个纯玩团：退休后热衷旅游希望走遍世界的上海夫

妻，一路搞笑表演二人转的东北老两口，来美国探亲的山西妈妈，擅长摄影的河南母女，假期带孩子游学美国的澳洲家庭，在芝加哥读金融的印度小伙儿，在洛杉矶工作的泰国妹子，喜欢冷幽默的导游大叔……

位于亚利桑那州北部的羚羊峡谷，真可谓是"被上帝抚摸过的地方"，也是此行最诱惑我的景点。

当冬日的阳光，缓缓地射入宁静神秘的峡谷，光与影的舞蹈，以及被雨水切割的缝隙，变幻着迷人的色

彩，释放出难以言状的魔力。

她是飘渺的，也是真切的。被千百万年的雨水冲刷打磨过的岩石，幻化成各种美轮美奂的画面。透过缝隙，你可以看见湛蓝的天空，也可以看见岩石在光影交错中的千变万化。岩石的纹理像油画、像波浪、像弧线……丝绸般层层叠叠。

走在狭窄的峡谷中，仿佛穿越了时空的隧道。神秘的羚羊彩穴，诡异的景观，摄影发烧友的天堂！

从羚羊峡谷驾车，20分钟即可抵达马蹄湾。科罗拉多河在这里转了一个270度的急弯，将岩石切出一个形如Ω的环形峡谷，形似马蹄，马蹄湾故而得名。

我在杂志上看过马蹄湾的全貌，翡翠般美丽的科罗拉多河像一条玉带，环绕着它切割出的300多米高的褚红色突兀岩石。美的理所当然，却又惊心动魄！

一路上美景目不暇接。纪念碑谷的名字听起来有些老土，但却是沙漠里的宝藏。她位于亚利桑那州和犹他州的州线上，这块属于纳瓦霍人的土地，有着大量的砂石和矗立的孤丘，是雄伟的科罗拉多高原的一部分。

何为"纳瓦霍"？这是美国一个人口仅数千人的印第安部落，一向不受世人关注。但在第二次世界大战中，纳瓦霍人凭借特殊的语言，得到美军的重用。他们的纳瓦霍密码有一个专门的称号叫"风语者"，神奇地协助太平洋战区盟军的情报部门做了大量工作，为对日战争的最后胜利作出了特殊贡献。

一个身材魁梧皮肤黝黑，名叫班尼的印第安人，指着我们面前用木头和红泥建造的低矮茅屋说，这里就是他的家。班尼娴熟地驾着一辆破旧的卡车，带我们进入碑谷的深处。

迎着凛冽的寒风，还有满目疮痍的红土地，我仿佛看到桀骜的牛仔骑着高

头大马从沙漠穿越而过……天高地阔，无惧无畏，狂放独行。

这里也是好莱坞电影的外景地。著名的《阿甘正传》曾在这里拍摄。这部电影诠释了一种可贵的美国精神：不去计较个人得失，为自己的目标坚持不懈，努力向前。主人公阿甘的珍惜和改变，平和努力的人生态度，诚实守信的价值观念，直到今天仍具有深刻的现实意义。

我喜欢那句台词：My momma always said life was like a box of chocolates. You never know what you're going to get.（我妈妈常说生活就像一盒巧克力，你永远不知道你将会拿到哪一块。）

离开时，我们悄悄塞了些美金给班尼。他憨憨地笑着，小声说着谢谢。

在无尽的沙漠中，耸立着红色的巨石，有的尖耸如塔，有的方正如磐。汽车缓缓行进在苍凉而落寞的红色碑谷里。

导游指着远处一个巨大挺拔的石柱说：你们看那块石头，是不是很像我们人类创造生命的宝贝？话音落下，一片寂静，没有私语，更无哄笑。每个人的内心，都充满了对大自然的崇拜，对生命的敬畏！

时光鬼斧神工，将石柱打磨成了一件件具有生命力的艺术品，在万籁俱寂的沙漠，站成了永恒！

万水千山，相伴而行。人生平凡，如你如我。

我是个念旧的人，喜欢从前的日子。车马慢书信远，相思也绵长。云雾变幻，岁月流转。不论骄阳似火，抑或风雨晦暝，爱人之间一个会意的眼神，便胜过世间美景无数。

天地奇妙，文字苍白。月光下，开一瓶红酒……许我一个放纵的夜晚。

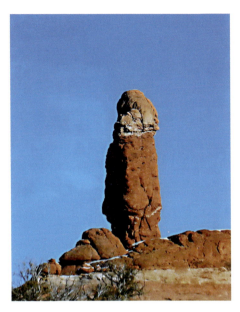 

03

　　大漠荒野，怪石嶙峋，水天一色，枯枝残雪……美景渐欲迷人眼，旅行摄影入佳境。

　　每年习惯性地选择去两个陌生的地方，体验不同的风土人情，宗教美食，还有空气中弥漫的不同味道。

　　旅行真是个体力活儿！出门在外、车马劳顿，权当锻炼身体了。可我的中国胃却不肯将就。薯条汉堡吃到无语，从背包里翻出一碗泡面，再加几片辣萝卜皮，简直就是天下珍馐美味！

　　拱门国家公园坐落于犹他州。无论你什么时候来，无论用相机还是手机，都能拍出大片的感觉。用手机拍照的朋友还进行了比较，无论是色彩还是成像质量，华为完胜苹果！

　　三亿年前，这里是浩瀚的海洋。随着地壳隆起，岩石风化、剥蚀和衔接，造就了这片错落有致，姿态万千的拱门奇观。

　　这里有超过2000座的天然砂岩拱门，最大的拱门跨度达100米。穿梭于各式拱门怪石之中，感受大自然无声的魅力。

拱门的气质，遗世而独立。此刻，晨曦初上。阳光旖旎动人，把拱门染成通透的红色。而昨夜那一轮浅浅的蓝月亮，依然挂在苍穹之上。透过拱门，我见犹喜。悬崖绝壁、残雪枯树与红色砂岩浑然一体。

与拱门的高冷不同，Grand Canyon大峡谷带给我的震撼，是扑面而来的红色巨石！

作为从太空俯瞰地球时唯一可见的自然景观，大峡谷最深处有1800米，全长446公里，是世界上最长的峡谷之一，已被列入联合国世界自然遗产名录。她不仅仅是一幅气势磅礴的画卷，更是一个拥有梦幻色彩的地质博物馆。亿万年的积淀，一个神奇的存在，是人们认识自然，了解地质变化的"活教科书"。

植被苍劲、岩石陡峭、层峦叠嶂。红色的巨岩断层，在未消融殆尽的冬雪映衬下，透着别样的美。壁立千仞，岩穴奇妙，大峡谷似中年男人，饱经沧桑，深邃迷人。褐色的土壤在阳光的照射下，扑朔迷离，变换着缤纷的色彩。美丽的科罗拉多河从谷底蜿蜒而过。站在悬崖边，沐浴在阳光里，眺望远方，放空自己，大峡谷的风，仿佛裹挟着亿万年的岁月，就这么静悄悄地扑面而来。

美国总统罗斯福1903年来此游览时，曾经感叹："大峡谷使我充满了敬畏，它无可比拟，无法形容，在这辽阔的世界上，绝无仅有。"

赶在日落之前，抵达印第安人小镇Tuba。我们去了趟超市。这里的羊肉比纽约便宜，上好的羊排才6.99刀一磅。

印第安人的长相非常有特点，古铜色的皮肤，脸盘又大又扁，身材壮硕。他们受教育程度普遍不高，能在超市当收银员，算是一份不错的工作。为了表达对印第安人的支持，我们买了些并不需要的东西。

美国937万平方公里的土地上，散落着62座各具特色的国家公园，绿肥红瘦，千岩竞秀。

曾自驾游大烟山森林公园，在世上最美的温带落叶林里看云雾缭绕；数次去尼亚加拉瀑布，惊叹她的龙翔凤翥；漫步黄石公园，感受她的色彩斑斓；飞跃大峡谷，体验 她的深邃巍峨；拥抱布莱斯，亲吻那片红色的石林；乘船游大提顿，醉心于冰川雕刻的提顿山脉；探访优胜美地，迷恋她如世外桃源……

岁月最是有情，见证了太多枯木逢春、星辰陨落的悲欢和感动。岁月最是无情，总是要等到失去，才明白竟是自己曾经的拥有。

流光易逝，弹指之间。面对千千万万年形成的自然景观，人类何其渺小！行走世界，带着热情、善意和纯真；热爱生活，心怀淡泊、包容和感恩。

春天的风，夏天的雨，秋天的红叶，冬天的你。如果人生，不负遇见，如果爱情，烙下印记，如果轮回，没有终点，只要生命尽头的风景是你，哪怕让我穿越万亿光年……

跳起来，想要飞跃大峡谷

📅 | 2021年1月3日

漂洋过海，跨年回家

01

12月29日。一早起床，上午10点多的飞机，从Newark飞旧金山。

Newark机场居然有很多乘客，对此我并不意外。临近新年，一些美国家庭会选择在这个时间出游。为避开人群，我买了商务舱。Check-in时居然也有很多人排队，原因是工作人员太少，根本忙不过来，大家只好等着。好在只等了40分钟，后面安检走的也是快速通道。

之前我被拉进一个元旦回国的微信互助小群，一个群友也是乘坐美联航飞旧

金山，买的经济舱。早几天就接到通知，要求提前4小时去候机，因为值机和安检的时间实在太长了。

商务舱果然空间大。登机后发现隔壁一个座位还是空的。空乘大叔很体贴地问我想

喝点什么，午餐想吃鸡肉饭呢还是意大利面？我只要了一点鲜橙汁。大叔建议我吃一点蔬菜，然后又拿来一个小杯装香草冰淇淋。

一个空嫂特意过来表扬了我穿在羽绒服外面的雨披。她说：这个好，你真聪明！其实雨披是我出发前随手塞进背包的，这次回国穿了新买的羽绒服，外面套上透明雨披是为了挡灰。

其实这是我第一次坐商务舱，以前我经常在美国国内旅行，从一个城市飞到另一个城市，总是买最实惠的经济舱机票。这次例外，为了能安全回国，我也是拼了！

02

中国驻旧金山总领事馆接受的核酸和血清IgM抗体检测机构，在旧金山湾区共4家。第一家叫Apostle Diagnostics，在纽约的时候，就提前在网上预约了这家检测点。

这家检测点很热门。网上预定的时候，就只剩下一个选项，测试时间是上午11点50分。前面有做过检测的群友评论说，这家机构出结果很快，如果当天下午2点半之前能做完检测，当天晚上就能拿到绿码。

旧金山和纽约有3小时时差，一觉醒来，是12月30日凌晨3点半，此时纽约已经早上6点半了。脑子里想着做检测要带着预约纸护照等材料，又迷迷糊糊睡去。

再次醒来，是旧金山当地时间上午8点。早餐在酒店4楼的小超市买了杯咖

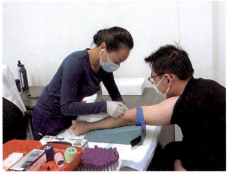

啡。在房间等到上午10点，叫了一辆Uber，半个多小时车程，100美刀，抵达检测点。

已经有一些人在停车场排队，拿着预约单等候。大家站得稀稀拉拉的，自觉保持安全距离。

11:30开始检测。先是做鼻咽拭子，现场一个医护手执一根长长的拭子，捅入鼻孔，慢慢深进去，在鼻咽腔后壁轻轻旋转一周，然后缓缓取出拭子。这个过程没有网上说的疼，但是特别痒，结束后连打几个喷嚏。

接下来进入室内做"血清特异IgM抗体检测"，由专业医护人员通过静脉血方式完成采样。这个过程很快，一点不疼，几乎没感觉，医护小姐姐特别温柔。

11:50做完检测了。叫一辆Uber原路返回。离开之前一个年轻的女学生问我从哪里来的，我说纽约。她说她从波士顿来，也是昨天飞到旧金山。这一路累的不行，真是折腾。

大家告别，互道祝福，外面依然是有序排列的队伍。

加州的天气很晴朗。小群里有人完成检测后想去市中心逛逛街，被大家劝阻了。毕竟飞来旧金山是为了检测和回国，现在去游玩绝对不安全。

12点半回到酒店。不管检测结果了，先去好好吃一顿。

说说这家叫GRAND HYATT的酒店。虽然有点小贵。但却真的很方便。

下了飞机，取行李的地方花6美刀取一辆行李推车，把行李放上去，不用出

机场，直接推着行李车进入地铁，也叫地上小火车，直通酒店，5站就到，小火车是免费的。

出站后即是酒店大堂。在纽约预定了3晚酒店。到前台出示驾照即可。

美国的驾照就好像国内的身份证，乘坐美国国内飞机，商场退换货，办健身卡，买烟酒，去酒吧等等，只要带上驾照就可以了。

酒店很干净，不过我还是带了自己的床单枕套。房间里有两瓶矿泉水，有咖啡

机。走廊里碰见一个服务员，她说矿泉水是免费提供的，需要就打客服电话。

酒店4楼有餐厅和小超市。可以买到各种水果，冰淇淋，奶酪蛋糕，汉堡包和热披萨。嗯，披萨口味不错，不足之处是要买就是一整块。夹着碎牛肉的三明治也挺好吃，就是量大，一顿吃不完。

03

12月30日下午2点50分收到两封邮件。说是我的检测单已经收到了，发了单号和代码给我。下午4点又收到两封邮件，告诉我检测结果出来了，可以使用URL访问和下载报告并上传。

I am lucky！检测合格！拿到结果立刻上传，接下来的任务需要在笔记本电脑上完成。

从美西时间12月23日0时起，回国检测比之前更严格。为防造假，要求上传的材料里，要有在现场做鼻拭子和IgM抗体检测抽血的照片。上午检测的时候，看到一个小姑娘一边测试，一边拿着手机自拍。我当时和两个大男孩一起，大家互相帮忙拍照。

下午4:30开始上传，提交的材料包括：核酸阴性报告，抗体阴性报告，机票行程单，实验室预约单，静脉抽血照片，鼻拭子照片，护照，以及手持护照自拍照。

下午5:00上传成功。6点10分微信里的服务通知跳出一条新消息，核酸检测人工复核结果通知出来了。我通过了复核，前往小程序查看，原来写着"审核中"的黄码，此刻变成了动态的绿色健康码，终于拿到绿码啦！

看了一下绿码的有效期，至北京时间2021年1月2日下午4点。我是元旦上午10点50的飞机，符合回国登机的规定，总算松了一口气。

拿到绿码心情放松，这一觉睡得很沉。

早晨醒来，是12月31日，2020的最后一天。透过酒店房间的落地玻璃窗，看见旧金山晨曦中美丽的霞光。

没能在纽约跨年，飞到旧金山是为了在起飞地做核检回国。忽然想起十多年前第一次来美国时，第一站就是游览San Francisco。而今疫情笼罩，故地无法重游，内心再无波澜。时光荏苒，出走半生，归来已是中年。

04

美西时间2021年的第一天。

早晨天还未亮，退房，拖着行李去机场。依然是乘坐小火车，到国际机场只有一站路。

值机很顺利。微信小程序里有一个"海关旅客指尖服务"，其中的"出/入境卫生健康申报"要在登机前填报，也就是海关码，需要截图保存，以便落地浦东机场时，出示给海关人员。但别提前太早填写，因为它的有效期只有24小时。

安检之后，还要填一个机场入境旅客信息二维码，也要截屏保存，以备查验。

回国之路奔波劳碌，对于上了年纪的人来说，要用电脑画图，用手机填写并上传各种表格，真不是一件容易的事儿。

如果老人单独回国，子女一定要教会父母怎么使用手机进行微信扫码，填表，截图，中英文和大小写如何输入，教会父母在微信里怎么找防疫健康码国际版和指尖码，怎样提交指尖码以获取最新时效。如果这些父母统统学不来搞不定，请子女务必护送父母到机场。或者帮助父母在微信互助小群里找个热心的年轻人结伴同行，路上也好有个照应。

一个叫薇的女孩说，航班上有不少和她爸妈一样年迈的父母辈，飞机着陆后请大家帮忙照顾一下。看到有老人着急不会操作手机的，请多指点一下，看到有老人实在提不动行李的，请搭把手。有缘千里同行，祝愿大家都能顺利回家！

微信小群真是一个温暖的大家庭！非常感恩之前把我拉进组织的陌生朋友。

我们同一航班飞上海的小群里有好几个活雷锋。不厌其烦地叮嘱大家注意事项，有的飞友已经回国，也会分享一路上的经验与得失。

群里一个叫周周的女孩特意准备了很多N95口罩分发给大家。起飞当天她很早来到候机厅，给大家发消息说，她穿着醒目的白色外套，有需要N95的飞友直接找她拿口罩。她还帮助老人提交健康码，解答旅途中的疑惑。

经过12个半小时的飞行，飞机经停韩国仁川机场。一个小时之后更换了机组人员再飞。在仁川机场不用下飞机，透过椭圆形的舷窗，可以看到外面的景象。从首尔到上海，又飞行两个多小时。

北京时间1月2日18点20分，飞机终于平稳落地浦东机场。全副武装的工作人员首先进入机舱进行检查。

下飞机后等候的时间有点长，外面是严阵以待的上海防疫人员。大家排着队在拥挤的过道里等待，大约有40分钟，根本没法保持安全距离。

这里再强调一下"健康申报码"，手机里一定要保留一张在有效时间内的截屏！有的人忘记在起飞前截屏，等到下了飞机，拿着美国手机，国内却连不上网，会因为这个小程序而白白浪费时间，耽误出关时间。

接下来就是各种信息表格的填写，然后是鼻拭子检测。国内是双鼻都要捅。群里各种吐槽，有的说下手重，鼻子被捅出血了；有的说捅太深了，被捅到灵魂出窍；有的说被捅到眼泪直流，怀疑人生的。

个人感觉鼻拭子也没那么可怕。现场忍耐一下就好了，比起这一路漂洋过海回国的艰难，这点小苦真算不上什么。

05

在浦东机场完成全部检测后，就是拿行李，分配隔离酒店。

回国之前做了许多功课。我是黄浦区的户口，看了很多回上海的朋友分享的隔离期间的见闻和感受，说黄浦区隔离酒店都不错，除了一家快捷酒店，吐槽如何如何不好。我觉得老破旧是可以接受的，只要干净就行。但看到分享的窗帘和墙壁的霉斑照片，想着千万别被分到这家。

我是符合7+7隔离政策的，所以满心希望能分到除了网上被吐槽的那家隔离酒店之外的任何一家，反正7天之后就可以回家了。

可是，当我拖着行李走到黄浦区的接待点时，被告知当晚就是那家快捷酒店。而且当天只有这一家，没有其他可选。

隔离酒店都是随机的。黄浦区接待点的公务员态度特别好，他们说如果有其他区的住址，也可以去其他区，不过只能酒店乖乖隔离14天了，不可以7+7。

赶紧来到静安区的接待点。静安区的隔离酒店都是明示的，当晚是上海宾馆和智选假日酒店。于是表明自愿放弃7+7，重新扫码，填表，和静安区的回国人员一起等待大巴去酒店。

晚上9点半上了开往静安区的大巴。这一车共15名乘客。除了两人在上海宾馆下车之外，其余的都拉到了智选假日。

晚上11点半，我仍在大巴上等待进入智选酒店。前面被叫到名字的一共6人先去酒店大堂办手续。填表，收费，签字，这个入住程序似乎特别慢。

一个年轻的妈妈带着婴儿，却没有被首先安排登记入住。事实上她是最后一个被叫到名字走进酒店的。推着婴儿车，身后还有两只大的行李箱。我走在她旁边，帮她把箱子推进酒店大堂。

每天400元含餐，一次性收费5600元。核酸检测费收取120元，上海本地人核酸检测是免费的。

推着箱子上楼，进入隔离房间，睡意全无。房间里的时钟显示，此刻是北京时间1月3日凌晨零点35分。

06

十几个小时的长途飞行之后，又经历了6个多小时漫长的检测，出关，分区集中，乘坐大巴去隔离点，办理酒店入住……大家都累得不行。

一个叫琛的来自费城的小伙子是上海纽约大学的学生，飞行途中不敢上厕所，下飞机后忙着各种检测也没能去厕所，好不容易熬到酒店，被告知办完入住才能回自己房间上厕所，因为酒店一楼大堂没有厕所。

唉，这得有多么强大的肾功能！几个同航班的表示，为避免飞机上如厕，登机前一天就不怎么吃东西了。我可管不了这么多啦，人有三急，我在飞机上去过两次厕所，然后狠狠洗手消毒。

这家智选假日隔离酒店在中兴路上，对面是一个施工工地。房间比较整洁，入住时被告知14天内不会有人进来打扫。

不过半夜还是被冻醒了。起来把羽绒衣盖在被子上。又迷迷糊糊睡了三小时。醒来后打了前台电话，申请能不能再给送一条被子。

上午9点半，有工作人员放了一条被子在门口的小桌上。毕竟是隔离期间，能吃饱，夜里不冷就很不错了。看到群里很多人分享不同隔离酒店的照片，感觉自己住的地方算蛮好的了。

其实这家隔离酒店最令人满意的是一日三餐。这是入住酒店后的第一顿早餐。有粥，榨菜，花卷，白水煮蛋等。中餐和晚餐也不错。

第一天送餐完全超过了我的预期！

个人感觉，准备回国的朋友，除了了解各种检测流程，最好准备一些小物件：

消毒湿纸巾：随身口袋里塞几个。这样路途中可能触碰的地方，还有双手，

可以随时抽一张出来擦拭。

牙刷牙膏：旧金山酒店不提供，上海隔离酒店有备。如果你平时用惯了医用牙刷牙膏或者某品牌，最好自己携带。

床单被套：我飞到旧金山时，带了一套全棉的旧床单和被套，铺在酒店里，之后就丢在旧金山没带回上海。住进上海隔离酒店后，觉得应该带回上海，14天隔离完再扔掉。

毛巾和浴巾：旧金山酒店的是全新的柔软的毛巾和浴巾。上海隔离酒店是旧的，但洗得很干净。如果介意，最好自己带一条浴巾。

内裤和袜子：多带一些。上海隔离酒店洗了没地方晒，不易干。还好我住的这家隔离酒店可以叫快递和外卖，缺什么就买什么。不过有些隔离酒店是不允许叫外卖和快递的，看你分在哪里了。

关于分配隔离酒店，区域地段不同，条件参差不齐，收费也不一样。保持平和心态，如果遇到一些小矛盾小问题，大家协调解决，相互体谅吧。

我在上海凌晨两点的夜里醒来，写下这几天的经历和感受。希望能够为后续回国的同胞提供一点点参考。

之前看了许多朋友分享的回国之路各种艰辛，读罢只觉心酸和腿软。经历了混乱，伤感，糟糕的2020年，如今觉得无论身在何处，平安就好。

从美国的东海岸到西海岸，再从美国的西海岸回到中国，从2020年跨越到2021年的飞行，这次回国经历，注定成为我生命中难忘的回忆。

站在时空切换的晨昏里，感叹这个血浓于水的地方，竟有着世上最美的诱惑，让艰辛的回家之路，变得温暖从容。

 2021年3月28日

生命在于折腾

01

阴雨绵绵。拖着拉杆箱，去虹桥火车站乘高铁回镇江。想着回国一趟不容易，得抓紧时间把老家的新房装修一下。

新房位于古城环境优美的4A级旅游区西津渡旁。不远处，还有国家5A级风景区金山。小区里有一大片天然荷塘。夏天的时候，站在阳台上，可以眺望那一池碧绿的荷叶，层层叠叠，在微风下波浪起伏，风情万种，粉白或嫣红的荷花如亭亭仙子，时隐时现，婀娜摇曳。

在纽约时，曾有过装修House的经历。但国内房子的装修和美国是两样的。

古城镇江其实是一座江南小城，人口320万，中心城区人口才110万。GDP在全省排名靠后，不过人均GDP排名还是靠前的。乘高铁去南京只需20分钟，在沪宁线上的存在感并不强。主城区不大，物价也不高，房子均价才1万出头，处于江南城市的最底端。

可是，这恰恰是小城人民感到幸福的地方。老百姓有房住，有肉吃，有酒喝，有点小存款，他们并不热衷与其他城市攀比，买菜做饭，跳舞打牌，悠哉悠

哉过自己的小日子，闲散得很。

听说我要装修房子，诸多好友热心推荐了几家装修公司给我。我琢磨着要好好装一下，既能体现我那小资却不乏浪漫的情怀，又可以聚集一帮酒肉朋友喝茶打牌。可等人家的报价一出来，我立马逃之夭夭了。

说来惭愧，之前买房已经把我前半生奋斗的那点心血搭进去了，如今的装修预算非常有限。

我买的是顶层，上面有一个附送的阁楼。由于对声音极其敏感，通常人们在售楼处关心的是房价，朝向，户型等问题，我只问一个问题：有顶层吗？

在上海家中，我常常为楼上的响动而烦恼。白天的时候，楼上时不时传来小孩子挪椅子，踢皮球，奔跑打闹的嘈杂声，令我焦躁不安。夜深人静，天花板上走动的哒哒声，卫生间冲水的哗哗声清晰入耳，辗转反侧，难以入眠。

为此多次上楼敲门，委婉地提出自己的诉求。邻居很客气，表示以后会注意，我也不好意思再说什么了。可是日复一日，各种声响仍然不绝于耳。

所以当初镇江买房时，我对售楼处的美女说，如果顶层卖光了，就不考虑了。

02

为了爬上小阁楼，必须在客厅做一个楼梯。设计师在设计通往阁楼的楼梯时，颇费脑筋。旋转的，还是直上直下的？其实两种楼梯各有利弊。旋转楼梯省空间也好看，但是价格贵，上下楼的感觉有点眩。直楼梯上下楼的感觉舒服一些，但是笨笨的，占地方。

还有，用中央空调还是分体空调，电视背景墙用岩板还是大理石，阳台和客厅之间的拉门要不要保留，铺不铺地暖……看了很多人分享的装修心得，各种入坑吐槽，内心不免发怵。

因为城市不大，想在这里认识一个人，或者打听一件事，并不是很困难。A知道B，B认识C，A和C很快就能熟络起来。

拿房之后我被拉入一个业主群，几百户人家在里面，叽叽喳喳，搞怪打趣，大家谈装修也聊生活。隔着屏幕，虽然互不相识，却常常被群里轻松的调侃逗乐。于是聊得来的邻居就互加好友，分享装修经验。

怎样设计既能扩大空间又能节省费用，买什么样的家用电器实惠，用什么样的建筑材料环保？这是一个纯业主群，各行各业都有，里面能人很多。

了解下来，邻居们大多采用半包的形式，主材自己买，这样可以根据自己喜好，有侧重点地选择装修材料。

入群的好处多多，首先是团购。其实价格比自己去谈也没便宜多少。每户人家都希望把钱花在刀刃上，这里少花一点，那里少花一些，节省的钱就是赚到的钱。

唉，钱到装修方恨少啊。

之前考虑过安装旋转楼梯，可是报价8万多，有点吓人，只能放弃了。为了安慰自己，拿出直楼梯的效果图看了又看，不断地找优点，去建材市场看看，直楼梯的价格一万多就能做下来了。

正好我嫂子的老同学经营木门和楼梯，给了我一个很好的价格，货比三家，拍板成交！

其实生活中很多事情，当你犹豫不决的时候，最终是由经济状况决定的。钱多多花，钱少少花，有多少钱办多少事，这样心才不累。

03

去建材市场跑了几天，进行价格比较。厨房电器，卫浴洁具，瓷砖地板，集成吊顶，空调地暖，阳台隔断……

拿房之后，手机号码不知何时被暴露在光天化日之下，每天被无数推销商品和各种家庭装修的来电打爆。天南海北，云里雾里，不堪其扰。

头昏脑涨，在小区闲逛的时候并不悠闲，装修的事情实在令我心烦。

梳理了一下思绪：每年回国三个月，其中在镇江住一个多月，因为都是春天回来，所以无需考虑地暖。本来想在客厅做一个楼梯，但是占用空间不小，而且还敲掉了一个朝南的卧室，划不来。

我家隔壁邻居已经开始动工了。女主人年轻能干，图纸自己画，材料自己买。左手抱娃，右手指挥工人干活儿，妥妥一枚辣妈。我借鉴了她家的楼梯摆放位置，她的家装设计简洁大方，温馨舒适。还有一点很关键：省钱。

三月是装修季，循着电锯声走过去就知道谁家开工了。我在朝北的书房一眼瞥见后排一家邻居的落地玻璃窗。去参观之后，被全屋规整漂亮的水电工程惊艳到了！

业主是一对中年夫妻，向我介绍了他们的装修理念。听说我要抄作业，很热心地告诉我一些装修布局上的构思。

原来，早在拿房之前半年，他们就做足了功课，跑材料，做攻略，跟装修公司谈价格，付出的时间和精力可不是一点点。他们一共谈了六家装修公司，最后才敲定现在这一家。

最近听闻金鹰国际购物中心即将进驻镇江，打造12万平米商业体，而且选址最风光的滨江板块，靠近西津渡。

有如此利好，心里当然高兴。房价未来是否升值，于我而言并不重要。这里的窝，是漂泊的根，是回望的港湾，是千丝万缕的乡愁和思念。

朋友说：装修嘛，急什么，磨刀不误砍柴工。价格谈好了，材料看好了，把自己喜欢的风格基调定下来再开始装修，三个月就能完工。

04

其实我心里还真有些急呢。千辛万苦回来，总想着做点事情。如果今年能装好，明年回国探亲，去古城就可以住在自己家里了。老妈家和哥嫂家也能住，但是我几十年在外打拼，独立生活惯了，当然是住在自己的小窝里最舒服。

在谈了三家装修公司之后，最后敲定给"红居"装修。这家公司是我镇江的老朋友杨先生推荐的，我们认识快三十年了。他女儿成绩优异，赴纽约读的哥大医学院，后来嫁给一个美国医生，去了加州定居。杨先生在江南的产业做得很大，是一个成功的商人。

城市小，熟人多，人们在决定购房装修，结婚嫁娶，添置大件商品等事情上，比较看重亲朋好友的推荐。

设计师Mickey是个时尚的小姑娘，笑起来两个小酒窝时隐时现，聊起房屋结构和设计方案来头头是道，算起账来精明又细致。

小姑娘很体贴，有些业主没想到的小细节，出方案的时候都考虑进去了。比如卫生间掏一个壁龛放洗发液和沐浴露，燃气热水器的安全摆放位置等。沟通上也令我非常满意，装修过程中遇到问题，无论何时何地微信她，几乎秒回。

如今流行的装修风格是新中式，很多人喜欢。邻居中还有做田园风格的，日式风格的，简欧风格的。我比较怀旧，喜欢那种看上去有烟火气的东西，特别是原木。结合最先定下的美国红橡木楼梯的颜色和基调，选择了现代美式风格。

作为装修小白，我临时抱佛脚，恶补了一些家装知识。比如集成吊顶的好处是告别传统浴霸，拆卸方便，受热均匀，整体上更美观大气。水槽选单槽就行了，装了双槽平时也只用一个。全屋净水定制挺好，但我家只需做饮用净水这一块。还有中央空调的制冷量分配，一拖五和一拖六的区别等等。

踏青，就是去山清水秀的郊外，嘻嘻哈哈看新鲜。聚会，就是推杯换盏中把别人灌醉，想着自己的心事。装修，就是体力脑力加烧钱，堆积梦想中的家园。

经历了阴郁湿冷的天气之后，古城晴了好些日子，今晨下起了蒙蒙细雨。我又开始打包行李，准备乘高铁回上海。这几个月注定要奔走在沪宁线上。国内生活节奏快而杂乱，我却如鱼得水十分适应。毕竟最美好的青春年华和最重要的人生轨迹，都留在这里了。

时光细碎，如同江南的杏花微雨，落地无痕，一去无返。我在好山好水好热闹的美丽古城，开启了好脏好乱好抓狂的装修生活。

好吧。

生命在于折腾。

📅 | 2021年6月4日

光阴的故事

　　古城的初夏，风带着暖意，阳光却没有那么炙热。小满节气已过，北方夏熟作物颗粒逐渐饱满，南方开始夏收夏种。下过几场不大不小的雨，明天就是芒种了。

　　听闻我回来，书鸿约上几个老朋友，相聚西津渡老码头菜馆。他说，这里靠你父母家近，晚饭时间你就晃悠着走过来吧。

　　书鸿人如其名。眸光深邃，书卷气中暗藏鸿鹄之志，智商情商均在线。多年商海沉浮，聪明和低调，努力加运气，使得他逐渐成为我们那一辈人中的翘楚。

　　书鸿喊我的父亲师傅，对于父亲曾经给予他的言传身教、提携关照，一直心存感恩。这二十多年来，无论在上海还是在镇江，无论父亲健康还是患病，他常常抽空去看望父亲。在我心里，书鸿重情重义，是一个值得交往和信赖的朋友和兄长。

　　父亲一生刚正不阿，乐于助人。病倒这些年，来医院探望他，仍然记得他的人逐年递减。这也正常，时过境迁，生活原本就很现实。无论在部队还是在地方，父亲那一辈人的传奇和辉煌，如同老照片般泛黄。逝去的如烟往事，偶尔出现在人们茶余饭后的闲谈中，结尾处，无外乎一声叹息。

旧友重逢，感慨万千。仿佛搭乘了时光穿梭机，我们秒变回了楼上的小胖、楼下的军军、隔壁的大春、拖鼻涕的平平、扎羊角辫的阿芳……发小、同桌、同事、邻居、兄长、姐妹，酒过三巡，歪七竖八，刚开始假装的斯文，端着的矜持，多年未见的陌生，在酒精的作用下，化作松弛的交谈，开怀地大笑。

一桌人，小学同学居然占了一半。晓霞是半路出家的律师，严谨细致，诚信热心，不服输的个性，赋予了她直面困难、挑战自我的能量。阿芳属于那种从小美到老的女人，从一而终，没换过单位也没换过岗位，娇柔的样貌总能激发起男人的保护欲，安静而自带美丽的光环。老姜还是小姜的时候，是个顽皮的熊孩子，如今已是谈吐沉稳的老男人，口没开，脸先红，感情深，一口闷，端起酒杯甚是豪爽。冰冰从小就热爱运动，后来考进体院，前凸后翘，身材傲娇，中年发福之后，痛定思痛，开始研究养生之道，每顿饭严控油盐糖，养了一只叫"墨云"的宠物猫咪，日子过得潇洒自在。发小中，属军军与我同窗的时间最长，我们在大院里一起长大，情同手足，不分彼此，求学工作，恋爱结婚，无论天涯海角，联系从未间断。

那晚的话题从童年读书每天必经的那条开满鲜花的小路，聊到城市的发展变迁；从半生打拼的得失，到智能科技的赞叹；从内卷时代说到躺平的无奈、佛系的心态。席间弥漫着古城百姓的小确幸和大期盼。

老同学若愚近年来迷上旗袍和茶道，身材曼妙的她，每每出场都是聚会的焦点，纤纤玉指舞出芳华。燕儿早年离异，独自一人含辛茹苦把儿子拉扯大，前不久儿子终于结婚啦，婚礼现场，燕儿笑着笑着流出了眼泪。冒冒老师从无锡开车回来，住进新区自己亲手装修的小窝，召集大家吃饭时，她心满意足地说：生于斯长于斯，嫁出去的女儿，要常回娘家看看。

住在古城的日子里，我还去拜访了我的新邻居，文化名人，中国著名画家兼作家王川老师，有幸得到他亲笔签名的画作和散文集。听他谈创作的体会，旅途的奇闻，观赏他气势磅礴的壁画，被他书房整面墙上挂着的从世界各地淘来的工艺品惊艳到了……

回国数月，亲友聚，闺蜜见，还有N次的同学会。吃吃喝喝，忙忙碌碌，看着镜中疲惫的脸，比起刚回国时的丰裕，似乎还消瘦了一点点。

离开镇江之前，跟渭南姐约了一顿小龙虾。从风花雪月到下里巴人，从咖啡

我与王川老师

饱腹到蒜香满嘴，两个文艺老青年聚在一起，谈论着世俗，抒发着豪情。我们都爱诗歌，常常在梦中穿越盛唐，我们都写散文，对记录时代和生活有着媒体人的敏感和多情。寂静的晚上，我躺在床上泪流满面地读完了她那篇《破碎》……才知道单薄纤弱的渭南，经历了怎样一场漫长的孤独、抓狂和悲伤。我还喜欢她写的《我不是如花》和《相思已是不曾闲》，那些浑然天成的篇章，感性又率真，随缘且畅快，透着坚韧与力量。我爱渭南的文字，如同我爱故乡夏日的清晨凝着露珠的碧荷，纯粹，清雅，不带一丝造作。

古城的夜很长，清风徐来，孤枕难眠。古城的夜很短，弦月如钩，繁星几许。

那些寻常巷陌的烟火，落日余晖的温情，写满沧桑的故事，纵横交错的乡愁，在我回望的时刻，是一幅幅逆光的剪影，含蓄婉转；是一张张柔和的素颜，怦然心动；是一杯杯陈年的老酒，半醉微醺。

| 2021年7月13日

荷的心事

江南的六月，没有传说中那么酷热难当，倒是很湿润，三天两头下雨。

晨起，绕着小区走两圈，吸引我驻足的，便是那一片风光旖旎的荷塘。

荷塘不大，却是浑然天成。肥硕的荷叶，姿态各异地擎出水面，高高低低，风中摇曳。红艳艳的荷花开得无比妖娆，层层叠叠，亭亭傲娇。

偶见几朵皎洁无瑕的白莲，点缀在粉红色的花海之中，花瓣清雅，圣洁美丽，真正是摄人心魄。

荷花又名莲花、水芙蓉等，花期6月至9月，早在周朝就有栽培记载。

古往今来，文人墨客总是不惜笔墨，盛赞荷花之美好，咏叹爱莲之心绪。"接天莲叶无穷碧，映日荷花别样红"的绝妙诗句，流芳千古。"出淤泥而不染，濯清涟而不妖"的高贵品格，为世人所称颂。

除了观赏价值外，荷花全身都是宝贝，藕和莲子可以食用，根茎、荷叶可以入药。

因为近水楼台，我常常在小区里观荷。波光潋滟，荷叶含珠，花朵娇媚，芬芳吐蕊。有时丽日蓝天，满池秀色，有时烟雨茫茫，恍若仙境。

哪怕外界喧嚣，纷扰如潮，静立湖边，看野鸭戏水，闻荷香缕缕，只消片刻工夫，心情便能愉悦放松下来。

　　古城不大，金山有荷，焦山有荷，南山也有荷。玩了一辈子摄影的好友，却偏偏喜欢来我们这一片荷塘拍荷。

　　他说，这里是西荷花塘，至简至纯，与众不同。雾气袅袅的时候，含苞抑或绽放，柔情似水，空灵飘逸，超然脱俗，耐人寻味。

　　回到纽约，常常念起家乡的荷塘。莲叶田田，荷花灼灼，午夜梦回，可以媲美星空，浪漫了整个夏季，抚慰了无尽乡愁。

　　荷的心事，宁静悠远，不染岁月风尘。藕花深处，苦苦修行，那是盛夏的果实。

　　若有来世，让我做一朵逍遥的莲吧，雨摧不凋，风蚀无畏，幽婉灵动，和美自在，灿然地开在爱人的心上。

我在江南古城装修了一套房

01

离开古城回沪的最后一个傍晚，我又去了一趟房子的装修现场。

彼时已经六月中旬。木工接近尾声了，漆工已经进场。盯着抹过腻子的墙，我的心里不免有些抓狂：那么多银子花下去了，房子怎么看起来还像毛坯一样……

闺蜜问我：你原本装修预算是多少啊？我说：30万含家电。她撇撇嘴：装修都是超预算的，况且今年的建材都在拼命涨价，估计你家的装修费用得翻倍噢。

可不是嘛，被她言中了。

大额开销有半包工程款(含阁楼)，中央空调，白橡木实木地板，全屋定制楼梯，原木门，衣柜和鞋柜，集成吊顶，樱桃木整体橱柜定制，三联动移门+客卧推拉门，封阳台，瓷砖，浴缸，马桶，花洒，隔断等。

京东上还购买了几样电器：西门子洗衣机，烘干机，西门子冰箱，16升林内燃气热水器。

应该说"红居"的半包工程是良心价，用的材料也挺好。比如水管用日丰，成品腻子用美巢，实木免漆板用E0级鹏鸿。如果没有阁楼，7万元出头就做下来了。

由于是美式风格，预付了3000元墙布定金，在我哥嫂家以前买墙布的小店暂定了几款自己喜欢的风格和颜色。老板给了不错的折扣，算一下面积，估计全屋铺贴好，也要花费1万多。

以上项目全部加起来，我的天呐，吓了一跳，已经40多万了！选材好一些，成本就会高一些。可是灯饰没买，窗帘地毯等软装也没做，电视机蒸烤箱微波炉扫地机等一堆家用电器还没购，除了定制的柜子外，室内家具一样都没有呢。

那天在小区里碰见两个正在忙装修的邻居，都是灰头土脸疲惫不堪的样子。一个说银子已经花掉50万了，一个说预算60万肯定打不住。大家互相安慰一番之后，他们表扬我说：你家没铺地暖，主材又是自己去跑，已经蛮节约啦。

02

关于阁楼上两扇门的定制，我是花钱买了一个教训。

跟做门的商家反复确认了楼下门的式样和颜色：6扇原木门做成红檀色，每扇2400元。之后又预定了两扇阁楼上的实木门，商家建议做白色的，4000元，我同意了，并当场付清了全部8扇门的钱。

因为疏忽大意，阁楼上两扇门的式样没有跟商家确认，这个责任在我。

我以为商家会做成和楼下原木门一样的带线条凹槽的门，只是楼下是红檀色，阁楼是白色而已。没想到等门全部安装好发来照片，我一看，简直惊掉了下巴：阁楼上给我装了两扇光板大白门！

接下来的沟通不太顺

利。我提出的修补方案被否定了。店老板说：现在流行简约，阁楼门已做好，不好改了。

对于我这样的小白来说，装修的过程，是一边学习一边整改的过程，为了弥补一些细节上的糟点，冤枉钱真是花了不老少。要知道，市场上只有错买的没有错卖的，有些事情只能哑巴吃黄连。

好在我心态不错，权当交学费了。我想，只要水电等隐蔽工程没问题，其他不满意的地方，住进去后再慢慢改吧。

装修中还有各种经验得失。比如买电器我喜欢凑热闹，参加节假日促销，母亲节，端午节，6.18，父亲节……一旦有了捡便宜的心，就要为后续的烦恼买单。

其实家用电器买得早，真不如入住以后再买。之所以买了西门子洗衣机烘干机，是想着尺寸可以测量精准，阳台吊柜和洗衣柜打好之后，把这两台机器叠加在一起推进去，再接通水电调试一下，这样阳台上的装修就大功告成了。

5月份买的机器，活动价1万1千多元，保价30天。下单后就急着给我送货，可那时家里装修正热火朝天，室内一片狼藉，根本不具备送货安装条件，反复和商家沟通后，答应等我通知再送。

过些日子上网一看，这款洗衣机烘干机套餐居然降价了500元。于是问售后，售后说已经过了保价期，差价是不退的。

冰箱亦是如此，买得太早，实在没必要。其实只要把网上看好的冰箱尺寸发给做橱柜定制的商家即可，他们会预留好摆放冰箱的位置的。

眼看赴美时间临近，离开中国前装修肯定结束不了，朋友建议先把电器退掉，等到入住再买。结果商家回复：你买的宝贝都已经出库，运送到镇江仓库了，现在退货，要承担运费哦。

好吧，这么麻烦就不退了。

03

天天跑工地的好处是能够发现问题及时纠错。有两处修改是我在现场决定的，现在想想还是很正确。

第一处是阁楼榻榻米。阁楼上有一间卧室。最初的想法是在里面打造日式榻榻米，以后家里来的朋友多，特别是带孩子的家庭，万一楼下不够住的话，就去阁楼榻榻米上打滚儿吧。

设计师Mickey姑娘对我的提醒很奏效。她说，阁楼上一旦做了榻榻米，不透气，睡觉不舒服，也无法搬动，不如买张一米五的床。

我喜欢称呼Mickey小米。不得不说，遇见聪明可爱的小米，是我的幸运。装修中的任何疑惑不解，随时随地微信她，绝对地秒回。特别是对于我这种有选择困难症的人，常常在颜色，款式，价钱上纠结半天，只要问到小米，她总是第一时间果断精准地帮我做出选择。

第二处是电视背景墙。装修之前的设想是做大理石或者岩板，这些都是近年来的流行元素啊。装着装着，想法改变了。我去了N次装饰城，铺天盖地，各种花色的大理石和岩板让我眼花缭乱，久而久之产生了审美疲劳。价格贵不说，我担心的是，万一哪天不喜欢了，换的力气都没有啊，砸掉又肉疼。

可墙布就不一样。只要做那种有线条感的木饰面，里面贴淡雅或者跳跃花色的墙布，美式装修的浪漫随性就能体现得一览无遗。最关键的是，如果喜新厌旧了，撕掉重新换一块不就得了嘛。

墙布是硬装的最后一部分。卧室带花纹的图案确定之后，我在客厅和过道墙布的选择上犹豫不决。

发给小米看，她快刀斩乱麻，帮我选了一款灰色系墙布。她说这款灰中带有浅浅的金丝，很高级，阳光洒进房间，呈现暖色调，温馨耐看。

还有柜门的把手。小米让我把所有喜欢的样式统统发给她，飞快帮我锁定了两款，和樱桃木的柜门搭配非常协调，古铜色的把手上雕刻着复古气息的花纹，厚重并富有质感，完全符合我对美式装修的想象。

装修后期都是些零零碎碎的事情，让人心烦。小米对我说：别发愁，咱们一样样解决，有啥事随时微信我哈。

端午过后，气温攀升，愈发燥热。穿着牛仔裤去工地，一会儿就汗透了。有时出门在外采购零散小配件，恰逢大雨滂沱，回家脱下衣服，居然能挤出水来。

脑海中飘过闺蜜的那句调侃：完完整整装修过一套房，你的人生就圆满啦。

04

在古城的日子里，几乎一有空就跑工地，渐渐地和瓦工，木工，油漆工师傅熟络起来。

瓦工小谢手艺非常棒，干活从不拖泥带水，每天做完工，把房间打扫得干干净净。木工小蔡三十出头，喜欢一边做工一边哼歌，是个脾气好热心肠的小伙儿，为人厚道手工扎实。我对他打的衣柜很满意，之后又增加了不少木工活儿给他做。油漆工陆师傅是个性格随和的中年大叔，每天干活的时候要听刘兰芳播讲的《岳飞传》，播放声音很大，他听得津津有味……

还有项目经理孙工，是个不苟言笑却很有责任心的工程监理。他从不评论我购置的主材，或者签订的商家好与不好。一旦我向他咨询装修方面的问题，比如阁楼铺地板还是铺地砖，哪里可以买到便宜的辅材，哪里可以找到性价比高的石材……小到水泥黄沙，大到水电改造，他总是给予我切实可行的建议和方案。

有些东西比如电缆，筒灯，开关面板，保温材料，还有滑轨插销弹簧等小五金，我就请孙工帮忙去建材市场买了带到工地。结果发现，他买的价钱比我自己到处乱跑辛苦去谈的价钱还要便宜许多。一些建材商家长期与装修公司合作，给出的价钱都挺实惠。

装修房子，现场总是乌烟瘴气杂乱不堪。主材安装按照程序走，谁的垃圾谁清理。要想装得顺利，各个工种之间的默契配合更是必不可少。我以为油漆工进场意味着装修接近尾声了，孙工说，现在起一直到贴墙布、保洁和验收，还有很多活儿要做呢。

真晕。还有这么一大堆流程要走啊，可我没时间待在镇江了，只能做甩手掌柜，接下来的任务全部交给大哥了。

我大哥装修过几次房子，装修知识和窍门比我懂得多，他朋友圈中做建材生意的也不少。之前大哥陪着我跑建材市场，陪着我还价，仅仅瓷砖这一项，就节省了好几千。你还别说，在外面跑材料，一个唱红脸一个唱白脸，还价时的气场，两个人比一个人强太多。

几个月下来，深深体会到，装修是一门高深的学问。不论和哪一家装修公司或者建材公司签合同，前期一定要多做功课，货比三家，减少风险。

麻雀虽小，五脏俱全。装修工程千头万绪，心急吃不了热豆腐。都说装修是遗憾的艺术，其实这句话或多或少含有无奈、心酸和自嘲的味道。消费者中，又有多少人是精通装修门道的呢？常常被动和踩坑。但我想，只要签约一家靠谱的装修公司，订购材料的商家是诚信商家，就会少走弯路，顺利完工。

家装不可能十全十美，十全九美就OK了。看来全部折腾完，要等到明年了。

05

自从装修了古城的房子，心底就有了一种期盼，想着以后回国可以在江南多住些日子。

金陵春暖品江鲜，润州仲夏闻荷香，苏杭天堂赏秋色，魔都冬雪觅知音……

如今高铁快捷，自驾也很方便，长三角中心城市早已实现无缝对接。走走亲戚，会会故友，见见旧同事，聚聚老同学，这一切都令我无限憧憬和期待。

入夜。静寂的北美小镇下着瓢泼大雨。

睡不着觉，把电影《布鲁克林》又看了一遍。影片说的是爱尔兰姑娘艾莉丝来到纽约布鲁克林寻求发展，如何在两个国家、两个男人之间做出选择的故事。

一边是故土，一边是异乡，一边是亲情，一边是爱人，影片讲述了新移民内心的挣扎和取舍。

也曾有过艾莉丝的迷失。年轻的岁月浸染了追梦的气息，辛苦努力铺就了未来的台阶，纵然有汗水泪水和难言的苦楚，也只能任其在夜幕下飞舞。人们总说，青春是用来回忆的，那就枕着雨声，让翻涌的思绪来得更猛烈些吧。

走过陌生的路，喝过最烈的酒，犯过愚蠢的错，恋过温暖的人，有过闯荡的经历，见过迷幻的风景……人在江湖的大部分时光都身不由己，深陷于柴米油盐一地鸡毛串起的琐碎之中。真正能够沉浮于世淡泊于心的，寥寥无几。

而彼岸的小窝，或许是留给自己最后的念想和慰藉，可以高朋满座，随时寂寞癫狂，常常怡然自乐，偶尔黯然神伤。

人活百年，狡兔三窟，无论卓越显赫，抑或庸碌平凡，每晚也只能只睡一张床。装修过房子的人生不一定圆满，但一定是一次难忘的生活体验。

歌手Jasmine Thompson曾唱过一首叫"Home"的歌，磁性慵懒的嗓音循环着这样一句歌词：

As long as we're together, does it matter where we go?

只要我们在一起，去哪儿还重要吗？

是啊。一辈子那么长，有机会就认真装修一套房。一辈子那么短，一定要陪在心爱的人身旁。

📅 | 2021年9月16日

亲爱的旅人

憋坏了，想出远门

2020年春天之后，我们就没再出远门旅行了。

肆虐全球的疫情，让我们开启了足不出户的生活。宅家的日子，养花种菜，写作健身，苦练大厨本领……

生活放慢了脚步，想看世界的欲望，却像一头小鹿，在心里乱撞。

因为做过多年媒体工作，来纽约后遇到朋友，总喜欢跟人家探讨：我们想要的生活，到底是什么样子的呢？

有意思的是，他们半数以上的回答都是：想去没去过的地方，走一走，看一看。

我乐了：那不就是旅行嘛。

以前想去哪儿玩，即使做不到"说走就走"，也能在积攒了假期，做好攻略之后，欣然前往。疫情之后，大部分人都宅家了，附近散散步、逛逛街，也是小心翼翼的。

邻居担忧长途旅行的安全，对我说：不去远处，近处看看也无妨。毕竟，我们住在大纽约地区，好玩的、好吃的、好看的地方，不胜枚举。

健身群里的如茶老兄和他的太太小凤，前几天去了哈德逊河畔西岸的Edgewater，那里每年都举办盛大的音乐艺术节。

现场展示了工匠创造的独特艺术，以及富有想象力的精美作品。

活动邀请了艺术家、音乐家与居民一同庆祝，普通百姓也可以展示和销售自己创作的艺术品。

作为博根县最大的评审艺术比赛，组委会在七个艺术类别中提供 4,000 美元的现金奖励。包括最佳表演、最佳艺术、摄影、手工艺、混合媒体、纤维艺术和学生竞赛，吸引了很多市民参与。

Edgewater是新泽西黄金海岸的重要组成部分，从那里看曼哈顿，有着别样的美。一年一度的音乐艺术节，是当地最受欢迎的文化活动。

如茶和小凤聆听美妙的音乐，观赏艺术作品，品尝当地的特色食物，走走逛逛，在那里度过了美好的一天。

也许是疫情持续的时间太久了，在家附近看风景，已经不能满足内心深处日益增长的对"诗和远方"的强烈渴求。

如茶夫妇做了一个大胆的决定，他们飞到丹佛，参加当地的旅游团，游览了包括黄石、大提

如茶夫妇游览总统山

顿、落基山、恶地、总统山在内的国家公园，然后从盐湖城飞回纽约。

8天的行程，因为疫情的缘故，56座的大巴只安排了28名游客，住宿是在希尔顿和万豪旗下的酒店，每人1700美刀，含主要景点的门票、小费和一日三餐。

一路上比较放松，也很安全。如茶和小凤拍了很多照片。旅行团的游客们就像是一群放飞的鸟儿，大家都玩得非常尽兴。

小凤喜欢夕阳余晖下的落基山脉，喜欢科罗拉多州古老巨石建成的红岩剧场，喜欢人类与野生动物和谐共处的美丽画面。

小凤说，一路上被广袤无边，秀丽无比的人文地貌吸引着，震撼着，享受了大自然的精彩绝伦，找到了天地融合的感觉。

旅行回来，夫妇俩跟大家分享了他们的旅途见闻和喜悦心情。后疫情时代，面对不断变异的病毒，除了做好防护，调整情绪，还要掌握主动，积极乐观地生活。

这次出游让如茶和小凤意犹未尽，他们准备休整休整，再次出发看世界。

美女医生，旅行达人

说到去外面玩儿，我的家庭医生于非医生，才是一枚不折不扣的旅行达人。

早在去年4月，疫情严重，我们闭户宅家不敢出门的时候，于医生和她先生就已经开启了在美国本土的自驾游模式。

因为职业的原因，于医生比普通人更懂得怎样在疫情中保护自己。她说，哪怕你已经完成了两针疫苗的注射，去人多的地方看风景时，也必须佩戴口罩，保持距离。

去年春天疫情在纽约爆发以来，于医生的足迹遍布纽约州、新泽西州、康州、马里兰州等许多地方。她的相机里，保存着一大堆四季变换花鸟山水的照片。

于医生的旅行风格，与她给病人问诊时的按部就班严肃认真，完全不同。

她的旅行地图是随心所欲的：去新泽西的Sandy Hook海滩散心；去Long Beach的港口乘坐Sunset Cruise；去马里兰州的Milburn Orchard果园摘苹果；在

Delaware河畔享受烤螃蟹和奶油龙虾汤；去看康州的廊桥，那里也是电影《廊桥遗梦》的外景地。

离开诊所，于医生就是浪漫的文艺女青年。她喜欢坐在大海边，静静地喝一杯咖啡，看大海翻卷起的波浪拍打海岸，看无忧无虑的海鸟翱翔蓝天，看缓缓落日下的古老栈桥和静静伫立的一排排桅杆……

医生工作繁忙又紧张。一旦有假期，于医生就和先生去外面看风景，品尝各地美食，每次玩得都很嗨。

时间进入2021年。

于医生在新泽西游玩了Cape May，惊叹离家不远的小镇竟藏着五颜六色的维多利亚式建筑；她去纽约Minnewaska State Park看Awosting瀑布飞流直下，她去中央公园赏早春的樱花，划初夏的小船。

随着疫情缓和，索性再跑远点儿：她去了Potomac河畔的Alexandria小镇参观牧场；她在出过8位美国总统的Virginia畅游数天，她参观了华盛顿故居，以及闻名遐迩接待过无数名流政要的Greenbrier……

于医生喜欢摄影，也喜欢摆拍

行医多年，于医生严谨细致，骨子里却是热情奔放，对这个世界总是充满了好奇和探究。每每听说一件有趣的事或者一个好玩的地方，就想去亲身体验一下。

她游览了北美大陆最大的山中湖Lake Tahoe，开车在优美的环湖公路上观景；她去葡萄酒产地Napa，不仅为品酒，还为了吃一次被网友称为超级难订位的餐厅French Laundry；她参观巨型海豹保护地Elephant Seal，去加州看San Andrea大断层；她登上10800英尺的San Jacinto峰，感受悬崖峭壁的险峻；她尤其喜爱那个在苍松翠柏和群山环抱之间，像世外桃源一样幽静美丽的小镇。

今年夏天出游，她特意去了Trump酒庄，在那里小住几晚。那种感觉不像是住在酒店和度假胜地，而是在人家家里做客。

白天游玫瑰园看风景，晚上品尝酒庄里的酒。用餐时，酒店赠送了一瓶葡萄酒，于医生尝了一下，口味比Napa差了许多，涩涩的，不甜。

于医生说，经历了大疫，明白了无常，懂得了珍惜。我们应该活得简单点，糊涂点，去做一些让自己开心的事。

她心底最大的愿望是：

世界有序，生活如常。没有疫情、没有隔离、社会和经济也不再动荡。

如茶夫妇对大自然的热爱，于医生对世界的探究和体验，让我羡慕和领悟。后疫情时代，我也想出去玩儿。

歌曲"亲爱的旅人"里唱道：

没有一条路无风无浪，会有孤独，会有悲伤，也会有无尽的希望……

这是动画片《千与千寻》主题曲的中文填词版。轻柔的旋律，动情的演绎，歌声空灵，歌词治愈，托起幻梦，寄语祝福。

人生本就是一场旅行。

相遇，告别，拥有，错过，欢笑，哭泣。走过山山水水，经历起起伏伏。终于明白：轰轰烈烈的，是激情和梦想；平平淡淡的，才是我们的庸常。而亲情和友爱，信念和勇气，任何时候都弥足珍贵。

春花秋月，夏蝉冬雪。千帆过尽，流年清欢。内心的平静和温暖，才是人生最美的风景。

📅 | 2021年11月10日

多伦多，我们又来啦

时隔两年的旅行

时隔两年，我们终于启程出发，穿越美加边境，从美国驱车去了加拿大。

上次去多伦多赏秋访友，还是2019年的秋天。2020年3月开始，为了减缓病毒传播，非必要旅行受到限制，美国和加拿大同时关闭了边境。

美加边境关闭这一年多时间，对两国的经济贸易，旅游探亲，特别是生活在边境周边人们的日常，都带来了巨大影响。

从8月9日开始，加拿大向完全接种新冠疫苗的美国人(包括美国公民和绿卡持有者)开放边境，旅客需提供接种疫苗证明，以及72小时之内的核酸检测报告。

随着疫情好转，去多伦多旅行又被提上日程。我们开车10分钟去了附近镇子的图书馆，只需坐车里进行鼻拭子核酸检测。

这个检测点出报告的时间特别快，中午去做的，当天晚上结果就出来了。

自11月8日零点起，美加边境恢复双向通行。美国重新向加拿大开放南下陆路边境，两国百姓终于可以自由跨越边界。

我们准备从陆路走，赴加拿大之前，要在手机里下载一个ArriveCAN APP，上传接种疫苗信息，预约进海关的时间地点。

如果疫苗接种信息没问题，你将会得到一个二维码，相当于入关许可。二维码下面是你的姓名，姓名旁边还有一个字母I或者V，表明疫苗接种证明被加拿大认可。

云朵就像棉花糖，真想咬一口

从纽约出发，驾车一路向北，深秋的风景五彩斑斓。

因为天暖，往年这个时候红叶已经Past Peak了，可是今年却是At Peak。

比秋叶更好看的，是云彩。或轻盈飘渺，或温存和煦，或厚重沉静，仿佛注满了情思，在天空堆积着、变幻着。一朵朵一片片一簇簇，风云变幻，荣辱不惊，全无夏日的热烈喧嚣，安详而充满诗意。

沿着80号公路开过Delaware Water Gap进入宾州。再从380号公路转到81号公路，经过Scranton，就到了印象中最难开的一段路：Endless mountains。

往年驾车去多伦多，每每行驶到Endless mountains，总是遇到狂风暴雨或者迷雾飞雪。这次却天气晴好，偶尔飘几滴零星小雨。

可是老天变脸总让人措手不及。离开Syracuse（雪城），进入90号公路的第一个休息站，居然下起了冰雹。

从纽约市到多伦多，自驾通常8个小时，包括途中休息站停两次，吃个简单的午餐。我们是上午10点从家出发的，下午4点半已经开到90号公路进Buffalo（水牛城）之前的休息站。

蜿蜒北上，绕过水牛城，下午5点，我们终于抵达加拿大海关。

这里不得不提一下，加拿大海关对待疫情的态度是非常严谨的。

海关官员戴着口罩，与我们保持着距离，例行公事地问了三个问题："从哪来？"，"到哪去？"，"住几天？"，然后认认真真地检查了护照，疫苗注射卡以及核酸检测证明。

一切顺利。海关官员正准备放行，却突然从窗口递给我们一个小盒子，指定Ben完成。我打开一看，竟然是核酸测试盒。

Ben中彩了！他被随机抽到用鼻拭子工具包再做一次核酸检测，而且必须在进入加拿大后24小时内完成，加拿大防疫部门会安排上门取件。

我们上加拿大网站查询了一下，被抽中的概率是很低的。但是从美国去加拿大，完全接种疫苗的旅行者也不能免除强制性随机测试，测试费用则由加拿大政府承担。

那么什么人可以免于入境核酸测试呢？

1、得过新冠并且已经康复者。需要提供入境前检测结果呈阳性的证明，且在其预定航班或抵达陆路过境点前至少14天且不超过180天的旅客。2、乘船抵达的人。3、五岁以下的儿童。

沿着静谧的安大略湖绕行一个小时，我们终于到达朋友位于北约克的家。

当晚，Ben与加拿大指定的检测中心里的工作人员视频连线，在指导和监控下，完成了核酸测试。

这种强制性随机测试是必须做的，否则会有大麻烦。除了要罚款5千加币，还面临起诉和定罪。

抵达多伦多的第三天，Ben收到了检测中心发来的邮件，告知检测结果是"阴性"。

甜蜜地相聚

我们有好几个朋友都住在多伦多。疫情之前，几乎每年自驾游一趟多伦多，去见加国的友人。

Steven，Rae，以及他们4个可爱的孩子

十多年前，在新泽西州，我结识了Steven和Rae一家。那时Steven从多伦多来到纽约，在华尔街的投行工作，他和Rae以及一儿一女，住在Riverdale。

这是一个虔诚的基督徒家庭。他们认为好的婚姻是为了荣耀上帝，是被神祝福的，所以常常向我们传递主耶稣的福音。

夫妻俩很随和，孩子很可爱。后来Steven因工作调动，一家人又回到了多伦多。

家庭和睦，夫妻恩爱。回加拿大后，这个信主的家庭又迎来了第三和第四个孩子。

这是一个硕果累累的秋天。

Steven家的老大，凭借优异成绩被录取到多伦多大学的Engineering Science专业；老二读11年级了，热心学生会工作，组织能力超强；老三9岁，热爱表演，梦想成为杰出的舞蹈家；老四6岁，读小学一年级，会讲多国语言的天才小帅哥。

夜幕降临。柔和的灯下，老大聚精会神地读书、写研究报告。老二做志愿者，在电话里辅导低年级的学生做数学题。老四正全神贯注用乐高积木搭建埃菲尔铁塔。

姐姐5岁开始学芭蕾

此刻的客厅，是老三姐姐的舞台。芭蕾、钢琴、小提琴、绘画，她面露微笑，大大方方地展示着十八般武艺，向远方的客人秀着她的才艺。

姐姐念的是多伦多排名第一

的艺术学校。入学考试严格，竞争激烈，要具备较深的艺术潜质，具有超越同龄人的音乐，舞蹈，绘画，演说等才华。

才艺展现了一整晚，兴奋的妞妞却迟迟不肯去睡觉。

小姑娘随手抓了一张草稿纸，用几分钟时间，为我画了一幅素描，说是让我带回美国留作纪念。

哈哈，还真有几分神似呢。

这幅素描真是青春洋溢，返老还童！除了脸画得太圆，五官的相似度倒有七成。我搂着妞妞连声致谢并互道晚安，然后小心翼翼地收起画作。

周末，Steven家常常开放给教会的弟兄姐妹，进行查经团契、美食分享等活动。大家彼此关心，相亲相爱，同喜乐同祷告。

女主人Rae说，祷告是与上帝的对话，我们要用心与神交托，相信我们的主必然负我们完全的责任。

是啊，神爱世人。这个大家庭数十年浸润在爱里的成长，他们坚守信仰，传播福音，为耶稣基督做了最好的见证。

Toronto一词来自休伦语，意思是"会客室"。大多伦多地区有625万人口，居住着超过80个不同国籍的人，讲100种语言。

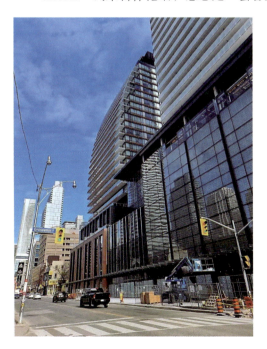

和纽约一样，多伦多也是文化和种族的大熔炉，被誉为全球最多元文化城市之一，也是金融、商业和文化中心。

Vincent是我们在多伦多的另一个朋友，每次去加拿大，我们都找机会小聚一下。

作为多伦多地区优秀的地产经纪，疫情期间，Vincent大部分时间都在家办公。这两年多伦多房地产市场很火，Vincent的业务越做越大，越做越好。

　　疫情让房子成为避难所和安全的港湾。当隔离可能成为常态的时候，房屋的价值就彰显出来，房屋所提供的回报远远超出其市场价值。拥有一套住房的欲望，始终推动市场需求。

　　Vincent家里的一对儿女还很小。

　　2019年秋，从南京来多伦多探亲的岳母回到中国后，本打算过几个月再来加拿大帮忙带娃，没想到碰上covid-19大流行，没法再飞过来了。

Vincent幸福的一家

　　初为人父母，Vincent和太太手忙脚乱。既要打拼事业，又要照顾好一家四口，这个小家庭终于熬过了兵荒马乱的两年。

　　他们笑着说：我们和俩娃一起成长。

　　吃在多伦多，名不虚传。

　　Rae家附近的"天皇名粥"还是一如既往的好吃，不愧是香港大厨，厨艺精湛，美味多年未变。

　　油条，海鲜粥，干炒牛河，无论是烧腊煲粥还是炒饭面条，每一盘都鲜香入味。

　　可是"大鸭梨"让人有些失望了。

　　为了招待我们，好客的Vincent在"大鸭梨"定了一个包厢，饭店还规定了最低消费。

　　一顿饭吃下来，菜肴的分量和味道远不及当年，价格却挺贵的。

　　更多的时候，我们在Rae家品尝她烹饪的美食。Rae的手工点心堪称一绝。

　　面包做了两种。甜口的有豆沙，咸口的有金枪鱼。蛋糕是孩子们喜欢的香橙口味。

　　随着美妙的音乐声响起，点心烤好啦！从烤箱中拿出来，香气扑鼻，弥漫了

整个餐厅，令人垂涎欲滴。

玩在多伦多，超值享受。

这些年，我们去过闻名于世的尼亚加拉大瀑布，多伦多的地标加拿大国家电视塔，参观过皇家安大略博物馆，逛过唐人街中心，以及拥有大量艺术画廊、餐厅酒吧和现场音乐厅的古酿酒厂。

柔风轻起，红枫摇曳。

住在多伦多的最后一天，我们和Steven、Rae一同游览了Scarborough Bluffs Park。

这个悬崖公园惊艳到我们了。

这里有宁静宽阔的海滩，自然生长的花草树木。海鸟翱翔，秋叶婆娑，一边是俊美的峭壁，一边是湛蓝的湖水。

阳光下发发呆散散步聊聊天，真是一个惬意的午后。

这里距离市中心也就20分钟车程。

公园周边有很多步道和自行车道。这里还是野炊的好地方，人们可以在指定区域烧烤，非常适合家庭聚会。

住在多伦多几天，感觉这里人比纽约人闲散。我们在多伦多的事情都顺利办完了，还顺带赏了红叶，吃了美食。可是还有一些朋友，这次来不及相见了。

看着Steven家门楣上挂的牌匾"基督是我家之主"，忽然想起圣经上说的一句话：

不要为明天忧虑，因为明天自有明天的忧虑……

论枫叶之美

我们决定赶在8号之前返美。

因为11月8日，美国将取消对国际游客长达18个月的禁令，只需出示疫苗接种证明和新冠检测阴性证明即可。

后来果然看到新闻里说，因疫情憋疯了的加拿大旅行者居然半夜就排起了长龙，在安大略省尼亚加拉瀑布的彩虹桥上排队等待进入美国。

不禁暗自庆幸：我们提前返回美国是正确的，不然一路上堵到你没脾气。

返程和来时一样，公路上的车辆不多。我们沿着安大略湖西岸一路向南，驾车进入由尼亚加拉河划分的美加边境线。

过美国海关，和过加拿大海关是截然不同的体验。

美国海关对待疫情果然是大大咧咧无所畏惧。我们到达关口时，海关官员不戴口罩，窗户开得大大的，检查过护照后，开始了下面的对话：

问：去加拿大干什么？
答：看朋友。
问：朋友叫什么名字？
答：Steven Li。
问：你们和这个朋友认识多久了？
答：很多年了。
问：有没有带烟酒和食物？
答：没有。
问：请打开后备箱。

掀起后盖。这位老兄在汽车后备箱里翻了又翻，没有查到任何违禁品，最终放行。

入境美国后，我们特意绕路半小时，去了美丽的纽约州州立公园Letchworth State Park。

一个叫William Pryor Letchworth的商人，于1907年买下这片土地并捐赠出去，

这个景点是Letchworth State Park的明信片

经过植树造林，筑路铺桥，这里被打造成为一个具有神奇魅力的公园。

郁郁葱葱的森林，震撼的峡谷悬崖，咆哮的激流，令人惊叹的彩虹，这座公园被誉为"东方大峡谷"。

公园里的主路是沿着大峡谷岩壁修建的，蜿蜒曲折，上下起伏。道路两旁是一棵棵参天大树，草坪碧绿，落叶焦黄，满眼的秋色令人沉醉。

Genesee Arch Bridge横跨峡谷，Upper Falls和Middle Falls在峡谷间澎湃激荡，水雾弥漫。双彩虹倒映水中，如入仙境。

这个拥有绮丽景观的瀑布公园，展现了自然、历史和冒险交织在一起的瑰丽画卷。

公园很大，有不少Trail，适合散步和骑自行车。也有野餐区和漂流区，如果是夏天来玩，小朋友会非常喜欢。

这里也是秋天赏枫的绝佳地。

论枫叶之美，美国和加拿大平分秋色，不分伯仲。

因为温度、阳光、雨水的差异，每一片红叶都美得特立独行。

在我眼里，多伦多的红叶更娇艳更唯美，纽约的红叶更奔放更狂野。

从美国到加拿大，从多伦多到纽约，那些浓郁的秋景，动人的瞬间，温暖的情谊，流淌在字里行间，镌刻在记忆深处。

那些心心念念的镇江美食

汤包、肴肉、长鱼面

镇江是一座美得让人吃醋的城市，也是我童年生活的地方。与上海美食的精致不同，镇江的美味，大隐于世，随意自在。

我家老房子附近，有百年老店宴春酒楼，还有老字号的早茶店"毕士荣"。

去毕士荣主要是吃面点。推荐小笼汤包，一口咬下去，肉馅鲜美多汁，灌汤入喉，妙不可言。叫一碗长鱼面（鳝丝面），加一块镇江水晶肴肉，真是绝配。

毕士荣的翡翠烧卖也是我喜欢的。皮薄筋道，蔬菜新鲜，木耳脆韧，满口素香。

其实毕士荣的鱼汤小刀面也不错，里面是一片片薄薄的新鲜的黑鱼，汤汁浓稠，面条也筋道。只是吃过两回大煮干丝，感觉口味没有以前好。

每次回镇江必去打卡的地方，还有闻名遐迩的百年老店宴春酒楼。

宴春的蟹黄汤包和肴肉还是儿时的味道，只是香醋已经不是金梅牌的了。

后来，我在镇江满大街地寻找金梅香醋，想买两瓶带回上海，却怎么也找不到。

直到我回到纽约，发现在超市的货架上，摆放着一排排金梅香醋，每瓶3.99美刀。

难不成，镇江的金梅香醋，全都出口到海外了吗？

因为常常在春天回国，所以总能吃到鲜美的河豚鱼。

回到古城，常常和老同学聚会。有一次，牵头聚会的老同学把地点选在丹阳，那里是他的老家，他请大家"拼死吃河豚"。

纽约华人超市里的金梅牌香醋

终极美味的诱惑，人类从来不怕。其实现在的河豚鱼都是人工养殖的，加上厨师的技能水平和职业素养大大提高，河豚烧好，端上桌之前，都是厨师先尝。吃一顿美味至极的河豚，无需付出生命的代价。

那次在丹阳，我还吃到一种从未吃过的点心。外形是八角形的，里面包裹了碎花生、

做梦都想吃的猪油团子

一块脂油、一勺白糖，头顶上还有一颗榛子。蒸熟后，脂油融化，糯韧绵软，馅心带汤汁，外皮像水晶一样透亮。

和闺蜜们聚会，掀开"鸿运当头"的锅盖

老同学告诉我，这道点心叫猪油团子。真是好吃到打嘴巴子都不松口！

猪油团子一直让我心心念念，魂牵梦绕，期待着下次回国再去丹阳。

比肉还好吃的，是镇江应季的蔬菜。

有香干马兰头，香椿炒鸡蛋，菜苔咸肉片，芦蒿炒臭干，五香鲜蚕豆，肉末黄花菜，菊花脑蛋汤……常常让我大饱口福。

还有炸藕盒。两片鲜嫩的藕片夹满肉馅，裹挟着面糊，入油锅炸至金黄捞出，装盘时配上包着荠菜的百叶卷，外酥里脆，甜糯爽口，肉香四溢，回味悠长。

这些时蔬展现了江南春夏的风情，融入了游子对故土的眷恋。

回到镇江，饭局不断。刚下高铁，闺蜜就安排了西津渡旁的美华小馆，这是一家充满民国风情，带有镇江本地风味的餐馆。

除了冷盘，闺蜜还点了自制的酸奶、脆皮藕夹、红汤鲥鱼、芝士烤土豆、石锅牛肉粒、田螺烧老鹅、奶香虾球、还有一个巨大锅的红烧杂烩菜，叫"鸿运当头"。

掀开锅盖，鱼头，凤爪，肉皮，鹌鹑蛋，大肉圆，满满一锅惊喜。打扮时髦的老板娘是闺蜜以前单位的同事，特意为我们赠送了水果和点心。

喝着小酒，聊着家常，回忆青春，笑谈过往……我们一直坐到下午3点半。后来，这里成了姐妹们常常小聚的地方。

"一眼千年"的西津渡，真是散步、喝茶、朋友聚会的好地方。

西津渡古街，也叫小码头街，地处长江与京杭大运河交汇处。从三国时期开始，西津渡就是著名的长江渡口。

万历四十二年，地理学家、旅行家和文学家徐霞客乘船由京杭大运河来到镇江。他惊讶于这座古城的热闹繁华：商号、客栈、饭馆鳞次栉比，古街上人来人往，市井气息浓郁，不愧是江南鱼米之乡。

我想，如果徐霞客穿越到今天，游记里一定会添加许多关于镇江美食的篇章。

西津渡有网红饭店"周家二小姐的菜"，专做苏浙菜的"八分饱"，人气颇高的"相遇融合餐厅"，以土豆泥披萨出名的"Miu"，粤式小馆"粤南山"，古戏台旁的私房菜馆问津，以及老码头餐馆等等。

最妙的是，吃饱喝足，夜游西津渡，可以在古戏台欣赏地方戏曲。

西津渡的古戏台建于宋代，依山傍水，共有六处翘檐，身后是云台山麓的石壁。

戏台中间挂有匾额，写有"尚清"二字。青瓦红门，红色的柱子分外醒目。最前面的两根柱子上篆刻着一副对联：生旦净丑扮靓千古英雄；管弦丝竹鸣奏万种风情。

在这古风浓郁的地方，静静地听戏，恣意地发呆，那一刻，仿佛穿越千年。

一次，镇江的老台长请我们几个老同事吃饭，去了西津渡的一家酒吧。厨师听说我刚从美国回来，就烧了几个家常菜。

辣味茄子煲，卤猪头肉，蜜汁凉瓜，川味腰花，浓汤牛肉，还有一道点心是黑芝麻汤圆。

老台长说，这是特意为你点的手工汤圆，寓意着"回来了，就是团圆！"

菜端上桌，满屋飘香，我的心里，是满满的感动。

镇江好吃的东西不胜枚举。

比如弥陀寺巷"伙头烧"的蟹黄包、老字号的红星锅贴、外号"小螃海"的盐水鹅、宋官营的麻老太鸭血、万达广场的佬土鹅肠火锅、和发小常去的大西路上有我们爱吃的牛肉生煎和赤豆酒酿圆子……

相比肥腴油腻的烧鹅，我更喜欢镇江本地的盐水老鹅。作为淮扬菜系的代表菜之一，盐水老鹅历史悠久，广受百姓喜爱。

咸鲜适中，嫩而爽口，风味独特，百吃不厌。哼着小曲儿，去菜市场的熟食柜斩半只老鹅回家，就是上等的卤味下酒菜。

镇江三怪之一：面锅里面煮锅盖

镇江锅盖面是中国十大名面之一，也是地方传统美食，曾经获得过乾隆皇帝的赞誉。被津津乐道的大华、老赵、邵顺兴、柏三嫂、镇南面馆名气都挺大。但其实，犄角旮旯小面摊子下的面条味道也不差。

酒香不怕巷子深。好吃的面馆，店面装饰常常不讲究，店内却人声鼎沸热气腾腾。

镇江面条柔韧性好，极富弹性，汤汁独特，每家面馆都有自己的调制秘方。面条吸收了鲜美的汤汁，更加Q弹爽滑，冲击味蕾，幸福感和满足感油然而生。

大清早，靠近面馆的路边停满了汽车、摩托车、电瓶车、单车，更多人步行至此，排队等着下面，当地老百姓就好这一口。

于我而言，最美的早晨，是下楼随意叫一碗面，价格在6元至20元之间。有时是香肠面，里面有香干和青红椒丝；有时是传统腰花面，汤里漂着翠绿的时蔬；有时是雪菜肉丝面，里面藏着脆脆的豆芽；最爱吃筋道的红汤面，外加一个大狮子头。

一碗面下肚，鲜香醇美，胃里暖暖的。

回到镇江的聚会，比上海更多，翻翻照片却没留下多少。哈哈，古城亲朋宴，同学会，老友聚，忙着喝酒，忙着叙旧，忙着大快朵颐，一兴奋就忘了拍照。

内心狂放的美食家蔡澜先生说：人生做的事，没有比吃的次数更多。刷牙洗脸，一天最多两次，吃总要三餐。性爱和吃一比，更是少得可怜。

是啊。活着本就艰难，快乐才是真谛。如果吃能让自己开心的话，那就在能力所及的范围内，尽情满足自己吧！毕竟我们短暂的一生，只能是一场匆忙的体验，既带不走功名利禄，也带不走草木粥饭。

人间至味是清欢。

吃，就要饱含深情，吃，就要用心尽兴！让我们善待自己，善待生命中的每一餐。

📅 | 2022年2月13日

一路向南，抵达美国最南

出发去奥兰多

两部车，八个人，历时九天，我们自驾游，去了一趟美国最南端。

晨光熹微。从新泽西出发的时候，室外气温只有华氏20度，寒凉刺骨，冷得牙齿发颤。车里开着暖气，两个男人交替驾驶，两个女人吃零食，聊天，听歌，睡觉。

一路向南，行驶17小时，当天夜里11点，终于抵达奥兰多的住处。

朋友为我们的旅行提供了一个大House，房子是他们位于奥兰多高尔夫球场附近的一处闲置的别墅。

疫情期间旅行，安全起见，我们不乘飞机，不住酒店，住在朋友的大House里，又舒适又随意，真是太感恩啦。

早饭后，我们在市区闲逛，去了Lake Eola Park。

这个公园位于市中心，有大片的绿地，湖水清澈，安静休闲。因为是人造湖，所以不用担心湖里有鳄鱼。

我们四处转悠，看见一些雕塑，还有小动物，可爱又充满生机。

鸭子，鱼鹰，乌龟，松鼠，大蓝鹭，还有白天鹅和黑天鹅，树下还静静躺着硕大的天鹅蛋，细数一下，整整20个。

奥兰多市区这样的公园挺多的，人们享受着美好的天气，带娃玩耍，家庭野餐，度过轻松的一天。

公园里有个热闹的集市，售卖各种手工艺术品，小饰物，以及家庭自制的小食品。

集市人来人往，游客松松散散，闲逛的，遛狗的，买东西的，却无人佩戴口罩，仿佛这里是一片净土，没有疫情的痕迹。

附近就有Meter Parking。两部车停两小时才8美刀，这个价钱比纽约便宜太多。

中午随便吃点麦当劳，喝点热咖啡。

走在街上，风有些冷，心情却很放松。叫上一杯小酒，瞅瞅美女，发发呆，城里的居民很享受他们的午后时光。

海牛的世界

从奥兰多市区开车半小时，我们到了blue spring state park。驾车驶入蓝色温泉州立公园，门票是每部车6美刀。

作为一处知名景点，公园位于佛罗里达州的Orange City，占地面积2600英亩，最大的看点就是蓝色温泉中的海牛。

泉水温柔，只此青绿，晶莹剔透。

蓝色温泉是圣约翰河上最大的温泉，也是海牛冬季栖息的家园。观赏海牛的最佳时间，是11月中旬至次年3月初。

圣约翰河水常年保持在72华氏度。憨厚可爱的海牛通常喜欢潜水，清晨它们会露出湖面呼吸。

我们看见很多母海牛和海牛宝宝。

园内还可以划舟、潜水、垂钓、露营、远足等等，真心推荐家长带娃来玩。

这儿还有成千上万闪闪发亮的萤火虫，从每年4月1日开始，是观赏萤火虫的最佳时间，一直持续到4月中旬。日落之后，成千上万的萤火虫在此聚聚，场面壮观。

季节原因，我们此行无缘萤火虫。

Key West的惊艳

从奥兰多出发去Key West，开车大约7个小时。

Key West是此次佛州之旅我最期待的景点之一。心情小激动，天没亮就醒了。

早晨6点出发，沿着一号公路向南行驶。

行驶途中，一架直升机落在高高的电线杆上，远远看着像是一只蜻蜓。

原来是美国电工乘直升机检修高压线路。

这个其实不简单！因为这对飞机驾驶员是有技术要求的。直升机必须一直稳稳地盘旋在电线上方，以便让飞机舱门口的电工安全稳定地进行线路维修。

稍不留心，比如飞机不慎刮碰到高压线，就会有危险，甚至机毁人亡。

车窗外景色优美，椰林婆娑，树影斑驳，宛如车行海上。这里很像中国海南的"三亚"。

自行车也是当地一大景观。

男的，女的，老的，少的，镜头里出现很多骑单车的场景。

美国的自行车文化，有着得天独厚的自然条件。很多城市的海滨骑行道都修建得美轮美奂，喜爱户外骑行运动者众多。

阳光和沙滩，碧波和绿野，迎着海风，自由驰骋，是每一个热爱运动，享受自然的普通人最放松的生活方式之一。

海风轻柔，令人沉醉

途中，有一处必须打卡的著名景点，就是七英里大桥（Seven Mile Bridge）。

七英里大桥全长6.79英里，位于佛州最南端的佛罗里达礁岛群。它原本是一座通行火车的铁路桥。经历了1935年和1960年两次飓风的袭击，早已不堪重负。

现在使用的是1972年至1982年间修建的新桥，是一座跨海高速公路大桥。

因为旧桥是断桥，所以汽车不能通行。但人们可以在断桥上跑步，慢走，钓

断桥

鱼，拍照。海鸟悠闲，飞来飞去。

苍茫的大海，遥遥的前路，美丽的自然环境成为众多电影的外景拍摄地。

007系列的《杀人执照》（Licence to Kill）、《玩命关头2-飙风再起》（2 Fast 2 Furious）、《舍不得你》（Up Close & Personal）等大片，都曾在此取景。

20世纪90年代，由施瓦辛格主演，风靡全球的好莱坞大片《真实的谎言》（The True Lies），有一段炸桥的场景，就是在这里完成的。

一路歌声，满眼风光，终于抵达美国最南端的城市：Key West。

作为佛罗里达州最南端的一个岛屿城市，Key West也是美国本土最南端的城市。这里也是日落的故乡，作家海明威的家园。

走马观花，四处闲逛。

热情奔放的居民，彩色的旅游大巴，充满热带风情的建筑和店铺。这个佛罗里达群岛的小尾巴，是一个热闹非凡的地方。

这里没有人戴口罩，而且穿着很清凉。

相比之下，我们这群从纽约

抵达美国最南端

和新泽西来的乡巴佬，穿着厚厚的牛仔裤和羽绒服，脸上罩着N95，和这座城市格格不入，被侧目而视，仿佛我们是一群外星人。

Southernmost Point是Key West最著名的景点，没有之一。这里也是美国的最南端，上面标注了距离古巴90英里。

排在我们前面的小伙子来自印第安纳州，趁着假期和朋友一起来Key West，他们也是自驾，到此一游，拍照留念。

无论你来自世界哪个角落，来佛罗里达，如果没到Southernmost Point打卡，那你的佛州之旅，就算不上完美。

海明威的故乡

海明威故居位于怀特黑德街907号，他获得诺贝尔文学奖的巨著《老人与海》就是在这里完成的，所以这里常年吸引着世界各地的游客慕名前来参观。

参观海明威故居，每人需付17美刀门票，而且只收现金。

怎奈我们身上没带那么多Cash！只有Credit card。而且就快到闭馆时间了，我们只能放弃入内参观，留点遗憾吧。

钓鱼、撸猫、狩猎、喝酒、探险、写作……我想象着代表美利坚精神的文坛硬汉海明威生前的日子，在一片岁月静好下，有着怎样一颗坚韧不屈的心。

海明威的一生，先后结过四次婚。他的感情世界错综复杂，纠缠不清，这在他的作品中也有所体现，表现出对人生、社会的热情和彷徨。

这座西礁岛上的海明威故居建于1951年。海明威和他的第二任妻子曾居于此，许多故事都是在这里创作的，其中包括《丧钟为谁而鸣》《乞力马扎罗的雪》等。

海明威的另两部作品《太阳照样升起》和《永别了，武器》被美国现代图书馆列入"20世纪的100部最佳小说"。

晚年的海明威变得抑郁和消极。1961年7月2日，他在爱达荷州用一杆猎枪结束了自己的生命，全世界为之震惊。

海明威亦成为美国"迷惘的一代"(Lost Generation)作家中的代表。

海明威生前非常喜欢猫咪，传说六趾猫能给航海带来好运。

海明威故居

六趾猫的后代

　　这里的猫咪都是六趾猫的后代们。可惜我盯着一只黑白相间的猫咪看了半天，在它的脚上数了又数，也没数出6个脚趾头。

　　猫咪发现我在数它的猫脚趾头，立刻警觉起来，身子扭过去，屁股冲着我，然后转过头一脸懵逼地望着我。

　　海明威故居的斜对面，是西礁岛灯塔。塔上的强光提醒海里的船只已接近陆地。

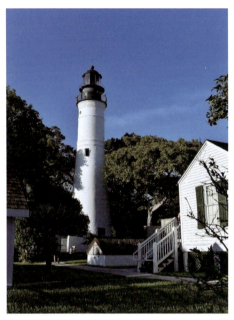

西礁岛灯塔　　　　　　　　　　　　　　　　　　　　　　　　　游客开心自拍

　　海明威的朋友却喜欢说，每次海明威喝完酒回家，迷迷糊糊没有方向，灯塔照射的灯光都会帮他找到回家的路。

　　天空湛蓝，小岛安宁。

　　常年居住在美东地区，冬季寒冷漫长，这里的热带风光带给我们巨大的惊喜。

　　拿着手机，背着相机，随走随拍，南方海岛的风情一览无遗。品味历史，探索渊源，我们为岛上独特的自然环境和特色文化所惊叹。

　　令人叹为观止的，还有岛上居民家庭散养的鸡，似乎比游客还多。

朝鸡吹口哨，它们埋头捕食，无动于衷。倒是忽然闪入的自行车，惹得鸡鸣狗吠。

小岛生活接地气，休闲散漫，让人迷恋。

如此这般美丽的地方，既适合二人世界，谈情说爱；也适合群居生活，新鲜闹忙。

马洛里的日落

一定要赶在日落之前，去马洛里广场（Mallory Square）看夕阳。

马洛里广场坐落于Key West岛的西部，面对墨西哥湾。

啤酒，歌声，爆笑，酒吧，乐队，演唱，这里是另一番热情似火的景象。

艺人奔放的表演，人群放纵的豪饮，金色的太阳坠入海面，预示着美好白昼的结束。而令人迷醉的夜生活，才刚刚开启。

很多游客跋山涉水不远万里来到这座美国最南端的迷人小岛，一番畅游之后，怀着激动的心情等待日落的到来。

夕阳，在海平面缓缓落下。

波光粼粼，霞光万丈，远处的墨西哥海湾地平线上，显现出壮观的日落景象。

此刻，庆典达到了高潮，掌声四起，所有人都狂呼叫好……那种震撼和神秘，那种欢腾和喜悦，久久回荡在暖湿的空气里。

不由想起海明威在《老人与海》中的一段话，语句隽永，耐人寻味：

等待也是种信念
海的爱太深
时间太浅
秋天的夜凋零在漫天落叶里面
泛黄世界一点一点随风而渐远
……

📅 | 2022年2月14日

去了迈阿密，不想回纽约

美国威尼斯

我们在蒙蒙细雨中出发。

从奥兰多开车3个小时，抵达劳德代尔堡（Fort Lauderdale）。天空开始放晴，太阳透过云层，露出灿烂的笑脸。

劳德代尔堡位于佛州南部，总面积93.3平方公里，以"美国威尼斯"著称，这里一年四季，都是旅游旺季。

夏季炎热湿润，冬季却很温暖。当大纽约地区雪花纷飞的时候，这儿却阳光和煦，带着盐味的海风轻轻拂面，好不惬意。

船码头对面，是美丽的Lauderdale沙滩。沙滩上或坐或躺，到处都是晒太阳的人们，还有打沙滩排球的少年，以及正在做健身运动的美女。

冬春之季，纽约人忙着铲雪化冰，劳德代尔堡的居民则忙着去海滩玩水。

登上游船，两岸风光旖旎，风情万种。这些海边的豪宅，闪瞎了我的眼。

美国有钱人喜欢在海边买度假屋，不少亿万富豪和各路明星聚集于这片区域。

这些家家户户有游船码头的豪宅是迈阿密地区的富人区，也是当地治安最好的区域。Lauderdale市长的豪宅，也在其中。

平淡的日子限制了我对富裕的想象。反正富豪的世界，看看就好，羡慕羡慕，不用嫉妒，不想搞懂，也搞不懂。

游船上的解说员告诉我们，迈阿密1000万美元以上的豪宅，主要分布在比斯坎湾的海岸线上，迈阿密海滩以及明星岛，棕榈岛，渔夫岛等几座小岛上。

绿树蓝天，云若浮梦，令人流连忘返。

两个小时乘船畅游，为游客打开一扇窗，得以窥见富人生活的点滴，了解当地的政治经济，文化价值以及社会阶层的架构。

真是不虚此行。

印象迈阿密

迈阿密是佛州第二大城市，位于佛罗里达半岛比斯坎湾。

这座城市因宜人的气候和秀丽的海滩而闻名，在其热情似火的外表下，毫不掩饰她的狂野和奢华。

相比奥兰多，迈阿密真正是美国富人的天堂，虽然她的知名度不及纽约。然而，这座城市却很宜居，曾被《福布斯》杂志评为"美国最干净的城市"。

迈阿密的空气质量居全美之首，饮用水可以直饮，市区的绿色植被，足以洗净你的肺。深深吸一口气，空气中带着甜味儿。

迈阿密的街道比纽约干净整洁，据说该市运用了有科技含量的垃圾回收利用和节能环保计划。

迈阿密的常年气温在20摄氏度以上，是美国冬季最暖和的城市。

对于怕冷畏寒的女人们来说，冬天来迈阿密真是太爽了，可以穿着五彩斑斓的泳衣，随时去海边嬉水。

这里有精致多金的富人生活，也有普通人家的寻常日子。你可以享受热带城市的别样风情，融入当地的多元文化……

去迈阿密度假，有你梦寐以求的一切。

与纽约灯红酒绿的花花世界不同，迈阿密虽然多金，却更显婀娜多姿，细腻婉约。

海洋大道（Ocean Drive）是迈阿密的标志性街道，两旁耸立着色彩缤纷的建筑。

因为靠近美丽的南海滩，这里常年游客不断。餐馆，酒吧的生意爆棚。

各种风味餐厅，雪茄店，冰激凌店，纪念品店，咖啡馆……这里是拉丁裔聚集地，当地人大多说西班牙语。

酒店档次高，街道和店铺都充溢着古巴的风情，南美的味道，很受年轻人的追捧。

既然来到迈阿密，当然要体验一下South Beach的魅力所在。

South Beach风景如画。享受海滩的安宁，眺望海滨的美丽，面前的椰子树，远处的白帆船，带给人温暖放松的情绪。

夜幕降临。我们驾车驶入Northwest 26th Street。

这里是著名的Wynwood Walls涂鸦墙所在地。从这些涂鸦中，可以探索迈阿密成为精彩大熔炉的文化根源。

温伍德社区拥有色彩缤纷、富有艺术气息的创意天地，是有抱负的画家、涂鸦艺术家，以及年轻创作者的天堂。

六座建筑物上满满的巨型壁画，成为全球艺术家的空白画布和梦呓世界。

涂鸦墙的外围是免费向公众开放的。除了墙面展示，还有收费的室内展厅和

画廊等，现在的价格是每人12
美刀。

我们来晚了，展馆快打烊
了。只好在外面走走看看，已
经感到震撼和满足了。

一个俏皮的女孩守在大
门口，靠着铁栏杆笑着对我们
说：欢迎你们，纽约客！明天
再来吧，展厅里面更精彩。

可是我们要连夜赶回奥兰

女孩希望我们第二天再来

多，哪里有时间等到明天？话不多说，抓紧时间，拿起相机对着涂鸦就是一阵狂拍。

从原先衰败破旧的工厂，到如今神魂颠倒叹为观止的艺术展示区，迈阿密这座
城市就像这些涂鸦一样，具有神奇的魔力，诱惑，费解，慵懒，香艳，个性十足。

感觉这个不夜城的热辣风情，可以与Las Vegas相媲美。

看完涂鸦和雕塑，已经晚上八点。热闹的大街上依然人来人往，酒吧里人头
攒动。

走在小哈瓦那的街头，肚子开始咕咕叫，大家决定买些古巴特色三明治尝尝。

古巴三明治并非起源于古巴，而是出现在20世纪初的佛州。当时数以千计的
古巴劳工来到坦帕，带来了家乡的饮食文化。

早期的古巴三明治叫
Sandwich mixto，使用长条状的
柔软白面包，里面夹入火腿片
和起司。后经不断改良，除了
起司外，放入多多的古巴烤猪
肉，火腿片或者腊肠片，还有
酸黄瓜和些许芥末。

古巴食物融合了西班牙、
加勒比和非洲的风味。古巴烤
猪肉是古巴三明治的灵魂。

古巴特色三明治

来到一家小店铺，里面售卖古巴风味的美食。三明治现买现做，很大个，每条11美刀，以我的食量，吃一半就饱了。

服务员是一个乐呵呵的黑人女孩。一边动作麻利地把几份面包放在烤炉上，一边大力推荐她们店里的一款古巴饮料Mojito。

Mojito里有薄荷叶、朗姆酒和莱姆汁，再加入苏打水搅拌均匀，其实就是鸡尾酒。

看着姑娘将肉片撒上蒜末，新鲜香草以及橄榄油夹入面包，然后慢火微烤，香气渐渐弥漫出来，我更觉饥肠辘辘。

姑娘嘴甜，很会聊天，逗得大家很开心。虽然我们是把食物打包带走的，结账时，仍多付了8美刀小费给她。

正当我们囫囵吞枣地吃着三明治时，何塞背着吉他，朝我们走了过来。

何塞原本是迈阿密当地小餐馆的驻唱艺人，因为疫情，餐馆生意不好，他就走上街头，为游客们弹唱，挣点小费。

当晚他喝了点酒，显得比较兴奋。先是自弹自唱了一曲，然后主动与我们合影。

我翻遍了随身携带的小背包，无奈没找到几块钱现金给他。可能是嫌少，何塞嘟哝了一声，仍然卖力地拨弄着吉他琴弦，完成了他的口技表演。

艺人何塞

平坦的道路、怡人的气候、原始的海滩、奢华的酒店、异域的餐饮、神秘的艺术、还有何塞的演唱……

朦胧的夜色里，我对这座瑰丽的城市产生了探究的兴趣。离开时，竟有些不舍。

来之前所做的迈阿密攻略里，有个地方很想去看看，就是林肯大道购物中心（Lincoln Road Mall）。

Lincoln Road Mall是消费者的天堂，集购物餐饮娱乐为一体，包括Armani、Swarovski、Adidas、Aldo、Crocs、Kiehl's、Pandora、HM、Diesel等大众熟知的品牌店铺和美国本土奢侈品品牌。

可惜，此行我们没有预留购物的时间。

新鲜浓艳，狂野多情，休闲富足，健康时尚。迈阿密的夜晚，温情而悠长。真想多住些日子，暂且忘了纽约。

清水湾和白沙滩

坦帕（Tampa）是佛罗里达半岛西岸海港城市，位邻坦帕湾，外连墨西哥湾。

包括坦帕市，圣彼得堡市和清水市在内，大坦帕地区的常住人口有53万，为佛州第三大城市。

因为天气暖和，物价较低，过去20年，坦帕湾成为欧洲、美洲移民的首选退休疗养地，以及全美首选的度假胜地。

这也推高了当地的房价。

坦帕有号称全美最美的盐白沙滩，即清水湾海滩（Clearwater Beach）。

这里曾被评为美国排名第一的海滩，以及世界排名前25的海滩。

第一次来清水湾州立公园，就被她翡翠绿的水域颜色给迷住了。

同样有浓郁的南美风情，这里的游人却比迈阿密少许多。白沙细软，脱下鞋子，光着脚丫踩在上面，一股温热传遍全身。

海阔云低，海鸟翱翔，长椅鲜红，沙滩银白。眺望美丽的坦帕湾，感受"面

朝大海，春暖花开"的诗意。

清水湾沙滩旁边，就是著名的60号码头。Pier 60因日落之美而名声大噪，也是来此游览的人们必去的打卡地。

这是一个适合步行的海滨小镇。

当地居民热衷来这里钓鱼。父母喜欢带孩子来海滩玩沙子，累了就躺倒在海滩上。

清水湾的最佳旅行季，是每年的3月至8月。如果假期时间够长，不妨找一处沙滩小屋，租一辆自行车，慢慢转悠。

尝尝海鲜美味，看看潮起潮落，让肉体和心灵，来一场彻底的放飞。

清水湾的美，足以让我们迷醉。

然而，当我们来到德索托堡公园(Fort De Soto Park)，立即被它历史沉淀下来那种沉静的气质，深深震撼了。

这里曾被用于军事防御工事。堡垒的建造始于1898年，西美战争那一年，但堡垒从未有过任何重大战事。

虽然德索托堡的武器从未向敌人开火，但在现代武器的演变中却发挥了重要作用。1978年，位于该公园命名的堡垒的12英寸迫击炮电池被列入国家史迹名录。

德索托堡有超过七英里的海滨，包括近三英里的白色沙滩。

海滩拥有238个景点的露营地，有野餐桌，烧烤架和水电。具备现代化设施的卫生间、淋浴和洗衣房。营地与东部和北部海滩以及历史悠久的堡垒相连。

人们可以在6.8英里长的沥青路上骑车，溜冰和慢跑。

自行车，独木舟，小贝壳，自在的海鸥，稀松的游人，柔和的白色沙滩，平静清澈的水，梦幻蓝的天空，悠闲的气氛……

这里的安宁，让人浮想联翩。

德索托堡沙滩的层次感强，美得惊艳。无论从哪个角度观赏，都是一幅水彩画。

白浪，沙滩，小脚印。椰林，斜阳，老船长。这里曾连续两年在全美顶级海滩的评比中名列前茅，深受游客喜爱。

微风低语，浪花蹁跹。在这水天合一的地方，只想做一只自由任性、快乐单纯的鸟儿，徜徉在静止的时光里。

2022年2月17日

有一种冬天，叫佛罗里达

人与自然

早就听闻佛罗里达有一片巨大的沼泽地，可以近距离观看鸟类和短吻鳄。

这次旅行，我们专程去了一趟大沼泽地国家公园（Everglades National Park）。

刚入沼泽地，看见大乌龟

从我们的住处出发到大沼泽地的鲨鱼谷游客中心（Shark Valley），大约4小时车程。我们预订了下午2点的游览车线路。

大沼泽地国家公园占地150万英亩，面积仅次于死亡谷国家公园和黄石国家公园，已被列为世界上最濒危的自然绿洲之一。

作为美国本土最大的亚热带野生动物保护地，这里有一望无际的广袤湿地，西半球最大的红树林生态系统，为野生动物提供了栖息之地。

这片荒野拥有种类繁多的鸟类，鱼类，哺乳动物和爬行动物。其中又以美洲鳄，佛罗里达山狮以及西印度海牛最为出名。

游览车上，有导游和英文解说，整个行程两个多小时。

看见缓慢爬行的大乌龟，河岸边打着盹儿晒太阳的短吻鳄，张开大嘴巴的鳄鱼妈妈，水中游动的小鳄鱼，还有热带海牛……

张大嘴巴的鳄鱼

夏季水量充沛，冬季干涸。野生动物在这片广阔的空间自由自在地生长繁衍。

这里是鳄鱼的家园。我自小就害怕鳄鱼、蛇一类的动物。觉得它们面目狰狞，有时还会伤人。

但这次游览，我们看到了很多体型巨大的鳄鱼，却毫无攻击性。

或许，天然的沼泽食物链，已经让鳄鱼饱腹，终日无所事事，对于人类的围观，它们见怪不怪，不予理会。

大沼泽地国家公园有300多种飞鸟，其中包含30多种濒临灭绝的鸟类。

用手机拍了好多鹭。大蓝鹭靠水生活，通常在水旁的树林或者灌木筑巢，在北美洲大部分地方都可以看到。

大蓝鹭依靠视觉发现猎物，食物主要是鱼或青蛙，也包括昆虫、蛇、龟和小鸟等。它的长脚涉足水中，用长而尖的喙刺穿鱼或青蛙，然后整个吞咽下肚，偶尔也会因猎物过大而被噎死。

苍鹭和蓝鹭长得实在太像了，我傻傻看着它们，难以区分。有人说，秘密在腿上。蓝鹭的腿呈紫红色，苍鹭的腿颜色灰白。

苍鹭又称灰鹭，性格孤僻。严冬时节，常常独立寒风中。喉音深沉，呱呱声似鹅的叫声，寿命一般可活20年以上，终生一夫一妻制。

在古罗马时代，苍鹭是一种占卜的鸟，它通过鸣叫来发出预兆，就像乌鸦、鹳和猫头鹰一样。

罗马人和希腊人认为占卜者是神圣的精神领袖，他们向这些鸟寻求建议和算命。

此行目睹了那么多飞禽，却没看见传说中的美洲豹和佛罗里达山狮。

大沼泽地国家公园建于1947年。

20世纪40年代，为了撰写迈阿密的文章，出生在佛罗里达的美国女记者马乔里·斯通曼·道格拉斯开始研究大沼泽地。

她花费五年时间写作并出版了《大沼泽地：草河》一书，详尽描述了该地区的自然生态和历史。

书中呈现了大沼泽地的水甜草绿和动物们顽强的生命力，展现了湿地脆弱的生态系统变化，昭示了自然界和人类威胁之间的微妙关系。她在书中警醒人们：

如今，河流却被人类的贪婪、无知和愚蠢拖入混乱之中，变成了一条火河。

马乔里·斯通曼·道格拉斯生前一直致力于保存和保护这片珍贵的大沼泽地，直到1998年，她以108岁的高龄去世。

追溯历史，早在15000多年前，在此定居的原住民土著部落，与自然界和谐共处，繁衍生息，完好保存了当地的生态系统。

事实上，自1947年，时任总统杜鲁门宣布大沼泽对外开放以来，这里开始受到人类活动的干扰，严重影响了生态系统。

此后，修复自然环境，一度成为南佛罗里达州的政治议题。

远离喧嚣都市，鱼肥鸟欢，大沼泽地植被茂盛，空气格外清新。

这里是飞鸟的天堂。翩翩起舞的白鹭，水边发呆的大蓝鹭，悠闲散步的沙丘鹤……探索"草之河"的神秘，被这片湿地丰饶的物种、和谐共存的生态系统所感动。

在大沼泽地国家公园，除了乘坐电车，游客们还可以在向导陪伴下徒步旅行，骑自行车或者划独木舟探险。

远足，露营，赏花，观动物，看星星和月亮……每个人都必须遵守规则，在不打扰野生动物的前提下，安静有序地游览。

蔚蓝色的苍穹之下，是繁殖生命的湿地。茂密的克拉莎草旁，是绽放异彩的花朵。

如今的大沼泽地呈现的多样性和美丽，是美国人引以为傲的世界自然遗产。

老邻居再相会

我家和克莱蒙夫妇做了十多年邻居。

相同的人生观和价值观，相似的海外留学、工作、生活的背景和经历，使得两家人相处得非常和谐融洽。

身在异国他乡，在我内心，克莱蒙一家就是我的亲人。

　　去年秋天，他们从大纽约地区搬家到了佛罗里达的奥兰多。我们一直想找个机会去看看他们，没想到分别不久，我们又在佛州见面啦。

　　作为佛州最大的内陆城市，奥兰多气候温暖，有大片的森林和湖泊，开车1个多小时，就能够抵达周边沿海城市，享受阳光、沙滩和美食，地理位置得天独厚。

　　在全球研究小组名单上，奥兰多被列为"伽马"级世界城市，美国第四大最流行城市。

　　我之前从没来过奥兰多。这次旅行，让我对这座城市有了一些了解，为克莱蒙夫妇选择搬家来奥兰多生活而感到高兴。

老邻居相聚奥兰多

　　克莱蒙夫妇听说我们和朋友一行8人来佛州旅游，非常惊喜。他们热情地邀请我们和同伴一起去他们的新家做客。

　　克莱蒙的新家是一个大平层，坐落于奥兰多市郊。房子挑高4.2米，后院有泳池，树木参天，葱葱郁郁，错落有致。

　　克莱蒙夫妇在美国打拼了大半辈子，退休后的生活丰富多彩。

　　克莱蒙喜欢健身和美食，太太热爱绘画和钢琴。每逢周末，孙子孙女绕膝，尽享天伦之乐。

　　克莱蒙调侃说，我们来佛州的这段日子，恰巧遇上佛州最冷的几天。如果早点来，或者晚些来，天热得可以直接下池游泳。

　　在他带领下，我们去参观了社区的会所。

　　虽然下着蒙蒙细雨，当天却是个结婚的好日子。一对新人在亲朋好友和摄影师的簇拥下，在会所门口拍照。

　　摄影师说：这个日子是新人早早就定下的。对于新郎新娘而言，今天是具有

克莱蒙夫妇的退休生活丰富多彩

一对新人在会所门口拍照

非裔模特儿

特殊意义的一天。

或许，雨天拍出的婚纱照，更有意境呢。

看见一个非裔模特儿身着天蓝色的婚纱，在墙边、树下、花丛中各种摆拍。

克莱蒙介绍说，这里的生活更像是住在度假村里，医疗购物都在附近，交通也很便利。虽然也常常想念大纽约地区的生活，但是到了冬天，他们开始庆幸，再也不用铲雪啦！话音落下，我们不禁哈哈大笑。

克莱蒙夫妇新家所在的这片社区很大。开车逛了半小时，环境就像田园诗般，有连绵起伏的绿色山丘和清澈的蓝色湖泊。

占地1900英亩的广阔社区自带泳池，俱乐部，温泉，网球场，高尔夫球场等设施。

克莱蒙常常邀请朋友一起健身，饭后则和太太一起悠闲地散步。

除了世界级的高尔夫体验之外，托斯卡纳建筑风格的会所，让新移民有很多机会在此结识新朋友。

克莱蒙的孙女妞妞和孙子川川入读的是佛州很好的私立学校。10岁的妞妞天资聪颖，在钢琴，绘画，游泳等项目上表现出色，参加当地学校的比赛，成绩名列前茅。6岁的川川热爱网球和国际象棋，每天坚持训练，小小年纪，表现出不俗的潜力。

妞妞特意为我们此次相聚画了一幅画，是一朵娇艳绽放的玫瑰花。

相见时难别亦难，美好的时光总是那么短暂。我们和克莱蒙夫妇相约：下一次，纽约再见！

俩娃都好学，一个在练琴，一个在看书 妞妞的铅笔画

返程的朝阳

出去玩，为了节省时间，一路上的餐饮都是麦当劳、肯德基等快餐。

中国胃想吃中餐。离开佛州前，我们去了一趟奥兰多的唐人街，顺便再逛逛超市。

超市里人还挺多，到底是华人超市，从店员到顾客，几乎全都戴口罩。我们买了些鸡蛋牛奶，还有大盒包装的芝麻菜。

没想到，华人超市里居然有卖烤鸭和叉烧肉，我们还意外地买到了羊排，才7.5美刀一磅，比纽约便宜。

　　回到住处，把盒饭倒入锅中，加上碎火腿肉和鸡蛋，一锅喷香的蛋炒饭出炉啦！

中餐就是对胃口

烤羊排，还有超市买的熟食，再用沙拉酱拌个蔬菜，大家风卷残云，吃得很香。

　　出来这么久，终于吃到一顿像样的中餐。

　　次日黎明静悄悄。淡淡的晨雾中，高大挺拔的棕榈树静静守候在道路的两侧。我们的佛罗里达阳光之约，进入尾声了。

　　返程途中，还有此行的最后一处景点，我们想去看一眼比美国历史还悠久的古城：圣奥古斯丁。这里有美国最古老的石造城堡：圣马科斯堡（Castillo de San Marcos National Monument）。

　　圣奥古斯丁位于佛州东北部，其历史最早可追溯至440多年前，据说是西班牙殖民者在佛州的第一个定居点，也是美国最古老的港口城市。

　　到达圣奥古斯丁时，正是古城的清晨。旭日东

圣马科斯堡

升，从海平面喷薄而上，万道金光铺满一望无垠、幽蓝深邃的海面。

新的一天，带来新的希望。

圣奥古斯丁全年气候温和。除了圣马科斯堡外，还有莱特纳博物馆、马坦萨斯堡国家纪念碑、圣乔治街、弗拉格勒学院、阿纳斯塔西娅州立公园等著名景点。

漫步古城，在鹅卵石铺就的古街上走一走，去雅致的咖啡馆和酒吧坐一坐，感受丰厚的历史气息和浪漫的欧陆风情。

年代久远的城堡，藏着谜一样的故事，浸染了岁月的风霜。返程匆匆，我们却没有足够的时间放缓脚步，体会古城的精髓。

Ben用他的相机捕捉了两张有趣的照片：

一群海鸟迎着朝阳披着霞光展翅飞翔；我们八个人的剪影映照在斑驳的古城墙上。

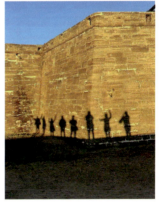

返程用了18个小时，终于顺利到家啦！

从佛罗里达出发，一路上经佐治亚，南卡，北卡，佛吉尼亚，马里兰，华盛顿DC，特拉华，宾州，最终抵达新泽西。

此次自驾游佛罗里达，往返行程一共4380Mile。每部车的汽油费+公路收费不到700美刀。因为是疫情期间，我们基本上是快餐+外卖，不敢去饭店的封闭空间聚餐，所以吃饭上的花费就更少了。

自驾游的好处是随心所欲，不走寻常路。

一个说走就走的愿望，一群志同道合的朋友，一段心生欢喜的旅程。一来一回，穿越四季，满目风情，让人留恋和回味。

旅行途中，放飞自我，遇见心动，静静享受海风和阳光，享受斑斓热烈和银装素裹的反差之美，享受大自然的慷慨馈赠。

张爱玲在小说《半生缘》里写道：

你问我爱你值不值得，其实你应该知道，爱就是不问值得不值得。

这些年漂泊海外，去了很多地方。也常常在想，旅行于我们的意义，究竟是什么？

生活的琐碎赋予我们的喜怒哀乐，爱恨情仇，说到底，是各种情绪的释放。

旅行是一段修行，让我们融入自然，发现别有洞天和自己的渺小，了解不同地区的生活方式和文化习俗，获得知识和启发。旅行也是一种修心，拓宽了眼界，提升了格局，抚慰了寂寞，点燃了激情。

韶光易逝，念想长存。

出门看世界，是纷扰尘世中的一味温润的解药。如同深爱一个人，不论最后的结局是得到还是失去，都不去问值得不值得。

那些节日的
花絮

📅 | 2019年12月18日

圣诞Party

圣诞前夕，我们几个朋友相聚图书馆，和苏珊老师一起搞了个小Party。大家带来了自己家乡的食物，分享各国的风土人情和文化习俗，传递节日的问候，迎接新年的到来。

苏珊老师做了一些巧克力甜点。她说自己是犹太人，犹太人的节日是Hanukkah，她是不过圣诞节的。其实，圣诞节在美国许多地方已经脱离了宗教内容，如今就是一个大众节日。无论何种形式，庆祝与否，开心就好。

阿西蔻的家乡在日本京都，有一个正在读小学的女儿。这个秋天，阿西蔻在美国又生了一个儿子。她经常抱着baby一起来图书馆，一边喂奶一边练习说英文。作为一名全职太太，她在日本很少用到英文。但在这里，她需要和孩子的老师沟通，和其他小朋友的家长交流，所以特别努力，不放弃任何一个提高英语水平的机会。这次聚会，她带来了日式红糖糯米小圆子。我尝了尝，哈哈，和我平时做的口味差不多。只是，我更喜欢把小圆子放在自制的酒酿里一起煮。

哈耶特和穆罕穆德来自叙利亚，他们是穆斯林，信奉伊斯兰教，庆祝新年但不过圣诞节。这次展示的是叙利亚风味Cheesecake。这对退休老夫妻三年前来美国，投靠了新泽西的女儿。哈耶特说，这些年因为内战，叙利亚生活动荡，他们对故土已经没什么留恋。好在三子一女分别在欧洲和北美找到了工作。为了减轻女儿负担，哈耶特包揽了全家人的伙食和家务，并委托叙利亚的亲戚定期把退休金汇给他们。穆罕穆德上了岁数，英语发音怪怪的，别说我们，哈耶特也常常听不懂。但今天穆罕穆德的表述特别清楚：美国生活方便，什么都好，就是他们没有医保，每次看病要花很多钱。

洁元来自韩国，当天起床晚了，匆匆赶来，忘记带食物，一再说着sorry。洁元的丈夫是访问学者，一年期满，过完新年，她就要随丈夫一起回家乡首尔了。洁元舍不得离开这里，告别时声音有些哽咽。另一个韩国女生倍雯分享了韩式菠萝包和千层卷。她的运气不错，丈夫持H1签证，公司承诺可以在美国工作5年。倍雯希望上帝保佑，5年内丈夫能申请到绿卡。倍雯的弟弟已经在加拿大安家落户，这个新年两家人准备相聚多伦多。

Winter是土生土长的香港人，大学毕业嫁到美国后已经很少回香港。她说取名Winter，是因为她特别喜欢冬天。Winter是个多才多艺的画家，尤其擅长油画。有一次她围了一条漂亮的丝巾，上面赫然印染着她的画作。Winter潜心作画多年，在纽约和波士顿都有自己的工作室。然而更让我欣赏的是，她在香港问题上的立场。她说，香港的繁荣稳定来之不易。不论香港人有怎样的诉求，违法暴力活动只会给香港社会造成伤害，解决不了根本问题。对于那些抹黑"一国两制"、乱港反华的香港人，她感到既痛心又痛恨。

我拿出这里买的袋装爆米花，跟大家分享了小时候过年的故事：20世纪70年代的中国，普通老百姓的家庭虽然解决了温饱问题，但却并不富裕。我盼过年，一盼吃上肉，二盼爆米花。那时候爆米花是用那种老式的黑黑的压力罐"爆"出来的。要自带大米或者玉米粒。加工费一锅5分钱，加糖精的话8分钱。手工碳炉子需要拉风箱，嘭的一声！爆出的米花香气四溢，空气里的甜味，老远就能嗅到。爆好后，抓一把给邻居和其他小朋友，回家后密封好。嘴馋时一粒粒慢慢嚼，可以吃很久……那是我童年难忘的记忆。

Party过后的第二天，下了一场冰雨。夜里气温骤降，小雨夹雪，形态各异的冰雕凝在枝头、树干和屋檐下，晶莹剔透，煞是好看。一直固执得以为，有冰雪的冬天，才算是完美的冬天。独自跑到缅街的咖啡馆闲坐，只为这家店有一款味道超赞的焦糖布丁。想吃就吃，想喝就喝，想睡就睡……这里的冬季，纯粹到没

从左到右：倍雯，Winter，洁元，阿西蔻，苏珊老师，哈耶特，穆罕穆德

有一丝杂念。尘世浮华，过往如烟。飘雪的日子，总是让人浮想联翩。纵有千般愁绪，万般不堪，雪落下，便是天堂。

　　拿铁的香气袅袅升腾，邻桌的情侣窃窃私语。窗玻璃上结出了美丽的冰凌花。在这万物凋零的季节，思念却在心中疯长。忽然好想在这雨雪纷飞的小镇，开一间中国小馆：粉墙黛瓦，翠竹掩映，清歌流觞，曲院风荷。里面飘着令人心动的《春江花月夜》和《紫竹调》，还有我们一起唱过的老歌。幻想着有一日你悄然而至，细细品着红茶。目光交汇，嘴角上扬：嗨，好久不见！

　　眼里有柔光，心中有祥云。那些阴霾密布的日子里，你给予的爱和温情，至今暖着心房。记忆中的你，还是温润如玉的模样。一别两宽，彼岸的情书打湿午后的心事；各自生欢，怀旧的笔尖蘸满跨年的挂牵。

　　圣诞老人藏在背包里的礼物，装着不同族裔、不同信仰的人们对新年的祈福。轻轻打开，是每个人的三餐四季，风花雪月；是每个人的苦辣酸甜，悲喜恩怨。

　　深深眷，浅浅念。常喜乐，多安暖。

📅 | 2019年12月31日

浸染新年第一缕阳光

萨酷铁在Facebook上拼命call我。他说一定要在年末见我一面，分享他找到新工作的喜悦。

自上次曼哈顿同学聚会，已经过去了整两年。这个来自多米尼加的基督徒，为实现美国梦，不断变换着职业。做过玉米饼生意，做过西班牙语老师，在哥大做过志愿者……如今他在新泽西一个化学实验室上班。

我对萨酷铁说：我请你吃中餐吧！于是挑了一家口碑不错的粤菜馆，和他一起吃广式早茶。作为新年礼物，我还带了一把中国传统折扇送给他。一边喝茶，一边把扇面上书法遒劲、气势恢弘的中国古诗词，逐字逐句讲给他听。虽然我的翻译词不达意，萨酷铁却频频点头，对扇子的精美赞叹不已。他一直痴迷于中国文化，对这个礼物爱不释手。

顾着说话，忘了教这个南美人流沙包的正确打开方式，出了点小状况。他用叉子一叉，流沙包里温热的奶黄汤汁喷涌而出，溅了他一身。清理擦拭，一阵忙乱。不过这丝毫不影响萨酷铁的胃口和心情。流沙包、叉烧包、虾饺、榴莲酥、豆豉排骨、牛肉肠粉……他一扫而光，对Chinese food赞不绝口。

萨酷铁旧话重提，说他现在每月挣1600刀，问我可不可以帮他介绍一个中国籍女朋友？他纽约的家人已经帮他申请亲属移民了，只是要等排期。

我有点为难，委婉地回绝了他。萨酷铁身高1米9，浓眉皓齿，长得挺帅。可是，四十好几的男人，年薪不到2万美刀。无房无车倒是其次，可以慢慢打拼，关键是没身份……细数我的朋友圈，似乎没有合适的女子可以介绍给他。

如同在国内没有面包的爱情很难维系一样，在美国，没有身份的爱情绝对是一种煎熬啊。况且我知道，他的绿卡排期，至少还得等上10年。

萨酷铁不是个例。美国是淘金者的梦中天堂，总有人想尽办法不顾一切地跑来纽约，没身份就先黑在这里，为改变命运放手一搏，哪怕为了生存焦头烂额。

这个世界，有人锦衣玉食，有人穷困潦倒，有人纸醉金迷，有人负重前行。但有一点是公平的，只要你踏实肯干、努力付出，无论做什么职业，一定会有回报。毕竟混到Top的是少数，绝大多数纽约人，都是用力活着的普通人。

萨酷铁非常痴迷中国文化

儿子读高中时和班上一个韩国同学关系挺好。那孩子成绩优秀，跟着母亲租房住在我们这个town。

一次儿子带韩国同学来我家玩儿，我发现那孩子竟然还在用一款早已淘汰的老式诺基亚翻盖手机！而我儿子的iPhone几乎每出一款新品就更换一部。

两个孩子做完作业，在地下室打了一会儿乒乓球。晚饭时间我做了两碗腊肉面，加了些韩国超市买的泡菜。韩国同学吃得很香很仔细，面汤都喝完了。

闲聊着家常，男生有些羞涩地告诉我，这部诺基亚手机以前是他父亲用的，读初中时他帮父亲干活得到了这个奖励。后来，父亲因病去世，他却一直舍不得丢弃……

韩国同学果然争气，后来考取了新泽西最好的州立大学Rutgers，并且得到了奖学金。为减轻母亲负担，他一直利用假期打零工挣钱。

冯唐有诗：可遇不可求的事，后海有树的院子，夏代有工的玉，此时此刻的云，二十来岁的你。

我煮了一杯咖啡，陷入沉思。

大千世界、芸芸众生。怀揣梦想的萨酷铁盼望在纽约成家立业，懂事的韩国男生希望自己像父亲那样为家庭撑起一片天。我们每个人打拼的经历，奋斗的足迹，就像一杯苦中带甜的咖啡。从咖啡豆变成咖啡的过程，需要经过生长、采收、储藏、烘焙、研磨、冲泡、沉淀……成长本身就是一种美丽的痛！

而我，不再因一次闪念而心有余悸，不再因一张旧照而崩溃流泪。所有的过往，都化作北美的一盏碧空、几许清风。时光静谧，仙客来兔耳霞衣绽放窗台，红玫瑰经历风雨娇韧含苞。

母亲仍会隔三差五打来电话，东拉西扯，说说父亲的病情和她每日的煲汤，谈谈天气的变化和故居的旧友。今天的内容是猪肉。她说猪肉这几年都在涨价，好在她平日里都吃素。末了母亲说：猪肉再贵，香肠也是要灌的！

和母亲一到过年就要灌香肠一样，每逢节日，中西文化交融，我们过节的仪式感还是要做足的：感恩节开Party、冬至日包饺子、平安夜赠礼物、圣诞节做祷告、12月31日晚上去时代广场跨年看大苹果落地、在中国的传统新春佳节聚餐、元宵节吃汤圆、情人节秀恩爱……

待到阳春三月，春暖花开，我将背负一年的思念，踏上归途，回到故土。

定居纽约后，我的生活圈子缩小到一个句号那么大。和国内朋友的联系都是通过微信，相互之间点个赞的就是有点交情的，如同报个平安互致问候一般。

不去写微博，懒得发抖音，不喜看八卦，微信朋友圈定期清理，人数逐年减少……如今这个社会讲规则减浮躁，无需刷存在感。你过得好与不好，只要遵从内心。呵呵，我喜欢活在一个小众的世界里，灵魂偷乐，心满意足。

365天，寸阴若岁。一年时间，零零散散，只记录了行走中美之间万千感受之点滴。坐拥一亩良田，我自慵懒随性。前半生走得太急，错过了许多曼妙的风景。往后余生，好好吃饭、好好睡觉、好好种地、好好去爱、好好享受上帝赐予我们在这凡尘的所有欢愉。

时光永不回头，唯爱缠绻于心。过去已去，未来未知。无论活着多美或多丧，你的脆弱与坚强，终将浸染新年的第一缕阳光……

2020年7月4日

特殊时期的美国独立日

01

纽约海滩7月1日开放了！这对于喜欢去海滩散步、拍照的人们来说，是个好消息。不过，保证安全是首要条件。

市长白思豪说：当人们不在水中时，必须戴好口罩。此外，纽约的15个公共泳池将在未来几周内开放。

杰希娅和朋友一起去了长岛海滩。她说只需付停车费10刀，就可以在海滩闲逛发呆一整天。一早跑去海滩拍照，人并不多，以家庭为单位，大部分是住在附近的居民。

很多人戴着口罩，备好了眼罩、泳衣、简单的食物和水。杰希娅和朋友坐在沙滩上，享受着难得的放松和平静。

独立日的长周末，纽约、新泽西区域

的气温将在华氏90度左右。

来自泰国的Ann已经在纽约生活了6年。她女儿是曼哈顿一家医院的注册护士。

这两天女儿休假，母女俩在阳台上惊喜地观看到纽约夜空燃放的美丽烟花。

为了迎接美国独立日，Ann计划和女儿去开放的路边餐厅吃一顿。Ann说，随着纽约第三阶段开放，街角那家以前常去的美甲店也将正常营业，她想去做一下指甲。这次她要把指甲涂成天蓝色，天蓝色代表着平安祥和。

02

纽约在美国是一个特别的存在，纽约就是纽约，不能代表全美国。就像曼哈顿是曼哈顿，布鲁克林是布鲁克林，皇后区是皇后区，它们只是纽约各具特色的一部分。

兰芳今天开车经过巴克莱中心。这里是NBA旗下的布鲁克林篮网队主场馆，平常也用作举办大型演唱会以及其他体育赛事。

10多年前刚刚移民美国的时候，兰芳每周一至周五都要送一对儿女去Barclays Center乘地铁上学。当年为生活打拼的她，难得有闲情逸致好好逛一逛耗资10亿美元建造的巴克莱中心。如今孩子们已经长大成人，热爱运动，也喜欢看演唱会的她不禁感叹，一定要进去做一回观众。

萍儿比兰芳来纽约更早。这20多年，她一直住在中央公园旁的公寓里。游走纽约城，她对华尔街、五大道、帝国大厦、时代广场这些地标建筑已经熟视无睹。

作为一枚资深文青，疫情之前，她常常光顾的地方是格林威治村，也常常去百老汇看剧，去贾维斯中心看展览。可是从三月中旬到七月初这段日子，她唯一能去的，就是中央公园。

萍儿眼里的中央公园是一个神奇的地方。除了健身、读书、约会、听雨、日光浴，这里最适合结交新朋友。萍儿就在散步的时候认识了两个学艺术的美国女孩，共同的爱好和追求，让她们后来成为很好的朋友。

有意思的是，纽约有相当一部分人的母语并不是英语。这里是全世界种族和国籍最混杂的地方之一。哪怕你的英语再烂口音再重，不用担心，不必羞涩，能大概听懂，简单交流就好，绝对不会有人笑话你。

电影节、摄影展、行为艺术、同性恋游行、BLM运动……多元文化的碰撞，阶级固化的矛盾，种族隔离的纠纷，贫富悬殊的差距，一些荒谬至极却又荒唐存在的现实，倒是很符合纽约这座城市愤世嫉俗的个性。

坐在中央公园一角，伍迪艾伦的电影常常掠过我的脑海。这里有爱恨纠缠的故事，有惊喜或者悲伤的结局，有希望和毁灭的人性，有不断失败不断前行的男女主角，也有整天无所事事不劳而获的懒汉。

如果你将来有一天打算来纽约旅行，或者你只是想了解一下纽约这座城市，我都建议你看几部伍迪艾伦的电影。在张扬、扭曲、疯狂和落寞中，学会与自己握手言和。在一片狼藉，矛盾颓废的情节中，幽默地传递着积极和善良。

在伍迪艾伦的电影里，你那无处安放的情绪总能找到一块可以安静蜷缩的角落。

反正我很喜欢这个戴着黑边眼镜的小老头儿。无论是《安妮·霍尔》、还是《纽约的一个雨天》，抑或是《Cafe Society》，读懂了他那颗老灵魂，你便读懂了纽约。

电影《纽约的一个雨天》

03

4月份因为腰椎问题，我一直想做个核磁共振检查，那时候纽约处于危险地带，也根本不敢去医院。终于熬到纽约疫情平稳的今天，感觉已经好了大半。打了电话给皇后区一家医学影像中心，电话那头传来嘟嘟的声音，却无人应接。朋友提醒我，7月6日以后再试试，现在有些诊所还没开门呢。

母亲来电已经不再问我哪天可以回国了。她知道目前纽约飞上海还没有直航，回国一趟太难。

其实这段日子我们和外界打交道最多的就是购物。但即使是去Walmart这样的大型超市买食物，也都是全程无接触取货。

车开到商场指定位置，人坐车里不用出来，也无需开窗，只需打开汽车后备箱。店员会推着购物车把你网购好的东西一样样放到后备箱里。

准备离开时发现一个吸烟的男人。我一点儿也不惊讶，因为在这里经常能碰见抽烟的人。

吸烟在纽约似乎比较普及。走在街头，常常能看见站在公寓大楼外独自吸烟的女人，叼根烟走路的男人，或者边开车边吸烟的司机。

不过纽约香烟真的很贵。我有一个西语裔朋友以前喜欢抽烟，总抱怨香烟太贵（他抽的是15刀一包的香烟）。

记得有一次我回国，他托我帮他买两条普通万宝路。国内一条才100多元人民币。飞机上买香烟也很方便，免税15刀一条。最近我听到一个好消息：这位老兄终于把烟戒掉了！

我以前常劝他"吸烟有害健康"，他太太也反对他吸烟，只是收效甚微。这场疫情的冲击巨大，加上他太太失业，他感到经济上压力山大。特别是身边有熟人离去，这位曾经烟不离手的老兄终于认识到，一个健康的身体有多么重要！

2020，活着就是胜利！品味世间冷暖的情，摸索前行路上的光。黑暗中，总有一些人为我们点亮生活的希望。

法拉盛公园医生巨幅头像的涂鸦，曼哈顿街头惊艳的鲜花快闪，皇后区公园里支持警察支持公平正义的游行，医护的救死扶伤，警察的守护奉献，还有无数普通人的默默付出……总有那么一群可爱的纽约客，让这座城市魅力四射，让生活在其中的人们感受到关爱和温暖。

走过姹紫嫣红的中央公园，我的诗与远方掩映在鸟鸣树幽的小小后院。

日月经天，冬夏轮转。那些有风有雨的黄昏，那些有云有雾的午后，那些有音乐、啤酒和月光的夜晚……叶子绿了又黄，花儿谢了又开。体验农耕文化的乐趣，也收藏缤纷四季的心情。

7月4日美国独立日，即将在一个特殊时期到来。当自由女神被绚烂的焰火照亮，当人们置身星条旗飘动的海洋，祈祷这个拥有244年历史的年轻国家，经历风雨，磨炼意志，抗击疫情，维系和平。这是使命和博弈，也是自由和信仰。

愿你以不朽的精神，继续缔造伟大的传奇！

| 2020年9月25日

中秋，文字在风中凌乱

01

不冷不热的秋日早晨。后院雏菊灿灿，空气中飘着淡淡的花香。捧一杯咖啡，望着窗外的小鸟发呆，此刻最是惬意。

快递送来了我们在网上order的中秋月饼，打开尝一口，焦糖味的小圆月饼绵软香糯，里面的馅心是细细的流沙包裹了满满诚意的咸蛋黄，好吃。

虽然距离中秋节还有几天，一抹乡愁却涌上心头。

月饼堵住了嘴，也堵住了这些日子的兵荒马乱。微信下架的风波因加州联邦法官比勒于9月20日颁发临时限制令，阻止美国政府微信禁令的执行。暂时告一段落。

为防失联，我所在的几个华人微信群早在8月份就创建了Telegram，群友们互相帮助，一个个移进新建的群。可是对于一些岁数大，不熟悉电脑操作，只会说中文的老人家来说，使用新的软件还是有困难。

微信对于华人群体日常沟通，情感慰藉是正面作用。但是对于参政的华人，则有众所周知的局限。

一些华人"反对华埠建监狱"诉讼近日也取得了胜利，位于曼哈顿华埠白街(White Street)125号的华埠监狱项目被叫停。

诉状引述来自专家、居民、华埠商家等多方意见，阐述华埠社区监狱拆建工程以及建成后对社区带来的经济、文化、环境安全等多方面的负面影响。法官在发布的文件中称，在华埠建监狱的做法"破坏了整个社区的完整性和公平性"。

这两场围绕华人权益的纷争诉讼，目前都有了各自参与的那部分华人希望的进展。美国商务部称，将挑战加州法官比勒阻止特朗普政府禁止微信的命令，并称将"很快"解除这项命令。所以说，微信被限制或者被禁的可能仍在。

02

随着纽约餐馆一家家倒闭，有些舌尖上的美味，真的只能留在回忆里了。

纽约市议会最近通过一项法律，纽约餐馆将被允许在账单上增加10%的费用。不过这笔费用只允许收到室内用餐完全开放后的第90天为止。该法案的发起人乔·波雷利说，这笔费用将帮助陷入困境的餐馆老板重新站起来。

事实上，纽约有近三分之二的餐馆可能熬不到明年1月份。

纽约州餐馆协会最近对全州1000多家餐馆进行了调查，将近64%的餐馆所有者表示，除非获得经济救济，否则他们很可能年底之前就要关闭。有的餐馆预计将在11月之前关闭。协会主席梅利莎·弗莱舒特说，如果没有财政援助，纽约州的餐饮业可能会崩溃。

纽约市区的餐馆更是难以为继。政府禁止餐厅全面开放室内座位，只允许有限的容量容纳顾客。现年53岁的杰森·比尔查德在曼哈顿经营一家乌克兰餐厅，他说，室内座位的限制正在扼杀他们的生意。他们很难维持到明年1月份，只能尽力而为。

朋友老胥这期间练就一手好厨艺，煲猪骨汤，做酱牛肉，烘焙蛋糕……这在之前想都不敢想。虽然自己会做菜了，但还是会经常光顾餐馆。

老胥和朋友最近常去法拉盛吃早茶。那里生意很好，户外餐厅有时需要等位。他说，多付些钱吃饭没问题，毕竟可以一饱口福，还可以尽微薄之力帮到餐馆。

老胥的两个孙子都还在家上网课。小朋友就读的学校发来了通知，面授课程推迟到10月份。

在曼哈顿工作的米歇尔，还是每天乘地铁上下班。如今纽约对戴口罩的要求更加严格。搭乘地铁、巴士、长岛铁路、北线铁路的乘客如果不戴口罩，将被罚款50刀。

米歇尔看着地铁里和她一样戴着口罩的市民，放下了戒备和不安。当戴口罩成为常态，她更加怀念曾经那些无拘无束，自由健康的日子。

前几天米歇尔过生日，老公送她的礼物是一盒包装精美的口罩。哈哈，米歇尔说，没想到庚子年的生日，蛋糕败给了口罩。

03

2020年几乎过去了四分之三。骚乱、飓风、火灾、微信下架风波，最高法院大法官金斯伯格突然离世……在铺天盖地的坏消息中，也有温馨甜蜜的心灵鸡汤。

75岁的美国著名人类学家和爱情专家海伦·费舍尔博士在疫情期间结婚了！她的另一半，是67岁的《纽约时报》专栏作家蒂尔尼先生。

两个人很早就是好朋友关系，爱的火花在2014年夏天闪现，他们共同的朋友格里·奥尔斯特伦邀请他们一起在蒙大拿州的一个牧场度假。

费舍尔回忆说，那一周她和蒂尔尼共度了曼妙的时光。他们远足，钓鱼和骑马，她和蒂尔尼感受到了相互之间强大的吸引力。在那个浪漫的牧场上，他们发现彼此都还是单身。

图片来自网络

费舍尔说，当你开始坠入爱河时，大脑会释放出化学多巴胺，从而激活神经受体，使您既感到愉悦又感到欣喜。

费舍尔博士住在中央公园附近的公寓，蒂尔尼先生住在布朗克斯的Spuyten Duyvil区。两人在恋爱期间保持了若即若离的思念。蒂尔尼于7月2日向费舍尔求婚。费舍尔对蒂尔尼说，我可以嫁给你，但我不想搬离现在住的地方。

费舍尔博士出过许多书，其中一本书叫《Why we love》。她研究两性关系长达三十多年，一直以科学的视角剖析人类最神秘的情感。她认为两个人相爱的过程，是相互欣赏和释放压力的过程。要学会享受爱情带来的激情，而不是天天解剖对方，天天猜测和怀疑对方。

费舍尔说：多巴胺、去甲肾上腺素上升，五羟色胺下降，它们燃起了你大脑中爱情这团火。多巴胺的分泌让人兴奋，性欲靠多巴胺强化。而爱，是靠垂体后叶催产素强化的归属情绪——一种期盼长久在一起生活的强烈归属感。这也是费舍尔博士爱的化学方程式。

在书中，她阐述了"爱为什么比性更重要"。终于，费舍尔决定做一个幸福的新娘，一辈子的理论研究终有了完美的应用与实践！

在纽约州立大学做生物医学研究工作的顾军教授非常赞同费舍尔博士的爱情良方：理解和站在对方立场考虑，压力自控，忽视对方的缺点，赞美和学习对方的长处。

顾军教授说，良好的关系可以促进"开心激素"的分泌（oxytocin、dopamine)。不良的关系促进"压力激素"的分泌（cortisol、cholesterol)。这些都有生物学研究的依据。如果外交家们多多请教费舍尔博士，这个世界就有希望了！

最美不过夕阳红。祝福费舍尔和蒂尔尼，两个浪漫的老人！爱是不老的神话，也是完美社会关系的永恒主题。

04

距离Halloween（万圣节）还有一个月时间，小朋友们已经翘首企盼。

孩子们盼着和往年一样打扮成各种僵尸、女巫、恶魔、怪物等恐怖造型，去社区或者邻居家敲门讨糖吃，"trick or treat"（不给糖就捣蛋）。

作为全世界规模最大的万圣节游行之一，格林威治村万圣节游行自1974年开始，吸引了一批又一批纽约客参加，民众得以装神弄鬼、尽情狂欢。46年来，这个集会风雨无阻，雷打不动。

今年纽约格林威治村万圣节游行将被取消，原定在韦伯斯特音乐厅举行的余兴派对也将取消。

万圣节游行策划人弗莱明表示，原本将邀请非裔男星比利波特作为大巡礼官，主题为"大爱"(Big Love)。今年万圣节恰逢七年一次的周六夜晚，不仅会出现满月，还会出现罕见的蓝月(Blue moon)，而且万圣节恰逢总统大选前几天，若无疫情，预计会有10万人参加。

CDC也不鼓励万圣节活动。新指南列出了万圣节的低风险活动包括：雕刻南瓜和装饰房屋，户外寻宝游戏，服饰比赛以及与家庭成员一起举办电影之夜。

高风险活动包括：挨家挨户捣蛋，参加拥挤的室内服装派对，参观室内鬼屋或与陌生人一起乘坐装有干草的大车，由拖拉机拖着出游。

其实人们错过的活动远不止这些。同时被取消的，还有已经举办了96年的梅西感恩节大游行。今年大家只能通过电视和网络观看传统的游行庆典了。

我在纽约去看过两次Macy's Thanksgiving Parade。特别是2017年那次感恩节，气温降到零度。但是寒冷也无法阻止数百万参加庆典的人群，很多人拖家带口在寒风中站立数小时，兴奋地观看游行队伍的精彩表演。

感恩节游行最吸引眼球的是各种飘浮在空中的巨型气球：绿巨人、海绵宝宝、史努比、加菲

猫等，游行绵延2.5英里。到处是尖叫和祝福，喜悦和狂欢。

我们跟在五彩缤纷的花车和行进的乐队后面，淹没在兴奋的海洋里，寒风阵阵，心中却涌动着暖流。

格林威治村万圣节游行、梅西百货感恩节游行，都是美国文化中不可或缺的一部分。希望明年的这些节日，纽约人能够走上街头庆祝，感恩我们都经历了考验，闯过了生命难关。

准备了雨伞没等到雨来，可以用它遮太阳。买了回国机票，无法成行，可以用这段时间思考和锻炼。我们终日忙碌，看似风光，却在汹涌的人潮中倍感孤单。我们天天奔波，为碎银几两，却在寂静的夜里焦虑心慌。

2020，我们已经失去了很多。所有死亡的人，都曾是地球村的一员。灾难面前，任何一个国家都不是孤岛，人类唯有守望相助、风雨同舟，才能共渡难关。2020，我们也有许多收获。比如亲情友情、比如陌生人的关怀、比如自己内心的强大。

秋分已过，寒露未来。文字在风中凌乱，世界在瞬息万变。如果你问我中秋的心愿？

世界太平，月下人安。

2020年10月30日

红叶又绚烂，鬼节也疯狂

01

2020是诡异的一年。经济困顿，种族问题，自然灾害，大选风云……大选进入最后几天的冲刺，争夺激烈，扑朔迷离，充满不确定性，美国民众本就起伏不定的内心，更加波涛汹涌。

万圣节的到来，刚好让人们找到一个宣泄情绪的窗口。

邻居艾玛和往年一样，早早在家门口摆好了杰克南瓜灯，又去地下室把去年买的骷髅头和蜘蛛网翻找出来，准备放在草地当中显眼的位置。作为北美非常流行的节日之一，万圣节渐渐被她这个来自广州的新移民所接受。

艾玛的一对儿女非常喜欢这

社区里各种充气鬼

个节日。念小学的儿子喜欢扮成僵尸，和同学一道，在大纽约地区摆放着南瓜的草垛旁发出刺耳的尖叫。彼时，衣衫褴褛的排骨架子在夜风中张牙舞爪，孩子们诡异的笑声在空中久久飘荡。

艾玛上幼儿园的女儿喜欢扮成女巫。漂亮的小女巫总是拎着大口袋，和其他身着奇装异服的小朋友一起跟在大人身后，行进在社区里，挨家挨户重重地按响门铃。然后故意压低嗓门，用沙哑的声音喊着："Trick or treat! 不给糖就捣蛋！"

不过我从来没被这些小妖小怪们吓到过，反而觉得他们一个个的挺可爱。

万圣节是孩子们的狂欢节。如果你想接待这些"小恶魔"，事先一定要买好糖果。如果因为匆忙没来及准备，天快黑的时候一定要紧闭大门，关上窗户，最好把灯也熄掉，否则孩子们在外面看见灯光，就会成群结队来你家敲门。

不过今年，CDC并不鼓励"Trick or treat! "活动。

万圣节总是和灵异有关。西方社会传统上认为，万圣节是鬼怪世界最接近人间的时间。这与道教的中元节，佛教的盂兰盆节类似，都属鬼节，是祭亡、祀鬼、解难、赦罪的民俗节日。

虽然起源说法不一，但多数认为万圣节是不列颠凯尔特人庆祝丰收的传统节日。凯尔特人相信10月的最后一天是夏天的终结，冬天的开始，是一年最重要的节日之一，称其为"死人之日"或"鬼节"。

相传这一天各种恶鬼出没，死去人们的灵魂也会离开阴间，在人间行走，拜亲访友，所以这天晚上也就格外危险。为了吓走这些鬼魂，凯尔特人会戴上面具，打扮得比鬼更骇人，在村中到处游走。

纽约每年的万圣节游行当属格林威治村最为著名，巡游的有小鬼，大鬼，老鬼，男鬼，女鬼……当晚，哪怕你是胆小鬼也要被迫勇敢。人鬼嘉年华热闹开场，装扮成鬼怪的人们像幽灵一样游荡街头，活动吸引了成千上万的市民和游客参加。

朋友莫娜每年的Halloween都盛装出场。鬼屋冒险、宠物游行、玉米迷宫、南瓜灯节、主题乐园……她把纽约和新泽西能去浪的地方都玩了个遍，把自己家也布置得神秘诡异。

除了自嗨，莫娜还喜欢到处摄影。不过，她镜头下的万圣节装饰物让人不忍直视。

万圣节的商业价值不菲。美国人富有娱乐精神，就连总统候选人也难逃被恶搞的命运。即便是疫情期间，纽约的商家也不会错过这样一个群魔乱舞赚钱的商机。

早在一个月前，纽约各大Shopping Mall以及超市，杂货铺，甚至9毛9商店，到处摆放着万圣节的鬼怪装饰。橱窗里各种万圣节的衣服和礼品粉墨登场，琳琅满目，赚足了眼球。

大人小孩买乐子，鬼节赚鬼钱，商家最开心。你可别小瞧了这些奇葩商品，美国万圣节协会曾经有过统计，万圣节各种商品的销售总额仅次于圣诞节。

我曾经参加过社区的万圣节化妆晚会。

那是一个英语学习沙龙举办的Party，参加者都是来自不同国家的新移民，大家准备了点心，分享家乡的美食并介绍各自民族文化中和鬼节相关的趣闻。

我戴了一个简单的猫咪面具，当时商店搞万圣节物品促销，1美元买的。

万圣节要祭祀亡魂，当然要准备吃的东西。凯尔特人用食物祭拜祖灵善灵，认为这样才能安然渡过严冬。

万圣节常见的食品有南瓜派、苹果汁、玉米花、生姜小饼、蛋糕糖果等，有的家庭还开Party招待来宾。

这段时间，美国糖果也将迎来销售的高峰。我们会买各式各样的巧克力，等孩子们讨糖时拿出来，送不完的就自己吃。

作为万圣节的主角，南瓜当之无愧。

我做的南瓜馒头

超市里的鬼龇牙咧嘴

纽约超市里卖的南瓜有观赏型和食用型两种。我们去年开始在后院种植南瓜，邻居上周送了两只南瓜给我们，也是她自己种的。这种纯有机南瓜切开蒸熟后，面面的，甜甜的，很好吃。

后来我在南瓜泥里添加了一些中筋粉，做了南瓜馒头，南瓜豆沙饼和南瓜花卷。金黄的色泽，带着南瓜淡淡的清香，儿子循着香味过来说，看起来很有食欲哈。当然吃起来也不错，入口松软甜糯。

既然是鬼节，怎么吓人怎么来。

这张照片是前两年的万圣节，一个美国朋友在网上分享的。本来挺好的BBQ美食，可是摆了一个骷髅头上去，怎么看都瘆得慌！不适者请自动略过。

类似这样的万圣节Party，真是做到了"食不惊人死不休"。

万圣节期间，人鬼混杂，百鬼众魅。纽约人幽默搞怪起来，也是一本正经的。

我在一家超市买完东西，准备去收银台结账，一个转身，看见这个鬼……不过超市里灯光明亮柔和，当时并没有被吓着。

此刻，夕阳西下，红叶霜天。

眸光游动在人迹寥寥的河岸，一对情侣喃喃细语，相依相偎。

站在流水潺潺的哈德逊河边，想象着一场别开生面的鬼节飘然而至。手机震动，微信跳出来一行字：

万圣节快乐哈！所有的鬼中我只想当酒鬼，喝醉后的想念才肆无忌惮。

02

微信来自我国内的老同学。她知道纽约取消了万圣节的狂欢活动，这个鬼节我不会外出，但是会在家里烧点小菜喝点小酒。

我跟老同学抱怨回国太难，还没确定归期。她安慰我说，再熬两个月，疫苗就快出来了，明年一切都会好起来。

有媒体报道说，纽约市将在疫苗批准使用后，优先服务于保障城市运转的一线工作人员，还有弱势群体。第二阶段则面向公众。政府部门表示，疫苗将是纽约重生和经济复苏的关键，确保疫苗"安全"和"有效"至关重要。

特殊时期的万圣节，我们在娱乐的同时，一定要遵守规则，做好防护。

有人给出了一些建议。比如万圣节出门戴上口罩和手套，孩子们在玩"不给糖就捣蛋"的游戏时，按响门铃退后6英尺。安全起见，糖果和零食需要提前放在桶里，而不是当场分发等等。

秋风秋雨秋叶黄，鬼节鬼魅也鬼祟。

有人去长岛打卡南瓜农场，有人化妆成吓死人不偿命的恶鬼游走在曼哈顿街区，有人去布鲁克林古董蜡像收藏酒吧感受魔幻风情……

管他大选谁输谁赢呢。万圣节，人们只想发泄放纵！

夜幕降临。家门口的露天电影又开场了。为了迎接万圣节，社区为居民放映了带有喜剧和奇幻色彩的电影《The Addams Family》（亚当斯一家）。

这部让人毛骨悚然又经典古怪的电影兼具黑色幽默和酷炫品质。明明是恐怖片的画风，却酷得可爱，每个演员都神采飞扬无比精彩。看起来阴森恐怖的亚当斯一家，其实温柔有礼，个性张扬，真诚有趣。

虽然跟全人类约定俗成的价值观相反，亚当斯一家却过得其乐融融幸福美满。嗯，感觉在万圣节看这样的鬼片，并没有那么恐怖，心底反倒涌出汩汩的温情。

大流行期间，为了让大家保持安全距离，银幕前的大草坪被划分出一个个方框的分界，人们可以或坐或躺在方框里安全地观影。

万圣节之后，天气真正转冷，社区的露天电影就告一段落了。好在纽约州部分电影院上个周末已经重新开放，人们可以进影院看电影了。此次电影重开，要求在纽约市以外的地区，人数限制在25%以内，允许每个放映室最多容纳50人。

03

纽约的别名叫大苹果。金秋十月，美东地区瓜果飘香，是苹果的采摘季。果园树上的苹果可以随便采了吃，觉得味道好，就摘一些放桶里，出果园的时候称一下重，这里的苹果都是论磅出售的。

摘苹果看秋色，心情美美哒。Ben的同事吴俊和太太上周末开车去了纽约上州的苹果农场。为了控制人流，农场要求排队进入。

吴俊说，今年的苹果和往年一样又大又红。宅家时间太久，大家都想出来透透气，今年摘苹果的人特别多，果园另一半树上的苹果已经被摘光了。

万圣节前后，是大纽约地区颜值的高光时刻，色彩更加五彩斑斓。

那些鬼怪装饰物在建筑群层层叠叠的绿植中，在街道和社区里的大树旁，在家门口的草地上，竟然毫无违和感。

宠物不允许入果园哦，这两个稻草人是不是很可爱

　　茂密或稀疏的叶子在微风中轻轻摇曳，绿的抚慰人心，黄的灿烂深情，红的热烈奔放。房前屋后的秋色，就这样静悄悄地映入眼帘。

　　疫情期间，微妙的自然界变化，美好的生态环境，最能安抚情绪，舒缓焦虑。

　　午后，一对漂亮的情侣野鹿轻车熟路地闯入我家后院。一只鹿姿态优美地啃咬树叶，另一只鹿屁股对着我们，低头嚼着嫩枝。我们远远看着，没有打扰它们午餐。反正冬天一到，蔬菜和绿叶就会枯萎，不如让它们吃个尽兴吧。

　　我怀疑这对野鹿把它们觅食的愉快经历告诉了同伴。没过两天，又跑来一只肥肥的野鹿。它不怕人，憨憨地抬头与我对视，一脸呆萌，丝毫不见外，吃饱喝足，在我家后院住了三天才离开。

　　在北美，野鹿和松鼠，加拿大鹅一样，是很寻常的动物。鹿的形象健康美丽，象征着吉利长寿，在古代被认为是祥瑞之兽而加以神化。欧美国家的圣诞老人也是选择了驯鹿拉雪橇，就是借鹿来获得好运。

　　每年的万圣节，似乎都比平日漫长些。各式各样的南瓜灯，魑魅魍魉魔幻登场的仪式感，体现了理解和沟通，关怀和温暖。

　　疯狂过后，那些成长中的迷惑和恐惧，那些现实中的抱憾和无奈，那些红尘中的得失与纠缠，渐渐消散于星空，颠簸的心绪得以平复。

　　美国的万圣节搞怪嘻哈，中国的清明节和中元节庄严肃穆。虽然形式迥异，这些节日都表达了人们对逝者的怀念和对往生的尊重。

　　Halloween，一个最初赞美秋天的节日，是丰收的祭典，也是和"死"相关的游戏，却让我们在冥冥中对"生"有了新的思考和领悟。

　　在纽约过了几个万圣节之后，我对于人类装扮成的牛鬼蛇神已不觉得可怕。何况在一些电影和书籍的描写中，有的男鬼很忠厚，有的女鬼很善良。在这个善恶共存的世界里，可怕的不是鬼怪，而是人心。

俗语说得好：平生不做亏心事，半夜不怕鬼敲门。当我们正确看待万圣节及其衍生出的文化内涵时，当我们认真思考活着的意义时，当我们对自然和生命怀有深深的敬畏时，无论是真妖魔还是假鬼怪，都没那么惊悚了。

面对老去和死亡，我们也不再恐惧。

生命虽然短暂，却如同秋叶般婉约绚烂，苹果般香甜滋润，昙花般雍容惊艳，鬼节般快活肆意……

人间那么美好，怎可辜负。

活着那么珍贵，岂能浪费。

节日里，那些无处安放的乡愁

感恩节的早晨下了场大雨。不知为啥，心情有点莫名感伤。

喝完咖啡，开始发酵面粉。疫情期间不能像往年那样朋友聚餐，我准备蒸点肉包子和豆沙包，和附近几家邻居分享。

美国人感恩节餐桌上的火鸡，华人并不是个个都喜欢，就连出生在美国的华二代也吐槽火鸡肉口感有些柴。

我家餐桌上火鸡变鸭，直接端上一盘自己做的南京盐水鸭。

不得不说，2020这一年把许多男人变成了厨神，把许多女人变成了厨娘。

足不出户，学做点心。这是我第一次烤面包，按照网上的步骤，混合面粉、糖、盐、奶粉等干性材料，加入溶解酵母的温水，搅拌面团，揉出手套膜，整

盐水鸭比火鸡好吃多了

第一次做古早蛋糕表面开裂了，但是味道好极了　　　　　　我做的葡萄干南瓜花卷生胚

形擀压卷起……静置发酵，松弛面筋，放入烤箱，出炉金黄，香气扑鼻。

虽然面包成品的样子不好看，味道却是出奇的绵软香甜。

生活在北美地区，邻里之间喜欢分享食物。

想起一件糗事：因为烤箱在上海不常用，刚来纽约时，我迷上用烤箱烤糯米糕。由于初学，技术水平不过关，火候和食材配比掌握不好，糯米糕刚出炉时还软软甜甜的，放冷了就会变硬。

隔三岔五，我总喜欢做一些送到我一个好朋友家去。朋友夫妇第二天当早餐，口感差了许多。估计也是隐忍了很久，有一天她终于打电话给我，用颤抖的声音委婉地跟我说：小华呀，谢谢哈，以后千万别再送糯米糕了，我们咬不动啊！

我后来吃了隔夜放凉的糯米糕，才知道一旦冷却下来，又硬又干，那叫一个难吃！呵呵，若干年后我做面点的水平大大提升，和朋友聊起往事，我们都忍不住放声大笑。

与美国人对火鸡大餐的期盼有所不同，一些华人似乎更看重感恩节后的那个黑色星期五购物节。

我曾经为了买锅的问题与Ben有过争吵。因为每年一到黑五他就开始买锅。别人都抢购家用小电器，化妆品，床上用品，品牌包包，服饰鞋帽什么的，他倒好，只喜欢抢购锅具。

不锈钢锅，不粘锅，铸铁锅，珐琅锅，铜锅，铁锅，陶瓷锅⋯⋯

大大小小，不同颜色，各种材质的锅，堆满了地下室。不知道的还以为我家开了个杂货店专卖锅具呢，可他买锅的理由永远只有一个：做不同的菜，用不同的锅。

Black Friday是美国最疯狂的购物季，打折活动通常在感恩节结束的午夜，也就是周五的零点开始。今年情况特殊，很多商城不开门，促销都在网上进行。

前几年想买便宜货的市民都是Black Friday摸黑到商场排队，有时候因为争抢货物，场面拥挤混乱，甚至有人为了抢数量有限的便宜彩电和电脑而大打出手。我觉得那些去实体店排队抢便宜货的市民，也未必真的有许多东西要买，他们就是要享受那种人挤人的热闹。

但其实，购物真的不用等到黑五。我认为最好的时间，是感恩节前的半个月，商家通常在这一时段给出很好的折扣。

今年商业萧条，但是网购并没有减少。相比Black Friday，我更喜欢Cyber Monday。因为我家大部分日常用品都喜欢在网上买。比如女装，一条长裙原价200美刀，促销＋折扣，最后70美刀。一件开司米羊毛衫，原价100美刀，黑五促销价40美刀。

我在纽约过了好几个感恩节，参加过著名的梅西百货大游行。在纽约看游行想要占据一个好位置，必须去得早！

活动现场，Macy's的员工会扮成大型人偶出场，还有很多演员艺人和乐团参演。巨型气球、缤纷花车和器乐演奏，一条街一条街挤满了观看的市民。人们驻足拍照，惊呼和鼓掌，把感恩节的欢乐气氛推向高潮。

今年纽约取消的大型聚集性活动不胜枚举。从音乐节到体育比赛，从演唱会到文艺演出，聚众性线下活动几乎都Cancel了。

尽管美国疾病控制与预防中心一再警告人们，感恩节期间不要出行，但是仍有超过100万美国人在这个周末外出度假。候机大厅人流密集，很多人携家带

图片来自网络

口外出旅行，虽然都戴了口罩，却宛若美国式春运。

梅西百货感恩节大游行依然定于11月26日举行。安全起见，根据卫生防疫守则，换成"电视特别节目"的形式。

我是从超市买了肉馅回来，看到了球王马拉多纳去世的消息。唉，年初的时候，科比走了。快到年末，老马也走了。新闻里说，马拉多纳在家中突发心脏骤停去世，享年60岁。

我并不热衷足球。中学时看过电视转播的球赛，正是马拉多纳率队夺得世界杯足球赛冠军的1986年。从此，我记住了阿根廷足球队里那个黑头发小个子运动员，他的"上帝之手"和一脚怒射球门的英姿，永远留在了我青春的记忆里。

在马拉多纳辉煌的足球生涯中，有过吸毒禁赛的丑闻，男女关系也纠缠不清。他跌宕起伏的一生让人唏嘘。马拉多纳这个名字曾经是神话般的存在，他永远活在爱他的球迷心中！

如今，传奇人物带着荣耀和遗憾离去，也带走了许多人的青葱岁月……

纽约的秋天转瞬即逝，而冬天旷日积晷。对于全世界来说，这一年过得尤为艰难！还有一个多月就要落幕的2020，发生了太多的悲欢离合，可是太阳每天升起，生活还得继续。

褪去华美的外衣，掀开如梦的诗意，又有谁的光阴不是鸡零狗碎的呢？但这并不能阻止我热爱觥筹交错嬉笑怒骂的烟火，感恩花开花谢有酒有菜的庸常。

纽约的感恩节。

无处安放的乡愁比酒浓烈，像一片片飘零的叶。

2020年12月31日

跨年只要1秒，跨越万千磨难却要拼尽一生

01

艰难又魔幻的2020，终于熬到最后几十小时啦！

阿振又去法拉盛买菜啦，他提前了好几天准备丰盛的新年大餐。虽然外面下着小雨，他的内心却晴空万里，平静中带一点小兴奋。

阿振年轻时移民美国，含辛茹苦把儿子养大成人。儿子入职大都会捷运局，工作一直很努力，后来娶了媳妇，阿振的两个孙儿先后出生在纽约。

2020年，全世界经历了风云变幻，潮起潮落。阿振说，这一年的聚散离合，担惊受怕，比以往任何一年

都多。

好在亲人都健康。阿振的朋友中有人离世，他原本只是有点花白的头发，因为焦虑，在这一年全白了。

缅街上人流熙攘，集市上弥漫着过节的烟火气，想着晚上的家宴，阿振不由得加快了脚步。

晓青的心情也很波动。她用了"紧张"和"无常"来形容自己在哥大医学院这一年的工作。晓青的许多朋友都可以在家办公，但是晓青不行，作为一线工作人员，她必须每天去医学院上班。

城市封锁，居家隔离，纽约重开，再次封锁……医院的救护车每天滴嘟滴嘟响个不停。

晓青原本每天的交通是乘坐哥大的Shuttle Bus，后来担心班车上人多不安全，她索性走路上班，每天戴着双层口罩，步行穿过乔治·华盛顿大桥，单程50分钟。

这一走，从夏天走到冬天，看着树叶从绿变红，然后在风雪中飘零。

刚刚过去的周末，晓青接到哥大医学院的通知，她可以打疫苗啦！

晓青接种的是Moderna疫苗，打完疫苗后，身体没有感到明显不适，只是注射部位有一点点酸胀。

疫苗共两剂，接种时间相隔20几天。明年1月24日，她将接种第二针疫苗，医院已经帮她预约好了。

回家的路上，晓青下意识看一眼手机上的日历。此刻，距离2020年结束，还剩下最后4天。

晓青说，不管怎样，多灾多难的2020年翻篇了，我们迎来了隧道尽头的曙光。

02

在纽约工作了35年的Patrick大叔提前退休了！

Patrick是职业厨师，今年才58岁。他原本是准备做到68岁的。因为他所在的餐饮业受到重创，效益直线下滑，亏本是明摆着的，但与纽约其他餐馆相比，能够惨淡经营到年末，已属不易。

Patrick每天上班要先坐Bus再换乘地铁。他不敢在地铁里戴口罩，怕被别人歧视。等到纽约街头人人都戴上口罩了，他却不想再去上班了。

Patrick决定辞职。

钱不是万能的，但没有钱也是万万不能的。Patrick和太太花了两个晚上认真盘点了家里的财务状况。

Patrick的太太在曼哈顿一家著名的酒店工作了30年，年初刚刚办理了退休手续，有退休金和保险。Patrick有烹饪技艺，等纽约经济全面复苏，他还可以出去做事。

钱是身外之物。没了命，要钱何用？Patrick大叔现在每天睡到自然醒，看见初升的太阳，他总是心满意足地说：只要还活着，就有希望。

周老师家距离大都会博物馆不远。每天晚上散步，她不知不觉就会走到博物馆门口。

今年大都会博物馆150岁了，经历了闭馆和重开，许多庆祝活动被取消或者受到限制。

临近新年，大都会重新开放了24个新装画廊。参观者将首次看到21个翻修过的画廊，以及500多件重新陈列的作品。

走进博物馆，周老师看着那些沉默的雕塑和大师们的名画发呆。经历了死气沉沉的一年，她忽然觉得，从喷泉到建筑，从吊灯到馆藏，这里的一切，都是具有生命力的。

周老师说，这些馆藏珍品的存在超越了凡尘和时空，它们的价值来自于人类对历史的尊重和理解，对自然和美的不懈追求。

这一年，所有人的生活轨迹都发生了改变。

Ellen在曼哈顿上班。和所有热爱时尚的女性一样，那些花花绿绿的橱窗总能吸引她的眼球。纽约各大奢侈品榜单，服装鞋帽的性价比，以及旅游打卡景点，饭店的人气指数，Ellen如数家珍。

Ellen的办公大楼对面，就是著名的梅西百货。以前她常常利用午休时间逛街，溜进商场看看有没有新鲜好看的服饰和日常用品。

大流行期间的萧条，让Ellen心情沉重。原本应该人潮涌动的商业区，如今变得空空荡荡。

好在这一年终于熬过去了！马上就要跨年了，她那颗经历了悲伤和失望的小心脏，依然充满了信心和期待。

Ellen说，在纽约跨年，曼哈顿大桥有墙体动画片，Dumbo拱门还将投影2021年倒计时的时钟，洛克菲勒中心有号称北美最大圣诞树，Saks Fifth百货店有流光溢彩的灯光秀，五大道上还有新哥特式圣帕特里克大教堂以及林林总总的地标建筑可以游览欣赏，拍照留念。

纽约还是那个纽约，那个一见面就心动，一离开就想念的地方。

03

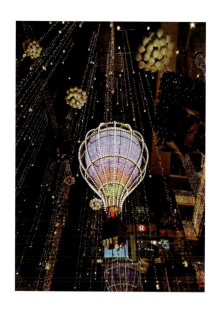

竺先生在纽约的一所公立大学工作，这大半年他都处于居家办公的状态。

从人声鼎沸的时代广场，到被蜘蛛人攀爬过的帝国大厦，从人来人往的中央火车站，到四季斑斓的中央公园……

在纽约生活了30年的竺先生，对这片土地有着无限的眷恋。

临近新年，竺先生和太太又去逛了纽约的新地标Hudson Yards。竺先生喜欢这里酷炫的设计，毕竟是高达2亿美元的造价。这片新奇瑰丽的摩天大楼，已经成为纽约时尚之地的新名牌。

辞旧迎新之际，凯茜和她的闺蜜也去打卡Hudson Yards。

纽约中城西边的这个哈德逊广场，在两个美女的眼里，是一颗如巨型松果般神奇伫立的地方，可以俯瞰哈德逊河，有多达80个观景台，不仅是逛街，观景，美食，娱乐的新潮之地，更是朋友小聚，跨年庆祝的上佳选择。

凯茜说，今年过年曼哈顿比往年冷清了许多。小朋友们出来跨年的就更少了，大部分纽约人都认为宅家安全，和家人一起庆祝新年。

如果说全纽约最盛大的跨年活动，当属Ball Drop，这是1907年就开始的传统。来自世界各地数百万狂欢者和纽约市民欢聚一起，他们不畏严寒，观看水晶球的坠落，共同迎接新年钟声的敲响。

当午夜的钟声敲响，漫天的烟花在这座城市的上空绚烂绽放，把人们跨年的欢乐推向高潮。浪漫的情侣和夫妻可以去布鲁克林大桥上观赏迷人的焰火表演，惊叫，拥抱，接吻，表达祝福和爱意。

不过，一年一度的时报广场水晶球跨年倒数活动，今年改为虚拟线上进行。这也是114年以来，时报广场第一次没有市民现场参与，第一次没有热闹非凡和狂欢景象的跨年活动。

秋天的时候，邻居Marty买了一条小皮划艇。

三月份之前，他天天晚上去家附近的24 Hour Fitness健身。后来健身房关闭了，他就在家打太极拳。再后来健身房又重开了，他索性换了一种户外健身方式，每天早晨去哈德逊河划船。

Marty说，在皮划艇上看到的风景，与我们平时散步看到的风景是两样的。一边划船，沉浸于波光粼粼之中，享受哈德逊河两岸的秋冬风情，一边感受水的柔美，体验漂浮的快意，速度的冲击，把平静中的起伏，遇阻力时向前的力量，发挥得淋漓尽致。

树绿，叶红，天蓝，河阔。作为一项户外运动，皮划艇不易造成肌肉损伤，与大自然的亲密接触，更令人身心放松。泛舟河上，心旷神怡，水上运动对人的呼吸系统也有较大裨益。

两个月坚持下来，Marty爱上了划船。

不过，Marty在下过雪之后去哈德逊河划船的感受就没有那么美好了。

他说，天太冷，风也大，他戴上皮手套划了十几分钟就上岸了。安全起见，以后气温降到零下，绝对不去划船。

　　沉稳、节制、精准、热情、没有攀比，也不论输赢……Marty说，皮划艇是一项运动，更是一种积极的生活态度。

　　宅家的日子寂寞又漫长，Marty在网上order了一堆望远镜和显微镜，他眺望曼哈顿的高楼，他观察一滴水中的微生物，他为我写稿子提供许多素材……他还是我们社区一个健身群的群主，经常在微信群里分享他的新发现和新感受。

Marty最爱的书桌

Marty的2020，过得很充实。但是他也有遗憾，就是今年没能回国探望父母。

　　Marty有一个跨年的小心愿：希望明年华裔能顺利回国探亲。他想陪病重的老爸说说话。每次视频听老爸喊他的名字，就很心酸。现在最担心的，就是等他能够回中国的时候，老爸却不在了。前不久在国内亲戚的帮助下，Marty的父母把墓地买好了。看到亲戚发来的墓地照片，Marty躲在书房大哭了一场。

　　阿振，晓青，Patrick，周老师，Ellen，竺先生，Marty，还有为我写日记上街拍照片的兰芳，为我的腰椎问题嘘寒问暖支招的Jenny，以及素昧平生的读者给予的关怀鼓励……太多难忘的人和事，太多感动的瞬间，都发生在2020年。

　　在如此糟糕的一年里，我却拥有着比以往任何时候更多的爱和温暖。

　　灾害，骚乱，大选；挫败，成长，蜕变……尘世喧嚣，人心纷杂。小到朋友圈，大到海内外，一个暗流涌动、灾难频发的2020，终将归于平静，也终于否极泰来。

　　喜欢宫崎骏说的那句话：生活坏到一定程度就会好起来，因为它无法更坏。努力过后，才知道许多事情，坚持坚持，就过来了。

跨年，只需要1秒。

然而跨越人间的万千磨难，却需要拼尽我们的一生。

过年，我在纽约、上海、南京、镇江间穿行万里

01

当詹妮弗发来纽约漫天飞雪的照片时，我正在阿娘面馆吃一碗黄鱼面。吃完面，沿着上海文化气息浓郁的思南路悠闲地散散步。

立春时节，风儿微凉，阳光渐暖，万物开始萌动和生长。

拥有109年历史的思南路上，伫立着孙中山宋庆龄住过的"孙中山故居"，纪念周恩来总理的"周公馆"，京剧大师梅兰芳的"梅宅"洋房，以及低调优雅的思南公馆。

这一栋栋被高大魁伟的法国梧桐环绕着的花园洋房，写满了历史和故事。

我还喜欢思南路上各式各样的咖啡馆。捧上一杯香浓的拿铁，静静地看着窗外的红枫发呆，想着遥不可及的青春，还有已经泛黄的往事。午后的光阴，总是交织着失落的感伤，慵懒的惬意。

最近一直忙乱，连刷微信的时间都没有。"偷得浮生半日闲"，开始翻看来自纽约的暴雪消息。

詹妮弗是我的美国邻居。她家的宝贝妞妞川川姐弟俩，这天跟着爸爸一起在

后院铲雪。到底是孩子，不一会儿就铲累了，妞妞一丝不苟坚持干活儿，顽皮的川川索性躺在雪地上休息。

我家对面的邻居杨先生是上海人。他说：立春后的上海很暖和，可是纽约地区的雪下得好大啊！

此次暴风雪叫奥雷娜（Orlena）。一夜过后，杨先生家的大门已经被雪堵上，屋檐下挂满了长长短短晶莹透亮的冰柱。

纽约降雪达到18至24英寸，气温也降到华氏26度（摄氏零下3度）。

这是大纽约地区五年来罕见的狂风暴雪。JFK机场，LaGuardia机场以及新泽西的Newark机场都关闭了，数百航班改期。

雪天路滑，车祸频发，政府要求居民宅家，纽约州长库莫敦促民众避免非必要的出行。学生面授课程也全部转为网上授课，所有户外餐厅关闭。

萍儿喜欢雪。雪后天晴，她踩着厚厚的积雪，小心翼翼走进中央公园。

白羊座的萍儿是性情中人，她说，看见鹅群很是兴奋，挥动着围巾跟它们打招呼，结果大鹅们沉醉在银色的世界里，谁也不理睬她。

我先是被她照片里的加拿大鹅吸引。紧接着，我被她镜头下，披着红纱，身着白色芭蕾舞裙，在皑皑雪地上翩翩起舞的女子惊艳到了。

平日里，纽约人是散漫的。一下雪，纽约人就是浪漫的。

02

上海的早晨，永远是那么迷人。

晨起有些雾，之后渐渐散去。浦西弄堂里的老房子和浦东现代化的摩天楼，见证着上海的历史与现在。

在阳台上看上海的朝朝暮暮

不知不觉已经回国一个多月了！漫步熟悉的街道，走进飘香的餐馆，穿过汹涌的人潮，沐浴和煦的春风，努力适应着这里的快节奏，适应着周边的人和事。

上海还是那个上海，她谨慎细致"拎得清"。上海已经不是那个上海，她更加宽厚和人性化了。

结束酒店14天的隔离生活后，又自觉居家隔离了14天（这个并没有强制要求）。防疫，阿拉上海人是认真的。

恢复自由身的第一天傍晚，我下了楼，在华灯初上的淮海路发了一会儿呆。自上次回国，已经过去两年，淮海路繁华依旧。我曾经为家住卢湾而骄傲，忽然想到，卢湾与黄浦合并，已经10年了！

淮海路曾是赫赫有名的霞飞路。当脑海中跳出"霞飞"二字，街头晃动的时尚女孩们仿佛变身影视剧中那些袅袅娜娜的旗袍女子，纤眉秀目，似笑非笑，神情婉约，踩着猫步的长腿，若隐若现地露出一截白色丰盈的诱惑。

上海是一座令人心安的城市。不仅有张文宏这样的硬核医生，还有两千多万有责任有担当的市民百姓。曾经游走过许多城市，如果为自己选一个长期居住的地方，上海真的不错。

解除隔离后第一个去见的，是住在江宁路的老同学，我俩是同一年来的上海。她从北京调动工作到上海一家日资企业工作，我从江苏来沪做了媒体记者。20年前刚来上海时，我们都不太会说上海话，感觉这座城市压力大，人情也淡薄。可当我们安心住下来，时间久了，却一发不可收拾，深深爱上了这里。

老同学说，上海人"各扫门前雪"的面孔下，大多都有一副热心肠。无论是土生土长的上海人，还是后来移民到此的新上海人，大家都精打细算，事事较真，但是讲规矩，效率高。

在江苏老家时，我俩从小学到高中，同窗了十多年。那晚我们喝着小酒，忆童年，致青春，叹时光飞逝。

我的至亲在江苏。我准备先回南京，再回镇江。

在南京河西的亲戚家住了几天。

六朝古都的南京变化太大，发展迅猛，高楼林立，商业兴隆，亲戚的幸福感爆棚。临近新年，商场和街道电线杆上挂的红灯笼喜气洋洋，煞是好看。

亲戚家门口有个金鹰世界，7楼是各式餐厅美食。咸酥或者醇香，酸甜或者麻辣，一道道菜品和点心上桌，满足了我的味蕾对江南美食的渴望。

如今餐厅竞争激烈，比口味，更要比服务。有天在一个叫"望蓉城"的餐馆吃饭，服务员问我对上菜满意吗，我说很好吃，除了一道白灼芥兰有些老，咬不动。服务员立即说："我帮您退掉吧！"

果然结账时，这道菜没收费。大堂经理告诉我，在这里吃饭，只要顾客有不满意的菜品，都可以退掉。我心里暗暗赞许，为店家追求卓越的意识打Call。

吃完饭，在金鹰商场里兜了一圈，回家时迷了路，怎么也找不到住的地方。

我喜欢问路。在纽约时我也常常问路，有时候被我询问的白人小哥或者非裔女孩怕我搞不清楚，索性陪我走上一段，直至我再三挥手道谢，他们才扭头离去。

在上海，我会选择上了年纪的老伯伯老阿姨问路。他们通常很耐心，特别是老伯伯，用夹带着普通话的上海话不厌其烦地告诉我大转弯（左手转弯），小转弯（右手转弯），再大转弯，哪能哪能走。

这次在南京问路，我随便找了个中年男子，他说：朝前100米之后往东20米，看见红绿灯后，一直奔北走到底，西边那个小区就是。

傻眼了！我从来就没有方向感，搞不清东南西北，汗水顺着脊背慢慢流淌。掏出手机准备打给亲戚，才想起手机可以导航，再不然还可以打车。哈哈，几年没来南京，就像刘姥姥进大观园，折腾了20分钟，终于成功走回亲戚家。

03

准备回镇江。安全起见，回镇江之前，我在南京又做了一次核酸检测。

做核酸检测上海是鼻拭子，南京是咽拭子。如今的核酸检测费已经从120元降价到80元了。交通出行，购物吃饭，上海需要出示的是随申码，江苏需要出示的是苏康码。

回国这一个多月，我前前后后做了十多次检测了。我在朋友圈收到最多的牛年祝福是：全阴，全绿！

镇江是安全的。

快过年了，希望全国各地的老百姓都能过一个平安祥和的农历新年。

从南京开车到镇江，一路畅通。

母亲忙活了一下午。下厨烧了一桌家常菜，包了鲜肉大馄饨，然后安静地坐在黄昏的余晖里。阳台上的腊梅不负早春的一米阳光，艳丽绽放。一棵叫不出名的绿植也抽出了嫩绿的新芽。

相见这一刻，我和母亲都等了好久。纵有千言万语，母亲却压抑着兴奋，轻轻一句：平安回来就好！

纽约，上海，南京，镇江，这些人生中重要的驿站，都是我生命中难以割舍的情缘。数十年穿梭其间，雨雾风雪，乍暖还寒，如同电影场景般

变换。因念而生情，因爱而相聚。对我来说，那些鲜活的印记，一直都流淌在血液里。

此刻，春绿江南。大街上的车流比往年少，很多人响应号召，留在当地过年。超市年货供应充足，琳琅满目，人群熙攘，有条不紊中涌动着浓浓春意，空气中飘散着年味儿。

他乡和故乡，是沉默的浮云，亦是时光的掌纹。世事沧桑，人海沉浮，满载温情和希望。一个久违的拥抱，轻揽入怀，一声暖心的问候，欢乐满溢。纵然是走遍了万水千山，却足以让我流连忘返，梦绕魂牵。

你来或不来，故乡永远都在，深情只增不减。于游子而言，山高水长，无论出走多久，归来都是少年。

📅 | 2021年2月26日

那些故乡的小团圆

01

雨水过后，阳气充足，正是种谷深耕之时。风儿吹在脸上没有一丝寒意，像情人的吻，热热的，痒痒的……

春光太明媚，让人忍不住想往外跑。

正月里是新年。在老朋友强波的召集下，几个文艺老青年终于聚到一起啦！

闺蜜陈滟从南京乘高铁赶回镇江；肖军推迟了去外地调研；戴华自己开车来的，为陪我喝酒喊了代驾；张波台长带来了他的新书《把日子过成你想要的》，渭南姐也把她的散文集《吹不散的记忆》送给了我。

白酒、红酒、茶水，大家尽兴而饮。分别已久，老友们相见分外亲！把酒言欢，竟无法将情意表达千万分之一。

其实这场相聚，已经约了很久。去年一整年，我没能如期回国。

张波台长才华横溢，曾是家乡文艺台的台长，国家一级导演，集作家、主持人、歌唱演员、策划人于一身。这些年奔波于镇江、南京、无锡三地，艺术事业做得红红火火。太太贾米娜是国家一级演员，长期活跃于话剧舞台。在热播剧《人

民的名义》里，因成功演绎了广场舞大妈魏彩霞一角，而为广大观众所熟知。

我喜欢看张波台长每天发在朋友圈的"晨语"。寥寥数笔，把心情故事，人生百态刻画得淋漓尽致。还有他的"每日一歌"，雄浑的男高音，唱出了对平淡生活的激情。

张波台长的一对儿女都很出色。女儿继承了老爸的导演能力，而且大有超越的潜能。儿子天赋异禀，清新俊逸，遗传了父母独特的好嗓音，赴美学习声乐，师从名家，未来可期。

想当年，张波和米娜热恋的时候，我也身陷一段懵懂的恋情。只是波和娜的爱情最终开花结果，我和他的结局却是劳燕分飞。

酒过三巡，张波调侃道：唉，今晚应该把那个谁喊来……我摇头，说不必了。

时过境迁，彼此安好，相见不如怀念。

来来来，大家把酒满上，一饮而尽！那些寂寞荒唐、热血沸腾的岁月，在我们的笑谈中走远，如同我们再也回不去的青春。

我和渭南姐神交已久，此次却是初见。

在纽约时，无意中读到她的散文《情与欲》，被结尾处的文字深深打动：旧恋情就像江南梅雨，应季总会来。即使多年之后，旧情人早已各奔东西，音讯皆无，但忽有余痛袭来，仍是销魂蚀骨……

读罢，红了眼圈。

渭南姓陆，镇江市作协副主席。负责过《镇江日报》副刊，用"宜家猫"的笔名在《镇江壹周》上开设过独家专栏，现在是《镇江画报》的采编总监。

短发齐肩，知性优雅，文学功底深厚，戴副近视眼镜的渭南姐，比我想象中清瘦单薄。

在午后倦怠的时光里，坐在母亲家可以俯瞰荷花塘的窗台上，喝着咖啡，品读着渭南的文字，简直爱不释手。内心，被书中的典故和隐喻，接地气的诙谐和幽默，字里行间迸发出的温暖和善意深深感染。

02

绿草茵茵，垂柳依依，桃花灼灼，溪水潺潺。

拥有3000多年历史的江南古城镇江，有文化底蕴，有名胜古迹，有市井气息，有小资情怀，比南京秀丽，比扬州婉约。她的古朴安宁，她的休闲散漫，一笔两笔没法概括，三言两语难以描述。

回到镇江，住在母亲家。散步时，不知不觉就走到了西津渡。

作为古时的渡口，西津渡仅保留下来一小部分古风古貌和历史遗迹，这里的大部分建筑，是后来做旧翻新的。

层峦耸翠、飞阁流丹、共渡慈航、同登觉路、还有元代建造的昭关石塔，鳞次栉比的屋宇，在落日的余晖里，光影柔和。古街路面独轮车碾压的凹痕，无声地讲述着当年的繁华。走在青石板铺就的老街上，仿佛看见李白、孟浩然、米芾、马可波罗在长江渡口登岸的身影……

这个自三国以来的兵家必争之地，每一处，都写满故事，每一眼，都看透千年。

我的上海朋友来镇江玩儿，游览了金山焦山北固山和南山，最后来到西津渡，登上云台阁，畅游几日，意犹未尽，不肯离去。

在古街上的"太平泥叫叫"非遗传承点，我和老朋友宝康、谏生夫妇欢聚在一起。曾经的同事秦露也来了。惊喜遇见的还有歌手刘苏，他当年南下深圳发展歌唱事业，我们已有二十多年未见。

作为非遗省级代表性传承人，宝康先后拜李国英、冷常顺、李莲英为师，学习技艺，坚持创新。他制作"泥叫叫"的工艺精湛，栩栩如生，作品在海内外广受好评。

周宝康给孩子们上手工课

"太平泥叫叫"是一种传统玩具，类似于陶笛，距今已有千余年历史。"泥叫叫"顾名思义，是用黄泥捏制而成，可以吹出响亮的哨声。

牛吉祥、鹿回头、狗宝贝、羊发财、钟馗捉妖、小蝌蚪找妈妈……随着时代变迁，这些泥巴制作的民俗手工艺已经濒临失传。"太平泥叫叫"沧桑的哨声，穿越了千年的风雨，传承了古城的文化。

为了接待我这个远方来客，谏生亲自下厨。当她把红焖鱼、叉烧酥、芦蒿苔炒香干、老豆腐烩狮子头、豆沙小圆子端上桌时，小屋飘散着酒香，老街飘出了歌声。

风雨同舟，相亲相爱，宝康和谏生已经携手走过30载春秋。谏生笑着说：今天在座的每一位，都是我和宝康爱情的见证人。

故乡日新月异，气象万千，令人惊艳和侧目。漫步古城，同样24小时，这里的时间，仿佛过得比纽约快。

为了迎接元宵节，我和母亲一起炒香了黑芝麻，往里面添加了白糖和猪油，和了糯米粉，做了十几只大汤圆。母亲血糖高，不能吃甜食，她是特意为我做的。

最让我激动的，是元宵节的上午，拿着核酸检测阴性报告的我，终于被允许去医院见父亲了！这一天，距离我回国，已经过去了近两个月。

父亲半身不遂卧床多年，这两年我身在海外，没能回国陪伴左右。倍感欣慰的是，病榻上的老父亲，竟然一眼就认出了我！

看父母、见闺蜜、聚同学、会故友，记忆的碎片散落一地。家的味道，弥漫在心底最柔软的地方。不禁感叹张小娴说的那句话：

曾经渴望爱情是一场盛宴，结果最后想要的是一家子的寻常晚饭。

那些故乡的小团圆里，藏着我们青春的小秘密。每个人的爱恨情仇，都执着地纠缠在记忆里，自己不愿意走出去，外人也无法闯进来，任凭风吹雨打，冬夏叠加。

中年之后的我们，被岁月磨砺过的笑容宽厚定格，就像春天里一朵朵静默开放的花。

穿越江南烟雨的一米阳光

01

2020年端午节，我没能回国，也没去中国城买粽叶。

特殊时期过端午，没心情包粽子。牵挂着住院的父亲，晚饭后，我与母亲视频了20分钟，发现她比之前更加憔悴苍老了。

母亲说，父亲一直昏睡。这一年来，他醒着的时间越来越少。母亲仍时不时接到医院发来的病危通知，好在意志坚强的父亲一次次挺过了凶险。

母亲已经年逾八十，身体愈发羸弱，由于膝盖半月板损伤，每走一步都钻心地疼。但是她每天早上醒来，就像是打了鸡血，把医院食堂里买的馒头夹点菜装入保鲜盒，当作自己的一顿早中饭，然后掐着点儿，在家门口乘公交车去医院探视父亲。

之前父亲是能喂些流食的，后来因为咳不出痰，肺部总是发炎，吞咽功能也不行了。医院就给他上了鼻饲管，将营养液直接打入胃里，父亲从此连吃饭嚼香的乐趣也失去了。母亲每天像个老中医一样观看父亲的脸色，担心父亲营养不够，征求医生同意后，她隔三差五去超市买些新鲜大梨煲成汤，和营养液一起打进父亲胃里。

母亲能顶半个护工。导尿，打水，擦洗……护工能做的，母亲都能做。我有时心疼母亲，隔着手机屏幕劝她不要太累了，帮父亲翻身之类的事情，就让护工做吧。母亲对护工很好，经常买点心带去医院给护工，逢年过节也不忘发个红包给她。母亲说，将心比心，你对别人好，别人才会对你的家人好。

父亲丧失了语言功能，每天看见母亲，他才能放松下来安然入睡。父亲常年卧床，却没有一块褥疮，这与母亲的精心看护分不开。

春节之后，医院规定家属不能随便探视。母亲有些日子没能去医院。可怜的父亲，天天眼巴巴地望着病房门口，却等不来母亲，也不知道外面发生了什么。母亲打通护工的手机，费力地跟父亲解释了突如其来的外部变化。她央求护工拍了一些父亲躺在病床上的照片，我看了之后，心里很难过。

事实上，父亲脑溢血之后，半身瘫痪，大脑神经损伤，已经不能表达他的思想。我常常想，曾经身强力壮思维敏捷，带过兵打过仗的父亲，曾经才华横溢心思缜密，做过总经济师的父亲，晚年被病痛折磨至此，老天实在残忍。但是父亲有母亲不离不弃的陪伴，却也是不幸之中的安慰。

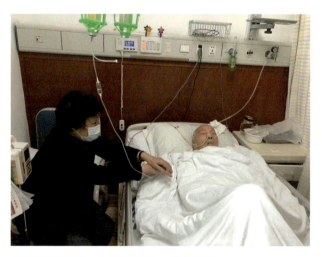

父亲病倒这些年，母亲风雨无阻，精心照顾

父亲睁着眼的时候，面无表情。我猜不出他在想什么。可是母亲仅凭眼神就能明白父亲的意思。端午节，母亲准备了一套碎花连衣裙去医院见父亲。视频中，母亲问我，她穿这一身好不好看？我连声夸她美，母亲的笑容里竟浮现出少女般的羞涩。

挂了母亲的电话，翻开以前的日记。对故土的眷恋，对父母的思念，字里行间跃入眼帘，千言万语涌上心头。

02

2021年1月，漂洋过海，我终于回到故乡。

陪母亲从镇江回上海后，顺利住进了以心血管内科著名的中山医院。我暗自庆幸。

这次回国，无意间发现母亲走不动路。这几个月，我陪她去了南京、上海、合肥，逛了公园、商场、大街……母亲上楼梯喊胸闷，多走几步就胸痛。

在镇江医院检查，确诊是冠心病。因为局部管腔中重度狭窄，需做冠状动脉造影，医生说，有必要的话，就得装支架。

我的上海朋友很给力，迅速帮我预约了专家门诊。看过医生后，几乎没耽搁，第三天就入院了。陪护人员需要做核酸检测，检测结果出来后，我拿着阴性报告办理了陪护卡。

办入院手续时，一个年轻的护士说：病床一直都紧张，来得早不如来得巧，你母亲运气好，被分到一个靠窗的床位。

这间病房一共四个病人。隔壁病床是一个70多岁的老阿姨，儿媳和女儿分别从温州和广州赶过来照顾老人，在医院附近租了间小屋，每天300元房租。

一对中年夫妻来自河南安阳，女人之前在老家做了心脏支架，感觉不太好，这次是来上海复查的。男人买了一个行军床摆在病床旁，夜夜陪伴，很是体贴。

还有一个白发苍苍的上海老人身体非常虚弱，女儿小心翼翼地伺候左右，女婿下了班就过来照应。

透过病房的窗，看到医院周边昼夜不同的风景。斜土路上绿树成荫，行人接踵，车流穿梭……我一边发呆，一边祈祷着老妈的手术顺顺利利。

透过病房的窗，看外面的世界

03

住院的头两天，做了各种术前检查。第三天傍晚，护士台终于通知母亲把病号服反穿，去一趟卫生间，等待手术。

等到晚上八点半，母亲终于从病房被推进手术室。走过长长的走廊，我的心情不免紧张。

两个多小时漫长的等待实在是一种煎熬。期间，还被叫进家属谈话室，医生对着电脑屏幕，简明扼要地讲解了一下病情，说母亲心血管堵塞比较严重，前降支中段狭窄90%，必须装支架。

老天保佑，手术顺利！

手术结束，母亲被推出来

回到病房，晚上11点半左右，出了一点小状况。

母亲的手腕上紧箍着腕带，需要每隔两小时松一次，一个年轻的值班医生对我说，两小时去喊一下护士。然而护士说她不会弄这个，说：你们夜里有事还是喊值班医生吧。

夜深。值班医生说他有些疲劳，要去睡一觉，于是提前把老妈桡动脉穿刺部位的腕带放松了。

结果一刻钟后，母亲手腕处的血汩汩流出，渗透了枕头，染红了床铺、流淌到地面……

靠在床边打盹儿的我吓了一跳，赶紧去护士台喊人，护士又跑去找值班医生。值班医生看了一惊，睡意全无，夜里多次来母亲的病床前检查。母亲反倒有些过意不去，小声说：我没事的，医生辛苦了，去睡吧。

虽然疲惫不堪，这一夜我却没有合眼。

04

术后第二天，母亲就被通知可以办出院手续了。我知道，后面等床位的病人很多很多。

如今江浙皖沪平台互通，实现医保一卡通。母亲住院可以直接刷医保卡结算。不用像以前那样，垫钱后再回参保地报销。来沪之前，我已经帮她在镇江医保局备了案，母亲只需支付自费部分，大约是总费用的20%。

好消息是，曾经动辄过万的冠脉支架价格，如今已降至千元以下。

这次手术伤了元气，母亲走路速度更慢了。可是80多岁的母亲根本没把手术当回事儿。每天自己洗衣做饭去超市买菜，还时不时给住院的老爸煮汤送去。

我关照她：休息休息再休息。

说也没用。母亲要强，出院后，她一刻也闲不住。可是做一点事就累得不行，只好回到床上躺一会儿，起来后再干。

母亲越来越老了。我想把她尽快接到美国。原本有个计划是带她走遍美东。照这样下去，以后带她旅行，她的体力根本吃不消。母亲说，她有糖尿病，每天还要打胰岛素，外出太麻烦了。旅游嘛，坐在车上看看就好了，反正这两年是不会去美国的。

我知道，母亲其实是担忧父亲的病情，心里放不下。

从上海回到镇江后，生活又恢复了往日的平静。母亲每天吃药、睡觉、看电视、跟我唠叨从前的人和事，我又开始忙房子装修的各种琐碎……隔三差五，我和母亲一起去探望住院的父亲。

05

父亲今年89岁了！因突发脑溢血，损伤了中枢神经，引起半身不遂、失语失忆，已经住院9年。

按照家乡过九不过十的风俗，今年端午节，我们要给父亲过90岁生日。其实这次回国多次去医院探望父亲，他看着我，除了点头，就是摇头，再无其他表情。

　　我坚信父亲是认识我的。

　　如今母亲的身体状况已经不能天天跑医院了，就全权委托护工照顾父亲。母亲对智能手机的使用一向笨拙，可是这两年她学会了与护工视频对话。每天早上雷打不动要看一眼病床上的父亲才安心。

　　整整九年，风雨无阻！从家到医院，再从医院到家。爱情的模样体现在父母的身上，是一句简朴至极的"我来了！"……是一个抚摸，是一碗米汤，是一片浑浊却满含爱意的目光。

　　父亲从今年春天开始，肺部感染和尿路感染频繁，经常发热，前几天胆囊又发炎，身体状况一年不如一年。老年科的朱主任和负责父亲病床的庄医生对我说：来日不多，能多陪陪老人就多陪陪吧。

　　父母老了，我也不再年轻……现在想想，一月份历经千辛万苦回国，真是一件无比正确的事。

　　母亲节那天，我问老妈想要什么礼物。母亲说："买个落地电风扇吧！江南

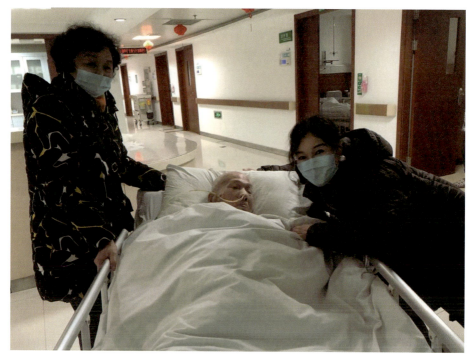

2021年元宵节，历尽艰辛回国的我，终于见到了病榻上的父亲

的夏天没那么热，开空调还要关窗子，家里的空调我也不怎么用。"

　　母亲一贯节俭。虽然我知道劝也是白劝，但是每次回国我都反复给她洗脑，让她该吃吃该喝喝，心情要保持愉快，都这个岁数了，要懂得享受生活。

　　母亲说：人生几多风雨，悲喜都是自己。走到山穷水尽，亦会柳暗花明。看着日渐消瘦却依然乐观的母亲，我满腹心酸和心疼。

　　半年弹指，转瞬即逝。回国后的大部分时间，我穿梭在上海和镇江两地之间。

　　江南多雨。风儿吹过，

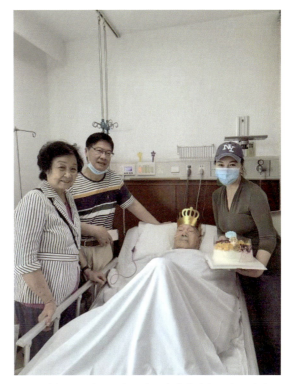

端午节，我和母亲、大哥在病房庆祝父亲90岁生日

花枝乱颤。晚饭后，母亲提议去附近的西津渡散散步。牵着她的手，缓慢地走过青石板铺就的小路。母亲穿着新买的雨鞋，踩过的地方，发出哒哒的声响，在黄昏的雨巷里悠悠回荡。

　　我看着母亲欢喜的模样，不禁感叹：我们卑微又渺小的命运，总是被时代裹挟着走走停停，无力的抗争总是被岁月打磨殆尽……除了迷惘、伤感和遗憾，还有欣慰、温暖和期盼。

　　父亲的坚强，母亲的坚守，他们相濡以沫不离不弃的爱情，在我心里，就是穿越江南烟雨的一米阳光。

📅 | 2021年9月11日

写于9·11二十周年

今天是9月11日，一个让人心痛和铭记的日子。

20年前的今天，发生了震惊世界的恐怖袭击事件，四架商用客机被劫持，坠毁于纽约市世贸中心、弗吉尼亚州阿灵顿五角大楼，以及宾夕法尼亚州尚克斯维尔附近的一处农田里。

那天，纽约世贸双塔在恐怖袭击中化为灰烬。

天空湛蓝，初秋的风夹带着一丝丝不易察觉的凉意。我们去小镇的宪法公园参加了9·11纪念活动。

活动现场，国旗高悬，音乐肃穆，市长Sokolich主持了纪念仪式。他说，9·11事件对美国和世界产生了深远的影响，我们每年在此举行纪念活动，就是为了悼念亡灵，激发生者更加热爱这片土地，更加坚强地活着。

警察，消防员，退伍老兵列队，市民代表上台演讲，分享亲身经历，缅怀死难者。

在小镇高中教书的老师说，20年，不曾改变我们对那些无辜逝者的思念。今天我们聚集在一起，传递温暖和希望，共同纪念在9·11恐怖事件中失去的生命，赞美那些毫不犹豫冲进世贸大厦救人的英雄行为。今天站在这里，我想告诉

911纪念馆的方形水池，是在原世贸双塔原址上建立的

世界：我们永远不会忘记历史上的这一天。

在市民Kacy Knight的回忆里，20年前的今天，空气是那么清新，一切是那么美好。一架低空飞行的喷气式飞机的巨大响声把人们吸引到户外，亲眼见证了那场永远改变了美国的9·11事件。Kacy Knight泪流满面地看着建筑物在眼前倒塌，吓得魂飞魄散。

此后，无数家庭等待着永远不会回来的亲人，金属烧焦和死亡的恶臭弥漫在空气里，持续了数月。

纽约世贸双塔由著名的日裔美籍建筑师山崎实设计，是他的代表作之一。大厦于1966年破土动工，耗资7亿美元，1972年完成最高层建筑：417米。

山崎实（Minoru Yamasaki）1912年出生于西雅图，父母是从日本来到美国的移民。

当初构思世贸双塔的模样时，山崎实认为，世贸双塔要有动人的轮廓线，既符合曼哈顿街区的景观，又能彰显世界贸易中心的重要地位，还要表现这个时代的爱、温存、喜悦、宁静、美丽、希望和作为一个人的独立自主。

世贸双塔意味着对话、交流、共存、平等。

她打破了帝国大厦保持了42年之久的世界最高建筑纪录，不仅是纽约的象征，更是繁盛时期美国的象征，也是人类建筑史上的宝贵遗产。

只是，1986年去世的山崎实没有想到，他走后15年，世贸双塔也随之而去，在举世震惊的恐怖袭击中轰然倒塌。

今天，对于年轻的Jacob和Emma来说，并没有什么特别。

在新泽西读研究生的他们，像往常一样开车去曼哈顿，停好车，然后去逛逛街，参观博物馆。驾车经过乔治华盛顿大桥时，他们看见降了半旗的美国国旗。

华盛顿大桥降半旗

当年发生恐怖袭击的时候，Jacob和Emma还是两个5岁的幼童。

Jacob说，来纽约读本科那年，他去参观了位于世贸中心遗址的9·11国家纪念馆，感觉很是震撼。希望9·11这样的恐怖事件，再也不要发生在任何国家，任何地方。

对于上了年纪的汤姆大叔来说，20年前的纽约地铁和今天一样又脏又乱，硕大的老鼠在铁轨间自由穿梭，跑来跑去。除了惹得个别女游客尖叫一声外，纽约市民早已熟视无睹。

那时候的地铁里有醉汉，有流浪艺人，嘈杂的人群里，有上班下班，旅行购物的乘客，大家相安无事，鲜有袭击市民和游客的恐怖行为。

汤姆大叔感叹，20年过去了，纽约还是纽约，纽约却不是原来那个纽约。

今天一早，我纽约的英文老师Tamara，把脸书的头像换成了"我爱纽约"的Logo。

她说她永远不会忘记，20年前的今天，她从自己居住的布鲁克林公寓的窗口，目睹了机毁人亡楼塌的悲惨事件。

从那天开始，Tamara把自己的命运与纽约这座城市紧紧联系在一起。她在社区做志愿者，帮助老人和残疾人。她利用工作之余教新移民英文，使他们尽快融入纽约生活。

Tamara说："曾经的世贸双塔很美，她们倒塌的那一刻，我的心也碎了。仇恨，只能让这个世界变得更坏，而爱，却能治愈纽约。"

9·11事件发生前，路易斯在纽约Downtown工作，每年春节都买机票回广东老家探亲。那时候去JFk机场安检，不用脱鞋，更不用取下腰间的皮带。他从广东回纽约的托运行李箱，从来没有被海关翻来翻去地检查过。

他说，那个时候，人和人之间相互信任，哪怕是陌生人，也很友善。

路易斯后来在纽约恋爱，结婚，生子，期间换过一次工作单位……日复一日，路易斯以为纽约的生活就是这样的，直到2001年9月11日。

路易斯说，9·11之后，一切都改变了。

恐怖袭击造成近3000人遇难，这也是有史以来，在美国本土遭受的规模最大的打击，被称为"美国历史上最黑暗的一天"。

这之后，美国发动了对阿富汗和伊拉克的"反恐战争"。

我的邻居在双子塔倒塌前的一个星期，还去过103楼的世界之窗餐厅和朋友一起喝酒观景，她说真是难以置信，庆幸的是，自己目睹过双子塔美丽的容颜！

她说：9.11是纽约人心里的痛，我是亲眼看着世贸大楼倒塌的，当时我身边的人都放声痛哭，我也不例外。

一晃20年过去了，当年的场景历历在目，邻居的回忆满是伤感。她说，世贸双子塔在那一场灾难中永远消失了，这是全世界的损失啊！

伤痛深藏于心，叫人无法释怀。

朋友斯密斯清楚地记得9·11那天是星期一，晴空万里。他当时住在W62街，早上开车去公司上班，公司在下城。当他的车开到W28街时，车就停下了，让道给警车，消防车，救护车走，紧接着电话打不通了。那一刻，恐怖分子已经劫持了两架波音767-200ER飞机，分别撞向北塔和南塔……

斯密斯是走路回到W62街的家中的，走了足足一个多小时。随后孩子们也从学校坐校车回家了……打开窗户，可以闻到烧焦的味道，空气中飘浮着粉尘。

此后每年的9月11日，斯密斯都会点燃蜡烛，缅怀逝者，为纽约祈福。

9·11整整20周年，这个世界发生了天翻地覆的变化。新冠病毒给世界带来挑战，给人类带来伤害，美国从阿富汗撤军，中美关系又回到了冰点。

而纽约人不久前刚刚经历了艾达热带风暴的侵袭，遭受了暴雨和洪水的困扰，他们选择坚强面对，乐观生活。

纽约不相信眼泪，纽约也不相信仇恨。

今天，美国总统拜登与第一夫人吉尔到纽约世贸中心双子塔原址参加了纪念

今天的纽约街头

活动，前总统奥巴马、克林顿也出席了纪念仪式。拜登呼吁国家实现团结。

后"9·11"时代，普通民众渴望和平安宁的生活。

疯狂的是这个世界。国与国之间，人与人之间，因利益而产生的隔阂，歧视和仇恨，不知何时才能消除，实现基于平等、尊严和团结的人类大家庭？

下一秒会发生什么？我们无法预测。

世贸双塔可以被摧毁，但是纽约开放、接纳、爱与包容的城市精神，以及建立在信仰基础之上有秩序的自由灵魂，永不磨灭！

📅 | 2021年12月24日

纽约圣诞：一边焦虑一边狂欢

圣诞树亮灯仪式

每年12月初，我们小镇都会举行圣诞树亮灯仪式，作为迎接圣诞、迎接新年的传统活动，社区中心热闹非凡、盛况空前。

艳丽的篝火，五彩的灯泡，小朋友手中挥舞着荧光棒，中心广场那棵缤纷绚烂的圣诞树，在一片欢呼声中被点亮。

这棵圣诞树有35英尺高，自上而下覆盖着超过750000个灯泡。在初冬的夜空，熠熠发光，晶莹透亮，闪烁动人。

圣诞树亮灯仪式的象征意义是辞旧迎新，幸福快乐。

活动吸引了附近镇子的居民参与狂欢，维持秩序的警察穿梭在人群中。

这项传统活动已经延续了14年。第一年有100名居民参加，当年那棵被点亮的圣诞树，名字叫作"查理·布朗"。

市长Sokolich说，今年的活动吸引了近5000人参与。主办方希望这棵寓意着祝福的圣诞树，将社区居民的心凝聚在一起。

现场歌舞秀，圣诞老人的礼物，免费领取的小食物，把小镇居民带入欢乐的海洋。

要说纽约最著名的圣诞树，非洛克菲勒中心那棵莫属。那里的圣诞树亮灯仪式盛大隆重，也是纽约延续了89年的传统节目。

洛克菲勒中心的圣诞树之所以吸人眼球，在于她独创的装饰。

从最初废弃的罐头纸张，到上千盏小灯点亮，到如今的5万盏环保LED灯泡，树顶的施华洛世奇星星高达3米多，最高处的尖尖由300万颗施华洛世奇水晶点缀而成。

如此装饰的圣诞树，已经非常奢华了。

洛克菲勒圣诞树的点亮，是当之无愧的节日标签，标志着全美正式进入圣诞季！

因为疫情，我们没去曼哈顿观赏这棵圣诞树。电视直播展现了她的美轮美奂。好在这棵圣诞树会一直摆放在那里，一直到2022年1月10日。

所以，目睹的机会多多。

全美进入圣诞季

趁着好天气，朋友Mary和先生开车去了一趟Woodbury，采购了一些过节的礼物。

这家Woodbury是北美最大的奥特莱斯，距离纽约50英里远，有250家左右的品牌店铺，平日里熙熙攘攘，一派热闹景象。

如今这里依旧繁华，却没了昔日的喧嚣。然而纽约居民丝毫没有因为疫情而打乱自己的购物计划。

Mary买了一件原价700美刀的大衣，打折下来只要400美刀。她还为家人买了内衣和袜子，现在的价格非常优惠。

在纽约过圣诞节，最值得一看的，是各大百货公司的圣诞橱窗。

在享誉盛名的五大道上，有令人赏心悦目的橱窗秀和灯光秀。从下午4点半开始，到晚上11点半，迷幻的灯光，点亮了繁华的街区，点亮了人们喜迎圣诞的心情。

欣赏了Saks Fifth Avenue的惊艳，再去Macy's淘一些节日促销的裙子裤子和鞋子。买买买，就是一个喜欢臭美热爱生活的女人圣诞节的打开方式。

惊爆眼球的圣诞折扣和大牌降价活动，令每一位购物者心动不已。

圣诞迎新，也是全美最盛大的狂欢季！

去六大道50街的Radio

City Museum Hall，可以观赏久负盛名的Christmas Spectacular（圣诞奇观）。

"无线电城圣诞奇观"因疫情关闭了一年多，今年重开，吸引了众多纽约市民。

作为全美最著名的圣诞娱乐节目，圣诞奇观表演至今已有88年的历史。

音乐晚会长达90分钟，有一百多名表演者，内容涵盖歌舞、喜剧和传统情景剧。

我曾和家住长岛的朋友一同去曼哈顿观赏Christmas Spectacular。

好看的节目，要数火箭女郎舞蹈团的性感踢腿舞、玩具骑兵和耶稣诞生等。美丽的装束，动人的音乐，女郎曼妙的身姿，整齐划一的舞步，引得观众们尖叫，赢得全场阵阵掌声。

Christmas Spectacular，无论是故事创意还是角色表现力，不管是音乐制作还是舞美布景，都富丽堂皇，精彩纷呈。

　　几天前，由于疫情带来的巨大挑战，主办方很遗憾终止了这一季的圣诞奇观秀。但100多场演出，数十万粉丝捧场，仍然给纽约这座城市带来了难忘的视觉盛宴。

　　还有纽约的圣诞狂欢"SantaCon"，去年因大流行取消，今年又回归了。

　　人们穿着五花八门脑洞大开的服饰，装扮成奇葩或搞笑的圣诞老人上街游行。

　　由于参与者多数为年轻人，活动中出现一些疯狂的举动，有人去酒吧餐厅彻夜狂饮，有人醉酒闹事，有人打架斗殴，有人行为不当，被警察开出罚单。

　　除了扮演圣诞老人，感受节日气氛，一些市民还携带了食物饮料和零钱，送给露宿街头的流浪者，传递温暖和关爱。

演出结束，观众可以和美丽的女演员们合影

　　"SantaCon"源自1994年旧金山的"Santarchy"，本意是讽刺圣诞节消费主义。这些年，随着游行队伍不断壮大，狂欢活动已经在全美300多个城市中蔓延。

　　绝大多数参与者表示，只为感受节日气氛而来，坚决抵制酗酒乱性和破坏行为。

　　圣诞季的纽约城，可以去兜兜转转的地方真不少呢。

　　位于法拉盛的纽约科学馆，有超过1000个主题的姜饼屋，是圣诞季的另一奇观。

　　还有布鲁克林布满圣诞灯饰的房屋，以及可以观赏曼哈顿天际线的圣诞游船，都能让你完全沉浸在圣诞节的魔幻气氛中。

　　圣诞树装饰，圣诞节彩灯，圣诞大餐，圣诞礼物，圣诞游行，构成圣诞季的欢乐。

　　节日期间的纽约，充满魔力和创意。穿梭在琳琅满目的集市，抑或在各个Mall里消磨时光，只看不买，也足以温暖纽约客的心房。

圣诞节的意义

小镇的夜晚，安宁祥和。

亮灯仪式之后，居民家门口就开始了各种喜庆装扮，饰品让人眼花缭乱。

圣诞老人、圣诞树、麋鹿、雪人、马车、各种小动物……五颜六色的彩灯，雀跃的小朋友，夜幕下的社区，美得像童话世界。

每年圣诞节，仪式感满满的圣诞大餐是必不可少的。

这两年，我们几乎没去餐厅吃过饭，也很少参加Party。打了疫苗之后，胆子壮了许多，偶尔和邻居朋友小范围聚聚。

下午去了镇上的美国人超市，采购了新鲜的牛腩和羊排，买了几盆圣诞红。节日期间的超市，到处张灯结彩，挂满了圣诞花环，布置得很温馨。

买完菜，经过一家小小的中餐馆，看见门口挂着喜庆的中国剪纸，五彩斑斓，在风中轻轻飘舞，心里不禁一暖。

疫情以来，机票贵，签证难，很多华裔没法像往年一样自由往返中美之间。

一个刚吃完饭的大叔从餐馆里走出来。大叔说他来自广州，在纽约做大巴司机，已经三年没回国了，非常惦念家中老人，盼着明年能回国与亲人团聚。

如果一张剪纸，一副对联，一顿中餐，能够述说内心绵延的思念，也是好的。虽然这些，都不如一张返程机票来得直接。

大叔感叹：海外生活不易。有多少情非得已，又有多少身不由己啊。

圣诞节源自古罗马人迎接新年的农神节，与基督教本无关系。

《圣经》上说，上帝决定让他的独生子耶稣基督投生人间，找个母亲，然后就在人间生活，以便人们能更好地了解上帝，热爱上帝，更好地相互热爱。

后人为纪念救世主耶稣的诞生，便把12月25日定为圣诞节。

作为西方传统节日，如今的圣诞节早已褪去宗教色彩，成为人们合家团聚，共进盛餐，表白深情，互赠礼物的欢乐时光。

圣诞节更重要的意义在于，让人们懂得了奉献与分享，感恩与回报，爱与被爱。

进入12月之后，纽约地区下过几次小雨，飘过两场小雪，落地无痕，无影无踪。

这段日子非常暖和。平安夜的最高气温是华氏45度，预报说圣诞节的最高气温是华氏48度。

我怀疑自己活在一个假的冬季。

圣诞老人却给我们带来了惊喜：一早起床，窗外竟然白茫茫一片，一个银色的世界悄悄降临。

节日，也是爱的表白日　　　　　　　　　　　　　　　　　　　　　　过节，需要仪式感

今年，是一个白色圣诞节！

气象专家预测，美国东北部2021~2022年冬天会特别寒冷，"冷到全身颤抖"的那种。我们将迎来寒流、降雨和暴风雪。

然而比天气更令人焦虑的是疫情。

近期，Omicron变异毒株迅速传播，全美最高日增30万感染者，冬季感染潮全面爆发。纽约州单日新增2.8万病例数，创了新高。疫情的阴影笼罩在节日的上空。

CDC警告：明年1月，美国将迎来大规模感染高峰。

吓得我赶紧在网上预约了接种第三剂辉瑞疫苗，接种时间排到2022年1月中旬。

村上春树在《海边的卡夫卡》中写道：

暴风雨结束后，你不会记得自己是怎样活下来的，你甚至不确定暴风雨真的结束了。但有一件事是确定的：当你穿过了暴风雨，你早已不再是原来那个人。

平安夜。花架上的蟹爪兰悄悄绽放……

蟹爪兰又名圣诞仙人掌，花语是"鸿运当头、运转乾坤"。

它是螃蟹瓜子花和仙人掌的巧妙嫁接，就像不期而遇的两人擦出爱情的火花，温婉又热烈，惊艳在冬季，令人欢喜和感动。

赴美第11年。

浅酒浓愁，平静安暖。

📅 | 2022年2月2日

我在纽约过大年

丁鸣耀华家的日料

在美国过农历新年，其实是华人的自娱自乐。

全球经历新冠疫情的两年里，我们已经习惯了宅家过日子。偶尔小范围内与邻居朋友聚聚，吃吃喝喝，谈谈工作和养生，说说种植和健身。

大家聊得最多的，是怎样在美国疫情失控的大环境下，坚持锻炼，增强免疫力，抵御病毒，保住小命。

美国疫情最厉害的时候每5人中就有1人感染，1月20日左右达到顶峰，然后快速下降。到1月26日的时候，奥密克戎大举歼灭德尔塔，医院门诊新冠阳性骤减，迎来大流行终结的曙光。

我们也是豁出去了，风声鹤唳中，依然按照原计划，去丁鸣耀华家参加迎新聚餐。

丁鸣，耀华，凤伟，娜娜，Marty，Mary，Peter，Debbie，Andy……记不清从什么时候开始的，每逢节假日，我们就和邻居轮流做东。

参加聚会的家庭，自带一个拿手菜。不会烧菜的，负责酒水饮料，或者带个果盘。

觥筹交错之后，借着酒兴，是才艺表演和娱乐活动。拉琴，唱歌，说笑话，扑克，麻将，小礼物……你来我往，丰俭随意，形成了小镇邻里之间特有的聚餐文化。

当然，疫情期间，这样的聚会设置了前提条件。来之前，大家自觉自愿去做核酸检测，确保自己无恙，才能动身前往。

丁鸣和耀华准备的日料很惊艳：生鱼片刺身，黑椒煎扇贝，香煎鳕鱼，黄油蒜香大虾，日式味噌汤，蔬菜沙拉……

上菜也欢乐

邻居们带来了米粉蒸肉，枝竹羊腩煲，南京盐水鸭。

在一片欢呼声中，一盘盘精美的菜肴端上桌。Peter两只手托盘，上菜有技巧，大家报以热烈掌声。

男主人丁鸣最拿手的主食是寿司。

丁鸣曾经留学日本。他做的蒲烧鳗鱼寿司卷，味道正宗，口感鲜甜。鳗鱼的肉质结实紧密，无骨无刺，没有土腥味，米饭香糯，味道一流。

赴美这些年，丁鸣和耀华的日常饮食，依然带着当年留学日本的痕迹。他们吃得清淡，喜凉拌和蒸煮食物，少油少盐少糖。

鳗鱼寿司卷太美味啦

美味佳肴让我们大饱口福。这对勤勉的夫妇在海外打拼的经历，更让我们感动。

毕业于上海一医的丁鸣和耀华是大学同学。30多年风雨同舟，伉俪情深。

他们经历了早期赴日打拼的艰辛，博士毕业后，又双双赴美工作，克服了语言带来的挑战，克服了中西文化差异带来的冲击，慢慢融入美东的生活节奏。

从中国到日本，从日本到美国，夫妇俩互相扶持，笑对春秋，执手便是一生。

Peter家的美式大餐

Peter是美国专业厨师，在纽约地区挺有名气。

当年，年轻的Peter在纽约的大学里，系统学习了烹饪技巧，食品安全，营养健康，面点工艺等专业知识。我们去他家吃饭，大部分时候，他都给我们做美式菜肴。

酸辣酥脆的美式炸鸡，多汁肥嫩的小羊排，越嚼越有味的黑胡椒牛里脊肉，一口升仙的芝士汉堡……Peter会做各式各样的美式餐食。

他还擅长做表皮焦甜，入口嫩滑的法式焦糖布丁，Cheesecake更不在话下。

我最喜欢Peter做的烟熏三文鱼。

买来新鲜的三文鱼，把粗盐、白砂糖、莳萝碎、黑胡椒碎、香草等搅拌混合，均匀涂抹在鱼身上，按摩使之入味。裹上保鲜膜，压上一定重量（比如罐头或其他

每次去Peter家聚餐，我们都是连吃带拿

有分量的东西压在鱼身上），腌制24小时。

第一阶段腌好后，从冰箱中拿出来，洗去香料，然后再重新放上香料，再腌

制3到4小时。

第二阶段腌好后，横向切成薄片装盘。凭个人口味，再撒上一些青柠檬，红洋葱，胡椒粉点缀一下。

和丁鸣耀华夫妇一样，Peter也是上海人，家乡的味道是流淌在血液里的，不论他流浪到哪里，都久久不能忘怀。

四喜烤麸，家常素鸡，外婆红烧肉，赴美近40年，Peter做起上海菜来，手到擒来，无师自通。

摆盘美得像花儿

在纽约，从我家到Peter家，车程10分钟。在上海，从我家到Peter家，步行10分钟。两家人在美国是邻居，在中国也是邻居，因为这个缘分，我们常常搞Party，聚在一起吃吃喝喝。

Peter做起糟卤来，也是一绝。来几瓶啤酒，阿拉就可以"嘎讪湖"啦。

重油重糖美式菜，浓油赤酱上海菜，清淡鲜活广东菜，赴美这些年，Peter说，他越来越喜欢广式佳肴。

娶了来自广州的美丽太太Debbie后，Peter的粤菜厨艺精进，常常在家煮腊味煲仔饭。

腊味煲仔饭通常选用油润晶莹的丝苗米，细长柔韧，米味芬芳，吸水性好，煮熟的米饭晶莹剔透，吸饱了腊味精华，肥而不腻，咸香浓郁。

新春佳节，Peter为大家准备了一个大菜：法式煎鹅肝。

把1/2英寸鹅肝放入平底锅，两面撒上海盐和鲜黑椒煎一分钟。可以用黄油、树莓、红加仑做酱汁，待鹅肝煎好后淋在上面。也可以配上无花果汁和菊苣。

一层层的酒香混杂着奶香涌入鼻腔。鹅肝入嘴，轻轻一抿，无需咀嚼，口感细腻，绵软柔嫩，好吃到爆。

18岁赴美，读书，工作，娶妻，生了两个漂亮可爱的女儿，抚养她们长大成人……光阴荏苒，自己即将进入花甲之年。

做了大半生美食，遍尝各种滋味，人生百味，酸甜苦辣，起初的梦想是轰轰烈烈，惊天动地，最后的愿望是平平淡淡，细水长流。

Peter感叹："人生苦短，我理解的成功，不是讲依钞票有多少，房子多少大，车子多结棍，而是有老婆的陪伴，有囡囡的牵挂。"

娜娜家的福州美味

农历新年的餐桌上，每家每户都有自己的绝活儿。

凤伟和娜娜来自福州。他家最常做的点心是肉燕，也叫太平燕，这是一种福建特色风味小吃。娜娜说，福州人逢年过节，婚丧喜庆，都喜欢吃"太平燕"。

太平燕的外形看起来像上海小馄饨，口味却迥异。太平燕的肉馅中除了加入葱花、姜末、料酒、老抽、五香粉外，还要加入切碎的荸荠，包好馅心后上锅蒸至八分熟，燕皮透明就行了。

太平燕的历史悠久。

相传早在明朝嘉靖年间，福建浦城县有位御史大人告老还乡，因为吃腻了山珍，他家厨子就取猪腿肉，用木棒敲打成泥，掺上适量番薯粉，擀成纸片一般薄薄的皮，再切成三寸见方的燕皮，包入鲜美的馅，做成一只只形如飞燕的小馄饨，煮熟后浇上汤汁吃。

那日吃了肉燕，御史大人只觉滑嫩清脆、妙不可言，忙问这是什么点心？厨子信口说"扁肉燕"。

娜娜家每次做肉燕都仪式感十足。

她会包很多送给邻居，并一再关照吃不完可以放入冰箱冷冻，吃时拿出来下锅煮沸，碗里加入虾油、鱼露、麻油、香葱、胡椒粉等调制高汤，将肉燕捞到碗里，就是热腾腾的美味。

太平燕很像上海的小馄饨

随着第二个孙子诞生，凤伟和娜娜更忙了。他们和国内生活的爷爷奶奶一样，辛苦帮忙照看孙子，也享受着天伦之乐。

每天要做大人的饭，还要做宝宝的饭，耗时费力。忙碌不停的娜娜很快发现有个好东西，既好吃，又方便，既是主食，又包裹了蔬菜肉类，保证营养。

她爱上了做披萨。青椒、红椒、黄椒、圣女果、披萨酱、马苏里拉奶酪、意大利腊肠片……发酵，揉面，醒面，做成饼胚，铺上食材，预热500华氏度，放入烤箱，15分钟后拿出来，松软酥脆，香气四溢的披萨就大功告成了。

培根鸡蛋披萨，夏威夷披萨，纯芝士披萨，香蕉巧克力披萨，甚至是福州口味披萨……娜娜说，披萨的用料可以随心所欲，做成辣味的，甜味的，喜欢Cheese的，可以多撒一些在饼皮上。

我品尝过娜娜做的几款披萨，比外卖店的好吃太多。

福州人爱吃炒米粉。参加聚餐，娜娜家的炒粉很受欢迎。

我向她求教做法：先把米粉浸泡水中。辅材有香菇，洋葱，包菜，鱿鱼卷，虾仁，一起切丝，切块，放在锅中煸炒出香。

油锅里再炒两个鸡蛋，放置旁边备用。米粉从水中捞出沥干，在炒好的辅材锅中下入米粉，加点老

福州炒米粉

抽，生抽，料酒，食盐，鸡精，适量胡椒粉，米粉炒熟变软后，加入炒好的鸡蛋碎，翻炒均匀即可出锅。

美国的年味，浸润了华人的思乡情。丰盛的餐桌上，充盈着香气，飘散着回忆。

在纽约过农历新年

农历新年之前，纽约地区下了一场暴雪。

纽约市，新泽西州东北部以及哈德逊河谷的大部分地区的降雪量，达到10英寸。

即将进入虎年。这场牛尾巴的雪，让商业街的生意稍显平淡。华人居住的曼哈顿的唐人街以及皇后区的法拉盛，不似往年那么车水马龙张灯结彩。

但华人心中的"年味儿"未减几分。

雪后第二天，在曼哈顿工作的Ellen搭乘了High Line，欣赏高线公园沿途的雪景。

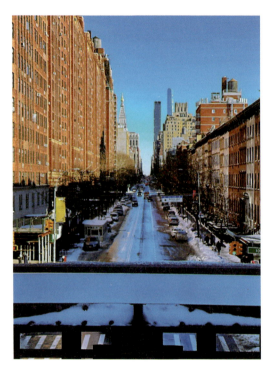

挂灯笼，贴春联，包水饺，蒸年糕，她还特意给自己申请了几天假期，准备和家人欢欢喜喜过个传统的中国年。

新春佳节，纽约唐人街上喜气洋洋，年味十足。

传统的舞龙舞狮表演队在不同肤色的人群中热闹开场，渲染出龙腾狮跃、锣鼓喧天的过年气氛。

大纽约地区的华裔人口众多，他们和不同族裔的人们汇聚在一起，热热闹闹过中国传统农历年，一起领略中华文化的魅力。

这两年因为疫情，春节期间，很多华人没法像过去一样回到家乡。

身在异国，对故土的思念却愈发浓郁。

大年初一。吉姆和家人去了American Dream，参加了第八届中国文化大拜年·农历新年庆祝活动，观赏了由北美华人

艺术家参演的春节联欢会。

观众们可以在保持距离的情况下，享受从古典音乐到现代歌舞带来的视觉盛宴。

American Dream（美国梦）位于新泽西州，总建面420万平方英尺，是全美最大的购物中心，据说逛遍所有店要花86个小时。Mall里有超级主题游乐园、水上乐园、全年开放的室内滑雪场、水族馆、餐馆、豪华影院、乐高乐园等。

虎年新春联欢会很是吸睛，传递美好祝福的同时，也展现了华人艺术家的风采。

农历新年，就像一扇窗，华人华侨留学生通过自己的文化方式，传播着中国传统的民俗和风情，潜移默化、或深或浅地影响和改变着周边世界。

除夕夜，我们几个朋友约了一起去Marty家吃火锅。

牛肉涮起来，海鲜捞起来，啤酒喝起来，段子说起来。火锅，吃的是一种团圆和热闹的氛围。

Marty是老华侨了，漂泊在纽约三十多年，乡音未改，鬓角的头发早已斑白。Marty的外孙和外孙女都是混血儿，相继出生在俄勒冈，几个娃都不会说汉语。Marty

Marty家的火锅

常常叮嘱女儿要教会孩子讲中文，坚守传统礼仪，进行文化传承。

窗外雪未消融，屋内暖意融融。知己朋友，如同一家人，相聚欢声笑语，围坐热气腾腾，此刻最享受，温情也放松。

万家灯火之中，美食美味之下，每个人的眼睛里，闪烁着对未来的憧憬。

看表演、赏风景、做美食、搞Party，这些都是海外华人新春佳节的重头戏。寻常百姓过大年，厨房的烟火，浓缩着对生命的热爱，对亲友的情谊。

时光终究会老，思念无声无息。在聚散离合的悲喜里，我们每个人都走在修行的路上，所有的机缘巧合亦在冥冥中注定。

从故乡到他乡，刻录了岁月的沧桑。从海角到天涯，写满了浪迹的情思。

📅 │ 2022年3月11日

绿帽子节

St. Patrick's Day

前天下了一场薄雪，也就3英寸。这在纽约很常见，我已经没有了出门观雪的冲动。

周末的午后，我们去了一趟附近的超市。

走进ShopRite，满眼绿色。到处都是Happy St. Patrick's Day的欢乐气氛。

Happy St. Patrick's Day 三叶草LOGO　　　　　　　　超市卖的绿帽子很受欢迎

忽然想起下周四就是3月17日，我们将迎来St. Patrick's Day（圣帕特里克节）。

超市货架上摆放了许多绿色包装的食品，还有一些疯狂打折的牛肉和绿色蔬菜。

特别是盐腌牛肉，节日期间是特价，每磅只要1.99美刀。平常0.59美刀

卷心菜有折扣

一磅的卷心菜，使用超市Coupon，只要0.29美刀。

这个节日带有浓厚宗教色彩，是为了纪念一位叫St.Patrick的圣人。

大约公元500年，年少的St.Patrick被土匪绑架到爱尔兰当奴隶，他在奴役期间虔诚祈祷并深受上帝感召，立志日后要以传教为志业，后被送回爱尔兰，将国家转变为基督教。他亦成为爱尔兰的守护神。

绿色是圣帕特里克节的传统颜色。

三叶苜蓿是爱尔兰的象征，形象地阐明了圣父、圣子、圣灵三位一体的教义，故三叶草也被称作幸运草。

这一天，各种经典爱尔兰料理，诸如爱尔兰炖菜、爱尔兰咖啡、爱尔兰威士忌，成为餐桌上的主旋律。

这一天也被海外华人称作"绿帽子节"。男人们毫无顾忌，头戴绿帽子，走上街头狂欢。男女老少穿上绿色的衣服，戴上三叶草眼镜，还有各种绿色的装饰，庆祝这个以绿色为主题的节日。

自2009年以来，美国白宫草坪上的喷泉，也会因圣帕特里克节而被染成绿色。

芝加哥更是标新立异，把穿绿衣的传统提升了高度，每年都用环保的染料把城市的河流染成绿色。纽约的圣帕特里克节很是隆重。夜幕降临，帝国大厦开启了绿色灯光秀。

居住在纽约的爱尔兰裔较多，所以纽约的St. Patrick's Day游行尤为盛大，数

百万观众涌向街头观看表演。鼓乐齐鸣，歌舞纵情，整个游行长达6个小时。

随着时代的发展，圣帕特里克节已经从传统的宗教节日，逐渐演变为展现各国音乐舞蹈、绘画艺术的舞台。

这个盛大的文化和宗教庆典，如今已成为爱尔兰的国庆日。

St. Patrick's Day，我准备穿条绿花裙。

打开衣橱，发现绿色的衣服挺多的，这些衣服都是疫情之前在纽约梅西百货买的。

我曾因A股市场一片绿油油而忌讳绿色。但凡跟绿沾边的衣服，统统被我搁置箱底。

痛定思痛，远离股市之后，愈发觉得绿色的衣服其实挺美的。绿色自然沉静，是万物的依托，生命的活力，和平的象征。

春天的愿望

这个春天是美丽的。却也是暗流涌动、焦虑不安的。

前几天，Ellen参加了乌克兰跑步俱乐部在曼哈顿组织的活动，呼吁停止战争，祈祷世界和平。

Ellen说，这次长跑是沿着哈德逊河朝北跑至Pier25，来回5公里。活动旨在表达对乌克兰人民的声援，为总部设在纽约的志愿者组织捐款。该组织在过去10年里，一直向乌克兰人民提供医疗用品和人道主义援助。

俄乌战争的爆发，对世界金融市场造成巨大冲击，令全球经济雪上加霜。

有专家分析，这场战争于中国而言，对遏制台独势力是有一定效果的。长期来看，中俄关系也会更加密切。

两年多的疫情，已经让这个世界疲惫不堪。作为草根百姓，作为母亲、妻子和女儿，我更渴望一片安宁祥和的天空。

冬去春来，雪雁迁徙，成千上万的雪雁开启了史诗般的旅程。

宾州是北美雪雁迁徙路线之一。Middle Greek的湖泊是雪雁到家之前最后一个歇脚处，也是它们养精蓄锐的地方。

吉姆用相机记录了万雁齐飞的恢弘场景。

雪雁通常会在春秋两季迁徙，规模宏大。在湖面上飞翔的雪雁，如同银色的浪花，又像一团团雪花，波澜壮阔，令人震撼。

看着雪雁迁徙，幻想着自己如果有一双雪雁的翅膀该多美，可以飞着回到故乡。

阳春三月，乍暖还寒。

与袅袅的炊烟为伴，与抽芽的草木交谈，与呆萌的松鼠对视，与翱翔的雪雁呢喃。

疫情、战争、自然灾害……纵使乌云蔽月，却期待着一个更加和谐美好的人间。

愿望藏在心底，好似一束微光，却是我们前行的动力，奔跑的意义。

2022年4月12日

又见纽约四月天

纽约复活节

四月中旬了，大纽约地区愈发暖和。4月17日将迎来复活节，英文叫Easter。

复活节是一个代表春天的节日，是每年春分月圆之后第一个星期日，通常在3月22日至4月25日之间。

这个节日是为了纪念耶稣基督被钉死在十字架后第三天复活，象征着希望和重生。

耶稣被钉十字架的前一天，告诉门徒们：面包象征着他的身体，酒象征着他的血液，他将用死亡来替人们赎罪。

在新约圣经中，弥赛亚预言，耶稣将会受到迫害，为救赎人类的罪恶而死，并会在死后第三天复活。这个预言果然应验，耶稣受难，死而复生。

耶稣的复活是一种重生的力量，他的重生意味着信徒得到永生，激励人们战胜罪恶，获得永生的恩赐。

除了在复活节前一天晚上举行"复活节守夜"宗教仪式外，基督徒们还会在复活节当天，准备一些传统菜肴，例如芦笋，豌豆，胡萝卜等时令蔬菜，还有羊肉，火腿，甜面包，蛋糕等食物，这是复活节的仪式，也是春天到来的象征。

说到Easter，人们脑海中就会浮现五彩的糖果，可爱的兔子，复活节彩蛋。

社区邻居之间会亲手绘制鸡蛋，作为复活节互赠的礼物。花花绿绿的彩蛋代表着幸福，象征着光明。

兔子亦正亦邪，机灵聪慧。复活节的兔子源于西欧文化，通常指的是野兔，而非家养兔子。

兔子多产，象征了春天的复苏和新生命的诞生。作为爱神阿佛罗狄忒的宠物，兔子也是日耳曼土地女神霍尔塔的持烛引路者。

复活节的兔子，是给孩子们送去复活节彩蛋的使者。

虽然复活节是一个宗教节日，伴随着年代更迭，渐渐演变成大人和孩子的狂欢节。

复活节这天，小朋友们有的装扮得像一只小兔子，有的在家做手工彩蛋，有的在父母带领下参加社区的捡彩蛋活动。

作为纽约复活节庆祝活动的亮点之一，复活节大游行值得参与和围观。

游行通常是从上午10点持续到下午4点。在曼哈顿繁华的五大道，人们穿着复活节主题服装、头戴各式各样漂亮的帽子游行，这一传统可以追溯到1870年。

游行队伍中，那些五花八门、创意独特的帽子，那些惊艳

的瞬间，扮靓了城市，点亮了心情，烘托出温情的节日氛围。

复活节年年有，它的意义究竟是什么呢？

其实，复活节不仅仅是一个商业化节日，也不仅仅是纪念耶稣的复活，而是人们在历经磨难之后，绝地反击，向死而生的礼赞，是对生命的敬重和讴歌。

春假开始啦

图书馆长达两个星期的Spring Break（春假）开始啦！

春假之前的最后一堂ESL课上，一直坚持戴口罩上课的鲍勃老师，让大家聊聊美国的日常生活，以及春假的打算。

鲍勃的口罩常常遮不住他的大鼻子

鲍勃说，他准备读一本书，吃一顿中餐，见一个从波士顿来纽约旅游的老朋友。

教室里，几个韩国女生兴高采烈地说起自己的春游计划。

Moon有两个女儿，一个读初中，一个念小学。趁着春假，她想带上两个女儿回家乡首尔。

Moon惦念父母，买了一些美国特产带回去。Moon说，两个孩子异常兴奋。她们来美国一年多了，非常想念首尔的同学和好友。全家人都打过疫苗了，此次回首尔无需隔离，可以探亲访友，自由活动。

韩国女生，从左到右：Moon，姬珍，Jung

姬珍的孩子大了，很适应美国生活，读书从不让她操心。这个春假，她要去购买韩国食材，做一些韩国传统美食给家人。

谈到吃，姬珍来了兴致，她说前天在小镇上的一家韩国餐馆，吃了一顿正宗的韩国拌饭。就是白米饭配牛肉、生鸡蛋和蔬菜，用酱油、韩国辣椒酱搅拌之后，那种家乡的味道让她久久难忘。

Jung才24岁，是班上最年轻的学生，孩子刚上幼儿园，先生在曼哈顿工作。

作为全职太太，Jung每天要做饭，接送孩子，打扫房间，还要抽空学习英文。她想利用这个难得的春假带孩子到处走走看看，感受纽约春日的缤纷。

有关吃喝玩乐的话题，最受大家欢迎。教室里气氛热烈，一片欢腾。

鲍勃问大家：想一下你们曾经去过的地方，哪里的春天最美？我望一眼窗外，开起了小差。思绪，飘到万里之外的地方。

此刻江南已暖，正是杨柳青青，莺歌燕舞的时节。

纽约的春天已经足够明媚和绚烂。但是在我心里，诗意浪漫的故乡永远无法取代：那是油菜花黄的春天，烟雨蒙蒙的江南。

这天，鲍勃老师讲了许多与春天有关的美丽诗歌和短语。这是我最喜欢的一句：

April Showers Bring May Flowers（四月雨催开五月花）。

小溪公园之春

在那樱花盛开的地方

春光正好。Mary夫妇去了新泽西的小溪公园Branch Brook Park踏青赏樱。

4月中旬，正值樱花绽放的鼎盛时。这里种植的樱花树比华盛顿DC还多，而且有一些名贵的樱花树种。

每到春天，5200株樱花树竞相绽放。有单瓣的吉野樱，有复瓣的八重樱，一望无际的花海，仿佛走入人间仙境。

纯白如雪，粉若胭脂，灿若云霞，花团锦簇，香飘四溢，美轮美奂。

Branch Brook Park创建于1895年，是全

圣心圣殿主教座堂

樱花树下的宝贝

美第一座郡立公园。

每年这里都会举办盛大的樱花节活动，吸引大批新州居民和纽约客前来，成为一项观光盛事。

公园占地近360英亩，设有草原，树林，湖泊和步道。坐在樱花树下，来一顿浪漫的草坪午餐，父母和娃共享亲子时光，听溪水潺潺，看落英缤纷，真是太惬意了。樱花树环绕水畔，淡粉的花朵缀满枝头。丰富多彩的赏樱活动还包括日本文化示范、现场音乐、手工艺市场和美食等。

公园里还有一座巍峨的教堂，即纽瓦克天主教总教区的圣心圣殿主教座堂（Cathedral Basilica of the Sacred Heart），也是北美洲第五大主教座堂。

教堂是法国哥特式建筑风格，从1859年开始规划设计，历时长达近一个世纪，于1954年最终建成，1976年入列美国国家史迹名录。

春天，绝对是赏樱的好时节。

除了新泽西的小溪公园，入纽约地区还有几处非常不错的公园叮以观赏樱花呢。

比如布鲁克林植物园。里面有日本山水花园，格兰弗德玫瑰园等等。悠然漫步，空气新鲜，心旷神怡。来自世界各地的花卉品种使得植物园全年开花，芬芳四溢。

哈德逊河边的樱花小道Cherry Walk，是河滨公园最著名的赏樱地。这条景观小路全长4英里，位于100街至125街之间，曲径通幽，宛若世外桃源。这里的2000多棵樱花树，是日本赠与美国的礼物。

还有法拉盛草坪公园，以及附近的皇后区植物园，都是赏樱的好去处。樱花朵朵绽放，晚风轻轻吹过，花瓣似雨，片片落下，令人啧啧赞叹。

在我心里，曼哈顿中央公园的樱花是艳压群芳的。这里的樱花艳丽，花海辽阔。

位于Bronx的纽约植物园占地250英亩，有200多棵樱花树。春秋两季，樱花都会盛开。不同于其他地方的粉色樱花，这里的樱花有清雅的纯白色。

春天的罗斯福岛也是极美的。可以在曼哈顿搭乘空中缆车上岛，欣赏曼哈顿的天际线，看绝美的粉色樱花，真是美不胜收。

今天的气温有22摄氏度，天气预报说，后天的气温将达到27摄氏度。我们开始把家里的花盆一只一只往后院搬。等到深秋寒凉之时，再搬回屋里。

草地已经绿透了！

一夜春雨滋润，小草泛着油亮的光。枯萎了整冬的香椿树，也冒出了嫩黄的新芽。

不远处住着的西语裔邻居，又开始在周末的黄昏开Party啦。一群穿着T恤的男孩女孩，喝着啤酒，吃着烧烤，弹着吉他，唱着歌，宣泄着他们无处安放的青春。

日子庸常又细碎，莫待无花空折枝。

想想人生百年，最终的结局是归于尘土。这个世界，努力过，奋争过，爱过，亦恨过，死亡过，也复活过。

耐得住寂寞，守得住初心。无惧失去，也珍惜拥有。

这是我热爱的人间四月天。

很短，也很美。

纽约故事的
叙说

文字改变不了世界，却能安放内心

01

最近一直宅家，闷了就去后院发发呆。草地一片黄黄绿绿，新的生命正在积蓄力量，蓬勃生长。现在播种还太早，但天气真的是暖和起来了。

儿子有个女同学，高中在纽约长岛读的私校，大学去了加州。去年过感恩节的时候，小姑娘专程飞到纽约，来我家玩过一次。小姑娘的年龄比儿子还大一些，却长得娇小呆萌，笑眯眯的，看上去是个好脾气的姑娘。知子莫若母，不用多问，我想儿子一定是喜欢上人家了。

两个孩子早早就约好了放春假时纽约再聚。小姑娘加州的大学早就停课，春假结束也改成网课教学，接下来又是暑假，至少五个月不用去学校。她不敢外出，没有口罩，食物也缺，整日窝在出租屋

里，倍感孤单害怕。于是再次跟儿子央求，想来纽约！为了避开人多拥挤的洛杉矶机场，小姑娘准备先从她附近的 county 飞德克萨斯，转机到Newark后，再来我家。

为此，家里开了N次小会。从加州飞Newark一路上的危险系数、防护措施、转机安全、接机安排、行李消毒、居家隔离……进行了各种可行性分析，并落实好解 决方案。儿子自觉把他的东西全搬到地下室，房间腾空打扫干净，换上全新被褥，准备了矿泉水和零食，还摆上一盆翠绿的芦荟。儿子告诉我，小姑娘

的母亲听说她 投奔我家，非常感动，千恩万谢。虽然我们家长之间并不认识，不管未来怎样，我们只当小姑娘是个留学海外的孩子，困难时期，我们帮忙照顾一下啦。

傍晚时分，看见邻居们在微信群里晒出各自花园里养的花花草草。恍惚间，感觉春天就在我们怀抱里，真是美妙。

02

下了两天雨，期间还飘了一阵雪花。这在北美不稀奇。今年开春暖，往年四月飘雪也是有的。今天天好。一觉醒来，阳光金灿灿。

儿子的加州女同学来了之后，正在乖乖隔离中。我们把一天三顿饭烧好，摆放门口长凳上，她自己取食。可怜的孩子！一个人在加州的出租屋里又急又怕，没吃上几顿饱饭。Ben擅长厨艺，我家的伙食又好，小姑娘表示非常喜欢！还有一点容易办，就是她和儿子一样，很能吃肉！红烧、炖煮、煎烤……每天肉 打滚，不用烧特别的餐食。特殊时期，外出买菜有风险，都在吃存货。为方便安排饮食起居，我们建了一个微信群，取名"养猪群"。哈哈，自娱自乐。这段时间我 们就是饲养员，希望猪娃都健康。

有朋友打趣说，飞来个媳妇。其实在我眼里，就是两个小屁孩儿。儿子懵懵懂懂，祖籍湖北的小姑娘也不比儿子成熟多少。Anyway，我们能做的，就是相互关爱彼此照顾，给孩子的青春成长期留下点正能量的回忆。

美国地广人稀，空间开阔。像我住的社区，人们遛狗跑步，保持距离是一件很容易的事儿。再有就是美国科技实力雄厚，在医药研发上绝对牛。缺点是美国人自由散漫惯了，不听劝。中老年人还好，年轻人不听话的多，一有机会就想上街溜达。昨晚看到朋友发来的视频，一群年轻人在迈阿密的海滩聚会，被闻讯而来的警察轰着赶着，挨了拳揍还不服气，嘴里大叫着自由。

要说执法严厉，当属纽约警察。皇后区两个朋友今天在一家药店门口碰见，聊了10分钟，也许是这几天在家里憋坏了，一时高兴忘情，相谈甚欢，忘了保持6英尺距离的规定，被警察逮个正着，罚款400刀！

住在曼哈顿的朋友小罗哥发来几张照片。往日人潮涌动的曼哈顿，此刻像一座空城。寂寥的色彩中，有一份凄美和担当。纽约从来不是一座完美的城市。这里住着各色各样的人，说着各种语言的话。他们经常批评政府，甚至刁难总统，对暴露的问题进行公开指责。就像小罗哥，他是一枚老愤青，对国内外发生的事儿，只要看不顺眼就开骂。但当祖国有难时，他是挺身而出的。他曾个人捐款3千万港币给武汉！这也是我喜欢纽约的理由之一：这座城市的精神是积极乐观的，民众是善良包容的。

宅家的日子，穿睡衣就OK了。打开储藏室，翻看自己买的衣物包包和奢侈品，发现它们一无是处。既不能代替食物和水，也不能当药品治愈病痛。而亲情和关爱，才是居家的阳光。它染绿了春色，温暖了心田。

03

自从建了"养猪群"，微信留言区里一片欢腾。

好多爹妈跟我分享了他们"养猪"的烦恼、经验和教训。关于"猪怎么养才肥"、"如何当一名称职的饲养员"之类的话题，探讨得就更多了。一想到有那么多家长和我一样，把娃当猪养，我对儿子的负疚感一扫而光。

可如今是人难做，猪难养啊！朋友说：你赚了！你养了一头，引来了另一头，现在有两头了。要知道从小猪仔开始，我养了21年，刚养大，就想出栏跟别人跑，而且态度坚决，头也不回。这些年喂养的艰辛，吃的苦受的累，老母亲表示肉疼……朋友安慰我：等着吧，以后给你生一窝，你就高兴了。

昨晚儿子惹恼了我。他总在小姑娘的隔离房间门口转悠，甚至用手触碰了房门上的把手。我们之前有过约法三章，小姑娘隔离期间，儿子和她只能微信视频，坚决不允许有任何接触！我想吼他，怕自己嗓门大，吓到小姑娘，就在微信里语音儿子：赶紧去给我洗手消毒！小姑娘再有几天不就出来了嘛！你急什么？儿子支支吾吾：没事没事，就想问一下她被子够不够，夜里冷不冷。

这个理由很蠢。小姑娘来我家之前，被子是我准备的，很厚。况且这个春天很暖和，家里的暖气还一直烧着。一番争论和警告之后，儿子接受了批评。他说等女同学隔离期满，他们就一起在网上看电影，打游戏，学网课，还要到后院刨土，栽花种菜。

也许我对儿子有些严苛了。哪个少年不多情？哪个少女不怀春？作为过来人，儿子那点小心思我一看就懂。但现在是非常时期，留学生回国都不能马上回家，下了飞机直接拉到酒店隔离。我们要陪着十二万分小心，不能出一点儿差错，否则没法跟人家小姑娘的家长交待啊。

还有Ben，一点儿也不让人省心！今天一早醒来，牙不刷脸不洗，冲到附近的韩国人超市买大米去了！说好这个月都不出门的。他担心这种居家隔离的状况至少还要持续两个月，现在家里多了一张嘴，必须多备些粮草，况且蔬菜和水果已经吃光了。

Ben的同事傅教授昨天给Ben发了信息，说我们社区的小超市有米卖了，每人限购一袋。也有水，限购一箱。所有面包鸡蛋牛奶肉馅……限购两份。但一定要早上去，中午就没了。Ben买了东西回来，没敢直接进家门，自己拿着喷雾器从头到脚消毒一遍，外面穿的衣服鞋子统统脱掉，扔在车库里。

从3月5日最后一次去健身房游泳，已经宅家22天。吃饭，睡觉，发呆，然后是腰椎间盘突出压迫神经引起下肢疼痛……白天大部分时间，都躺在按摩椅里。于是找了各种借口：不运动！今天过磅，称了一下体重，天呐，居然重了10磅！这算是次生灾害吗。

最喜欢午后的安宁。"养猪群"里其他人都午睡了。而我因为多年媒体工作的经历，养成了中午不吃不睡的习惯。此刻，煮一杯咖啡，开始码字，记录北美生活的点点滴滴。

打开手机，微信联系人已经从最初三千人减到现在的八百人。留下来的，都是一些有交情有故事有回忆的朋友。

有些人偶尔相见，却一直惦念；有些人短暂相处，却记挂长久；有些人从未谋面，却彼此欣赏；有些人时常联系，亲如家人；有些人喜欢潜水，却在你最需要的时候冒出泡泡来。清理朋友圈，就像整理房间。中年之后的日子，可以琐碎，但不能拥挤。可以随性，但绝不将就。

窗外鸟鸣。天空蔚蓝。生命就像后院那棵树，挺立在风霜雨雪中，春生夏长秋收冬藏。而思绪，却天马行空，在光阴里舞蹈……

文字改变不了世界，却能安放内心。

温暖的力量

晴了几天，今天又开始下雨了。掐指一算，已经宅家一个多月，感觉自己快发霉了。

儿子的女同学自3月22日从加州飞来纽约后，也已经在我家隔离了14天！上周日终于解封。走出房间那一刻，小姑娘像一只快乐的小鸟。为庆祝小鸟出笼，午饭多烧了几个家常菜。Ben把冰箱里的存货都拿了出来，还去后院摘了一小把香椿，炒了两个鸡蛋，味道鲜美！

这些日子，儿子和他的女同学在他们分属的纽约和加州的留学生朋友圈里分享网课学习的感受。孩子们之间相互鼓励，提醒防护。如今美国所有大学都改网课了，这倒让家长心安了许多。因为在家读书的风险是最小的。儿行千里母担忧，小姑娘的母亲打来电话说：给你们添麻烦了，孩子在你家，我们就放心了！

中国在美留学生有数十万。三月以来，有一部分留学生早早搭乘飞机回国了，也有一部分留学生因各种原因没有走成。我几个老同学的孩子散落在纽约、波士顿、洛杉矶等地求学，这次都没能顺利回国，家长万分担心。我安慰他们不要太焦虑，孩子们懂得自我保护。其实华人确诊和死亡的比例都很低，不要恐慌。叮嘱孩子出门戴口罩，回到住处勤洗手，尽量少乘坐地铁和巴士，去超市买东西的时间尽量控制在15分钟。

午后，Ben说家里冰箱存货不足，要去附近的小超市买点菜。他全副武装，戴上帽子口罩还有平时打扫卫生用的一次性手套。这家小超市平时人不多，买东西也都是附近的居民。心慌就囤粮！这次买的南瓜、土豆和洋葱能放置久些。这很贴合大纽约地区华人储备粮草的心态。

这段时间，随着中餐馆一家家关闭，大家开始扎堆网购，可是送货跟不上，时间越拉越长。我们3天前预定的牛奶鸡蛋都要排到10天后才送。邻居本来预约了一个小手术，因医院病人太多，不得已取消了。事实上，这段时间有小病小痛或慢性病的华人大多隐忍着，在家自治，慢慢调养。除非病情紧急，绝不外出就医。好在药房都开门，如果不是处方药，自己可以去买点。

我上海闺蜜的儿子先在纽约读的本科，后去印第安纳州硕博连读。这些年来闺蜜多次往返中美两国。这次元旦赴美，已经住了3个多月。她原本买了4月初直飞上海的机票，结果航班被取消了！估计5月份也走不掉，闺蜜索性在儿子租的小房间里安心住了下来。每天烧两顿饭，看看书，听听音乐。她说这是特殊而艰难的时刻，要陪儿子一起度过。美国的自然风光确实美丽，但中国的生活环境更让她感到熟悉而喜欢。既来之则安之，只能等等再回国了。

Ben是老纽约，在纽约读书、工作、生活了28年。经历过纽约大停电，大暴雪，各种飓风，水涝，911，金融危机……是个心态超级好的家伙。他说，病毒席卷了全球，我们要淡定从容，谨慎对待！

Ben已经在家办公近一个月，遇到必须要去单位处理的事情，就自己开着车去。空旷的校园，车位随便停。以前上班稍去晚点，学校停车场就满了，只能在街上绕着圈找停车位。如今他工作的大学早已停课，大楼也已经全面消毒过，Ben只碰见几个保安和管理设备的职员。整个校园，一片静谧祥和。

天气转暖，外出闲逛的人渐渐多了起来。纽约州政府规定了6英尺的社交距离，罚款也从最高500刀增加到最高1000刀。可还是有人不在乎。真想冲着他们大喊：赶紧回家吧！目前还没解药，居家隔离才能保命啊。

目前纽约市警察局有19.3%的警员因病缺勤。纽约警察和前线医护人员一样变得非常紧缺。

因担心警力不足而被打劫，纽约很多奢侈品商店近日纷纷用木板把门窗全部封住。

　　美国政府在大流行初期应对迟缓、表现怠慢，受到民众批评。而今到了中期，也是关键时刻，川普能否在接下来的大选中连任，取决于他如何应对这场危机。

　　目前纽约市的住院人数已经超过1万4千人。为缓解医院压力，库莫州长请求将海军医疗舰"安慰号"改为接收病人的请求获得了批准。该医疗舰拥有1000个床位，再加上贾维茨中心的2500个床位，将在这场危机中发挥重要作用。此外，川普总统已经调派1000名军事医务人员增援纽约。

　　宅家的日子，是各种技能的培养和提升：翻土施肥，各种盆栽，修剪草坪，粉刷房屋，自制美食……因为买菜难，不少华人开始了春播。大家因地制宜，在土里找乐子，既锻炼了身体，吃得也更健康。依托社区，华人还建立了各种微信群，吃喝拉撒，鸡毛琐碎，大家在群里咨询解决，分享经验，互相帮助。

　　世界多国多地的人们居家隔离，大自然显现出她原始的神奇：意大利威尼斯的水变清澈了，天鹅海豚回来了；日本奈良的街道上出现了觅食的鹿；泰国卢普布里的猴子肆无忌惮在广场上聚集；英国卢顿机场附近的田野里也发现了鹿的身影。

　　说到野鹿，它和松鼠、臭鼬、火鸡一样，是大纽约地区比较常见的野生动物。动物回归是一种暗示，长期以来，人类对生态环境的肆意破坏和挥霍践踏，必然受到自然界的反噬。

　　此刻，曾经流光溢彩喧哗热闹的曼哈顿街头，笼罩在一片让人忧心的安静中。纽约的各大医院，医院的每一间ICU病房，都在进行一场与死神的赛跑。居家隔离的人们不给纽约添乱，默默为这座城市祈祷。帝国大厦顶部模仿心跳致敬医务工作者的红色灯光，在曼哈顿幽蓝的星空下，传递着温暖的力量。

　　疫情之下没有诗和远方，只有平淡坚守的日常。

牵念一些身影

01

周末的早晨，空气中弥漫着清新的草香。后院的荷包牡丹不知何时绽放的，玫红色的花朵悠闲地坠挂枝头，像一串串小铃铛。宅家的日子看天看地看自然，很多奇妙的变化就在一瞬间。我忽然间意识到：人其实是一下子变老的，而不是坐着摇椅慢慢老去的。

纽约州长库莫4月15日下令，所有纽约人在公共场所必须戴上口罩！我对此感到遗憾。这话应该提早一个月说才对呀！还有那个3月下旬才颁发的居家令，太晚了。强制戴口罩的命令是用一万多纽约人死亡的惨痛换来的，想想就沉重！之前对他到处哭喊着要呼吸机为民请命积累的好感，已经消失殆尽。

川普总统已经按捺不住想要复苏美国经济的计划，他认为未来几天有些州可以考虑重新开放。川普发布了一份5月份重新开启美国的指引，具体做法由各州州长自行决定。

"重新开启"遭到了许多人反对。纽约市一名奋战在抗疫一线的医生呼吁，居家令应该延长更久些。如果这座城市为了复苏经济而早早"解封"，后果是不堪设想的!

　　这名医生叫周汀,是我们的朋友周枫的女儿。三月以来,为了让在医院忙着抢救病人的女儿安心,周枫夫妇把2岁的小外孙接到自己家里照顾。孩子已经两个月没有见到妈妈了,常常自言自语喊着妈妈的名字。

　　周汀原本是神经科医生,被紧急抽调到医院最危重的呼吸科ICU病房工作。作为重症抢救团队中的一员,她每天机械地从一个病床奔向另一个病床。而每一个病人能够获得的抢救时间,仅仅是六分钟!六分钟之后,病人的命就交给老天了。这太让人心痛了!病人的死亡速度如此之快,周汀他们常常泪崩,感到沮丧和无奈。

　　周汀说,以前执行重症抢救的医护人员总能尽全力让病人获得更长的生存时间。当警报拉响,医院总有足够的医疗资源来支持医生的抢救措施。然而目前病人如此之多,危重病人所需的呼吸机严重不足,医护人员的N95口罩和防护服严重短缺,这一切都让抢救过程变得异常艰难,超出想象。也正因为防护装备不足,医务人员感染病毒的风险非常之高!

　　更让周汀们感到悲伤的是,这些危重的患者,都是在身边没有任何亲人和朋友的陪伴下,黯然而孤独地离开这个世界的。

　　作为一名医生,周汀深感有责任让更多的纽约市民,特别是决策层,了解到风暴中心的纽约医院目前面临的严峻压力和挑战。周汀说,未来的日子至关重要,我们必须迅速整合其他国家的专业知识和救助经验,建立全球合作伙伴关系,这是战胜病毒的最佳途径。她在网上发文,呼吁纽约市民加强隔离防护,政府尽快采取有效措施控制疫情。

　　这是一个社会责任感极强的医生,为她点赞!祈祷战斗在一线的周汀们都平安!

　　这两天我已经能走到院子里看松鼠爬树了。随着腰椎疼痛缓解,心情也变得格外敞亮。最糟的时候无法站立,靠吃止疼片才能入睡。原以为疫情对于我个人的次生灾害是宅家长肉,后来才知道站着长肉是幸福的,躺着不能动长肉是万分痛苦的。在这里要再次感恩那么多朋友、邻居、同学给予的关怀。很多建议和治疗方法都很有效。我的土办法是躺硬床半个月,大部分时候趴着睡。腰部和腿部热敷,每天泡泡热水,还在门框上吊了一个类似单杠的器械,慢慢做引体向上。

每个人身体条件不同，康复的速度有快有慢。在疫情和病痛面前，人类有时脆弱到不堪一击。现在想想，有的人拼命加班、有的人天天熬夜、有的人为了赚钱呕心沥血、有的人用青春赌明天……可是如果小命没了，或者疾病缠身，美食、美景、美梦与你何干？财富、美貌、权利又有何用？

02

昨夜一场雨，后院的草地全绿了。但是门口草地上还有很多黄色的枯草，夹杂在绿色中很是显眼。撒了一些草籽在门口的马路牙子上，可惜还没等小草从土里钻出来，不知从哪儿飞来的鸽子就把草籽吃得一干二净。

民以食为天，美国农民也遭受了沉重打击。川普总统日前宣布农业部将实施一项190亿美元针对农民的救助计划，以应对大流行的影响。该计划包括直接向农民付款以及大量购买奶制品、肉类和农产品，将这些食物提供给有需要的人。

越来越多的人开启了居家办公模式。Facebook允许员工整个夏天在家办公，取消所有大规模会面活动，直到2021年6月。我想，一个企业之所以能做大做强，与领导者的责任担当密不可分。

因为大流行，很多人失业。一些开店的、做小生意的也濒临倒闭。可是这几天，大家都沉浸在每个成人1200刀，每个孩子500刀补贴到账的喜悦中。如果是一对夫妻带俩娃的家庭，一下子就拿到了3400刀！But……这个补贴也不是人人都有。细则里有一条规定就是：个人年收入不能超过9万9千刀。

午后。听见有人按门铃，儿子从楼上跑下去开门，却没见着人，一包肥美的春韭静静躺在地上。原来是朋友凯丽开车送来了她自己地里种的韭菜！心里一阵感动。发微信调侃：你这疫中送菜好比雪中送炭啊！

大纽约地区的居民养花种菜，大多你来我往，喜欢分享。特别是在瓜果飘香的季节，你送我一株秧苗，我赠你一只花盆。你给我一捆辣椒，我回你一兜番茄。

宅家的人们虽然感到寂寞和担忧，但更多的是相互鼓励、抱团取暖。很多人家的门上、信箱上，小朋友们用彩笔写上温暖的感谢，贴着温馨的绘画……表达对医护、警察、邮递员、快递公司，以及社区服务人员的感激之情。

美国的制度并不完美。但让我惊讶和感动的是，这里普通民众的良善和真诚。全美有8万多医护志愿者冒着生命危险申请来纽约做义工，就是很好的例子。还有更多的志愿者，他们长期对城市对社区默默付出，这种爱并没有丝毫改变。

北美的华人微信群里，各种思想政见纷争不休。群友大都来自中国。有的是老华侨，在纽约生活了30年、40年的。也有刚来纽约几年的新移民。还有少数是在美国土生土长的华裔。在哥大做医学研究的群主那天说了一句话，我觉得特别好。他说：中国是娘家，美国是婆家。无论谁有灾难，我们都会焦虑不安，都会尽自己的一份心力去帮助。

是的。病毒才是人类共同的敌人！至暗时刻的努力和信念，就像风雨之后的彩虹给人带来希望。华人的爱心和奉献，也获得了美国社会的认可和赞誉。

如今是政府忧虑经济，百姓操心生存。纵然确诊和死亡的数据很难看很揪心，大多数人依然相信情况会慢慢好转，美国也终将迎来曙光。

因为不能出门，最近发文有些图片和视频是外出的朋友帮忙拍的，非常感恩！对一直牵挂着大纽约地区的亲友来说，平平安安，就是晴天。

今天有一场由各国明星连线献演的慈善音乐会。主题为One World：Together At Home。演出嘉宾阵容可谓史上最豪华。这场公益演出由流行天后Lady Gaga发起，为全球疫情筹款，用音乐的力量抚慰大众。这场音乐盛宴分为两场。第一场：美东2pm/美西11am。第二场：美东8pm/美西5pm。宅家的人们不要错过哦。

喜欢一曲音乐，因为它拨动了我的心弦；沉迷一段文字，因为它触及了我的灵魂；热爱一座城市，因为它嵌入了我的悲喜；牵念一些身影，因为他们是爱我和我爱的人。

Lady Gaga and Andrea Bocelli. (Photo by Michael... [+]
FILMMAGIC

爱人与被爱 善意和关怀

01

雨天。总感觉时钟也走得慢一些。

早餐后，被好友莫娜分享在脸书上的糕点惊艳到了！这段日子莫娜不能再像以前那样，没事就上街闲逛，而是静下心来钻研美食。要知道，让一个热爱跳舞、热爱购物、热爱旅行的美丽女人天天宅家，还真不是件容易的事呢。

莫娜来自伊朗。作为大纽约地区的新移民，她一年中有一大半时间住在哈德逊河旁的高楼里。选择住这儿的理由是：抬腿可以步行进入纽约城，转身可以去美丽的后花园新泽西。我俩最后一次在曼哈顿碰面，还是雪花纷飞的冬天。莫娜告诉我，她对纽约这座城市的热爱，就像她对自己丈夫的迷恋一样。

和所有纽约人一样，莫娜每天关注新闻，用幽默风趣的漫画和俚语鼓励人们战胜病毒。莫娜擅长摄影，常常用自己的作品赞美医护人员和警察。

我跟莫娜说，这个春天我们不能相聚、不能一起Party了，有些遗憾啊。她回复我：朋友和春天都在我心里，从未离开过。瞧，这是我装扮的客厅，是不是春天最美的模样？

春天开在莫娜的心里

瑞秋和她丈夫在乔治·华盛顿大桥旁留影

我又一次被惊艳到了：被风轻拂的窗帘、盛开的木茼蒿、乳白色的台灯影影绰绰、浅绿色的香烛暗香浮动……在阴霾中，让人感觉这个世界充满了清新淡雅的宁静。

我跟另一个来自墨西哥的邻居瑞秋交往也比较密切，她家距离我家也就5分钟车程。瑞秋是家庭主妇，移民美国30多年了，有一个才华横溢的歌唱家女儿，两个聪明可爱的外孙。瑞秋喜欢中国文化，对华人特别友好。

大流行以来，有报道针对亚洲面孔的歧视行为在增多。瑞秋说，真不知这些人怎么想的！病毒是野生动物传染给人类的，任何一个被病毒感染的国家和病患都应该得到同情和帮助，而不是埋怨和仇视！

前几天我跟瑞秋聊天时说起口罩，本来想问她，墨西哥人对戴口罩的态度是怎样的？谁知瑞秋叹口气，说她家里只有几个口罩，平时只有她先生出门时才舍得戴一下。

我赶紧让Ben开车送了两包40个医用口罩去瑞秋家。这些口罩是我上海闺蜜三月份寄来的。我家用的很省，只有Ben偶尔出门才戴。礼轻情意重！瑞秋收到口罩立刻打电话给我，再三感谢，说她平时不出门，用不了这么多，她会再转送一些给其他墨西哥朋友。

真好。就让这份中国情谊在美国社区继续传递吧……

最近，布鲁克林一家干洗店一个月前关闭了，但华裔店主莉莉和托尼并没有停止工作。他们缝制并赠送了2,000多个口罩。他们说，虽然现在每天只吃一顿饭，也不知道如何支付房租，但赠送口罩给那些需要帮助的人，是他们对这座城市表达感恩的一种方式。

纽约是多民族聚居、多元文化碰撞的大染缸。既有乐观幽默的莫娜，也有正义友善的瑞秋，更有自己身处困境还缝制口罩赠送他人的华裔店主！从三月食品卫生用品大抢购，到四月居家保持距离的社交模式开启，冷静下来的纽约人开始反思。他们悄悄改变着自己，也改变着这座城市。

作为美国人口密度最大的地区，居家令让大部分纽约人在狭小的公寓里工作和生活，难免产生压抑和焦虑的情绪。但是每天晚上7点，纽约医院交接班的时间，居民们总是用敲击、呐喊、鼓掌、唱歌等方式，向医护人员表示感谢！

Ben的同事俊住在纽约上东城区。他家对面就是Metro politan Hospital。这段时间吴俊在家办公，给大学生上网课。每晚7点他会准时站在阳台上，和所有的纽约人一道，致敬医护人员，为纽约这座城市加油鼓劲儿！

02

这几天早上起床第一件事，就是慢慢走到后院，看一看秧苗有没有被小动物咬坏，数一数花骨朵又绽放了几株，呼吸一下含着晨露和草香的空气。

Ben说我这个样子看起来正常些了。我翻他白眼，他连忙解释说：你曾经一天量体温超过10次，用手摸一下门把手就怀疑自己被感染，偶尔咳嗽两声就担心自己肺功能不好……

我有那么神经质吗？我都记不得了。看来要在大流行中做到不慌不忙，从容淡定，还真需要时间潜移默化地改变呢。

我家的汽车停在车道上有些日子了，车子长时间不开也不行。Ben发动了汽车，我戴上口罩手套帽子眼镜，全副武装坐进去，斗胆绕社区一圈，就当是开洋荤去春游了一趟。

已经宅家50天。特别是因为腰椎问题几乎在床上躺了30天，这次出门竟有一种劫后余生的感觉。公园里有散步健身和遛狗的人。街道上行人稀少，大部分人都戴了口罩。

这位过街的大叔用围巾裹住了口鼻。

经过一个加油站，油价跌到1.9刀一加仑！加点油吧，可我们汽车的油箱是满的。不出门就不开车，不开车就不耗油。大流行影响经济，经济影响油价，还真是一环扣一环呢。

为保持社交距离，Walgreens门口张贴了告示，进店的顾客人数受限。

儿子以前经常光顾的功夫茶小店也关门了。门上贴着的好几张UPS送货单，在风中飘动。

回到家，看见家门口堆了几只箱子。前几天网购的食品送到了。还有两套全棉睡衣裤也送到了，是在梅西百货的网站上买的。

住在大纽约地区，我们周末最常去逛的Mall就是梅西百货了。那里物品多样，价格也亲民，逢年过节打折促销活动更是吸引眼球。

可是梅西百货近日称，为应对危机，将筹集50亿美元的债务融资避免破产。

知情人士告诉记者，他们将寻求以库存为抵押来筹集30亿美元，房地产将筹集10亿到20亿美元。

3月以来，美国很多企业不得已关闭并解雇员工。上周有440万美国人首次申请失业救济。自3月中旬以来，失业人数达2650万。

失去了工作就没有收入，生存也成了问题。美国各地很多华人行动起来，希望尽绵薄之力，帮助有需要的人。

一名佐治亚州的华人在微信群里调侃说，自己模仿"纽约大叔"传递爱心，帮助失去工作的人。他在自己家门口支起一个长条桌，上面摆放了超市买的各种食品饮料生活用品等。有需要的人拿走即可。没想到，他这个山寨版的"纽约大叔"很受欢迎。

原来，邻居们纷纷拿出自家在超市买的食品摆放上去。大叔食品桌上的东西不仅不见少，反而越堆越多！六尺的桌子已经摆不下，只好换成一个八尺的长桌。

今天还看到一则消息：芝加哥当地有一个农场主，没有把卖不掉的牛奶倒掉，而是把这些牛奶赠送给了需要的人。

灾难是一面镜子，能折射出人心的善恶美丑。但我们看到更多的，是人们内心怀有的善意和关怀。

这两天的微信朋友圈，被曼哈顿街头和垃圾桶中的"花闪"刷屏了！这是由刘易斯·米勒（LewisMiller）团队创建的FlowerFlash作品，旨在为纽约人带来春天的喜悦和坚守的决心。

这些美丽的插花，沐浴着纽约清晨第一缕阳光，带给人们无限惊喜和感动！

喜欢热闹的纽约人宅在家里，他们看到这些温馨的图片，纷纷表达内心的震撼：很治愈很温暖！

住在曼哈顿的朋友Peter告诉我，他认识28街花店的批发商，他们把很多花捐献给了纽约的医院，把剩余的花拿去装饰了街道。

这就是纽约，创意无限、魅力十足！在这艰难的时刻，人们传递着善意和温暖，鼓励和祝福，如同这些春天的花，盛开在每一个纽约人的心田里！

午后，被一条新闻暖到了。澳洲一个名叫CoronaDeVries的8岁男孩，写信慰问前些时候感染上病毒的美国演员汤姆·汉克斯夫妇，并透露自己因为名字而遭同学取笑，感到非常悲伤和愤怒。汤姆·汉克斯回信时用"Dear Friend Corona"称呼男孩，并送上一部打字机作为礼物。该打字机的品牌是：Corona。

我喜欢汤姆·汉克斯塑造的电影人物阿甘。这部影片赞美了传统的美国精神，即诚实正直，热衷慈善，人人平等，爱人与被爱。

翻出今年1月下旬去犹他州旅行时，在电影《阿甘正传》外景地纪念碑谷拍的照片。在电影里阿甘奔跑的终点，我们拍照、欢笑，不过是90天前的事情。当时谁都不知道，一场灾难近在眼前了……真有恍若隔世的感觉。

祈祷纽约人在经受磨难和打击之后，更加热爱自然珍惜生命，像阿甘一样乐观向上，重拾生活的信心和勇气！人生不如意十之八九，然而执着地追求和爱的包裹，却足以支撑我们走完这短暂又漫长的一生。

人与自然

01

又是雨天。适合看书和发呆。

特殊时期，大自然却一如往昔的绚丽多彩。朋友才文喜欢小动物，她家常年养猫，两只猫养得又大又肥。前些时候，一个新朋友不请自来：那是一只漂亮的小鸟，在才文家的阳台下新筑了鸟窝。才文说，这是知更鸟。

知更鸟的声音婉转清丽，寓意春天的承诺，带有爱和欢乐的象征意义。我们常说的那句"早起的鸟儿有虫吃"亦出自它。

才文做了一只喂鸟食盒挂在树上，每天往里面倒些米，地上也摆放了一盒米。前两天，她发现阳台下的鸟窝里，静静地躺着三个蓝色的鸟蛋，真漂亮，知更鸟要升级做妈妈了！才文开始期待小鸟们破壳而出。

纽约上州的熊，最近也频繁造访居民后院。美国夫妻拍下一头黑熊到她家后院觅食的视频。我看了后，有些担心黑熊会不会伤人，但最终它吃完东西就摇摇摆摆回树林去了。我的美国邻居说：其实动物更怕人类。闯入居民区的动物一般都是为了找点吃的，你不招惹它，不伤害它，它通常吃完了就跑，不会主动攻击人类的。

小松鼠、野鸽和臭鼬在大纽约地区是最寻常的动物。社区里常看见加拿大鹅大摇大摆地散步，野鹅野鸭野鸳鸯悠哉悠哉地游水，野鹿毫无顾忌地觅食，秋天的火鸡也是常客。

还有一只名叫"美美"的野鹿。每年夏天它都走进我家后院，美美地享用鲜草和嫩树叶，还有Ben辛辛苦苦种的菜。

我寻思着这个春天美美应该是忙着恋爱吧，只来过我家一次，而且是两头鹿，它俩从后院欢跑而过，刚想掏出手机拍照，鹿影子都没了。

动物园分享了猩猩一家与他们的水獭朋友一起玩耍的图片。在人类互相猜忌的时候，动物之间的真情流露、友好相处，让人动容。

动物是人类的朋友。大流行中，人类被迫居家隔离，而动物不用顾及社交距离，它们依然我行我素自由自在。

一场雨后，收获了一小堆香椿芽，今晚又可以吃香椿炒鸡蛋了。通常采摘一次，过几天又长出不少嫩芽，可以连续吃好几个月。这棵香椿树整整长了5年，当初也是附近一个喜欢养花种菜的邻居赠送了一棵树苗给我们。

看着雨后纯净的天空，呼吸着清新的空气，还有满眼的绿色，暂时忘记这恼人的疫情，放松一下身心。大自然赐予我们的滋养真是太多了！感恩。

02

大流行对纽约的老人中心冲击也很大。老人因为体弱和基础病，这次走掉了不少。珍妮和朋友开在皇后区的老人中心，有一个90多岁的老人患了新冠，前几天也离世了。

虽然老人中心暂时关闭了，但珍妮她们对老人的关心和服务并没有停止。有的老人行动不便需要送饭，有的老人需要理疗，有的老人感到孤独需要陪聊，还有的老人身体不适需要送医院……珍妮和志愿者们每天打电话给老人嘘寒问暖，尽最大努力帮助老人度过这一段艰难时期。

今天和住在法拉盛的朋友杰希娅通电话。她说家里吃的东西还有一些，不急着去买。法拉盛是华人聚集的地方，买菜还是很方便的，不想出门的话可以叫快递送到家门口。杰希娅最关心的事情，除了张文宏医生的防疫讲座，就是疫苗何时研发出来。她说疫苗研发成功了，才能真正安心。

民间传递的爱心和鼓励，真的很让人感动。杰希娅在楼下拍下了当地居民自发组织的车队为坚持抗疫的人们加油鼓劲儿的视频。每辆车的车身上都贴着"sunshine"、"rainbow"等鼓舞士气的话。

美国的居家令颁布时间不一，宽严程度有异。白宫发布指导意见，建议各州分阶段放松居家令并重启经济，具体方案由各州州长决定。连日来，美国多州民众举行示威，要求取消居家令。很多抗议者不戴口罩，更无视卫生专家保持社交距离的警告。

一头是居家隔离，但是经济滑坡严重，很多美国人生活面临困境。一头是闹着复工，却危及公共卫生安全，增加感染风险。宅家还是复工？暂停还是重启？川普这回头也大了。不过商人出身的他，似乎更看重经济。

我觉得有些示威者很离谱。他们说大流行是一场骗局，还高喊逮捕比尔·盖茨。证据就是五年前，比尔·盖茨曾在TED演讲中说过：未来可能有一种高度传染性的病毒，能够杀死超过1000万人。

我们知道比尔·盖茨常年致力于慈善事业，是全球唯一一个以做慈善为主业的企业家。20年来，他的基金会累计捐款达538亿美元，其中有五分之一用于全球医疗事业。

谣言止于智者。比尔·盖茨根本没空理会这些质疑和攻击，他把大部分精力和大量的资金，投放在疫苗的研发上，目前已经捐出几十亿美元用于应对传染病。

相信这个世界不会因少数坏人而变得更坏，但却一定会因为有更多的好人而变得更好。

03

约翰来自上海，是纽约一所大学的教授，长期从事医学研究工作。过去40天时间里，国内数十位同学、朋友、亲戚给他寄来了一箱箱口罩。约翰把这些口罩分成两部分。一部分通过爱心志愿者转赠给纽约市中心坚持上班却没有口罩的陌生人。另一部分他自己开车或者通过邮寄的方式送给纽约州社区里那些需要口罩的居民。

约翰说，这其实是中国朋友爱心的传递与放送，他只是接棒人和传播者。对于美国华裔来说，我们所做的一点一滴的努力，都是为了让这个世界变得更好，族裔之间相处更融洽。民间互助互爱的力量不容小觑，只要是有利于中美关系的长远发展，都值得去做！

20天前，约翰给美国邻居家送了些口罩过去。周日的早晨约翰打开门，门口放了两瓶清酒，一张充满感激之情的卡片，这让约翰一家非常意外和感动！原来，约翰赠送口罩的这个邻居开着一家卖酒的小店，特殊时期为了继续给社区提供服务和便利，小店一直坚持营业。但苦于买不到口罩，每天面对顾客，邻居感到不安全，对顾客也不负责任。约翰的口罩是及时雨，关键时刻帮到了他！

约翰的家庭医生David的诊所在Downtown，4月初的时候，约翰专门开车给David的诊所送去了200只口罩。如今David和他的同事们都戴上了来自中国的口罩。David很是感动，专门写信向约翰表达了感激。

约翰的太太就职于纽约州政府的公共卫生部门。三月中旬，美国人还没有戴口罩的概念。约翰让太太拿了200个口罩到单位分给大家。后来深圳的朋友又寄来很多口罩，约翰送了200个口罩给在NBC电视台做主持人的邻居吉姆，让他与同事们分享。约翰还送口罩给邮递员、UPS送货员、超市快递员、中国留学生和当地华裔居民。前两天，约翰又收到了来自家乡上海奉贤的快递，箱子里满满的全是口罩！这些物资，让他可以帮助到更多的人。

山川异域，风月同天。雪中送炭的感觉真好！约翰说，这两个月国内亲友源源不断寄来口罩，有些人他并不熟悉，是他朋友的朋友，或者是朋友的亲戚。他们都是关心着美国疫情的中国人，实在是太感恩了！约翰赠送口罩给美国人的时候，特别用中英文对照的形式，他想让美国人知道，这是来自中国人民的帮助和爱心。约翰说，和他一样在纽约做公益活动传递正能量的华裔有很多。感谢中国亲友，让他成为传递温暖的一分子！

自从纽约州长库莫颁布了"必须保持社交距离，外出时必须戴上口罩或者遮住口鼻"的行政令后，特别是对无症状感染的担忧，纽约人对口罩的态度来了个一百八十度大转弯。现在你会看见，外出的纽约人如果没有口罩，哪怕是用布或者纱巾，也会裹住了口鼻。

有一个有趣的现象，住在纽约的华裔，他们的社交圈子大部分还是来自华人的圈子。华裔跟美国人的交往，比如邻居啊朋友啊或者小朋友家长啊也时有发生，但却不是最密切的。这段时间，因为华裔传递的关爱和帮扶，让邻里之间，不同族裔之间的交流频繁了，互动深入了，感情增进了。

此次经约翰牵头，多方协调，上海医生会同美国医生一道，4月27日晚7点举

行了一场线上交流活动。在很多华裔的共同努力下，活动一路绿灯，得到了纽约州立大学老师们的支持，得到了纽约当地医院的协助。上海医生分享了疾病治疗、控制医护人员院内感染等许多经验。活动取得了圆满成功！

David Holtgrave是美国著名的HIV防控与卫生政策专家，曾经担任奥巴马总统的HIV防控顾问。此次给予上海医生非常高的评价。他说，他从上海医生的讲座中学到了很多，美国没有发热门诊，这一点要向中国学习！中美双方的

医生都希望以此为契机，进一步开展交流合作。

　　为医生们点赞！为约翰们点赞！病毒无国界，医生无国界，救助无国界，爱心无国界，向所有献出爱心传递温暖的普通人致敬！

　　投我木一株，报之果一树。午后，墙角一株木瓜花灿灿地绽放了。木瓜花气质淡然，它的花语是平凡。疫情下的纽约，虽然确诊新冠和死亡的数据冰冷阴森，但一个个普通人凝聚的大爱，却如木瓜花般，平凡又艳丽，淡泊且高洁。

五月的天空

01

四月的最后一天，有些恍惚。在一年中最美的春日里，繁花似锦，绿草如茵，微风轻拂，润雨无声。居家隔离的人们，焦虑着、祷告着、坚守着、期盼着。

美国人最常购物的Costco，临时更新了购物政策。从5月4日起，要求顾客佩戴口罩购物。为了保持社交距离、减少人流，Costco还规定每张会员卡最多允许两个人进场。

这两天微信群里有人说Costco有卫生纸卖了，还挺多！我赶紧去卫生间查看了一下，壁柜里有两大包厕纸，还是限购之前买的呢。国内朋友问我，为什么美国人要抢购卫生纸，难道不应该是抢购食品吗？

关于抢购厕纸的事情我问过我们图书馆一个教ESL课的美国老师。她说，可能因为厕纸不像食品那样有保质期，反正大家每天都要用，大流行期间就多囤一些吧。我认识的一个华裔教授把抢厕纸抬高到释放压力的层面。他说，厕纸让人们保持尊严，这和华人买几袋大米囤在家里一样，是一种安全感。

三月中旬的时候，纽约出现过抢购潮。如今来看，那些囤大米囤面粉囤洋葱闽南瓜闽白菜的居民，还是有点先见之明的。纽约州居家令一出来，大家都减少了去超市的次数。

无数上班族练就了一手烧菜做饭的好本领。特别是华人邻居制作的面食糕点，可以和附近的咖啡店、面包屋、中餐馆媲美了。

还有静悄悄开展的春耕夏种。院前栽花，屋后种菜。住在纽约近郊的华人认为，干干农活儿、晒晒太阳、出出汗，辛勤劳动也是减压的一种方式。

02

早晨的雨下到午后就停了。天空纯净，云卷云舒，家门口的杜鹃花含苞待放……压抑的日子里，这些即将绽放的花，显得格外迷人。

这些日子，开始关注天气、树木、秧苗、花草、动物……这些自然景观其实每天都围绕在我的生命里。然而过去，我对它们却是熟视无睹。如今，看到一棵小草钻出地面，一只小松鼠爬上大树，内心满是平静的欢喜。

美国航空公司从五月一日起，要求飞机乘务员必须佩戴口罩。

读到这条新闻时我不免有些惊讶。为什么是五月一日？我的印象中，三月份时飞机上的乘务员不就都戴着口罩穿上防护服了吗？Ben说，大部分美国人直到四月中旬才不情愿地戴上了口罩。你看到那些飞机上空乘全副武装的，应该是中国航空公司的航班吧。

我的闺蜜仍被困在印第安纳州，为芝加哥没有直飞上海的航班而焦虑。如今闺蜜想回国，要么选择转机，折腾三十几个小时，风险太大。要么开车12小时到纽约肯尼迪机场，选择直飞上海，一路辛苦，而且票价也不便宜。

相比闺蜜，老同学回国就顺利多了！前些天她分享了从洛杉矶飞厦门的经历。她说，厦航挺靠谱，飞机上给每个乘客测了好几次体温。落地后进行检测，过程紧凑，入境手续也很顺畅。紧接着入住厦门宾馆，按要求隔离14天，起居安排很贴心……算算今天应该隔离期满，老同学终于可以回南京啦。

看了几期张文宏医生的科普讲座，深入浅出，通俗易懂。多吃牛奶鸡蛋和肉食，补充营养增加蛋白质，提升免疫力。我的总结就是：吃好睡好心情好。真心希望美国多出几个像张文宏这样的医生！

估计川普总统也认同张文宏医生的观点吧，针对猪肉紧缺的问题，启动应急法案保证肉联厂供应，Smithfield猪肉厂也即将重开。

五月的第一天，我的腰椎疼痛似乎减缓了好多。傍晚时分，不用搀扶，可以在后院慢慢走一圈了。

03

下了几场雨，草地就疯长。

Ben在门前打理草坪的时候，碰见住在对面的邻居老太太埃斯特，她刚从超市回来，买了些牛肉和意大利面。埃斯特戴着一个没有遮住鼻子的蓝格子布口罩，Ben随口问她一句：需不需要医用口罩？老太太非常高兴！她说太好啦，她现在戴的口罩是她自己手工做的，也不知道防不防病毒？

Ben转身回家拿了一包20只医用口罩给她。我们最近把国内亲友寄来的口罩送出一些给西语裔朋友和白人邻居，箱子已经见底。Ben说，对面老太太那个小小的布口罩四面漏风，肯定不行。家里还有一些，够用了，反正我们也很少出门。

因为各种各样的原因，有些纽约人没买到口罩或者根本没想买口罩。纽约市长白思豪也为这件事着急。他宣布将在纽约各公园免费发放10万只口罩。时间为5月2日至5月5日。市民可上网查询派发时间和地点。

过去的一周，美国失业人数达到380万，最近6周超过3000万人失业，这是大萧条以来最严重的失业率！

大流行对于纽约的中产阶层来说，也是倍感煎熬。越来越多的借款人正在推迟每月按揭还款，并申请了政府的救助计划，人数以每周约一百万的速度在增长。根据抵押数据，截至4月30日，超过380万房主延迟抵押付款，占所有有效抵押的7.3%。

朋友June去年贷款在纽约买了一个小公寓，出租给了一个南美人。原来一月一付很正常。上个月南美人失业了，他打电话告诉June，暂时付不出房租了。June只好说：那就延后再付吧，等你找到工作挣到钱再说。这其实是一个恶性循环。因为没收到房租，June的银行贷款也只能拖欠着。

纽约一小部分富人早已经离开纽约，住到郊外的大House里避难去了。而那些低收入人群，在疫情的冲击下，日子过得更加艰难。

之前的文中，写过一个芝加哥的农场主，把卖不掉的牛奶赠送给需要的人。今天又读到暖心的故事：纽约上州，原本要倒掉的8000加仑牛奶，在全美奶农协会的组织和付费运输下，送到了雪城Syracuse购物中心，任何人有需要，都可以领取一桶牛奶。

事实上，中西部有些农场因为运输成本高、冷藏条件有限，很多农副产品积压滞销，被倾倒或掩埋在田里当肥料。可惜！一边是等待救助的人群，一边是白白丢弃的农作物。

怎样让这些农产品帮到低收入家庭？原本在华尔街做投资的白领约翰·波蒂在推特上公开招募公益伙伴，成立公益运输队，把爱荷华州Cranney Farms农场的43000磅土豆，星夜拉回纽约。

一路上志愿者接力搬运，仅用4天就把土豆分发到了5000多户低收入家庭手中。

比风景更美的是人心！由无数爱心人士组成的志愿者队伍，就是这座城市最靓丽的风景线。

美国加油！纽约加油！纽约街头，人们用电吉他演奏出美国国歌《星光灿烂的旗帜》，气势磅礴，情绪热烈，鼓舞士气，震撼人心！

穿越阴霾，总有一些人一些事，温暖着我们的心绪，抚慰着我们的慌乱。五月的思念和盼望，在寂寞的夜里，像植物一样滋滋生长。那是一首乐曲、一句问候、一幅图画、一片花海……恰似纽约人的温柔与坚韧，亦如五月的天空，宁静悠远，美丽倾城。

📅 | 2020年5月3日

安慰号走了，丘比特来了！

01

一大早，朋友萍儿分享了她在中央公园晨练的心情。她说，清晨的公园，静谧美好。人们呼吸着清新的空气，散步、遛狗和锻炼。

随着天气转暖，阳光和煦，越来越多的纽约人跑到户外。晒太阳的、遛娃的、恋爱的、会朋友的……

这段时间可把纽约人给憋坏了！趁着天好出来走走也无可厚非。但一定要保持社交距离呀。要知道人群中有无症状感染者，疫苗一天没研发出来，我们就一天不能放松警惕。

打开电脑，一条喜庆的消息跳入眼眶：纽约市长白思豪周六在Twitter

上宣布，从5月7日开始，纽约居民可以在网上注册结婚，这个服务将在nyc.gov/cupid上在线提供。

病毒也无法阻止爱情！在此之前，纽约州长库莫已经签署了一项行政命令，允许新婚夫妇通过Zoom远程获取结婚证明，并允许办事员通过视频为新人举行仪式、送上祝福。

再漆黑的夜，有了爱的光亮，就有了希望！此刻的婚礼，更像一剂药，治愈人们的忧虑和不安。

路易斯安那医学院一对热恋的情侣，原本打算一毕业就举行婚礼。可是因为大流行，他们只好取消了婚宴，也没有邀请众多亲友，就在自己住的社区，在家门口宣布了婚讯！邻居和朋友帮忙拍下他们特殊时期的结婚照，欢呼鼓掌为他们送上祝福，大家一起见证了他们爱的誓言！

今天还收到一条来自上海的喜讯，我上海的发小樱儿和她的德国籍男友准备结婚啦！樱儿年轻时曾留学澳洲，感情上经历过坎坷，如今终于守得云开，在茫茫人海中觅得一有缘人，从此有人问她粥可温，有人与她立黄昏。真心为她高兴啊，满心欢喜和祝福！

这些日子，纽约好消息不断：西奈山医院有3500名患者已经康复。贾维斯中心的1100名患者中，大部分已经出院。

海军安慰号已于4月30日离开纽约。这两个月"安慰号"停泊纽约，给无数纽约人带来希望。它的离开，传递了一个积极信号：最坏的时候已经过去了！

Peter大叔是老纽约，也是一枚老文青。他写了首打油诗发在微信群里。他说糟糕的四月已经过去，五月的鲜花和阳光，会让一切好起来：

April was sad

April was deadly

April was gone

May is coming

May is sunny

May is full of hope

The flowers will bloom in May

and the virus will die

夜幕降临……柴米油盐，闲聊做饭，不离不弃，灵魂相伴。好好珍惜活着的每一天吧。

此刻，是北美星空下，最暖心的烟火。

02

醒来第一件事，就是联系诗心，问她和同学们的健康包拿到没有。

前天，曼哈顿一个叫诗心的女同学通过微信群求助。他们是在纽约一所大学读书的中国留学生，没机会回国。

诗心说，他们几十名学生散落在纽约曼哈顿、布鲁克林、皇后区以及新泽西州的出租屋里。其中一些同学合租在皇后区情况糟糕的社区公寓里，还有的同学居住的房子里就有确诊病患。最近有的同学出现了咳嗽和感冒的症状，大家既担心又害怕！留学生获取防疫物资的渠道非常狭窄，她在微信朋友圈里看到纽约领馆发放健康包的消息，不知有没有人能帮忙传递消息，让他们领取到健康包？

令人欣慰的是，这件事很快有了后续！有人立刻牵线了华夏博根中文学校的校长王朝芳，她也是纽约总领馆留学生爱心帮扶联系人。上个月，王朝芳校长和志愿者们帮助留学生领取健康包，从纽约到新泽西，一路派发。没法开车送达的，志愿者就到邮局排队，把健康包邮寄给学生。

同气连枝，守望相助。随着这份关爱在城市在社区的扩散，不断有博士生硕士生加入了王校长团队的爱心健康包传递活动。诗心说，王校长拉了一个微信群，第二天志愿者就把健康包送到皇后区，分发给住在法拉盛的留学生，同时也

安排了志愿者把健康包送给住在新泽西的同学们。住在布鲁克林的留学生，可以去Brooklyn college领取健康包。

困难之下，每一个善举都值得点赞！

03

今天立夏啦！天气愈发暖，雨水也更多，花草树木长得肆无忌惮，后院一片碧绿。

小松鼠昨晚干了坏事，把我们埋入土里的蔬菜种子刨了出来，有些吃掉了，有些咬坏了。Ben准备重新播种，顺便把四处乱飞的蒲公英清除一下。

Fox news说，研究表明，经济衰退可能在夏季末结束。

即将满90周岁的股神巴菲特老爷爷也出来给大家打气了！他说，美国的魅力和奇迹一直都在，没有什么事情可以阻止美国进一步发展。但是，他老人家转身就清仓卖出了美国四大航空的所有航空股票。

有人说，时代的灰尘落不到富人的头上。可是，大流行面前，没有赢家！富人有富人的烦恼。巴菲特的财富今年第一季度损失达500亿美元！他承认自己错投了航空股，错估了油价走势，曾经的股神，黯然走下了神坛。

纽约州的居家令到5月15日结束。为了保证市民的通勤安全，也为了让所有乘客放心，库莫州长发话了：必须每天对地铁进行清洁！从5月6日起，MTA将在凌晨1点至5点停运地铁，进行彻底的清洁消毒工作。

纽约市长白思豪对重启持保守态度。他说，医院情况依旧紧张，重症监护病房仍在超负荷运作，纽约尚未走出困境，不会急于重新开放。除非有更充分的证据证明我们已经转危为安，否则我们不会重启。

白宫高级顾问KevinHassett说，四月份的失业率可能会高达20%，最新的索赔数据比预期的要糟糕。

过去的一个月，有14.7万名亚裔工人首次提出申请失业救济，而去年同期只有2100人。亚裔失业补助申请率上升6900%，是所有族裔中上升比例最高的。

纽约的中餐馆生意惨淡。这个月部分华人超市和餐馆开始恢复营业了。因为担心感染，一些职工宁可待在家里也不肯回去上班。而Amazon则延长在家办公至10月2日。

现在的纽约，百废待兴。

04

之前一篇写"人与自然"的文中，说到美丽的知更鸟和它三个漂亮鸟蛋的故事。今天一早传来喜讯：两只鸟宝宝相继破壳而出了！

朋友才文来电，分享了知更鸟的后续故事。她说，这两天鸟妈妈可勤快了，在外面找虫子补充营养，忙忙碌碌的，还要回到巢中孵蛋。而鸟爸也终于现身了！才文非常细心地关注着知更鸟一家，以便为它们提供帮助。

和天下所有父母保护幼崽的心情一样，鸟妈妈立在枝头，警惕地注视着周边，一旦发现有异常情况，或其他动物靠近鸟巢会对鸟宝宝造成威胁，就立刻发出预警信号，响亮的呵斥声在空中飘荡。鸟爸则摆出一副随时迎战的姿态……

才文在距离鸟窝十米的地方，发现了两块天蓝色的鸟壳。掐指一算，从知更鸟妈妈下蛋到第一只小鸟出生，整整12天！

才文的女儿毕业于哥大医学院，是一名医生。大流行发生后，女儿奔赴最危险的ICU病房救治患者。才文整天担忧女儿的安全，压力有些大。特殊时期飞来一个不速之客，在她家阳台下安家、生蛋、养宝宝，给了才文好多心理安慰。才文说，一只小鸟都有如此顽强的生命力，何况强大的人类！希望一切快快好转，人类和大自然都能和谐安好。

自然界有治愈焦虑的神奇功效。我给我们社区的Grant取了一个绰号叫"花大王"。因为他是三个养花群的群主。他称群友为"花仙"。花仙们来自纽约、新泽西、北卡、宾州、俄勒冈等地，大家共同的爱好就是培植花草。

Grant从小在北京长大，姥爷、姥姥和母亲都在林业部工作，一家人都喜欢研究花草树木。Grant从小耳濡目染，小小年纪嫁接花木的技术已经很赞。在纽约读完研究生后，Grant顺利进入一家图书馆工作。因着对花草的痴迷和热爱，他近水楼台阅读了大量种植方面的书。为人开朗又热心的他，常常帮助邻居嫁接蟹爪兰和月季花。

Grant说，纽约和新泽西一带的花仙，因为住得近，大家经常交流栽种技术。有时候根据季节，一起团购腊梅、牡丹、百合等花卉，还有苹果、石榴、桃子等果树苗。花仙们常常在群里咨询讨论种植花草树木的心得，互相之间赠送草籽和花种，分享图片和心情。

纽约州自三月下旬颁布居家令以来，大部分居民宅家抗疫，在日复一日的枯燥和焦虑中，有些人出现了沮丧、不安、失眠等症状，还有些人出现了心理健康问题。

这期间，Grant和花仙们通过微信、脸书、推特、邮件等形式，分享了大量花卉图片和果树种植经验，把希望和祝福带给一线工作人员，把安慰和鼓励送给社区居民。Grant说，在这艰难的时刻，大家需要抱团取暖，互相安抚，把春天种植在人们心里。

没有任何一个国家的制度是完美无缺的，这个世界有邪恶有丑陋有自私有冷漠……可来自民间的友谊和奉献，却让不同族裔之间团结向善，让我们身处的环境一点点变好。

八百多万纽约人，就有八百多万种爱的表达！他们对这座城市的默默付出，从来不需要理由。就像那些无拘无束、自由绽放的花儿，散落在城市的每一个角落，定格在生命的某一个瞬间，有的热烈，有的平淡，虽然缄默不语，却是暗香浮动……

 2020年5月10日

梦想点亮未来

01

天气晴好。气温却有些下降，昨天夜里居然被冻醒了，只好把已经放到储藏室的被子再翻出来盖上。纽约春末夏初的气候就是这样，妖得很。

5月6日至12日是美国国家护士周。全美多家企业则通过为护士提供免费餐的形式，向护士们表达敬意。

我们社区的秋秋来自上海，读书时是护理专业的高材生，来纽约20年了，考取了注册护士执照后，就职于曼哈顿一家医院，在眼科做护士。前几天她被派到布鲁克林一家收治危重患者的病房帮忙。秋秋参与了抢救过程，目睹了病人离去，心里非常难过。

三月下旬的时候，纽约很多医院的医疗物资紧缺，医护人员的防护措施也不到位。那些日子秋秋当值，也只是戴着一个医用口罩，穿着平常穿的护士服。因为工作强度大，秋秋感到疲惫，外派期间感冒了一次，有发热症状。布鲁克林的医院就让她回家休息了。秋秋身体好了之后，返回了自己医院。

特殊时期秋秋所在医院的急诊手术一直在做，从来没停过。两个星期之前，

医院开始接收COVID-19患者的急诊手术。秋秋的同事们，比如麻醉科的医生和ICU病房的护士，之前也和秋秋一样，被派去支援纽约其他医院，这个星期他们陆陆续续都回来了！秋秋说，这是好事，说明救治危重病人的医院已经不那么忙了，是疫情好转的信号。

这个护士周，秋秋和同事们一起，享受了医院安排的免费午餐。其实三月以来，纽约有很多饭店为医务人员提供免费用餐，秋秋她们凭工作证就可以领取。比如麦当劳、Krispy Kreme、Mighty Quinn's等。Shake Shack是直接送餐到医院慰问医护人员的。

秋秋现在最大的心愿就是纽约医院的病患越来越少，可以让神经紧绷的医护们松一口气。

从5月4日开始，中央公园草坪上的白色帐篷医院，就停止接收新病患了。那里曾经被纽约人称作方舱医院。自4月1日迎接第一例病患起，它存在的33天时间里，见证了纽约的特殊时期，也见证了一线医护人员救助病患的每一个感人的瞬间。

致敬全球的护士们！不仅仅在护士节护士周。在所有的日子里，你们都是我们的天使，都是我们的守护神！

02

今天是世界微笑日。早上睁开眼先笑一笑吧。这是世界精神卫生组织在1948年确立的唯一一个庆祝人类行为表情的节日。

我觉得一个人最迷人的表情就是微笑。微笑就像太阳，能驱散阴霾，能赶走晦气。微笑也是人世间最美的语言。

你笑了，难熬的日子就快过去了。孩子笑了，父母的天空就亮了。医护笑了，病人更增添了战胜病魔的勇气。宅家的人们在情绪的起伏和焦虑中，也在渴求一张张平静的笑脸。他们放慢了脚步，聆听大自然的声音，感受周边事物的美好。

今天有两张微笑的照片特别打动我。

How 'the lasagna guys' collected $1.26 million in donations to feed New York City's hospital workers

Published Thu, Apr 30 2020·8:30 AM EDT
Updated Thu, Apr 30 2020·2:44 PM EDT

Taylor Locke
@ITSTAYLORLOCKE

Democracy Dies in Darkness

Local • Perspective

At 107, this artist just beat covid-19. It was the second pandemic she survived.

一张是LucaDiPietro首次向纽约大学朗根·蒂斯医院送餐。大流行期间，Pietro及其团队筹集了126万美元用于支付伙食费，向医护人员提供了超过64,000顿饭。

现年50岁的Pietro是曼哈顿一家餐饮集团的老板，他认为困难时期，至少让纽约人吃点好东西。提供免费又美味的食物，对于一线工作人员来说，是一种鼓舞。每次送餐，他都嘴角上扬，乐呵呵地说：卤汁面条总是很受欢迎！

还有一个艺术家老太太的微笑特别打动我。她叫Marilee Shapiro Asher。已经活了107岁，刚刚从死神手里凯旋！要知道，大流行对老年人的威胁是致命的。

然而这却不是她第一次与流行病毒作战。1918年，年仅6岁的她感染了西班牙流感。那一年的大疫，全世界死了5000万人，而她却活了下来。

Marilee曾在美国大学任职，并在美国国家心理健康研究所担任艺术治疗师多年。报道她的《华盛顿邮报》专栏作家说：这是个令人难以置信的女人！她一直在坚持她的艺术创作，她活了双倍人生。

有人问她长寿的秘诀，她说：艺术和锻炼。她那自信美丽的微笑，深深印在人们心里。

午后，看到一堆企业倒闭商场关门的坏消息。对于一部分美国人来说，出门有风险，宅家没饭吃。为了活下去，只有豁出去。我想这也是多州民众闹着要复工要解除封闭的原因吧。

美国奢侈品百货连锁店内曼·马库斯集团周四申请了破产保护。大流行让购物者被困家中，没有生意，导致这一备受瞩目的公司倒闭了。这家总部位于达拉斯的零售商计划将控制权让与债权人，以换取40亿美元的债务。它目前的债务总额约为50亿美元。

看到这家品牌店倒闭的消息，我真的吃惊不小。在大纽约地区，这家品牌店曾经门庭若市，我们以前逛Mall时常去。国内朋友来美国旅游，也喜欢在里面买些礼物带回去送人。唉，说倒就倒了。这次申请破产的商家有J.Crew、JCPenny、GNC等，就像多米诺骨牌，触目惊心倒下一大片。

三月份的回国计划泡汤后，我开始关注航空信息。Frontier Airlines表示，计划下个月对所有乘客和机组人员进行温度筛查。该航空公司将从6月1日开始使用非接触式温度计筛查乘客，任何温度超过华氏100.4度的人都将被拒绝登机。

作为保持社交距离计划的一部分，公司承诺不出售一些座位（39美元及以上订座费的那部分），以预留一个空的相邻座位。

除了Frontier，达美、美国航空、美联航和JetBlue都要求乘客登机时必须佩戴口罩，并建议他们在安检、登机口时也遮盖面部。

根据美国运输安全管理局的数据，自大流行以来，航空乘客数量下降了96%，为10年来的最低点。

雨下了整整一天！夜里竟然雨夹雪……五月飞雪？躺在床上，惦记起我的花草、种子和秧苗了。

03

之前有预报说，美东地区今天凌晨的温度会低于冰点。吓得我们把暖气也打开了。昨夜寒意阵阵，今早醒来却是阳光灿烂。

上周又有320万人申请首次失业救济。自3月中旬以来，共有3350万人申领失业救济。疫情蔓延迫使企业关闭和解雇工人，对那些刚刚工作几年，正在申请签证和绿卡的年轻人冲击也不小。

MiKi设计的餐厅灯光　　　　　　　　　　　　　　MiKi戴着自己设计的艺术口罩

MiKi在纽约一家公司担任建筑灯光设计师。疫情期间，公司要求员工在家办公。然后MiKi就接到老板的邮件，说是公司要准备裁员了，让她赶紧找新的工作。这对MiKi的打击有点大，因为这会影响到她的工作签证。

之前MiKi已经在纽约两家顶尖的公司做了4年设计师，独立完成了许多设计项目，包括商业店铺，住宅，酒店，餐厅和办公环境。

纽约文化的大气平和、包容接纳，让MiKi换位思考。她理解老板的难处，接受了挑战。没有抱怨，也不气馁，MiKi每天坚持锻炼身体，保持旺盛的精力，保持对设计的热情。大厦、街道、公园、古镇……她反复修改自己的设计，希望一切更完美。

MiKi要做一个对未来有准备的人，她设计了多款艺术口罩，在网上学习考执照，更新自己的作品集和网站。她还重新写了简历，希望疫情之后找到新工作。和所有怀揣美国梦的年轻人一样，MiKi忘我地追求着她的艺术梦想，带着从容和执着，满怀自信和感恩。

远眺哈德逊河对岸的纽约，MiKi设计的都市灯光带柔和温暖，水波中静静的倒影，宛如一首小夜曲。置身其中，宁静悠远，令人心驰神往。

MiKi也为很多大楼设计外立面灯光。她利用灯作为画笔去点缀着历史悠久的建筑和空间。而勇于创新、以人为本的想法，则被她融入更多的办公场所和室内设计理念中。

得益于传统的家庭教育，MiKi从小养成了节俭的生活习惯和储蓄避险的意识，疫情期间，虽然MiKi收入减少了，但她用之前辛苦工作挣的钱付房租、付生活费，没有开口跟父母要过一分钱。她相信靠着自己的智慧和毅力，一定可以渡过难关。

灯光，是一座城市的灵魂。优秀的灯光设计能够彰显一座城市的独特气质和深厚文化底蕴。MiKi说，虽然她的职业生涯遭遇了挫折，但她相信这是暂时的。她从未放弃过自己的梦想！等纽约重启的那一天，她希望她的灯光设计，能点亮这座城市的天际线，将纽约的夜晚装扮得更加流光溢彩！

今天还有一个故事吸引了我的眼球：《纽约时报》4月中旬发起了一项艺术创意活动。邀请居住在纽约各个地区的17位插画家，画出居家隔离时期他们窗外的风景。

艺术家从各自不同的视角，画出了大流行中的纽约街道、人物、树木、建筑……或抽象或具体，融入了焦虑、陌生、惶恐、失望、悲伤、萧条、希冀、盼望等复杂的情绪。

在一堆灰暗的色调中，我喜欢水彩画艺术家Normandie Syken的作品。她笔下的风景是人们在街道上忙碌的场景，带着春天万物复苏的气息。色彩明艳，人物灵动。

Normandie Syken住在皇后区。她说，虽然不知道大流行什么时候结束，也很担心这一切结束之后会发生什么，却想用这幅画表达对未来的憧憬。

未来会怎样？MiKi不知道，画家不知道，没有人知道。但是"未来"这两个字，却让我们在生命中的每一天，都无限期待……

The New York Times

 2020年5月20日

初夏的太阳

01

纽约市长白思豪表示，纽约市全面开放可能要到9月份。即使6月份纽约市达到重新开放的标准，也不意味着纽约人就能完全恢复正常的生活。

大流行对纽约人的日常生活影响非常大！唐人街餐饮业首当其冲，先是调整营业时间，后来是不得不暂时关闭。

为了促进唐人街的经济发展，早在四月初，"饺子对抗仇恨"的组织者Winn Periyasamy发起了"Dumplings Against Hate"筹款活动，希望借助人们对中餐的喜爱，帮助唐人街渡过难关。

Amy Zhang是Netflix旗下的一名新闻工作者，她和同事们以志愿者的身份，组织策划并参与了慈善捐款活动。《华尔街日报》等多家媒体曾经报道过他们的事迹。

作为制片人，Amy Zhang和同事们以及首席动画师Brandon Sugiyama一道，制作了Dumplings Against Hate的动漫作品。同时他们还准备筹集5万美元（目前已筹集了3万美元），用于由亚裔美国人平等组织（一个与小企业合作的非营利组

AmyZhang（右）和另一位组织者MonYuckYu站在布鲁克林一家封闭的中餐馆前

织）成立的紧急救济基金。这些资金将作为一笔贷款发放给所有唐人街、包括中城的Korea town中符合条件的小型企业。

特殊时期华人群体表现亮眼。他们空前团结，抗疫能力强，自我保护好，开展互助，传递爱心，积极投身公益事业，服务社区做贡献，赢得了美国社会的广泛赞誉。

上海的张文宏医生终于发微博了！

他说，全世界都学中国不现实。如果国外一直停摆也不行，要死很多人，会超过因疫情而死的人。不论南半球还是北半球，疫情过了这个夏天，有一个平缓下滑的过程。随着复工复产，到今年冬天，感染数据又会上扬。疫情可能会延迟到明年上半年，到明年夏天能不能终结？谁也不知道。

天下华人是一家。国情不同，文化不同，每个国家面对流行病都有自己的应对机制。在铺天盖地的碎片信息中，我选择相信张文宏医生。有个读者留言说得好：做好自己，不苛责，多理解，就是我们普通人最大的善意。

02

我们社区图书馆的英语对话课改成Zoom课程了。因为之前报过名，所以每周我都能和来自不同国家的新移民在网上碰面聊天。

我们的老师西卡热情又暖心。每次网课，她都一一询问我们的身体情况，在宅家的经历和感受，鼓励大家坚持学习。

网课讨论的话题大多围绕着疫情。天性豪爽、崇尚自由的纽约人已经开始放飞心灵，憧憬着疫情结束之后自己的种种安排了：艾米要和她的北非朋友去格林威治村逛街吃饭，西诺计划带孩子去佛罗里达探亲访友，维娅准备跟暗恋的对象表白，修伊要去梅西百货把那件心仪已久的风衣买下来……

有一次西卡老师建议大家看一部美国电影《美丽心灵》，然后进行讨论。这是一部以诺贝尔经济学奖获得者，普林斯顿大学数学系教授约翰·纳什为原型的电影。纳什是一个数学天才，却饱受精神分裂的困扰。电影借着既是天才同时又是疯子的内心世界所经历的种种骄傲、喜悦、痛苦、折磨和释怀的过程，最终呈现了世间的美丽心灵。

大家在讨论时说，现代社会重视科技，却常常忽略情感。这部电影给了我们深刻的启示。只有思想和心灵相融合，才能构建健全的人格，美丽的心灵。

纳什的人生经历表现了真正的人性焕发出的美丽。特别是纳什的妻子给予纳什的爱和包容，就像初夏的太阳般温暖。

电影《美丽心灵》剧照

那堂课的最后，西卡老师用缓慢的语速告诉我们：现实生活中的约翰·纳什与妻子，于2015年5月23日在新泽西州遭遇车祸逝世，享年86岁。

电影里的结局是美好的，现实中的结局却总是悲伤。机遇和挑战、幸福和灾难都是我们生命的一部分。如何学会与世界相处？如何学会与自己和解？这是一道人生课题，比数学题难解多了，每个人给出的答案都不同。

初夏的星空，湛蓝如梦。有时候我觉得爱和星空一样，深邃莫测。但更多的时候，我觉得爱和星空不一样。星空遥不可及，爱却实实在在。

爱更像初夏的太阳，让我们在经历了绝望之后，还能流着眼泪拥抱生活。

📅 | 2020年5月28日

相聚与别离

01

美国的Memorial Day在五月的最后一个星期一，意味着夏天的到来。它有点像中国的清明节，但更侧重于纪念为国捐躯的军人。

每逢这个纪念日，学校门口和居民家门口都挂起美国国旗，有志愿者会去阵亡将士的墓碑前插上一个美国小国旗。美国现役军人和退役老兵也会列队前往墓地，鸣枪向阵亡将士致意，吹响军中熄灯号让死难将士安息。

李堡的车队游行，纪念阵亡将士

今年的MemorialDay，美国用三天时间降半旗致哀。为了阵亡将士，更为了这两个月以来，近十万个因新冠病毒而逝去的生命。

我们社区在每年的"阵亡

普雷斯顿为退伍军人的墓地献上国旗和鲜花

将士纪念日"都举行民众队伍游行，这也是李堡多年的传统。今年取消了民众游行，改为车队游行。活动当天，车队沿途鸣笛、缓慢行驶。居民们保持社交距离，在家门口就可以观看了。我的邻居Fay拍摄了车队游行的照片。

我在推特上读到一个名叫普雷斯顿的加州小男孩的故事。2015年的Memorial Day，10岁的普雷斯顿参加了祖父在加利福尼亚州雷丁公墓的纪念活动，为在美国海军服役的祖父献上旗帜和鲜花。

正是那次访问让普雷斯顿感到沮丧，因为他注意到在这个特殊的日子里，很多退伍军人的墓碑上没有任何国旗或者鲜花的纪念。

普雷斯顿表示一定要为此做点什么！他发起了FandFChallenge运动。目标是为美国50个州所有退伍军人的墓地献上美国国旗和鲜花。从2015年起一直坚持到今天，普雷斯顿也从一个天真可爱的孩童，成长为一个朝气蓬勃的少年。他的行动感染了更多志愿者加入。除了为老兵墓地献上国旗和红色康乃馨，普雷斯顿还在努力筹集资金，回馈和纪念更多为国捐躯的军人。

盼世界和平！愿逝者安息！

02

小满过了，接下来就是芒种。太阳越发炽热，后院满目苍翠。

Ben整天忙着给他的瓜果蔬菜翻土施肥，紫豆角和黄瓜的秧苗长势旺盛，一天一个样儿。他说再过些日子，网购蔬菜也可以免了，吃自家地里种的有机蔬菜。

　　大纽约地区喜欢养花种菜的男人都有一个共同的名字：美国农民。这个夏天，我家农民包揽了屋里屋外全部吃喝拉撒鸡毛蒜皮的事情。我为了治愈腰椎需要睡硬板床，Ben就把床垫拿下来，自觉自愿铺在地上，我成功地把他变成睡在我下铺的兄弟。Ben开玩笑跟我说，库莫州长是不是应该表扬我们？保持社交距离我家做得最好了。

　　与中国人的含蓄内敛不同，美国人表达情感总是热烈又豪放。大流行期间他们也想出了许多释放压力表达爱意的小妙招，非常时期拥抱亲情。

　　撒布耶娜在Facebook上秀出了她的硕士毕业照，分享她与家人、同学一起庆贺的欢乐时刻。我被这条喜讯深深感动！

撒布耶娜（左2）

　　撒布耶娜来自巴西，是我多年前在纽约结识的好友。前段时间她不幸中招，在网上讲述了自己被病毒感染并在家自愈的经历，鼓励纽约人戴上口罩、战胜病毒。

　　撒布耶娜说，大流行让一切都变得异常艰难，好在她挺过来了！感恩父母、老公和亲友们给予她的爱和支持。在美丽的纽约大学，她度过了两年难忘的时光，她希望能在纽约重启后找到一份更好的工作。研究生学习虽然结束了，但是在纽约这座缔造传奇的城市，她的未来，才刚刚开始。祝福这个坚强乐观的女孩！

　　因为记录纽约故事，我与曾经的老领导张波台长联系上了！当年他是我们江南小城文艺台的台长，多才多艺，声名赫赫。身兼歌唱家、作家、主持人、导演、策划人等多种身份，文笔深情秀丽，嗓音圆润迷人，男神一样的存在。失联数年，我们因文字重逢。跨越时空，方知他和米娜的爱子正留学美国西海岸，因大流行没能回国。

子承父业，青出于蓝，孩子天赋异禀，已经成长为优秀的音乐才子。时光荏苒，后浪拍岸。回望青春，只有那段温暖又激励、美丽且感伤的电波，还残存在我们这一代人的记忆里，留住曾经的刹那芳华。

我的另一位老台长孙悦萌，本来预定了五月份的机票飞美国，他的儿子儿媳早年留学美国，如今定居在密歇根州。小俩口新婚燕尔，一家人准备先在AnnArbor团聚庆贺，然后来美东地区旅游。然而计划赶不上变化，病毒让一切暂停。

萌台长也是一枚江南才子，文笔行云流水，书法矫若惊龙，摄影角度更是独特，在多个城市举办过

萌台长拍摄的曼哈顿

摄影展。萌台长曾到访过纽约，他镜头下的大苹果有着别样的魅力和风情。他说，撇开政治，中美两国老百姓的友谊是深厚淳朴的。而纽约这座城市，绝对是摄影爱好者的天堂。

在刚刚过去的这个长周末，纽约人疯了一样地跑去海边玩耍，各大公园也是人满为患。美国多地出现千人聚集的场景，人们忽视了保持社交距离，也完全忘记了继续戴口罩的警告。

看这架势，敢与病毒试比高？各种泳池里下饺子、公园找不到停车位的新闻刷屏。美国人一不怕毒二不怕死的大无畏精神，还真让世界人民刮目相看。

即便民众如此狂野，川普总统仍表示，他不会再次关闭美国！事实上，持续停工对美国造成的经济损失和人员伤亡，比病毒更大！其中有无家可归的、失业倒闭的、酗酒的、吸毒的、心脏病发作的、中风残疾的、绝望自杀的……

白宫大流行特别工作组的Fauci博士也一改以往对重启美国经济的保守态度。他表示：继续延长居家令可能会对美国造成"无法弥补的损失"。

03

大流行下，贷款买房用来出租获取收益的一部分房东，也遭遇了滑铁卢。报道说，Airbnb的房东正计划出售名下房产。

艾米一直梦想着在德克萨斯州的加尔维斯顿经营度假屋。五年前，她和丈夫克里斯如愿以偿在距离海滩几分钟路程的地方买了房。艾米将它命名为"蓝天海滩平房"，把房间布置成复古的样子，增加了许多鲜艳的装饰。

最近两年艾米一直在全职经营Airbnb。但是三月份以来，她的订单被一波波取消。作为居家抗疫命令中的一部分，加尔维斯顿暂时关闭了短租房。艾米不得已将她的Airbnb切换为30天住宿，这是非短租房的最低要求。然而她没有得到任何预订，她的海滩小屋整整空置了两个月。

祸不单行，艾米的丈夫也失去了软件销售的工作。但夫妻俩仍需要承担房贷的负担。艾米做出了艰难的决定，出售海滩平房并关闭了她的Airbnb业务。

她对媒体说：这有点像过山车，过去三个月我们几乎失去了全部收入。

阿曼达曾是Ben的学生，在纽约买过一个小投资房。可不幸的是，她遇上了一个无赖租客。房屋出租后，只收到去年12月份一个月的房租，之后再无下文。

今年1、2月份，租客找各种理由拒付房租。3月份还是不付房租，阿曼达后悔当初没查租客的信用，她遇上一个有前科的问题租客。交涉多次，同意免掉租客拖欠的房租，只求他搬走。租客不为所动。

大流行开始后，纽约出台了相关规定，房东不能赶走租客。这个无赖租客更加猖狂，把房间自来水打开，淹了客厅，水一直漏到楼下，渗透到了邻居家的屋顶。阿曼达忍无可忍跟租客大吵一架，闹到警察局。

结果被警察教育一番，让他们自己协商处理。纽约警力不足，监狱里还在不断释放轻罪犯人回家。非常时期遇到这种地痞流氓，收不到房租，赶不走无赖，还面临楼下邻居的起诉和赔偿，阿曼达真是欲哭无泪！

大流行，没有把坏人变好，却把一些好人逼疯了。

前儿大网上出现一张川普总统戴口罩的照片。很多人都笑他戴上口罩，看起来别扭的样子。我却觉得没什么好笑的。

戴口罩是东亚的经验。可是，这个早在2月份就该在美国好好学习推广的经

验，一直拖到4月份才有条件被强制执行，是不是有些悲催？

每一个生命都珍贵无比！每一个生命都与众不同！他们永远活在深爱着他们的人心里。

有人说，人生就是一个不断告别的过程。既然生是偶然，死是必然，让我们在有限的时光里，珍惜所有的相聚和别离吧！

眼含星辰大海，内心春暖花开。盼你所遇都善，愿你所念皆安，一壶浊酒尽余欢。

📅 | 2020年6月4日

抗议和骚乱

01

春夏之交，天气善变，人心易乱。

病毒还未远离，骚乱接踵而至。最近发生的一件事，影响之大震惊世界。明尼苏达州一个名叫乔治·佛洛伊德的黑人被白人警察暴力执法至死事件，迅速点燃了美国民众的怒火，抗议活动在美国多地爆发。

5月28日傍晚，纽约曼哈顿爆发了激烈的示威，将近100名抗议者与纽约警察发生了正面冲突。人群堵住了交通要道，车辆无法通行，游行最终演变成暴力冲突，当天至少345人被捕，3天内被捕人数超过600人。

曼哈顿、布鲁克林、皇后区都有人群示威。不少车辆被纵火，一些商家包括微软商店、服装店、鞋店等，在光天化日之下被抢劫。

皇后区的朋友荣大哥也在游行现场。他说，一开始示威民众高举标语，群情激昂，有序行进。后来游行队伍走着走着就变了味儿。人们高呼口号，喊着喊着不知怎么就和警察起了冲突。荣大哥说他上了年纪，不敢靠近，只能远远看着。

本来是一场伸张正义的游行示威，结果被不法分子利用，演变成了一场骚乱。

为防暴徒抢劫造成财产损失，曼哈顿华埠很多华人排队去保险箱取走自己的贵重物品。没被抢的纽约商家，这两天突击钉上了厚厚的门板，祈求着上帝保佑，匪徒别来光顾。

有人惊恐，有人悲愤，有人同情，有人嘲笑，有人看热闹。有人在微信群里进行"灵魂拷问"：如果白人警察跪压至死的是华裔，结果会怎样？群里一下子安静了。

华裔何尝不是种族歧视的受害者？可以追溯早期华人移民的血泪史，他们经历了贫困、屈辱和虐待。今非昔比。新一代华裔凭借出色的学业、卓越的能力、踏实的作风，一步一步融入美国社会并赢得尊重。应该说，华裔对种族主义的抗争，从来没有停止过。

事实上，大流行以来，针对亚裔的仇恨以及种族歧视犯罪事件有所增加。美国有个怪圈，不仅有白人搞歧视，也发生过非裔和拉丁裔欺负亚裔。同时亚裔中也不排除有种族分子……虽然这些都是少数现象，但不能不引起重视。

美国有明确的法律反对歧视，社会主流也是旗帜鲜明地反歧视的。除了基于肤色的因素，歧视也同样来自于经济、环境、家庭教育等成因。

有人在地铁里拍下视频，某少数族裔公开辱骂华人就是病毒。而那些喝醉了酒的少数族裔在街头殴打无辜亚裔，吸毒的打劫华人店铺的犯罪在纽约也偶有发生。

近日，华裔二代耶鲁在读大学生，就种族问题给华人社区发了一封公开信。信中说：我们坚决支持黑人社区，反对针对他们的残暴和错误。但是我们不容忍暴力，华裔美国人反对骚乱……华一代在坚决支持反歧视的同时，给出了应答："我们站在平等正义社会进步一边"，回复耶鲁华裔学生的公开信。

一代跟二代之间的对话，以这种公开信的方式开启。但是有开始，才会有改变的希望。

02

林先生住在纽约上城，曾经在上班路上被几个人高马大的非裔挟持，他们翻遍了林先生的口袋，抢了20美金就一哄而散了（林先生当时吓坏了，后来发现手机还抓在自己手里没被抢）。事后林先生颤巍巍地捡起打翻在地的眼镜，看着不远处那几个抢钱的熊孩子，发现他们竟然就是附近高中的学生！

讲真，刚来纽约时，听到这类事情，我对非裔是怀有戒备心理的。走在曼哈顿街头，有时会突然跑过来一个非裔冲我大叫一声，然后嬉皮笑脸走开，吓我一大跳。此后每每遇到他们，我会加快脚步离开。

可是，随着在美国生活时间变长，尤其对于熟悉的非裔朋友，我的感受是两样的。我们彼此欣赏，相处愉快。娅度和帕斯塔就是努力上进、善良可爱的非裔。

娅度是我在哥大学英文时的同学好友，她来自东非，说阿拉伯语，信仰伊斯兰教，每天都用头巾把头发包裹得严严实实的。娅度学习认真，待人诚恳，从她脸上看不出被岁月熬煮打磨过的沧桑，当然更无法从她深邃的眼睛里猜出年龄，她笑起来总是很灿烂。

娅度住在布鲁克林一栋拥挤的老式公寓里，租金相对便宜。虽然每天乘公交再转两次地铁才能来哥大上课，娅度却很少迟到。唯一一次迟到，是学期结束前的最后一堂课。

娅度带了好多食物来教室

那是一个Party，大家准备一些自己国家的食物进行分享。娅度在家烹饪了好多点心，当她推着一个带轮子的小购物车走进教室时，大家都兴奋地叫起来，纷纷为她鼓掌。虽然我吃不惯辛辣味的咖喱拌饭，但不得不说，那天的食物分享，属娅度做得最丰盛美味。

在纽约，娅度是低收入人群，属于贫困家庭。但是她有自己的尊严，通过打零工挣钱养活自己，而不像有的人那样，啥都不想干，躺着吃纽约福利。婭度说她此生最大的骄傲，就是培养了一个优秀的女儿。

婭度的女儿在纽约读完大学，跑去南卡找到一份待遇不错的工作。我最后一次在曼哈顿见到婭度，她告诉我，她已经把布鲁克林的房子退租了，即将搬去南卡和女儿住一起。

我另一个非裔朋友是一个小伙子。他叫帕斯塔"Pasta"，英文就是意大利面的意思。我们也是同学。有一次我问他，取这个名字有什么故事吗？帕斯塔说，因为从小家里就穷，圣诞节才能吃上一顿意大利面。哇，太好吃了！父母给他取了这个名字，就是希望他长大以后，天天都能吃上意大利面。

天天能吃上意大利面，这个奢望通过努力是可以实现的！纽约超市里的意大利面打折促销时，一包才一美元。

帕斯塔每天晚上都在一家酒吧做兼职。既学调酒，也做端盘子的服务生。年纪轻轻，倒是颇有女人缘。有一次在哥大校园里，正巧被我撞见他拥吻一个白人姑娘。我有些尴尬，倒是帕斯塔大大方方，跟我介绍说，姑娘是他新交的女友，他们正在热恋。

一晃三年没有帕斯塔的消息了，但愿他已经娶了心爱的姑娘，还能天天吃上意大利面。

帕斯塔给大家讲述他的成长故事

03

纽约时报报道，全美被关进监狱的黑人是白人的五倍。当蹲监狱变成常态的时候，黑人内心的愤怒和不满就已经滋生和不断累积。

而CDC公布的因新冠肺炎死亡的数据里，非裔排第一，拉丁裔排第二。这些都加重了美国底层民众的怨愤。

有人在网上爆出黑人乔治的案底，说他1998年盗窃入狱，2002年和2005年曾因毒品被判刑，2007年抢劫入狱……但这些，绝对不能作为白人警察可以虐杀别人生命的理由。不论在哪一个国家，身为公职人员，滥用职权，暴力执法，都是犯罪行为！

追根溯源，乔治涉嫌使用20刀假币是因为失业。乔治曾经在一家餐厅做保安，尚可维系生活温饱，可是疫情爆发后，餐厅倒闭了。

和乔治一样，有16%的非裔美国人失去了工作，这个比例高于白人的14%。相比其他族裔，非裔的日子更加艰难。

2020，距离民权运动领袖马丁·路德·金发表举世闻名的演说"我有一个梦想"，已经过去了57年！今天的美国人，仍在为那句"人人生而平等"，走上街头振臂高呼。

美国是移民国家，多元文化融合发展，种族歧视一直都存在。近年来由党争造成的内部分裂矛盾激化。乔治之死既是导火索，也是民怨所致。

防疫不当，感染者众，死亡者多，这些都成为民众泄愤的理由。而生活在社会底层的人，也容易出现吸毒犯罪等问题。

美国社会的撕裂越来越严重。何时能修复？多久能和谐？不在沉默中爆发，就在沉默中消亡。时间会给出答案。

纽约朋友皮特接到福建会馆通知，说这两天抗议者会在百老汇大道梅西百货附近，以及孔子大厦前的广场上举行集会。各侨领相互转告，通知大家尽量避免外出，做好安全保护，各商家也要做好应急预案。皮特说，在美国生活的华人通常不招惹是非，他们是非常勤奋工作、努力打拼的族群。

的确，生活在美国的华人绝大多数是守法公民。他们会在网上谴责那个暴力执法的白人警察，批判种族歧视。而借着抗议的名号，实则上街打砸抢的混混和暴徒则无法得到原谅。

围绕非裔乔治之死，经过数天的暴力冲突，纽约正与全美二十几个城市一起实行宵禁。今天的宵禁时间是从晚上8点到凌晨5点。

住在曼哈顿的美国朋友琳达气愤地说，纽约宵禁并没有阻止那些抢砸掠夺的行为，示威之后，有人公然闯入奢侈品店抢东西！

暴徒们搬空了一家又一家店铺，橱窗玻璃碎满地……看着被毁的家园，越来越多的美国人站出来，加入祈愿和反对暴力的队伍。他们说：我们需要和平的环境，安定的美国！

让人略感欣慰的是，混乱的夜晚过后，数千名志愿者仿佛一个个蜘蛛侠，出现在黎明的曙光中。他们默默地走上美国各个城市的街头，清扫昨夜游行队伍留下的垃圾和废墟。

在杂志社工作的高先生说，华人大多隐忍低调，缺乏上街示威的行动，很少会像非裔那样声势浩大地去讨一个说法。历史上的非裔抗争，为有色人种争取到了更多的平等权益。美国言论自由，你可以上街游行，也可以保持沉默。歧视造成的伤害让人心碎，骚乱造成的破坏也让人痛惜。但是以暴制暴是错误的，不能解决美国社会的矛盾冲突。

昨晚尽管宵禁，抗议仍在继续。但是骚乱大大减少，游行示威在平和中进行。这是美国人的美国，各个族裔的家。在矛盾和妥协中，追求人人生而平等的理想，追求人人都能享有的自由生活，这个国家就有希望。

中国孩子前两天刚过完六一儿童节。在这个和孩子一起庆祝的节日里，大人们仿佛回到了纯真年代，朋友圈满屏回忆和怀念。

记得刚来纽约时，我问美国老师，这里哪一天是儿童节？老师愣了一下，哈哈大笑，她说美国天天都是儿童节！这里的每一个孩子都是我们的宝贝，都是美国的未来。

无论人种、肤色、语言和文化有多么大的差异，每个人来到这个世界都是一张白纸。这个世界在孩子的眼睛里，缤纷多彩，纯洁无瑕。而在成年人的眼睛里，这个世界多了阴暗和苦难，多了邪恶和不平。可是不要忘了，所有的大人，都曾是纯真的小

孩。而世界的模样，是可以靠人类的努力去改变的。

夏日的风慌乱地掠过哈德逊河面，马斯克载人飞船发射成功的喜悦还在风中飘扬，示威游行的呐喊声此起彼伏，接下来的大选党争波谲云诡……

美国社会的撕裂需要时间来修复，如同一个孩子在成长过程中需要经历种种的痛。而鲁莽率真的纽约人，也终将找到一块心灵的栖息地，安放他们的爱与哀愁。

愿你公平正义，岁月温柔以待。

2020年7月16日

纽约人的生活
再也回不到从前

01

盛夏的后院，硕果累累。

下了几场大雨，我这个靠天吃饭的懒农妇采摘了一些黄瓜和紫豆角，而秋葵、番茄和辣椒也即将迎来小小的收获。只是可惜了我的苹果树，刚刚长出来的嫩叶就被闯进来的野鹿吃得七零八落。

其实我们在播种、锄草、疏苗、施肥、浇灌上面花费了好多时间和精力，这种投入产出远不如去超市直接买菜来的便捷实惠。但农耕之乐的体验，培育采摘的开心，特别是邻里之间相互赠送品尝劳动成果的满足，和去超市购买是两样的。

昨天有条消息大快人心：政府已取消之前要求美国留学生秋季报读学校改为全网课的话必须转校或离开美国的政策。经过8天的兵荒马乱，广大留学生总算吃了颗定心丸。

世界瞬息万变。但是不管发生什么，健康第一！我们对病毒的防控不能松懈。

近日，德克萨斯州一家医院称，一名30岁的男子认为新冠病毒是一个骗局，于是参加了一个Party。这个派对后来被称为死亡派对，参加的人里面有确诊的新冠肺炎患者。

这名30岁的男子最终死于德州圣安东尼奥卫理公会医院。首席医学官JaneAppleby说，该名男子因为那场聚会而被感染。

医学官没有说聚会何时举行，有多少人参加。Party结束没多久，该男子感到身体不适，确诊为新冠阳性后，住院治疗。

据说那场聚会的目的是想测试新冠病毒是否真实存在，或者有意使人暴露于新冠病毒中，以试图获得免疫力。

这名30岁的男子在去世前，追悔莫及。他看着护士说：我觉得我做了错误的决定，我以为新冠病毒是个玩笑，但它不是。

令人扼腕叹息！疫情持续这么久，难道把人也变蠢了吗？这个年轻人竟然以身试毒，一念之差，千古恨啊。

02

我们社区的米歇尔现在每天搭乘地铁去中城上班。

她说地铁站的消毒工作做得好，人流比之前多。当她看到绝大多数乘客都戴了口罩，感到还是安全的。

纽约地铁之前也偶有歧视和伤害事件发生。但是最近一段时间，伴随着一些运动，有加剧的趋势。而人们也因此发出了不同的声音。

上周六，数百名纽约市民在布鲁克林街头游行，主题为"Back the Blue"。他们走下湾岭公路时举着标语，高喊口号，支持纽约警察维护法律秩序，减少犯罪，保护社区安全。

一个名叫罗斯玛丽·里佐的游行者说：我们无时无刻不在捍卫警察！现场一些华裔也表达了对纽约警察局和政府所有执法部门的热爱和支持。

纽约这几次支持警察的游行，Diane不仅参加，并且拍摄记录了和平抗议的过程。

Diane说，我们支持公平正义！纽约警察在疫情中为这座城市付出很多，有些警察甚至献出了宝贵的生命。

一些参加游行的市民强烈反对削减纽约警察局10亿美元预算。他们说这段时间，警察有退休的、生病的、辞职的，警力已经不足，如果大家再不站出来支持警察，谁来保护我们的生命财产安全？

最近纽约不太平。

纽约时间7月12日晚，布鲁克林一个婴儿死于一场枪击，另外三名男子受伤。

事发时，几名男子走出一辆深色的SUV，朝麦迪逊街的雷蒙德·布什游乐场内正在聚餐的几个人开火。坐在婴儿车里的小男婴戴夫·加德纳肚子被击中，被送往迈蒙尼德斯医疗中心，因伤势过重，这名婴儿于7月13日凌晨死亡。

婴儿的祖母悲痛欲绝。她对《每日新闻》说："我刚接到电话说我的孙子被枪杀了！他是我一生的快乐。"

这段时间，有犯罪分子趁火打劫，有心理阴暗的人报复社会，有因政见不同而情绪对立的厮打争斗……在这个碎片化的时代，一些民众只相信自己亲眼看见的，也有一部分人只相信自己愿意相信的。

不管怎样，让美国变得更安全，让社区变得更和谐，是目前美国各个族裔的老百姓共同的心愿。

03

纽约客已经适应了自三月以来的特殊生活。大家努力克服工作和生活上的困难，在保持社交距离的情况下，自己找乐子。

家长们带着放暑假的孩子前往公园、海滩、操场和已经开放的动物园等开阔空间去消夏。

放假放飞的是心情，但却不可放松警惕。目前西南部的大面积沦陷，主要是因为年轻人参加Party，病毒在不戴口罩、无视社交距离的人群中蔓延。

为了提供便民服务，一些农场在社区设点，售卖水果和蔬菜。

靠近哥大图书馆的168街到169街这一段路，设有农场蔬菜售卖点，面向社区居民，特别是针对哥大的教职员工和学生提供新鲜的农副产品。

在哥大医学院工作的邻居说，他们下班后走过去就能买菜，都是纯有机蔬菜，虽然比超市贵一点，但是非常新鲜，也很方便。

作为纽约市乃至全球最著名的地标建筑之一，帝国大厦已召回其员工进行新流程的安全培训，准备于7月20日重新开放其观景台。

著名的帝国大厦观景台，吸引了来自世界各地的游客。那惊鸿一瞥，温暖了漫长的光阴。

有的年轻人一边俯瞰着纽约的全貌，一边向心上人浪漫求婚，构成了一道独特且甜蜜的风景线。

我一个朋友去年来纽约旅游，但是因为行程安排匆忙，没去帝国大厦观景台，他说有点小遗憾。

现在是特殊时期，如果想去观景台的话，一定要戴好口罩，保持距离，来一场与蓝天白云或者和月亮星光的约会吧。

很多纽约人前几天都看到了曼哈顿悬日。写字楼里工作的，散步的，特意跑去观看的，恰巧路过的，那种震撼和感动，久久在人们心中回味。

住在曼哈顿的周老师说，她当时散步回家正穿过65街，被悬日惊艳到了，一个硕大的圆球，定格在高楼之间，满地金黄。

曼哈顿悬日这一独特的自然现象，源于200多年前，负责规划曼哈顿的建筑师决定将其打造成一个拥有工整的南北和东西走向的网格结构。

在每年的5月28日和7月12日(或13日)，日落时太阳好像悬在两侧高楼大厦之间，时长15分钟。曼哈顿所有东西向街道洒满了落日的余晖，呈现出动人心弦的画面，同样效果的日出景观，出现在每年12月5日和1月8日。

周老师说，曼哈顿悬日这一奇特的景观，给仍然处于疫情中的纽约人带来欢欣鼓舞。愿我们每个人都振作精神，积极勇敢地对抗病毒。

经历了死亡和重生，经历了绝望和希望，纽约人的生活再也回不到从前。就像红酒回不到紫色的葡萄，馒头回不到最初的麦穗，盛开的玫瑰也回不到含苞待放的样子……

周老师用手机拍摄的曼哈顿悬日

但是曼哈顿悬日还是那个曼哈顿悬日，和往年没有什么不同。只是今年的悬日在人们眼里，更壮观更绮丽也更震撼！

也许我们拼尽一生，都无法实现我们的终极梦想。但这并不影响我们努力向上，成为自己的小太阳，每一天都发光发热，每一秒都温暖动人。

📅 | 2020年7月31日

最糟糕GDP下的美国梦

01

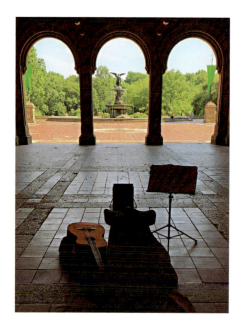

盛夏的午后，周老师发来一组她在中央公园拍摄的照片，说是我写纽约故事的时候可以选用。

周老师一直在纽约教学生艺术课程，同时受聘于一家美国人公司，负责部分员工的中文培训。

居家隔离期间周老师写了一大本艺术鉴赏心得，重新整理了中文备课笔记。

她说，纽约的经济秩序正在慢慢修复，现在是网课教学，这对于她是新的挑战。只有适应新形势，才能更加投入到自己热爱的艺术教育和中文培训中去。

　　玛丽一直坚持去哥大医学院上班。在医学实验室的岗位上，玛丽肩负着和一线医护人员一样重大的责任。

　　下班回家路上，看到街头聚集的人群和密集的车流，玛丽有些激动，她说还是喜欢那个热闹喧嚣的纽约。这个夏天虽然高温，但是纽约的新增住院和死亡数字都降下来了，比起寂寞又惶恐的春天，现在的情况好了太多。

　　美国朋友莫妮前天和她先生去Downtown吃了顿晚饭。她和我们分享那天的经历时，用了"冒险"一词。莫妮是个谨慎的人，她说室外餐厅的安全性相对比较好。

　　吃完饭，她和先生沿街走到哈德逊河边看了风景，还特意乘地铁去了一趟中国城。莫妮感叹，如今纽约的景色和以前不太一样了，那是一种重生之后的美丽。

　　和莫妮一样"冒险"去室外餐厅吃饭的还有Ben的同事玉婵夫妇。他

们去了法拉盛的新东云阁。因为室内用餐迟迟没有开放，这家中餐馆为了维持生计，把停车场改建成了室外餐厅，餐桌摆放以及食客之间都保持了安全距离。

　　玉婵说，关键是口味和以前一样好，加上安全到位，所以这次经历不叫"冒险"，而叫"大快朵颐"。

　　邻居沈先生和太太去了小镇上的麦当劳。餐厅里空荡荡的，只有为数不多的三五个顾客在点餐。仍然没有堂吃，只有外卖。

　　沈先生用家乡上海话说，"阿拉晓得要屏屏牢！"

　　任何时候，安全第一！

　　一直在家做饭的沈先生最近总想吃junk food，看到麦当劳防护措施不错，两只早餐鱼肉汉堡包4美元，价钱接地气，就买了带回家了。

近期纽约地铁的使用率跃升了75%，已经超过了公交乘车人数57%的增长，这是迈向正常状态的一大步。

但随之出现的新问题是，大流行使一些无家可归者把地铁当成栖身之处，犯罪率飙升也时刻考验着纽约警察。

02

我们昨晚在沃尔玛网站上网购了一些食品，一早起来去取货了。这家沃尔玛地处商业中心，周边有很多店铺、药房、超市和餐饮。

拉瑞戴着口罩推着满载货物的推车过来了，她很规范地一样样把物品放进后备箱，因为担心鸡蛋会被挤破，还贴心地帮我们把两盒鸡蛋放在车的后座上。然后遗憾地告诉我们，有两样东西今天缺货：西瓜和做汉堡包用的三明治面包。

拉瑞已经在这家门店服务了8年。她说，沃尔玛的东西便宜，生意原本就好，前面几个月生意有些差。但六月开始又好转了，顾客也越来越多。这段时间，员工几乎都回来上班了。更多市民选择排队进店购买商品而不是网购。

现在沃尔玛要求人人都戴上口罩才能进店，购物环境让人放心。

我们一共买了96美元食品。Ben飞速地从口袋里掏出20刀小费给拉瑞。拉瑞有些吃惊，继而很惊喜地表示了感谢，她说，喔，真好，太谢谢了！

沃尔玛超市网购东西事先已经在网上付过费，加上是自己开车去取货，所以并没要求给小费。但是大部分取货的人都对服务员表示了心意。

5刀，10刀，20刀……此刻能坚持上班为大家服务的人，我们从心底感激。

我赞成美国的小费文化，打赏随心，多少随意。也可按照消费比例给付，比如餐饮付小费，通常午餐15%~20%，晚餐20%~30%。当然服务不好，也可以拒付小费。小费虽不强求，却是对服务行业劳动者的肯定和感恩。

民以食为天，吃是生活中永恒的主题。

回家路上顺道去了家附近的ShopRite超市，买到7.99刀一个的大西瓜和三明治面包。收银的地方，店家非常有心地加了一道安全屏障，是透明有机玻璃制成的。顾客不多，有序结账，货品齐全，价格实惠，购物感觉良好。

03

美国第二季度GDP暴跌9.5%（换算成年度GDP相当于要跌32.9%，而经济学家们预期的是34.1%），创下自二战后有此类记录以来的历史新高。申请失业救济金的人数连续两周上升，上周有143.4万美国人申请了失业救济。

经济前景黯淡，病毒加剧了人们对今年余下时间经济能否复苏的怀疑。

莎拉不得不在3月至6月之间关闭了位于西雅图以北Orcas岛上的旅馆。由于客栈的容量被限制为50%，使得收入大幅减少。今年夏天预定举行的35场婚礼也被取消。而旅馆必须在夏季获得高利润，才能够弥补淡季的损失。

虽然申请了"薪水保护计划"贷款和"小型企业管理"灾难贷款，却没成功。银行显然担心贷款不良的风险，因此取消了莎拉的信贷额度。

人们宅家，避免了购物，减少了旅行，导致消费支出大幅下降。分析家预计经济在7月至9月将实现大幅反弹。然而，随着大多数州确诊病例的上升，更多企业被迫撤回营业，加上政府缩减对失业者的援助，未来几个月经济可能会恶化。

即使政府花费了大约3万亿美元的巨额资金，也是远远不够的。

让人乐观的消息也有。由于抵押贷款利率超低，新房和二手房的销售一直在增长。继5月份创纪录地增长44%之后，6月份签订购房合同的美国人数量跃升了16.6%。

04

现在的纽约，有苦苦挣扎的失业者，有地铁里的流浪汉，有付不出房租面临被驱的市民，有破产风险的店铺老板，有坚守岗位辛勤工作的劳动者，更有锲而不舍勇闯天涯的逐梦人。

米娅来自东北，是个身材窈窕美目流盼的漂亮女孩。我们刚认识的时候，米娅新婚燕尔，她的性格像极了家乡鞍山的鹅毛大雪，干爽利落，晶莹豪迈。

米娅在少女时代就看过那部叫作《蒂芙尼的早餐》的电影，对纽约这座城市充满了幻想。

她喜欢奥黛丽·赫本饰演的农家少女霍莉。她说霍莉虽然在寻找幸福的道路上跌跌撞撞，但是最终明白了自己真正想要的是什么，实现了自我成长。

带着对婚姻生活的美好向往来到纽约，米娅的人生却跌入了低谷。因为与丈夫在性格、文化、价值观方面的严重分歧，维持了两年的婚姻最终以离异收场。零基础英文的她开始努力学习，独自在纽约地区打拼。

米娅的第一份工作从面包房做起，从收银员做到经理助理。后来去了北京的大董烤鸭纽约分店工作了半年（这家店后来停业了）。再之后她去了洛杉矶，做过川菜馆服务员，牙医助理，奢侈品销售。直到去年，她又回到纽约，继续做奢侈品销售。

米娅和她的爱犬

疫情期间，米娅静下心来读书，研究时尚潮流。如今她在纽约SoHo区一家日本理发店学习剪发。米娅告诉我，从纽约到加州再回到纽约，从满心欢喜地嫁到纽约到伤心欲绝离异再到快乐积极的单身女郎，她用了整整7年时间。

如今的米娅正在追逐发型师梦想的路上乘风破浪。

电影中的霍莉有一只小猫，现实中的米娅有一只爱犬。和《蒂芙尼的早餐》里的女主角霍莉一样，米娅也没能拥有一件蒂芙尼，但这并不影响她享受在蒂芙尼橱窗前做梦的感觉。

经历了失败的婚姻，米娅仍然相信爱情。她曾经渴望嫁得好，现在她希望通过努力自己主宰人生，盼着像霍莉一样，收获一份属于自己的真爱。她说："一直都努力，永远有希望。这里是纽约，我又回到了梦开始的地方！"

看着纽约街头的米娅自信的笑脸，我仿佛看见盛夏的窗外朱缨花绽放，脉脉抽丹，纤纤铺翠，像燃烧的火焰，美丽惊艳。

喜欢那句话：心若不动，风又奈何。你若不伤，岁月无恙。

真实的纽约，不像电影里描述的那般神奇，当然也没有一些人想象中那般恐怖。国内一个朋友在微信里无不担忧地问我：纽约是不是天天都有暴力和凶杀案？

纽约是安全的。虽然犯罪率在疫情中有所上升，但总体上仍属于小概率事件。有着不同颜色的皮肤，多种语言和文化的碰撞，在这座移民城市里，绝大多数人为了梦想打拼，追求正义，热爱和平，纽约人是豪爽而良善的。他们是周老师，是玛丽，是莫妮，是玉婵夫妇，是沈先生，是拉瑞，是米娅……

他们是无数的你和我。

疫情之下的纽约人，总是元气满满。困难时期的小日子，也要热气腾腾。

📅 | 2020年8月6日

从前慢，现在更慢

01

八月的天空，渐渐褪去了七月的暑气。夏末初秋，老虎发威，午后闷热，夜半微凉。

纽约人正在经历经济大萧条下的煎熬。

韩国人金志兴在皇后区靠近北方大道的地方开了一家五金杂货小店。大流行之前生意尚可。后来关闭了近3个月，重开之后生意一落千丈。他遣散了几个雇员，身兼司机，收银，清洁，仓库保管于一身，每天早出晚归，然而顾客寥寥，难以为继。无奈之下，决定退租关店。

上月底，在中国城经营一家小型贸易公司的晓玥关门歇业了。她清理了账目，比平时多发了一些薪水给员工。其中一个老员工离开时对她说，谢谢老板，疫情期间，大家都不容易。那一刻，晓玥强忍住在眼眶里打转的眼泪。公司每况愈下，硬撑到上个月，连租金都支付不起了。

宅在家里坐吃山空也不行。正好晓玥家附近的小超市急招收银员。只犹豫了一秒钟，她便决定去超市打工。晓玥说，生活很现实，现在是困难时期，有事情做、有收入就好。

像金志兴和晓玥这样关门倒闭的小企业主并不在少数。他们已经用尽了联邦和地方的援助，在数月的收入锐减后，仍然看不到尽头。现在，纽约许多商店和餐馆都关门了。

事实上，纽约三分之一的小企业可能永远消失。自3月1日以来，纽约市已有超过2,800家企业永久关闭，比任何其他美国大城市都要多。

大约一半关闭的小企业在曼哈顿。那里的办公楼空置，许多富裕的居民已经离开他们的居所，去了郊外或者外州的第二套住房。纽约疫情爆发后，游客也远离了这座城市。

咖啡店，干洗店，五金店，杂货店……这些服务于社区并给纽约带来生机活力的小企业，在这魔幻的2020，仿佛一夜之间消失了。

曾经车喧嚣流光溢彩的曼哈顿，已经不复往日的辉煌。门市店铺租金暴跌至$688/sq.ft,较一年前下降了11.3%，是自2011年以来首次跌破700美元。

随着纽约最昂贵购物区的租户流失，中心商业区的房租也像自由落体，直线下跌。

曼哈顿16个主要零售走廊的平均租金连续第11个季度下降，第二季度降至每平方英尺688美元。

02

热带风暴"伊萨亚斯"于美东时间8月4日午后开始肆虐纽约地区。

飓风裹挟着暴雨，夹带着哈德逊河水的咸涩，猛烈地敲打着窗。

老天发飙，后院一片狼藉。刚结了果子的蔬菜藤蔓被吹翻，木制花架被风刮倒，打烂的花盆破碎一地。

门口大树上的鸟巢风雨飘摇，隔壁邻居家的树被拦腰砍断，附近还有一些大树被风吹倒压在屋顶上，损坏了房屋。社区里警车鸣笛，夹杂着救护车刺耳的嚣叫。

朋友老胥家门口的一棵大树被飓风连根拔起，砸坏了停在路边的汽车。曼丽

老师家后院的大树倒下来砸坏了屋顶。

这场飓风给大纽约地区带来的破坏，暂时还无法统计。我的印象中，这是近5年里最严重的一次。

"杯具"的还有这篇文稿。没来及保存，写着写着突然断电！屏幕黑漆漆，大脑白茫茫……

断电就算了，居然网也断了！我们才发现汽车忘了加油，充电宝早就没电，煤气打不着火，夜里热得睡不着觉，电脑已经打不开，手机上重写找不到感觉。还有，冰箱里的鱼啊肉啊要发臭了……一场飓风让生活乱了套。

断电断网，然后恢复正常，隔天又断电断网，然后又恢复正常……我都快得神经病了。

不过这次的伊萨亚斯飓风跟2012年秋天的桑迪飓风相比，算是小巫见大巫。当年那场飓风横扫美国东海岸，纽约和新泽西成为重灾区。停电断水，通讯中断，800万居民断网断电，113人死亡，飓风毁坏大量房屋和建筑，数十万人无家可归。

虽然入了秋，可是气温还挺高。比天气更热的，是45天后，微信即将被封的新闻热度。不过这件事已经在慢慢消化了。华人社区各个生活服务群的群主连夜应对，在比较了Facebook，Twitter,WhatsApp，Line之后，最后决定组建Telegram，把大家团到了一起。你看，办法总比困难多啊。

随后又有各种辟谣的消息出来了，说是微信作为通讯交流工具不会被封，只是不能进行任何交易，不过具体细则还没出台。

微信是生活在美国的华人华侨留学生与国内亲友联系的主要途径。虽然不是唯一途径，但它的方便高效受到大家喜爱。截至2018年，美国大约有450万华裔美国人。如果禁用微信，将会有数百万华人生活受到影响。

我的上海朋友发了一张图片给我，是一只信鸽翱翔蓝天的画面。他说，以后和美国朋友联系，全靠它了……嗯，不愧是参加过地下斗争的老同志。可是，信鸽能飞过太平洋吗?

2020还真是妖，反正没几个月了。如果真有一天大家都失联了，那就用最原始的办法，打长途电话或者写信吧。

下午发呆时，想起木心先生的《从前慢》：从前的日色变得慢/车，马，邮件都慢/一生只够爱一个人……

从前慢，可是疫情下的生活更慢啊。天天躲在家里，吃吃吃，睡睡睡，写写写。

昨天闺蜜给我支招了。她说9月20日你那里微信真不能用的话，为防失联，最好的解决办法就是……过了两小时，她回复我两个字：回国。

我被她气笑了！把翻白眼的表情包发了一堆给她。

生活偶有飓风，日子七零八碎。我们没时间抱怨，来不及哀伤，更不能崩溃。只能默默捡起一地鸡毛，收拾残局。

📇 | 2020年8月21日

艰辛的中美越洋飞行

01

闺蜜8月16日从印第安纳州飞到纽瓦克机场之后，遇到了麻烦。因为没做核酸检测，被拒绝登机。之前我一直以为她这趟行程是先飞到肯尼迪机场。等她在纽瓦克机场带着哭腔与我通电话时，我才知道她要乘坐的航班已经飞走，只有她和另一名中国留学生被留在机场了。

闺蜜这张机票是六月初买的，2千多刀，疫情期间这个价钱不贵，但也不能算便宜。她去年底赴美探亲旅游，原本计划今年三月下旬回国。因为美国疫情蔓延，她的机票被航空公司一次次取消。

好不容易熬到8月中旬，准备返程。却因为没有核酸检测报告，不让登机。而做核酸检测的规定是埃塞俄比亚航空公司最近刚刚决定的。这让闺蜜措手不及。这之前，她一直关注回国的各种规定，得到的消息是埃塞俄比亚航空公司从8月24日之后，才开始要求乘客出示核酸检测报告。所以，她只是连续填报了超过14天的国际健康码。

交涉无果。埃塞俄比亚航空公司承认没有尽到通知乘客的责任，但只同意调换一周后的机票。当晚，闺蜜只好在机场旁边找了一家酒店住了下来。

该到哪里去做核酸检测呢？航空公司说任何一家私人诊所都可以。并且给了她一张名片，推荐去那里做核酸检测。我让闺蜜把名片拍照发过来，一看，是纽约布鲁克林一家私人诊所。

我们17号一早打了电话过去咨询，对方一个男士接听，说如果不是本地居民，只要交钱，就可以做。核酸检测费100刀，门诊费100刀。总费用大概在200至300刀之间吧。但是……男士说：今天别过来！今天没有检测盒。让你朋友明天来吧，明天才有检测盒。

当务之急是做检测！因为需要五天之内的核酸检测报告阴性才能登机。

与闺蜜同行的一名留学生赶紧在网上查了两家距离酒店不远的地方可以做核酸检测。有一家CVS药房是免费做的，另一家私人诊所只收费50刀。他俩急匆匆赶过去做了。闺蜜说，来个双保险！只要能登机，不管哪一家的检测结果先出来都行。

和闺蜜一样，8月16日那天没登上飞机的，还有另外120名前往中国的乘客，他们被美联航拒载，滞留在纽瓦克机场。

UA79是美联航从纽瓦克机场到东京成田机场的定期航班。这120名中国乘客准备搭乘这个航班在成田机场过境，然后去福州和杭州。

因为机组人员安排失误，UA79航班延误了3个小时。这意味着受影响的乘客将错过他们从日本成田机场进入中国的航班。而日本是否允许中国旅客通宵过境尚不确定，因此美联航决定拒绝这批乘客登机。

由于日本严格的隔离规定，禁止过去14天内一直在美国的任何非日本旅客入境。美联航一位发言人说，不想冒日本拒绝旅客的风险。从成田机场到福州和杭州之间每天只有一两个航班。日本是否会接受长达24小时的滞留旅客，这令人怀疑。如果被日本拒绝入境，美联航还将负责把这批旅客送回美国。

但是，这确实给滞留在纽瓦克机场的一百多名乘客带来了焦虑和麻烦。

飞往中国的航班，座位非常宝贵。许多乘客已经等了几个月才买到合适的机票。他们从美国各地赶来，有些人回中国后不再返美，房子已经退租。有些人拖家带口行动不便。还有些人的签证快过期了……

美联航表示将努力解决问题，对于给乘客带来的不便深感抱歉。他们会积极安排，使滞留旅客尽快回家。

02

18号下午闺蜜打电话给我，告诉我一个好消息一个坏消息。

好消息是CVS的核酸检测结果出来了！她和同行的留学生检测结果都是阴性。坏消息是他们刚刚又去了机场，想换20号的机票，从埃塞俄比亚转机飞广州，这样可以早点飞，可惜没有座位了。只能继续住酒店，等到23号星期天才有飞机，是从埃塞俄比亚转机飞上海的航班。

因为没做核酸检测，回国行程耽误了好几天！唉，疫情之下回国千辛万苦，除了拼钱拼体力，还要比运气比细心。

我周边认识的朋友里，像闺蜜这样飞埃塞俄比亚再转机回国的并不多。反倒是选择先飞韩国，再从仁川机场转机回国的华人和留学生有不少。

但最近从韩国转机有新规出台：自2020年8月24日起，韩国赴华航班的中、外籍乘客，必须凭5日（120小时）内新冠病毒核酸检测（PCR）阴性证明登机。

如果是中国公民，自第三国经韩国中转飞中国，需要在登机前5日内，在出发国完成核酸检测，取得核酸检测阴性证明后，通过防疫健康码国际版微信小程序拍照上传，由中国驻该国使领馆复核通过后，当事人凭有效带"HS"标识的绿色健康码中转乘机。乘机时要随身携带检测证明原件备查。

总之，现在回国要做的功课越来越多，流程也愈发复杂。

我的邻居琳达一家买的是8月24日的机票，行程是从纽瓦克飞德国，再从德国转机飞成都。因为有闺蜜的前车之鉴，我连发三条微信，让她算好时间，一家人抓紧去做核酸检测。

之前数月，琳达也是经历了买票被取消，再买再被取消的过程。暑假期间，机票更加紧张，在网上刷不到合适的机票。后来琳达委托一个机票代理，买到了三张回国机票，每张3万多人民币，一共花费10万元。

她说，5月份就打算回国，可是太难了！因为机票不确定，归期就不确定，她租住房子的时间也不能确定，只好短租。这几个月忙着买机票，搬家，租车还车，卖掉一些之前买的家具……过程简直要崩溃。

不知有多少像闺蜜和琳达这样，赴美探亲、旅游、访学、读书的中国人，因一场突如其来的疫情被困于此，由于各种原因无法顺利回国，只能望洋兴叹！

因为时局变化，因为疫情反复，因为一票难求，碾压了多少人的乡愁？

闺蜜在机场旁的酒店里苦苦等机票这几日，我忧心忡忡。昨天一条消息，让我略感欣慰。

美国交通部日前发布公告称，允许中国航空公司将往返美国的定期客运航班增加至每周8班，与中国民航局最近允许美国承运人执飞的航班总数相对等。

此前，中美两国航空公司每周各运营4班，共计8班往返；此次扩容后，中美往返航线数量将翻番，增加至每周16班。

联合航空表示，将从9月4日开始，将每周飞往旧金山的中国航班增加到4班。而达美航空（DAL.N）也表示从每周两次航班增至每周四次航班。从8月24日开始，达美航空将于周二增加从底特律和西雅图出发的每周一次航班，经首尔飞往上海。

美国交通部表示，美国政府仍然希望中国同意根据双边航空协定恢复美国的全部飞行权。如果中国允许增加航班，美国将以同样的方式回应。

如果中美按照协议全部恢复的话，两国之间每周运营可达100多次航班。

03

生活中有些事情让我们失望和感伤，也有一些事情让我们惊喜和感动。

圣安东尼奥市的一名住院的男子，在医院工作人员的帮助下，举行了一场特殊的婚礼，他面对穿着婚纱的新娘激动地说出了那句爱的誓言："我愿意"！

卡洛斯·穆尼兹和格蕾丝·莱曼原定于7月中旬结婚，因为穆尼兹不幸患病，他们的婚礼计划被搁置。这位准新郎在7月15日被送往圣安东尼奥市循道卫理医院治疗，并在该医院住院10天，直到病情恶化转入重症监护室。据医院工作人员说，在那里，穆尼兹被放置在ECMO机器上，医院对挽救他的生命做最后的努力。

护士马特·霍尔德里奇得知病人取消了结婚仪式后，就冒出了在医院举行婚礼的念头。因为照顾病人的情绪需求通常有助于身体康复。这名护士建议用一场婚礼来鼓舞新郎的士气，提升他战胜疾病的信心。

而当穆尼兹得知他的婚礼计划后，他的健康状况也开始好转。护士马特说，我们能够取下他的喂食管，他能够自己吃饭自己喝水……一切都越来越好。

为了准备那个重要的时刻，护士马特为自己和新郎购买了相配的燕尾礼服，并告诉穆尼兹，自己将是他的伴郎，穆尼兹欣喜地表示同意。

8月11日，这对幸福的新人戴着口罩，在病床前结为夫妻，他们的直系亲属

和曾帮助照顾过穆尼兹的医院工作人员参加了这场婚礼。婚礼上播放着甜美的婚礼乐曲，而护士则将咧着嘴笑的新郎推到医院走廊上，等待他美丽的新娘。

这是一个非常神奇的事件！典礼结束后，新娘感谢家人的支持和医院工作人员对患者的承诺。护士马特说，大流行期间，我们面临着许多艰难的时刻。婚礼意义重大，能够继续为我们的患者和社区而战，这是一个巨大的推动力。

新郎穆尼兹的健康状况也在不断改善。婚礼第二天，他第一次能够从床上转移到椅子上。后来，ECMO机器已经从穆尼兹身上取下。

治疗疾病没有神药。但是爱，却能点燃求生欲，重塑自信心。

曾经读过一个小故事，说是两个台湾观光团到日本伊豆半岛旅游。路况很坏，到处都是坑洞。一位导游连声说，路面像麻子一样，让大家受累了。而另一位导游却诗意盎然地对游客说：我们现在走的路，正是赫赫有名的伊豆迷人酒窝大道，请大家快乐地体验它的与众不同吧！

我喜欢那个诗情画意的导游。在事情无法逆转的情况下，一个好心态，真的很重要！

昨天接到闺蜜电话，报告了一个好消息：闺蜜顺利登机了！她和那个留学生（美东时间8月20日晚）飞埃塞俄比亚转机飞广州的机票，航空公司已经帮他们解决了！闺蜜激动地说，虽然一波三折，能成行就好啊！

求学难，就业难，回国难，抗疫难……每个人的世界，都藏着别人看不到的心酸。但无论情况怎样糟糕，我们做最坏的打算时，要朝着最好的方向努力。

坦然接受、积极面对、心里有爱、眼里有光，才能让我们在这纷乱而薄情的世界里，保持乐观和清醒，活出勇气和精彩。

| 2020年9月3日

那些掩于繁华都市里的
晨昏际遇

01

上周日，是撒布耶娜和丈夫结婚5周年的纪念日。她在脸书上分享了她的快乐和感动。

撒布耶娜来自南美，是我刚来纽约时认识的朋友。这个活泼靓丽的巴西女孩，四月初的时候和她的丈夫不幸先后感染了新冠病毒。

那时候正是纽约的至暗时刻，医院爆满，感染率和死亡率居高不下，情况非常

巴西女孩撒布耶娜和男友第一次去纽约旅行，情定终身

糟糕。撒布耶娜和丈夫立刻居家隔离，网上咨询医生，一步一步遵照医嘱开展自救。上帝保佑！半个月后，他们的身体状况开始好转。

撒布耶娜说：我们在纽约。一切都一样，一切又都不一样。7年前，热恋中的我们从圣保罗第一次去遥远的纽约旅行，没想到，这里后来成为我们的第一个家！往年的结婚纪念日，我们会去一个很酷的地方吃晚饭，然而今年，我们哪里都没去，因为最酷的地方就是我们纽约的家！我们在家烹饪了斯堪的纳维亚晚餐，很棒的晚餐，这真是一个难忘的结婚纪念日！

祝福撒布耶娜一家，祝福所有与病毒作战的人！

02

大流行期间，搬家公司的业务量增加了！由于不堪忍受纽约生活质量的下降，富有的曼哈顿人逃离这座城市的速度如此之快，以至于搬家公司几乎跟不上他们。

真的很疯狂！一个叫佩里的搬家公司老板说：我们有四辆自己的卡车，

但是有如此多的书需要搬，我们不得不借用U-Haul卡车。过去几个月中，交易量至少增长了70%！我们的客户都是从豪华建筑中搬走，有钱的曼哈顿人忙着离开纽约。

佩里表示，他们公司25%的客户正从纽约搬到康涅狄格州和宾夕法尼亚州，另外5%的客户搬家到纽约市的近郊，还有70%的客户搬到纽约州的其他地方，主要是长岛。

41岁的保险经纪比索格诺说，他正与妻子和2岁的女儿从曼哈顿的Murray Hill搬到Poughkeepsie北部。

28岁的约翰·罗梅罗是曼哈顿大都会歌剧院的长号演奏家，他说他正从纽约上西区搬到老家德克萨斯州。

这个玩音乐的年轻人说：我在纽约没什么事可做。我来自德克萨斯，那儿有家人和朋友。此外，教学是我事业的一部分，那里的人们很少惧怕病毒，更愿意走出家门学习音乐。

守护天使的创始人柯蒂斯·斯里瓦接受媒体采访时说，他目睹了一大批人从他住的西87街社区搬走。他说：当我从中央公园附近的街区出来时，有一辆搬家卡车。我问他们去哪里，他们回答说，去弗吉尼亚州！

有个女人带着哭腔告诉柯蒂斯：大流行袭击了我们，纽约现在的生活质量太差了。

据《纽约时报》报道，上个月纽约市郊区的房屋销售增长了44%，其中威彻斯特县的房屋销售增长了112%。同时，曼哈顿房地产销售下降了56%。

疫情下的纽约人，各有各的活法，各有各的故事。

救助病人的医护，维持治安的警察，研发疫苗的科学家，与新冠抗争的患者，逃离曼哈顿的富人，历经艰辛回国的华人，坚守岗位的普通人……

进入九月。后院春耕夏种的瓜果被小动物偷吃得差不多了，抓紧采摘了一些。当初被"伊萨亚斯"飓风毁坏的葡萄架散塌在地，有一些快成熟的葡萄也被压烂了。然而我们并没有放弃，一直小心翼翼地修剪维护。今天意外发现，上面竟然有一小部分残存的葡萄逆势生长，绿绿紫紫，晶莹透亮。

这些酸酸甜甜的小葡萄让我心生欢喜！厌难折冲，天道酬勤。我们无法留住时光，也无法预测未来。健康活着，平安知足，就是此刻最大的幸福。

📅 | 2020年9月9日

你想逃离的纽约，
也许正是别人的梦寐以求

01

　　刚刚过去的LaborDay（劳工节）长周末，大纽约地区笼罩着浓浓的节日氛围。隔壁西语裔邻居家又热闹起来了！在年轻人的嬉笑打闹声中，BBQ烤肉的香味袅袅缭绕，一丝丝飘进我家后院，让人垂涎。

　　在哥大医学院工作的玛丽去新泽西参加了一个小型Party。当年一起读医科大的老同学Suzanne约了玛丽一家，还有另外两个医生同事，一共4个家庭欢度假日。医生自律，有职业敏感，聚会前大家自觉检测过核酸，都是阴性。

　　从春天到夏天再到秋天，人们的神经一直紧绷着。如今全美疫情增速放缓，纽约州已经连续30天新增确诊率低于1%，这让大家感到久违的放松。

　　拌凉皮、盐水鸭、羊肉串、烤鱼、烤牛肉……中西结合的晚宴上，每家都表演了拿手菜。女主人多才多艺，唱歌、舞蹈、绘画让人赏心悦目。久未见面的老同学都很兴奋，如痴如醉的小提琴声加上曼妙的舞姿，一曲即兴表演的"大雁"，把湖畔夕阳下的乡愁，宣泄得深情而悠远。

　　这是一场幸福美好的相聚。后院种植的鲜花芬芳，香槟酒碰在一起发出的脆

响，还有不同口味的各色蛋糕……聚会中有3个朋友9月份过生日，这次一起庆祝了。

晚饭后，东道主的压轴大戏是燃放烟花。那些绽放在夜空中的璀璨和欢乐，让这个夜晚成为难忘的甜蜜记忆。

其实每逢长周末，都是美国人的狂欢假日。憋坏了的人们，这次来了个情绪大放纵。

劳工节的庆祝活动在各地如火如荼地进行，其中许多活动让包括福奇博士在内的健康专家担忧。他们敦促人们在享受周末假日的同时，继续保持距离，戴口罩并避免人群聚集。

长周末的聚餐很多，购物也不少。Peter大叔开车去纽约上州的公园散心，顺道去了一趟Woodbury。大半年没逛过Mall了，开春到现在，新衣服一件也没买。让他没想到的是，假日的午后，17号公路非常拥堵。

其实这几天的Woodbury，每天早晨都有不少市民等在自己心仪的店铺门口。这两天Nike减价，店门口排起了长队。

Peter大叔感叹，照这样的人气，纽约州的经济恢复有望啊！

02

过完LaborDay，意味着夏天真的结束了。九月的早晨有一丝微凉，穿着睡衣的尹先生泡了壶热茶，把冰箱里的鱼虾拿出来化冻，准备烧几个菜。

和那些一到长周末就喜欢去近郊或者外州度假的纽约人不同，尹先生从三月下旬开始就一直在家远程办公，这个假日也没出去。

尹先生看见鞋架上一双皮鞋已经落满了灰尘。几个月来，这双新买的皮鞋一直闲置着。他无不感慨地说：好久没穿了！以前过段时间就会换一双新皮鞋，买一条新领带，添一件新衬衣。今年这些都不需要了。

尹先生在曼哈顿的银行上班。以前的工作轨迹是一大早在街角处买杯咖啡，然后步行20分钟去单位。中午常去楼下的西餐厅吃午餐。下班后，尹先生常常约上几个朋友小聚，有时候去酒吧喝上一小杯。如今在家上班，这些都免了。

尹先生对在外面聚会持观望态度。听说前阵子年轻人去海边扎堆，有人感染了病毒，他更坚定了宅家的决心。自己可以网络办公，孩子可以网课上学，太太可以网购食物，宅家的日子，他重新审视了自己的生活，发现其实很多无用的社交是完全可以丢弃的。空闲时间不如多看看书，多陪陪家人。

卢先生的感受与尹先生相反。卢先生在曼哈顿经营一家商贸公司，做了十多年生意，平日里与合作单位或者国内来的客户见面吃饭，旅游购物，都是常态。卢先生认为纽约的魅力就是热情和喧哗。车水马龙，熙熙攘攘，繁华时尚是她的本色。他希望纽约赶紧热闹起来，有人气，经济就会好起来。

卢先生今年损失不小，上半年公司几乎没做几单生意。好在公司位于中城办公的两间屋是当初贷款买下的，如今已经供完。苦苦坚守的卢先生相信萧条是暂时的，纽约还是那个纽约。等疫情过后，一切都将恢复如初。

纽约的经济复苏还遥遥无期，然而愈发糟糕的居住环境却逼走了一批富人。住在上西区的丹尼尔没那个耐性，他不愿意再等了。

实际上两个月前，丹尼尔就举家搬离了纽约，去了新泽西的第二个家。那个曾经在他眼里偏远的House，当初买下来是偶尔度假用的，没想到这次成了他们一家的避难所。现在看来，还要长久住下去了。

03

丹尼尔住的上西区，是一个高尚住宅区，街区环境优美，周边有博物馆歌剧院，文化氛围浓厚。这里的几家酒店，比如Belleclaire，Lucerne，Belnord等，被用作Covid-19期间无家可归者的住所。上西区的这几家酒店是纽约市安置无家可归者的139家酒店中的3家，1万多Homeless从收容所住进上西区的高档酒店。

因为担心庇护所爆发疫情，纽约市向每个Homeless每晚支付175美元酒店钱，以安置他们。不过也有一些社区居民抱怨说，当地犯罪，暴力，毒品，卖淫和性犯罪有增加。

其至有人不讲卫生，在公共场所随地小便，光天化日之下脱衣做爱……

当地餐馆的老板有担心这样会影响生意，目前纽约餐馆还没有恢复堂吃，很多餐馆活命的方法是提供户外用餐。

有钱的纽约人大规模外逃，包括丹尼尔在内的一些纽约客表示，也许自己永远不会再回到这座城市了。

而在近日，宣布永久关闭的希尔顿酒店，又为压垮纽约旅游业添加了一根稻草。根据希尔顿向监管机构提交的文件，将从10月1日起关闭其在时代广场的478间客房的酒店。该文件称，由于COVID-19引发不可预见的商业环境，两百名员工将失业。

希尔顿位于西42街234号的44层酒店于2000年开业，地处寸土寸金的时代广场的黄金位置。

根据行业组织美国酒店住宿协会的一份报告，八月份酒店入住率仅为38％，远低于大多数酒店收支平衡所需的50％。而在这个劳动节的长周末，酒店预订量较2019年下降了65％。

除了上西区让人大跌眼镜的肮脏混乱，曼哈顿昔日的流光溢彩亦不复存在，金融区华尔街游人如织的景象已是回忆，位于布朗克斯的Yankee棒球场摇旗呐喊激动人心的场面也成了过去式。所有这些，都让纽约人的焦虑与日俱增。

04

想走就走？事实上，能够进退自如的纽约人并不多。因为工作、家庭、读书、交通，特别是经济收入等原因，更多的纽约中产和低收入人群只能默默在原地坚守，并努力改变现状。

法拉盛是纽约华人聚集的生活区域。最近纽约市交通局和捷运局的缅街改道计划"只允许公车直行不允许私家车通行"的方案，影响了一些华人，给大家上班，经商，就医，送孩子上学都带来了不便。好在亚裔不再做"哑裔"，他们走上街头示威游行，振臂高呼。

之前，亚裔也为声援纽约警察上街游行过。对于勤勤恳恳努力工作的亚裔来说，一个安全稳定的社区环境，是生活在这里最重要的保障。

戴琼斯在波士顿读完了Master，学会计的她很幸运地在纽约找到了一份工作。读书期间，她曾和同学来纽约玩过几次，感觉纽约充满活力，工作机会也多。如今，终于可以在心心念念的城市开启职场生涯的第一步，戴琼斯感到无比兴奋。

上个月，戴琼斯贷款在皇后区买了一个小公寓。受疫情影响，纽约公寓的价格下降很多，可挑选的范围也大，她把新家选在距离公司三站地铁的地方，天气好的话，可以步行上下班。相比逃离纽约的富人，戴琼斯的逆向思维令人刮目相看。

据统计，大流行期间所有的长途搬家，67%是离开纽约的人，33%是搬进纽约的人。

外面的人想进来，里面的人想出去。对于纽约的围城现象，竺先生说，信息时代，科技发达，能束缚我们的，根本不是一座城一套房一个饭碗，而是你的认知和习惯。

竺先生喜欢海纳百川的纽约，更喜欢无所畏惧的纽约。在纽约的大学工作了30年，他熟悉这里的一草一木。熟悉这座城市的狂欢和落寞，惊喜和伤悲。

工作之余，他去看纽约街头的涂鸦艺术，他去911纪念馆缅怀那些生命定格在2001年秋的亡灵，他在女儿的推荐下去百老汇看音乐剧，他在Easter那天参加帽子节游行，他和太太去纽约餐馆周享受烛光晚餐，他去中央公园拍摄国际马拉松赛，他去参观梅西百货的迎春花展……这个长周末，他和家人去了纽约上州的果园摘苹果。

纽约，是他生活的全部。

这些年，读书打拼，工作养娃，竺先生早已把这里当作自己的第二故乡。文明发达，安全高效，张弛有度，没有攀比，心也不累……这是他回到上海时，向国内的同学朋友介绍纽约时，最常说的话。

骚乱，飓风，失业……这大半年，纽约经历了艰难的时刻。疫情就像一个放大镜，引发了过去数十年隐藏在这座城市里的种种沉疴宿疾，种族矛盾加剧，社会撕裂，人心涣散。

竺先生说，问题暴露出来也好。承受过9·11灾难的纽约人自我修复能力极强。从长远看，疫情带来的困难是暂时的，我们努力做好自己，这座城市迟早会焕发新的光彩。

电影《北京人在纽约》中有句经典的台词：如果你爱他，就把他送到纽约去，因为那里是天堂。如果你恨他，就把他送到纽约去，因为那里是地狱。

纽约生活的感受，如人饮水，冷暖自知。晨起暮落，四季转换，每个人都是孤独的行者。相爱是几分钟的干柴烈火，相守却是一辈子的细水长流。你想逃离的纽约，也许正是别人的梦寐以求。

这一刻，我只想拥抱纽约。

📅 | 2020年10月17日

秋天的甜蜜

01

　　罗莎正在纽约大学读研，今年暑假没能回国。罗莎读的是统计学，她希望明年毕业后能有机会留在纽约。

　　罗莎的本科是在纽约市立大学读的。算起来，她已经在纽约生活了5年。国内的亲戚朋友都认为她的海外生活是"好山好水好寂寞"，可是罗莎却觉得自己的留学生涯是"好脏好乱好快活"。

　　读书之余，罗莎走遍了纽约的大街小巷。坐在破旧的地铁里看书打盹儿，逛五大道繁华商业街只为拍照，周末去时代广场看便宜电影，过年去林肯艺术中心看新春音乐会，她还常去格林威治村淘各种新奇的小摆设和艺术品。面对带有防火梯的老公寓时，罗莎感觉自己置身于美剧当中。

　　纽约拥有很多特色街道和时尚的建筑。罗莎对贯穿于城市学院和汉密尔顿高地的修道院大街情有独钟。红红的墙面，绿绿的大树，飘忽的云朵，厚重的历史，这些景观写满了故事，是修道院大街的灵魂。

　　罗莎的父母曾经来美国探望罗莎顺便游览了纽约。当年父母就住在近100年

修道院大街一角

历史的罗斯福酒店。最近，罗莎伤感地告诉父母，这家酒店因Covid-19关闭了。

作为纽约市的地标，罗斯福酒店是曼哈顿天际线的一部分，建筑高贵优雅，距离时代广场和中央车站仅几分钟路程。

和纽约的其他标志性建筑一样，罗斯福酒店于1924年开业，以美国前总统西奥多·罗斯福的名字命名，在许多好莱坞大片中充当背景场所。在《曼哈顿女仆》，《华尔街》等影片中，都可以看到它古朴靓丽的身影。

罗斯福酒店将不再是电影或历史时刻的见证。酒店一位发言人在声明中称，酒店的最后运营日期定于10月31日，将于今年永久关闭。大流行以及随之而来的业务下降，是公司停止运营的主要原因。

此前，纽约时代广场的希尔顿酒店、先驱广场的万豪国际酒店和W酒店，都宣布因疫情而关闭。

全美许多酒店苟延残喘。根据美国劳工统计局的数据，4月份美国休闲和酒店业失去了750万个工作。此外，美国酒店住宿协会的一项调查发现，如果该行业无法获得额外的联邦援助，美国74％的酒店表示将有更多的裁员。

生活充实紧张，又充满了遗憾和不确定性。罗莎多么盼望疫情快点过去，纽约这些古老的酒店建筑能够重新焕发新的活力。

这几年的留学生活，给了罗莎不一样的体验。如果说有那么一点遗憾的话，就是她还没有遇到心仪的对象。

走在飘满落叶的华盛顿大桥下，罗莎渴望着这个秋天，像不经意间瞥见一枚火焰色的枫叶那样，邂逅一个有着阳光般温暖笑容的男子。

02

秋天，是美东地区一年中最美的季节。天高云淡，金风送爽，橙黄橘绿，瓜熟蒂落，树叶染红了黄昏的街道，甜蜜的爱情也迎来了收获。

我的家庭医生于医生的女儿结婚了！

于医生的女儿女婿都是医生，为救助病人推迟了婚礼

这是一场迟到的婚礼。原本女儿结婚的日子定在初夏，没想到疫情席卷全美。女儿作为第二年住院医生，连续工作在罗德岛布朗大学附属医院的ICU，和同事们一起冒着生命危险救治病人。

进入十月，疫情缓和，女儿和相恋多年的男友终于戴上婚戒，迎接人生中最美好的那一刻。

特殊时期的婚礼很简单，只有双方父母参加。两个孩子安排两家父母到BlockIsland，一个安静美丽的小海岛度假。

大海，悬崖，灯塔，誓言，还有富有特色的小餐馆……没有拖地的白色婚纱，没有布满鲜花的殿堂，也没有亲朋好友觥筹交错的举杯盛宴，这场简单又隆重的婚礼却溢满了温馨和甜蜜！

说起女儿女婿的从医之路，于医生感慨万分。两个孩子经历了6年相爱相守的时光，他们在医学院和住院医期间共同努力学习，在病毒大爆发期间又一起经历了最危险的时刻，在治病救人的一线战场，他们交出了一份满分的答卷。

于医生说，女儿女婿彼此深爱，医者仁心，真诚无私。作为父母，衷心祝福他们百年琴瑟，爱情永恒！

我想，若干年后，疫情下的英勇无畏，小岛上的难忘婚礼，将会成为这对亲密爱人、白衣天使一生中最珍贵的回忆。

03

丹桂飘香，喜讯连连。

我们社区的女孩MiKi前些日子兴奋地告诉我，她的妈妈结婚啦！在她分享的照片中，妈妈穿着靓丽的中式旗袍和继父一起切蛋糕，笑容里洋溢着幸福。

MiKi的妈妈性格开朗，勇于追求幸福。婚后，妈妈参加了专业技能培训，争取考个license，在纽约找份工作。

MiKi说，继父是做建筑工程的，平时工作非常辛苦，但是继父为人厚道，性格随和，对妈妈和孩子都照顾的很好。

MiKi的性格像妈妈，积极努力不服输，对待生活有热情。在经历了疫情和失业之后，作为一个有着4年工作经验的建筑灯光

MiKi的妈妈结婚啦

设计师，MiKi在纽约找到了新工作，薪酬待遇比之前的公司还好。

好事成双。这个秋天，她也收获了一份属于自己的爱情。

MiKi的男朋友是搞产品设计的，有自己的公司和网站，已经经营了五年。他设计了一款帮助人们安静和冥想，安抚纷乱心绪的产品，让处于焦虑中的人们找到生活中的平衡点。此外，男友还做一些Artshow，在纽约展出他的作品。

疫情之下，公司在研发新产品和打开市场方面花费了许多精力。MiKi有时也帮着男友一起修改设计方案，同甘共苦的爱情，让人羡慕不已。

工作之余，MiKi和男友经常去纽约近郊的小镇钓鱼捕蟹。戴着自己设计的口罩，站在秋风里的MiKi和男友眼含笑意，景色柔美，画面温馨，满屏的惬意与满足。

王家卫导演的电影《重庆森林》是我喜欢的一部文艺片，描写了万花筒般的都市生活，快餐式的爱情，人与人之间的微妙关系。"森林"扑朔迷离，却又天然纯净，隐喻着人们对返璞归真的渴望。

里面有一段经典的台词：

不知道从什么时候开始，在每个东西上面都有一个日子，秋刀鱼会过期，肉酱也会过期，连保鲜纸都会过期。我开始怀疑，在这个世界上，还有什么东西是不会过期的？

是的，这个世界上的很多东西都会过期。可是，艺术不会，信仰不会，善良不会，道义不会，付出不会，我们对生活的温情和热爱，永远不会过期。

长久未出远门，心情有些压抑。虽然疫情此起彼伏，连绵不绝，让人沮丧，但是大纽约地区的秋色，却在悄无声息中，红红黄黄地绽放了。

花开花落，四季流转。大自然总是以她的万种风情，让我们对未来心驰神往，满怀希望。

| 2020年11月3日

瓜众日记，写在大选日

01

　　今天，美国大选已经到了赤膊上阵，一决胜负的最后时刻。凌晨2点，国内一个朋友发微信问我：你预测谁会当选啊？

　　作为一枚吃瓜群众，我还真不敢预测。实话实说吧，这两个老头儿我都不喜欢。4年前，川普vs希拉里，我是有选择的，还极力游说家人和朋友投票。

这次川普vs拜登，我保持沉默。看着Ben把选票郑重其事地投入到路口的选票箱里，我问都没问，因为我压根儿就不想知道他选了谁。

　　Ellen早锻炼的时候，跑步去了设在社区中心的投票站。疫情期间，投票站里准备了消毒湿纸巾和洗手液，要求选民佩戴口罩并保持安全距离。

Ellen说，生活在大纽约地区的蓝州，是民主党的天下，她的这一票也许根本无力改变什么。但是，作为一个华裔，不能不发声，不能做哑裔，一定要去参加投票选举，行使公民的权力。

华裔中有选川普的，也有选拜登的，即便是政见不同，在美华人也一定要更加团结，把对华人的歧视和伤害降到最低。

邻居詹妮弗是华一代，于20世纪80年代中期赴美留学。她很怀念曾经的美国，那个自由民主，博爱创新，又有着传统精神和规则秩序的美国。

詹妮弗说，她反对用中产阶级辛辛苦苦赚来的钱去养活那些不劳而获的人，培养懒人甚至罪犯。但无论怎样，每个人都应该尊重大选的结果。其实在她内心深处，就是不想后代们长大以后，美国变成完全不同的美国。

因为疫情，今年大选有很多选票是通过邮寄的方式。如果今晚大选结果能出来，必须是某候选人从538个选举人票中，首先获得了270张选票。

不知这次大选的结果，将使美国重新回归传统价值，还是在撕裂的道路上越走越远？

爱你所爱，选你所选，遵从内心，无问西东。

02

上个周末，我们把后院的花盆一只只搬进屋里。

美东地区的冬天总是来得比较早，如果你忽视这里夜里降温到零度的冷，第二天便会发现那些花儿已经被冻得奄奄一息，后悔得直跺脚。

当我刷着微信，读着上海闺蜜分享她和她老公分别穿着短裤长裙和衬衫牛仔逛徐家汇的点点滴滴时，纽约上州的天空，已经飘起了大片的雪花。

Ben的老同学发来了雪景照片。这个老同学在Albany一家综合医院做麻醉科医生，家就住在纽约州府边上。

我们3年前曾去Albany玩过，老同学陪我们游览了这座美丽的城市。那里有令人惊叹的博物馆，半个巨型鸭蛋状的艺术馆，伫立着原始雕像的华盛顿公园，

以及充满历史感的古老建筑……给我留下了深刻的印象。

在麦迪逊大道上溜达一圈，去别具特色的樱桃山走一走。累了，去品尝一下当地的比萨饼，做法传统，价格实惠，真是美味。

只去过一次Albany，就喜欢上了那里。

在纽约州立大学工作的顾军教授也住在Albany，不过我们从未谋面。

我和顾教授相识于纽约华人微信群。群主凯文是我的江苏老乡，在纽约的旅游产业做得很大，不过今年因为疫情，旅游业酒店业都遭受了重创，凯文的公司损失不小。

凯文向我介绍顾教授时说，顾军是个有故事的人，你去采访他，一定会有很多东西可写。

事实上，顾军教授不仅是一个有故事的人，更是一个有爱心的人。

他在纽约疫情最严重的时候组织捐款捐口罩；他把国内亲友寄来的口罩分发给纽约一线工作人员，赠送给社区和学校；他给海外留学生做医学讲座和防疫指导；他促成纽约州和上海两地的医生在网上交流针对新冠病毒的防治和医院管理方面的视频报告……

顾教授和太太还培养了两个优秀的儿子。独立自律，善良友爱，两个孩子从名校毕业后，靠自己努力打拼，如今都在金融领域工作。

有一次在微信里和顾教授聊天，他说起他和美国母亲的故事。

17年前，顾教授刚到美国时结识的好友Jim，因心脏病突发离世。在Jim的葬礼上，顾教授安慰Jim伤心欲绝的老母亲Melinda：从今天开始，我和我太太就是您的儿子和女儿了。

顾教授是这么说的，也是这么做的。17年的彼此信任和真诚相处，Melinda走进顾教授的生活，成了他的美国母亲，孩子们的美国祖母。

顾教授感慨地说：这些年来，我和太太每一次的进步、孩子们每一阶段的成长，都有Melinda的支持、鼓励与庆贺。小到一粥一饭的嘘寒问暖，大到节假日一起Party共同出游，日常生活中我们就如同真正的一家人，中美文化在这个大家庭中得到尊重，理解和贯通。

顾教授是上海人。2007年回国时，他应邀到上海外语频道做嘉宾，出镜的整套西装就是Melinda为他精心挑选的。

顾教授回忆说，当初埋头在实验室工作的他，对当地文化的了解非常有限，是他的美国母亲为他带来更多精神层面的分享，手把手教他们一家人快速融入美国社会和生活。

特殊时期，美国母亲Melinda表现得特别坚强。她自己去超

顾教授和两个儿子常去探望Melinda（左1）

市购物，外出做好防护，纽约疫情好转后，Melinda约顾教授一家到当地餐馆吃饭……美国母亲事无巨细，就像关心自己孩子一样给予顾教授各种嘱咐和祝福，成为他精神上的强大支撑。

17年来，顾教授也像对待自己亲生父母一样，照顾关爱着Melinda。他说，中美民间的友谊和爱，可以融化任何困难和障碍。在美华人作为桥梁和纽带，不断改善两国关系，促进友好进步，才能迎来风雨后的暖阳。

回国，抗疫，中美关系……大选之后，一切都将变得更加艰难和微妙。

大选结果即将出炉，人们开始有所戒备。有商家唯恐大选日后，将出现示威游行和暴力行为，已经封了商铺的门。纽约很多精品店在玻璃橱窗上安装了厚厚的木板。有些饭店准备暂时歇业几日。住在曼哈顿的朋友David说，为防骚乱，家里囤了米面粮油，反正在家办公，最近不外出了。

11月1日起，美国进入冬令时。下了两场雨，美丽的秋叶飘落一地。今天终于放晴，太阳出来啦。

大选终将只有一个结果。无论这个结果是谁，总会有人不满意，有人欢喜有人愁。而美利坚真正的风雨和考验，将从大选日拉开序幕。

期盼一个和平美好的未来！

📅 | 2020年12月17日

此心安处是吾乡

01

这个冬天，对宇歌来说是不寻常的。

她在纽约做了多年的麻醉医生。平日里，她绘画，跳舞，摄影，但是从没想过有一天能跟电影扯上关系。

可就在最近，她成为由罗伯特·德尼罗，汤米·李·琼斯和摩根·费里曼主演的

宇歌每天都挤出时间绘画

电影《Thecomebacktrail》的电影监制和制片人。这三位演员都是国际大牌，曾经的奥斯卡奖获得者。

对艺术的渴望和追求，在宇歌的童年就埋下了种子。只是，那个时候没有合适的土壤让它发芽。

宇歌至今不愿意回顾自

己的童年，每每夜深人静的时候翻看老照片，她会无法抑制地泪流满面。她出生在沈阳的一个高级知识分子家庭，父亲是国家干部，母亲是医生。与生俱来就痴迷绘画的宇歌，曾经的理想是成为一名画家。

十年浩劫中，父亲被打成反动派，全家流放到偏远的山村接受贫下中农再教

宇歌在电影拍摄现场

育……终于等到拨乱反正，恢复她父亲的名誉时，父亲已经长眠不醒，永远离开了她们。那一年，宇歌13岁。

宇歌16岁那年考上中国医科大学，毕业后成为一名医生。1988年，怀揣医学梦想的她，被美国Wisconsin大学Madison分校录取，攻读营养和肿瘤学博士学位。克服了水土不服和语言难关，宇歌用三年半时间完成了博士学位，先后在科学杂志上发表了11篇有关抗氧化和心血管病方面的文章。

博士毕业后，宇歌就职于纽约医学院，曼哈顿大都市医院，成为麻醉科助理教授和主治医生。她还培训医学院的学生和住院医师，并成为他们喜爱的导师。

再后来，宇歌创办了一家独立执照的麻醉师公司，服务区覆盖整个纽约州。因为管理和服务质量上乘，公司业务迅速增长。

追求梦想，总是要付出代价。在职业生涯中的打拼和付出，使得宇歌错过了成为母亲的最佳时机。但是看着自己指导的学生成为优秀的麻醉医生，看着自己创办的公司蒸蒸日上，她又不觉得遗憾了。空闲的时候，宇歌跳舞，绘画，还做艺术品收藏。下一步是学习表演，宇歌将在电影里出演一个角色。

此外，她还将与Kenneth·Simmons合作一部纪录片：《TheRise-Americas Unsung Heros》。

医生，舞者，画家，收藏家，制片人……生命有限，但是对美好的追求无限。距离自己童年的梦想愈来愈近的宇歌，终于活成自己想要的样子。

02

寒来暑往。这一年对于乔伊来说，也是具有特别意义的一年。

大流行之前，乔伊在曼哈顿的一个乐队上班，做着她热爱的演奏工作。她的生活圈子很固定，总是从自己租住的地方到乐队训练场，或者去朋友的公寓。午夜时分，她才回家睡觉。

三月份纽约爆发疫情后，在母亲的担忧和劝说下，乔伊回到德克萨斯州奥斯汀的妈妈家里，整个春天她都住在那里。

乔伊的家人都认为她应该留在德克萨斯州。他们说，纽约已经是一座鬼城，如果你回去，一定会感到寂寞。但是乔伊还是执意在夏天回到了纽约。为了让乔伊租住的小屋看起来温馨有生机，妈妈寄了七株绿色的植物给她。

乔伊说：当我再次回到纽约，一切都变得和以前不同了，我的许多老朋友都因为Covid-19搬出了纽约。因为疫情，我只能在家工作，尝试认识一些新朋友。

成千上万的企业倒闭，荒无人烟的街道，不断上升的死亡数字……乔伊看着这座城市在大流行中的艰难挣扎，对自己的人生有了更多的思考。事实上，纽约这座城市让乔伊变得更有韧性。

以前因为忙忙碌碌，乔伊并没有花太多时间去了解与她住在一起的人。这次重返纽约，她有了两个新室友，相处几个月，大家就像一家人。她们在客厅玩电子游戏，看电影和跳舞，把平凡寂寞的日子变得有趣和多彩。

乔伊鼓起勇气与大楼里的其他人交谈，在每一层楼都结交了朋友。他们在后院或者屋顶见面和聊天。新朋友中有些人来自纽约，更多的则来自世界各地。

她将卧室打造得更舒

这一年的经历，让乔伊成长和成熟

适，装饰了花卉张贴了照片。她还开始吃更健康的食物，定期锻炼身体，演奏音乐，保持着积极向上的精神状态。

回到纽约后的乔伊意识到，即使在艰难时期，这里也是她的家，因为她的梦想和爱都在这里。

纽约的生活经历让她找到存在感，也使她更充

乔伊和新结识的朋友在楼顶聊天

实和快乐。乔伊说，这座城市充满了活力。不论天气怎样，疫情怎样，纽约人很乐观也很坚强，现在人人都戴着口罩上街，我感到很安全。

这一年，乔伊终于从一个遇事就往妈妈家跑的小姑娘，成长为一个独自打拼从容自若的纽约客。

她说：过程中有痛苦，但更多的是收获。重要的是，我终于明白自己想要的是什么了。

03

从疫情爆发到现在，伊人从未离开过纽约一天。

热爱读书，热爱时尚，在纽约生活多年的伊人早已把这里当作自己的第二故乡。她常去看秀，喜欢逛街和购物。

宅家的日子，她阅读了大量英文原著，闲时做手工剪纸，也做义工，网上辅导在美国出生长大的小朋友学习中文。

伊人说，一些富人搬家离开了纽约，但是很多老百姓无法选择离开。其实住到城外的成本也不低，而且习惯了纽约生活的人不舍得离开这里。

伊人认为疫情对这座城市的冲击不小，但这种打击并不是毁灭性的。如今一

伊人在曼哈顿第六大道　　　　　　　　　　　　伊人镜头下的美女

线医护人员已经开打疫苗，相信再过几个月，全美的疫情都能慢慢控制住。

热心的伊人为我写稿拍摄了许多照片。她还在朋友圈分享了许多美好的瞬间：镜头前摆Pose的美女，坐在街角的椅子上闭目养神晒太阳的大妈，戴着口罩踩着满地落叶散步的纽约市民……

在那些艰难的日子里，伊人擅长用手机捕捉温情和安慰。这里有她的家，有相伴的爱人，有熟悉的烟火气。无论是9·11，还是Covid-19大流行，伊人都能淡定面对，在困境中激发自己的潜能。

美东地区的强降雪12月16日下午4点如期而至。不一会儿时间，后院的草坪一片银白。预报说，雪的厚度将高达10至12英寸，而且会连下12小时或更久。

赶在暴雪天气之前，我们去附近的超市买了一些蔬菜，面粉和食用油。超市货架上生鲜蔬果、鱼虾肉类可挑选的种类很多，卫生防疫用品更是货源充足。

纽约市民对下雪天司空见惯，储存食物，给汽车加油，把花草挪到室内，检查家里的电源线路，开足暖气……公立学校雪天停课，疫情期间人们大多在家办公，城市运转井然有序，有条不紊。

宇歌说，纽约给了我艺术创作的灵感，让我重拾旧梦，第二次重生。乔伊说，即使纽约再次跌入黑暗，我也选择留在这里。伊人说，纽约是一座开放包容的城市，既能创造奇迹又适合草根生存。

是啊，对一座城市来说，每个人都是匆匆的过客。我们短暂的一生也许平淡无奇，也许缤纷多彩，所有的修行都会留下印记。感恩每一处遇见的风景，也祝福每一个擦肩的路人，更珍惜每一份不离不弃的深情。

此刻，站在窗前，看着漫天雪花飞舞，脑海中冒出乔伊说的一句话：Home，it turns out，is where my plants are。

此心安处是吾乡。

📅 | 2021年7月16日

"纽漂"的故事

汤姆版的"人在纽约"

这个夏天，对于汤姆一家来说，双喜临门，意义非凡。

儿子四年寒窗落幕，从著名大学毕业即将开启新的人生旅程。女儿就职于华尔街一家投行。由于工作出色，这几年不断晋级，前不久晋升了投行VP。

在美国出生长大的一对儿女，学业有成，成熟懂事，让汤姆和太太欣慰欢喜。于是全家出动，从纽约出发跨州旅行，去参加儿子的大学毕业典礼。

虽然途中天气多变，大雨滂沱，可是到了儿子的学校，雨停云散，碧空如洗，彩旗飘扬，掌声雷动，学子欢腾。师生们都打了疫苗，今年的毕业典礼不搞网络虚拟，恢复了传统庆典模式。

此次出行令汤姆心情大好，一扫这一年多来疫情带来的阴霾。

汤姆是我的老乡，来纽约打拼三十多年了。20世纪80年代末90年代初，拥有领先科技实力和强大创新能力的美国，让全世界的寻梦者趋之若鹜，许多人想尽一切办法走出国门，掀起了几波移民浪潮。

年轻的汤姆背着行囊，漂洋过海来到纽约。

汤姆比电视连续剧《北京人在纽约》里的主人公王启明赴美的时间还早几年。他曾在故事里阿春的餐馆打过工，当年剧组在纽约拍摄外景地时，他还帮摄制组开过车，接送演员，运送服装道具。

电视剧里，王启明和郭燕夫妇刚来纽约，住在东村一个不起眼的地下室。和电视剧里描写的情节差不多，初来乍到的汤姆，在纽约皇后区和众多自费留学生合租了一间简陋的小屋。

那时候大家挤在一起，舍友白天上学，晚上到时代广场帮游客画人物肖像，他们中有些人后来成为画家和音乐家……汤姆边读书边打工，虽然辛苦，但很快克服了水土不服，在纽约扎下根。

当初让无数电视观众唏嘘不已的东村破旧的地下室，曾经是陈凯歌、谭盾、李安、陈逸飞、冯小刚、顾长卫等一大批著名艺术家"纽漂"的落脚处，他们的梦想就在那里酝酿和启航，后来这些人都成为电影界和艺术界响当当的人物。

曾经的东村治安不好又脏又乱，如今的东村已经成为年轻人聚集的时尚街区，周边有各种书屋，鲜花店和咖啡馆。

汤姆告诉我，初来纽约，打

过餐馆，送过外卖，做过服装，食品进口……他还在"时报广场"附近一家日资企业工作过，后来这家日企衰败倒闭了。失业后的汤姆凭借这些年学到的知识和技能，加上吃苦耐劳的精神，瞅准机会，1995年，自己创办了一家文化旅游公司。

踏实肯干，勤勉厚道，汤姆的公司做得有声有色，为中美大企业提供个性化服务，办公地点设在寸土寸金的五大道。

然而天有不测风云，2001年9·11恐怖袭击、2003年SARS疫情、2008年金融危机都对公司产生了重大冲击。在汤姆苦心经营下，公司都坚强地挺了过来。

转眼到了2020年春天，新冠疫情席卷纽约，曼哈顿再无往昔的繁华。

经济萧条之下，餐饮业一蹶不振，旅游业更是备受打击。没有订单业务，还得支付房租。苦苦撑到去年下半年，汤姆撤掉了公司总部设在五大道的办公点。

虽然打拼的经历起起落落，和《北京人在纽约》的主人公王启明颇为相似，但故事毕竟是故事，很多故事的结局是丰润和圆满的，而现实生活往往是缺憾和骨感的。面对百年未遇的疫情，没有谁是一座孤岛，没有人可以独善其身。

汤姆希望等疫情过去，重振旗鼓。

回到纽约长岛的家中，汤姆并没闲着。热爱公益的他，为争取华人权益，参加了支持首位华裔竞选皇后区区长的活动。他分享疫苗接种的知识，增强大家打疫苗的信心。他利用人脉，旅游搭台文化唱戏，推动中美文化的交流。他身为几个海外微信群的群主，帮助刚刚赴美的学子融入美国生活，帮助中国公民寻找海外失联的亲人。

这些年因着做旅游和文化交流的便利，汤姆无数次去帝国大厦的观景台眺望曼哈顿惊艳的白昼和黑夜；去华尔街摸摸铜牛祈愿公司顺风顺水；去百老汇感受经典音乐剧的魅力；去时代广场跨年，看水晶球落下，看烟花漫天飞舞。

他接待过来自世界各地的文化团体和游客。对于很多人来说，流光溢彩，物欲纵横，喧闹拥挤，热情包容的纽约，只是一处风景，或者一个驿站。

但对于怀揣梦想背井离乡来纽约打拼的汤姆来说，纽约有他的奋斗与挣扎，有他的无助与彷徨，有他的喜悦与满足，有东西方文化冲击下的成长与成熟。

青春，爱情，事业，家庭……在这座爱恨交织的欲望都市里，汤姆演绎着自己的悲喜春秋。

纽约，有他为之奋斗的全部。

女文青的斑斓四季

一早接到朋友Christina的电话：等你打完第二针疫苗，来中央公园找我玩哦，你不知道，这里夏天的云彩有多美！

隔着手机屏幕，我感受着女文青的热情和浪漫。我的朋友圈里，一年四季风雨无阻，天天坚持去中央公园走路健身摄影发呆的，除了Christina，还真找不出第二个。

住在公园附近，守着得天独厚的自然环境，在这片四季分明的天然氧吧，她拍摄冰雪世界，释放着童话般晶莹剔透的美丽情怀；她拍摄盛开的樱花，记录粉樱装扮的春天灿若云霞；她是野生动物保护者，用镜头捕捉了那只罕见的雪鸮在时隔130年后再次造访中央公园的呆萌瞬间。

Christina走遍了中央公园的每一个清晨和日暮，享受着湖光潋滟、冰雕玉砌、绿树成荫、花海缠绵。

Central Park是纽约的绿肺，也是纽约客的乐园。不同肤色的人们在这里闲聊、野餐、跑步、遛狗、恋爱、街舞。

你能撞见骑着复古自行车的潮人、各种行为艺术、茱莉亚音乐学院学生的现场演奏……诗人、作家、画家、演员、名模等，也常常在这里被人们"偶遇"。

疫情之前，Christina常去林肯中心看剧，参加电影节。她去古根海姆博物馆，那些抽象的艺术品总是令她着迷。她多次游览大都会博物馆，对原始艺术、欧洲雕塑、中世纪绘画和埃及古董情有独钟。她带着自己的摄影作品去参加New

Museum艺术交流会，她喜欢新当代艺术博物馆为艺术家和热爱艺术的草根们搭建的展示平台。

这一年，她很少去逛街买新衣服，却用攒下的钱淘了一些艺术真迹。她参观了佳士德春拍大展，去欣赏梵高画作的神秘意境，探究作品背后的故事。她上网课，学习最新潮的科技艺术创作。她借助摄影、绘画的交流平台，传承和弘扬中华优秀传统文化。

体验了纽约的多元文化和开放包容，感受了历史和现代碰撞出的火花，欣赏了纽约艺术的饕餮盛宴，女文青却说：其实，纽约最动人的风景，是人。

纽约不代表美国，却是一个地球村，把全世界不同文化和肤色的人糅合在一起。纽约绝对不完美，但是她很神奇，再牛掰的人，来了纽约就淹没在浩瀚人才的海洋里；再平凡的人，只要肯努力，也能过上平静滋润的小日子。

美国独立日前夕，做了20年"纽约客"的Christina归化入籍了。

她说，纽约对于纽约客来说，是自由，是梦想，是痛苦，是追求，是过去，也是未来。无论你是白人、非裔、拉丁裔还是亚裔，无论你是富有还是贫穷……

来了，你就属于纽约。

纽约有八百多万人口，有各种版本的移民故事。"纽漂"并不都是励志小说，有成功和失败，有幸运和心酸。纽约客的经历天差地别，个中滋味，冷暖自知。这里没有天堂那么美好，也没有地狱那么可怕，纽约是所有纽约客的家园。

这两天下载了几首和纽约有关的歌。听到那首由Frank Sinatra演唱，爵士风格的"New York, New York"，立刻沦陷了。这是纽约最具有代表性的歌曲，也是电影《纽约，纽约》的主题曲。

I want to be a part of it, New York, New York ……If I can make it there, I'll make it anywhere。（我想成为它的一部分，就是纽约，纽约啊……如果在纽约我能成功，在世界上任何地方我都会成功。）

老旧的城市，崭新的开始，小人物带着梦想来到大都市，希望有一天功成名就……歌曲给了世人来纽约闯荡的无限遐想。

每一个锲而不舍的灵魂，都值得尊重。每一个追梦的纽约客，都值得点赞。

快乐的暑期，平和又热烈

回国和留美

阿杨是我上海朋友的儿子，已经在纽约完成了大学学业，准备8月16日回国。房子租到8月15日，二手车已经卖掉。

机票是在网上抢的。经济舱没抢到，商务舱也所剩不多，在父母的再三催促下，花了一万多美刀买了一张商务舱。

阿杨家是上海的普通中产，为了让孩子安全回国，这次也是拼了。美国疫情闹了一年半，父母的心一直悬着。阿杨去年没回国，机票难买，回家太难。今年终于毕业了，家里希望他尽快回去。

现在从纽约回上海，每周一和每周三可以乘坐东方航空的直飞航班。自从买了票，阿杨就天天盯着电脑，关注机票信息，想改签到更早飞的航班。还真被他逮到机会，改签到7月28日。然而7月下旬上海遭遇了台风暴雨，他在7月26日凌晨收到东航通知，说原定纽约肯尼迪至上海浦东的MU588航班取消了，改成MU9588航班，7月30日起飞。

7月28日早上，阿杨去了纽约中领馆指定的核酸检测机构之一王雨林诊所，在法拉盛41st Rd。双检测费用是300刀，如果加测"N蛋白"，要多花50刀。

诊所接受现金或者测试者本人的信用卡，刷别人的卡不行。诊所也接受测试前一天Venmo的二维码或者银行转账线上支付，届时出示一下支付凭证就ok。

为了降低回国路上的风险，阿杨6月份已经完成了Pfizer疫苗的两针接种，这将导致他的IgM抗体检测呈阳性。

其实，如果IgM抗体检测是阳性也不必慌乱，增加"N蛋白"检测，N蛋白是阴性的话，就说明IgM抗体阳性不是因为感染了新冠，而是接种了疫苗导致的。

阿杨先是采血，然后是鼻拭。过程中有工作人员帮忙拍照，还有一张照片是要求他举着护照首页在诊所门口拍摄。所有细节，工作人员都按照流程一一提醒，帮助完成，非常耐心周到。

28号晚上阿杨拿到了检测结果：核酸阴性，抗体阳性，"N蛋白"阴性。晚上10点，他通过微信"防疫健康码国际版"小程序，在注册好的个人账户里填写信息，紧接着上传照片和检测报告，以及接种疫苗声明书和"小白卡"等。

第二天上午10点，阿杨顺利拿到了绿码！母亲发微信告诉他，现在国内多个

城市出现了疫情，防疫形势有些严峻，能平安回来就好，至少一家人在一起。

那天阿杨去JFK机场，是他的同学Ethan开车送的。

与阿杨一心一意回国不同，Ethan选择留在美国。他去了之前在纽约实习的那家公司，成为一名文员。他想继续念书，学市场管理，申请了纽约的公立大学，学费便宜，距离上班的地方只有二站地铁，边工作边读研吧。

Ethan来自广东顺德，高中毕业后赴美读大学。他加州的伯伯，波士顿的姨

妈都是年轻时来美国打拼的第一代移民，他的堂兄和表妹都在美国出生长大。

Ethan说，如今的生活条件比长辈们当年来美国时好了太多。虽然这两年遭遇了疫情，但纽约毕竟是全球金融中心，未来还是令人期待的。

Ethan的父母很开明。关于回去还是留下，父母尊重Ethan的想法。他们对儿子说，回国发展也不错，现在顺德也很好。如果能读研，那就留下来吧，在纽约这个大熔炉，人生会有更多历练。

阿杨于7月31日晚上顺利回到上海。等到办完所有手续入住隔离酒店，已经是8月1日的凌晨两点。

快乐的暑期

大纽约地区的夏天，其实是很短的。几场大雨之后，夜晚已经有了寒意，

需要盖稍微厚一点的被子睡觉了。而窗外绿植茂盛，果实累累，满眼都是惊喜。

后院的冬瓜体型硕大，黄瓜和紫豆角也大获丰收，隔三岔五就能采摘一篮子。

只是可惜了那一个个碧绿色圆胖的番茄，未及收获，就被闯入后院的野鹿和上蹿下跳的小松鼠吃个精光。

小浣熊和臭鼬也常常光顾，它们最爱刨地，嗅觉灵敏，掘地三尺，总能把我埋在地里的剩鱼、烂虾、蛋壳、鸭肠等厨余垃圾肥料拖出来大快朵颐。

小动物们都是夜间作案，

让我们防不胜防。实在抢不过它们，索性让它们把果实偷去下肚，只要别糟蹋就行了。

也有光天化日大摇大摆的入侵者。纽约上州的居民，就曾经遭遇熊出没，一头黑熊来到后院觅食，幸好没有任何伤人的意图和举动，舔光了女主人摆放在地上的肉罐头，心满意足地离去了。

这个夏天我们收获了太多的黄瓜，除了送给周边邻居，干脆做了泡菜。

网红雪碧泡菜的做法，是在雪碧里加适量醋和白糖兑成汁，加入小米椒或者红尖椒，将黄瓜去皮切段腌制再沥干，放进泡菜水里泡一晚即可。酸酸甜甜，吃口很是脆爽。除了泡黄瓜，还可以泡辣椒，泡莴苣，泡萝卜。总之，比家门口韩国超市卖的瓶装泡菜好吃啊。

假期里，农夫很是勤劳，耕地施肥，不顾蚊叮虫咬，忙里忙外，常常挥汗如雨。农妇是个懒婆娘，只负责采摘和拍照，尝鲜和点评，甚是安逸满足。

这是激情洋溢的八月。动植物的世界，一片和谐静好。而经历了一年半疫情的纽约人，大部分都已经接种了疫苗，放下包袱和顾虑，工作的工作，休假的休假，出游的出游，带娃的带娃。

前些天，小夏和先生去参加了新泽西州热气球节。这是第38届热气球嘉年华，这个盛大的活动去年因为疫情而停办。

今年的活动热闹又精彩。上百只五彩缤纷的热气球，在湛蓝色的天空中惊艳亮相。情侣们早早就在网上订票，搭乘热气球，来一场浪漫的空中飘浮。

现场还有音乐和烟火，贩售各种精美有趣的手工艺品，食物摊位前更是香气四溢令人垂涎。热气球的世界，美好的盛夏时光，带给人们久违的放松和欢乐。

邻居克莱蒙夫妇带着孙子孙女去了佛州的奥兰多旅游。两个在纽约出生长大的孩子习惯了美东漫长的冬季和风雪。

这次出游可把娃们乐坏了，天天泡在水里玩儿。这里夏季漫长，温暖潮湿，一年之内有10个月都可以下水游泳。

风景如画的奥兰多拥有众多游乐园，这里就是孩子的天堂，也是年轻人度假的首选，更是老人们退休后养老的地方。

除了天天陪着两个孩子游泳，克莱蒙夫妇还计划和孩子们一起重游迪斯尼乐园。他们说：暑假嘛，就是童心大放纵，带娃找乐子，享受天伦。

英国作家毛姆的小说《月亮和六便士》写于100年前，是以法国后印象派大师保罗·高更为原型塑造的人物，探讨了生活和艺术之间的矛盾和牵扯。

六便士是当时英国货币最小的单位。有个朋友跟毛姆说，人们在仰望月亮时，常常忘了脚下的六便士。毛姆受这句话启发起了这个书名，有玩笑的意味。后来很多读者认为，月亮代表高高在上的理想，六便士则代表卑微骨感的现实。

美国货币的最小单位是1美分，物品的标价总喜欢拖个9毛9分的尾巴，比如$6.99，$19.99，$89.99……如果购物付现金，常常在找零时拿到1美分的硬币。我看见一些美国家庭主妇总是小心翼翼地把一美分放进口袋或者小钱袋里，下次付款时再拿出来使用。朋友送给10岁小女儿的生日礼物是一只小小的钱罐，让她把零钱硬币都储存在里面。

无论是养花种菜，还是旅行购物，不管是休闲健身，还是工作带娃，美国老百姓的生活实实在在，人们既要仰望星空追梦，也要脚踏实地打拼。

　　八月的风，卷起孩童的欢笑，裹挟青春的信念，拥抱中年的操守，舞动老人的慈怀。八月的社区，瓜果飘香，鲜花怒放，空气里嗅出了清甜。即便炙热，却蕴含祥和，承载着夏日的浮躁和美好。

　　虽然疫情的阴影还在，但生活仍然充满了希望，平和而热烈，温情而执着。

2021年8月25日

夏天的尾巴

飓风Henri

上个周末，我们待在家里，哪里都没敢去。因为天气预报说飓风Henri要从长岛登陆。

美国国家气象局称，Henri飓风引起强降雨，雨量在纽约地区将达到2至4英寸之间，强风的时速至少39英里。

为了应对恶劣天气，纽约市民早在几天前就去超市买了成箱的饮用水以及鸡蛋牛奶面包等食品。有经验的纽约客严阵以待，超市的卫生纸又被抢购一空。

有关部门建议居民尽量待在家中，并备好电池、手电筒等，以防停电。我的手机里，时不时跳出这样的预警信息：

小镇居民仍然把生活安排得井井有条，并没有因飓风而惊慌失措。因为很多人都经历过2012年的Sandy飓风，大家有心理准备。

Sandy飓风曾经重创纽约，给大纽约地区的居民留下伤感的记忆。当时市区部分地铁系统被淹，纽约市公共交通系统停运，航空公司取消了飞往东北部地区的数千个航班，百老汇和卡内基音乐厅的演出都取消了。住在纽约低洼地区的居民超过37万人撤离，110万学童放假一天，华尔街休市两天。

周日的早晨，小镇一片寂静。大家怀着忐忑的心情，等待着Henri飓风的到来。

华人社区的群主第一时间安抚大家不用紧张，因为风暴中心距离纽约比预测得更偏东，情况要比预期好很多。

小镇居民虚惊一场。Henri后来绕道纽约，改在罗德岛登陆，而且最终降级为热带风暴。但是，Henri带来的强降雨却刷新了历史纪录，打破了纽约市单日降雨纪录。

虽然Henri的破坏性没有原来预计的大，但还是造成美国东北部沿海地区超过12万户停电，部分路段积水、树木刮倒。纽约的布鲁克林、皇后区等地势较低的住宅也遭遇了雨水倒灌，部分居民室内被淹。涉及波士顿和新泽西航空枢纽的1000个航班被取消。

Henri过后第二天，朋友艾琳去曼哈顿上班了。她们办公大楼顶层有两间屋子因暴雨导致漏水，一些书籍被泡，少量设备受损。

艾琳调侃道：比起Sandy飓风横扫纽约时的凶猛，Henri风暴还算是温柔的。

狂风暴雨过后，空气清新，艳阳高照。

来到后院检查我们种的瓜果被打掉多少，欣喜地发现，那棵藏在大树下面的昙花，竟然结出了5个花骨朵！我只知她有绝世惊艳的闪现，却不知她还有迎风吐蕊的无畏。

这是一株被我们忽视很久的昙花，一直摆放在后院，任凭风吹雨打，只管野蛮生长。

自从暴雨后看到她第一眼，我在心底就有了期盼：希望她绽放的那一刻，夜风轻柔，月光皎洁。

湖畔风光

热带风暴就这么过去了，对小镇的影响微乎其微。

我们在一个稀松平常的黄昏，和朋友Marty夫妇一起驾车去了他们常去划船的公园。

公园名字叫OVERPECK COUNTY PARK，位于新泽西州。公园不大，却具备多种功能，可以烧烤、可以划船、也可以垂钓。

我们刚下车，就被空气中诱人的烤肉香味吸引了，原来是两个西语裔家庭正在举行Party，为两个年幼的孩子过生日。

其实Marty他们最常去划船的地方，是哈德逊河。Marty说，哈德逊河上总是有大船驶过，有时候风浪大，对于初学划船者，还是来这个小公园比较好。

湖面平静，波光粼粼。下水后，尝试了用船桨划和脚蹬划两种，感觉很是有趣。船虽小，漂浮在湖面上却很平稳。忽然想起小时候在家乡的公园里买票划船的情景，那时候划船叫郊游，美国这里划船叫健身。

潋滟激滟，霞明玉映，云卷云舒，微风拂面。视野所及的地方，皆是在岸上不曾留意过的风景。划船是锻炼，也是享受。

第一次划橡皮艇

去年春天疫情在纽约爆发后，我们住家附近的健身房关闭了。后来随着疫情好转，健身房又开放了。因为担忧室内锻炼的安全性，大家都没有心情再去健身房健身了。

有人选择长跑，有人选择慢走，有人选择瑜伽，有人选择山地自行车……有人懒散如我，只在晚饭后，家门口溜溜弯散散步。

Marty选择了划船。他曾用7个小时手划桨绕曼哈顿一周，我真是佩服他！这不仅考验体力和耐力，更是一种积极的生活态度。

除非天气恶劣，Marty几乎每天都去划船。他用手机记录了月光下，晨曦里，黄昏时，细雨中，不同地点不同时段的风景和心情。

Marty说，在哈德逊河上划船，常遇大船驶过，浪花翻卷，水流湍急，不适合初学者。刚开始学划船，还是去宁静的湖泊比较好。

哈德逊河上常有大船驶过

疫情期间，Marty把每天外出划船的见闻，随手拍的风景照都发到健身群里。他坚持锻炼乐观向上的精神，给大家带来很多鼓舞。

Marty也因划船结识了一群热爱水上运动的新朋友。他还跟几位划船爱好者学习了落水后怎样利用船桨和救生衣进行自救的技能。

新泽西州是北美著名的花园州，有包括阿特森湖，卡内基湖，法灵顿湖等在内的十多个美丽的湖泊。

湖边走一圈，绕湖划两圈，天色渐暗。

海鸟的翅膀掠过湖面，叫不出名字的野花绽放在八月的风中，站在被晚霞染红的黄昏里，感受着色彩变换、魅力无穷的湖畔风光，时光静谧，安详和美。

处暑节气已过，秋风开始送爽。

美东地区四季分明。生活在这里的老百姓，喜欢把一年简单地按照月份来分，夏天就是6，7，8三个月。

赶在夏天的尾巴，亲吻花草的芬芳，遥望远山如黛浮云若羽，寻觅飞鸟和蝉的痕迹，洗晒一下因疫情而低迷的情绪。

一觉醒来，又是美好的一天。

"艾达"风暴肆虐，小镇安好

暴风雨之夜

清晨的阳光透过窗帘，斜斜地照进卧室。睁开惺忪的睡眼，已是上午9点。

外出走了一圈。小镇出奇地安静。远方云淡，近处花香，只有几片落叶，几段残树枝，看似随意地落在地上。

看到此情此景，我简直难以想象：前天夜里，纽约、康州和新泽西州，刚刚经历过一场500年不遇的超强风暴的侵袭。

我家的地下室暴雨倒灌，被水淹了。

我们用脸盆舀水倒入水桶中，再一桶一桶把水抬到洗衣池里倒掉。这样折腾到大半夜，凌晨4点，总算把地下室的水清理干净了。

那天夜里，看见我们对门邻居埃斯特的家门口警灯闪烁不停，唉，她家地下室也淹了，情况比我家更严重，老太太call了911。

看了新闻才知道，这次是艾达飓风带来的暴雨+洪水+龙卷风，一个小时下了一个月的降雨量。

从我们小镇的华人微信群里，看到纽约地区暴雨洪水造成民居家中淹水的惊骇场面。

搭乘地铁的纽约市民，拍下了L train 进站时，地铁里瀑布般的场景。

据报道，早在8月29日上午，四级飓风"艾达"，就以每小时150英里的最大风速在美国南部路易斯安那州登陆了。

之后，艾达一路狂奔北上，至东岸纽约一带，并减弱为热带风暴。可是仍给纽约地区带来破纪录的降雨量。

而且，没人想到艾达的余威竟如此巨大！

纽约市于9月1日深夜，宣布进入紧急状态。今天看到新闻说，美国东北部地区因为"艾达"，已造成至少60人死亡。

狂风暴雨加洪水，新泽西地区也遭受了巨大损失。截至目前，新泽西州已有23人死于这场热带风暴。

我们镇的消防队

前天夜里，我们小镇有不少人家的地下室都进了水，只是被淹的程度不同而已。虽然沮丧，但令人心生温暖的是，社区华人抱团取暖，热心友善。

而汽车保险，要有保comprehensive这项，被水泡的车辆才能得到理赔。

一场暴雨，长知识啦。

比起受灾严重的纽约皇后区，布鲁克林等地方，我们小镇无人伤亡，算是幸运的。

地下室被淹后，吃一堑长一智，我们立刻在网上买了一个小水泵，以后再遇暴雨，水泵会把水抽走，地下室就不会被淹了。

山火，地震，飓风，洪水……面对愈发频繁的自然灾害，有科学家认为，全球变暖，大西洋表面温度上升，加剧了风暴活动。

而近几十年来的气候变化，有些，是人为造成的。

昨天和今天，手机里收到很多亲朋好友的关心和问候，都是关注我们这里飓风情况的，深深感动！

在此谢谢大家了，一切安好。

小镇的日子

我们Town的社区中心又开放啦。

之前因为疫情，社区中心关闭了。以前那里可热闹了，几乎天天都有有趣的活动。

我常常参加每周一上午的ESL课，每周三上午的瑜伽课，每周五上午的舞蹈课。在夏日的傍晚，去看社区中心播映的露天电影。

社区中心还有各种健身活动，羽毛球，乒乓球，篮球等等。可以说，每个房间里，都有精彩的体育、文化和娱乐活动。

在社区中心，我结识了爱琳老师。她总是乐呵呵的，教大家跳伦巴、探戈和恰恰舞。

常年练舞，体态优雅，性格豪放又爽朗，爱琳老师浑身散发着独特的魅力。

我更喜欢上Naomi老师教的ESL课，她时尚又风趣。对来自不同国家的新移民非常友善，对英文零基础的老年学生特别有耐心。

下课了，爱琳老师冲在最前面走出教室

我与Naomi老师交往了10年，曾经写过她的故事，发在北美的华文报纸上。

手机里一直保留着Naomi老师上课的照片。那是2017年10月，Naomi给我们讲万圣节的来历，以及怎样制作可爱的南瓜灯。

可是，我看到9月份新的社区活动时间表，上面没有ESL课，不免有些遗

Naomi老师给大家上课

憾。问工作人员，他说，谁知道呢，再等等吧，也许疫情好转了，Naomi老师就来了。

我家距离社区中心只有8分钟的散步路程。应该说，赴美之后，我与不同族裔之间的交往活动，就是从那里开始的。

秋风微凉。

上一周，邀约了三五好友，在家里举办了一个小型Party，因为有两个农夫，是同一天的生日。这也是继2019年感恩节之后，家中第一次举行聚餐。

菜不在多，家常就行。蒸一条活鱼，做一只盐水鸭，焖一个梅菜扣肉，卤个牛肉，烧个麻婆豆腐，去后院现摘一把空心菜，用腐乳炒了……

没想到，最先抢着吃光的是腌笃鲜。其中一个寿星是上海人，他的评语是：非常正宗！仿佛穿越回到了家乡上海。

经历了漫长的疫情，才明白：原来，所有的相聚，并非随心所欲，而是来之不易的。

环顾四周，这一桌人除了我之外，都有两年以上没回国了。所以大家祝福生日的同时，也盼着疫情快快结束，人们能够自由出行。

生日快乐！

活着的每一天，都要平安快乐哦。

2021年10月1日

去纽约小住几天，只为美食和艳遇

唐人街美食

前阵子，皮特和太太黛比去纽约小住了几日。恰逢中秋节，两口子度蜜月一般，跑到纽约大吃大喝，放纵地玩了一回。

他们去了纽约时代广场的喜来登酒店。登记入住时，皮特惊喜地拿到了第47层的高层房间，可以俯瞰曼哈顿。

透过酒店的窗，可以瞥见中央公园绿树成荫，气象万千。不同天气，不同时段，不同角度，看到的风景是千变万化的，像好莱坞大片。

纽约就是纽约，独一无二的纽约。

皮特是上海人，赴美30余年了。黛比是广州人，和皮特同一时期赴美。

其实黛比还年轻，却在去年提前退休啦。黛比说：我才不愿意干到67岁呢，到时候想吃吃不动，想跑跑不动。

夫妻俩上班地点都在曼哈顿，却选择住在距离曼哈顿一河之隔的新泽西小镇上。

纽约是他俩工作了一辈子的城市，这里留下了他们奋斗的足迹，打拼的悲欢。

走过街角的咖啡厅，再绕过一个小小的鲜花店，就是各种小吃铺子……

这座城市里有皮特最熟悉的角落，有专属于他和黛比的小秘密。皮特把当年追求黛比的花絮娓娓道来，那些爱和回忆就像酒店早晨的咖啡，香浓美味，回味悠长。

因为疫情，这两年纽约的餐饮业、酒店业都不景气。皮特基本上宅家，处于半退休状态。尽管自己也是烹饪高手，但却满足不了味蕾对家乡美食的渴望。

秋高气爽，住在纽约的日子，皮特和黛比天天去逛街。特别是唐人街，他们走走歇歇，吃遍家乡美食。

曼哈顿华丽而拥挤，可是黛比喜欢呀。

当年，英俊的上海青年皮特在这里读书，毕业后的一次偶遇，与来自广州的美丽姑娘黛比一见钟情。两人结缘于美食，皮特喜欢粤菜和海鲜粥，黛比喜欢上海的生煎馒头。

说起曾经的恋爱史，皮特笑着说：能吃到一起，为美好的恋情开了好头。

去唐人街必来"美丽华"。作为唐人街的老字号，这家的叉烧包是纽约的网红。每天从早上开门到晚上打烊，门口排队的人群络绎不绝。

软糯的皮，超多的馅，鲜美的味道，咬一口爆浆蜜汁溢满嘴……这里的焗叉烧包，在纽约真的无敌。皮特和黛比买了一堆好吃的，手上拎不动了，就先拿回酒店，再出来逛。

唐人街的餐饮业已经缓慢恢复。度过了疫情中的至暗时刻，这里的人气开始聚拢，琳琅满目的货品，摩肩接踵的店铺，满满都是烟火气。

睡个懒觉，皮特陪黛比去吃广式早茶。中午两人就在街上随便买些点心小吃。下午去公园坐坐，去商场逛逛。到了晚餐时间，轮到黛比陪皮特去吃上海菜。

跟老板娘说着亲切的家乡话，吃着老上海绵软香甜的豆沙青团，皮特对上海的思念，被一口一口咀嚼到胃里，神奇地抚慰了他的乡愁。

盐酥鸡、肥肠粉、刀削面、蟹粉小笼、咖喱牛尾、白糖米糕……唐人街的美食让人流连忘返，大快朵颐。

住在喜来登酒店的最后一天，皮特和黛比跑去华人超市。买了两磅新鲜茭白，称了一点海鲜。

乘兴而来，满意而归。纽约小住几日后，皮特和黛比准备返回新泽西的家。

夫妇俩上车前回望一眼耸立的高楼，古老的窗垣，感叹这座拥有着百年老建筑的城市，高冷中包裹着热情，熙来攘往中蕴含着的生机。

镜头下的艳遇

和皮特夫妇一样，在纽约工作的吉姆，也喜欢在节假日跑去中国城逛吃逛吃。他镜头下的纽约，是罗曼蒂克的。

作为一枚老纽约，就职于高校的吉姆，是万千在美国留学工作、安家置业的华裔中，活得最平静知足、有滋有味的一个。

周末的午后，他总是背着相机，拍下大纽约地区的五光十色。他善于捕捉生活中那些唯美感动的瞬间，无论是一群人的狂欢，还是一个人的独来独往，在吉姆的眼里，都是特别的，带有纽约这座城市的风骨和味道。

从郁金香农场羞涩的少女，到爵士草地欢乐的音乐Party；从圣诞节复古地铁的时尚女子，到中央公园热恋的情侣；从热烈欢迎游客的港口司仪，到纽约街头缤纷绚烂的涂鸦墙……

吉姆镜头里的纽约，风情万种又姹紫嫣红。

纽约的生活，不能代表美国的生活。纽约于美国而言，是一个特别的存在。

在吉姆心中，纽约不是最奢靡的城市，也不是最朴素的城市。纽约是那个有点脏有点乱有点高雅有点文艺，豪情满怀又大大咧咧的地方。

当年和吉姆一起赴美留学的同学，大部分都选择了留在美国，过着年薪8万到20万中产的日子。也有回国的，如今在国内也是人尖儿，做企业高管，大学老师，单位领导……混得风生水起。

当然，吉姆的同学中也有过得不如意的。但这跟地域无关，跟性格和境遇有关。

吉姆常常感叹：没有哪个地方像纽约这样，把人生百态浓缩得像一瓶酒，充满诱惑，欲罢不能，却又能激发你的斗志。

在你疲惫的时候，被陌生人微笑着问一句"Are you ok？"，心里泛起一阵温暖。在你绝望的时候，看一眼哈德逊河上的飞鸟，瞄一眼长跑者倔强的背影，你会觉得人生的经历五彩斑斓，有的体验像肥皂泡，虽然终极就是破碎，然而过程却是无比震撼和美丽。

更多的体验，却是成长和收获。

吉姆喜欢拍摄小人物，表现寻常百姓的喜怒哀乐。

纽约中央公园一角。弹唱的孩子认真地演奏着，童音纯真，旋律欢快。吉他包随意摆放在地上，里面已经有十几美刀打赏。

是表演，也挣钱。小小年纪，便知生活不易，为父母分担压力，也体会人情冷暖。

吉姆去看轻驾车赛马。这项活动是人驾马车进行的一种绕标或过水障的比赛，有单人驾、四人驾之分。

很多选手长期训练，刻苦努力，但最终只是陪跑的，有比赛就有输赢，冠军只有一个。吉姆和观众把鲜花和掌声献给每一位参赛选手。

吉姆说，参与本身，就是一件快乐的事。

吉姆赞美自由包容、洒脱傲娇的纽约，也思念海纳百川、繁华精致的故乡上海。

人到中年。吉姆在纽约度过了自己青春的年华、打拼的岁月。他的许多心情和感悟，点点滴滴，展现在微信里，流淌在记忆中。

纽约的风中，常常飘散着烤面包和甜奶酪的香气，偶尔还有尿骚味。尖厉刺耳的警笛声，救护车乌拉乌拉的啸叫声，也整天响个不停。

这里是新移民梦想启航的地方，这里是老移民习以为常的家园。人来人往，缘聚缘散，在现实的舞台上，秀着各自的人生。

纽约就是这样一座城市。没来过的人，总想着一定要来一趟。离开的人，总想着要再回来看看。

在纽约生活过的人，接触过这世间最混杂的人群，熏染过大熔炉最多元的文化，呼吸过最自由的空气，苦熬过最寂寥的长夜，经历过最彻骨的相思，享受过最劲爆的美食，看见过最撩人的风景……

阴晴圆缺，风霜雨雪。

这些寻常的日子，感动的瞬间，赋予吉姆以及和吉姆一样漂洋过海来此定居的纽约客生活的信念，仿佛一件无形的盔甲，抵御光阴的无情，得失的纠缠。

此后，很难再爱上其他地方。

📅 | 2021年11月23日

跑纽马的美女邻居

茵，高挑健美，梨涡浅笑，是我的邻居，也是我的好朋友。而我俩最初的相识，始于健身房的游泳池。

那是很多年前了。Gym的游泳池晚上11点关门，茵总是拖到10点多，我都游完泳洗完澡准备回家了，她才风风火火跑进来。

茵说白天实在太忙了，晚上才能挤出一点时间泡泡水。可是，游泳时间太短，不能满足她日益增长的加强锻炼的决心和欲望。于是茵加入了大纽约地区的百骏跑团，开始每天练习长跑。

后来疫情爆发，我们常常去健身的那家24 Hour Fitness暂时关闭了。茵索性不再去健身房，每天去户外跑步。

跑过春风秋月，跑过夏花冬雪，长跑成了茵的必修课，365天全年无休。除非天气极端恶劣，她的生活，与跑步分不开了。

作为世界马拉松大满贯赛事之一，纽马是全世界最受欢迎和最具包容性的马拉松赛事。参赛名额主要给了当地居民，纽约路跑俱乐部会员。会员通过累积参赛次数与参与服务（9次参赛+1次志愿者）方式取得参赛资格。少部分名额通过全球抽签分配，由于中签概率低，所以一票难求。

去年因为疫情，纽马被取消了。今年11月7日重新开启的纽马，迎来第50届盛会。

你可能想不到，1970年第一届纽约马拉松只有127人参加，参赛费1美元，绕中央公园跑圈儿，最后只有55人完成了比赛。

历经51年风雨，如今纽约马拉松是完赛者人数超过5万人的超大规模赛事。2019年，共有来自141个国家的53636名选手完赛，平均成绩是4:38:00。

热爱长跑的茵，友善健谈，热情开朗。白天，她是在曼哈顿写字楼里工作的白领丽人。清晨和周末，她是百骏跑团的一员。

茵说，参加纽马，一直是她的梦想，也是她坚持锻炼的动力。

比赛当天，在队长Renny和队组成员的相互关照鼓励下，茵跑过纽约的5个中心城区，穿过连接Staten Island与布鲁克林的Verrazzano大桥，她与三万多名参赛者，在呐喊声助威声中，顺利冲过设在中央公园的终点线。

快乐的小伙儿

比赛也吸引了一些残障人士参与，他们和大家一起奔跑，现场一片欢呼和掌声。

茵看到了一幕幕感人的画面：残疾人没有手的，用脚蹬车。没有脚的，用手转着轮椅向前。金属假肢的参赛者由义工推着向前；有携手共进的；有中途体力不支、被警察和不相识的跑友搀扶着到达终点的⋯⋯

马拉松运动重在参与。它传递的是一种永不言败，勇往直前的乐观主义精神。

在长达26.2英里的纽约马拉松参赛过程中，茵收获了满满的感动。她说，很多瞬间很多画面都让她泪目：

跑团摄影师和NYRR官方摄影，聚焦到了每一位跑者，记录了他们的喜悦、坚持、甚至是挣扎的瞬间。

队友们一路上心伴影随。志愿者义工和跑团亲属的欢呼声喝彩声，还有他们手中挥舞的队旗，让远远跑来的选手热泪盈眶。

那些艰难前行的残障运动员以及体弱的老者们，他们的毅力和精神激励着参赛者坚持到终点。

夹道欢迎的民众用最

纽马给了茵（左2）坚持的理由

淳朴真挚的热情，为每一个素不相识的跑者加油助威。

第50届纽约马拉松赛完美落幕了！

马不停蹄，茵又开始备战明年的"芝马"大赛。第44届美国芝加哥马拉松赛计划于2022年10月9日举行。好消息是，她的参赛申请已经获批。

分享跑马感受时，茵说：这些年，跑步已经成为生命中不可或缺的一部分。因为坚持长跑，起得早睡得香，心情越来越放松，生活越来越规律，身体越来越健康。

滴水穿石，聚沙成塔，克服困难，坚持不懈的理念，激励着茵以及和茵一样热爱长跑的人们不断前行。

纽约马拉松，不仅仅是一项体育比赛，于纽约客而言，更是一个盛大的狂欢节日。

这么隆重的赛事，热爱摄影的吉姆当然不能错过。

事实上，吉姆已经连续多年参与了纽约马拉松的摄影活动，为比赛拍摄了大量精彩的照片。作为热情的纽约市民，他也是纽马拉拉队的一员。

父母参加比赛，子女当志愿者。百骏跑团的成员中，一些读高中和念大学的孩子，担当了此次NYRR官方志愿者。

感恩生命中所有的遇见！让那些激情的画面，不屈的风采，美好的祈愿，都定格在我们的记忆中吧。

祝福每一个为了梦想努力奔跑的人！

📅 | 2022年3月2日

纽约的初春

重回图书馆

农历年之后，天气说暖就暖。坐在洒满阳光的窗台边，竟然有些昏昏欲睡。自2020年3月之后，整整两年，我没去过镇上的图书馆。

疫情之前，图书馆可是个好地方，步行过去只要10分钟，借阅书籍翻看画报，参加ESL小班学英文，与不同族裔交朋友。

教堂和学校

后来图书馆因疫情关闭，开放，再关闭，再开放……那些美好的相遇匆匆而逝，转眼又是春天，人们心中的恐惧渐渐褪去。

打了三针辉瑞疫苗后，我斗胆在网上报了名，戴着N95口罩，到图书馆上课去了。

图书馆隔壁是教堂和一所小学。停好车，我看见大批学生正排队进入教室。这学期公立学校取消了网课，要求学生正常到校，让天天宅家看娃的家长们松了口气。

图书馆教ESL课的老师都是志愿者，来自各行各业：有在华尔街做金融的，有在新泽西做建筑的，有公司秘书，有医院退休的护士，有的本身就是中学教师。

我们这个冬季班全是女生，除了我来自中国，其他同学都来自韩国。

老师名叫鲍勃，是和善又风趣的本镇居民。他讲解的是实用英语。比如买菜，做饭，修理房屋，和邻居聊天等等。

鲍勃拿着一叠超市的广告纸，教我们识别美国食品的种类，以及怎样用Coupon省钱。他指着一张韩国超市速冻饺子的图片问我：这里的年轻人喜欢吃快餐。上海年轻人怎样，平时也买速冻食品吗？

我说，上海是国际大都市，生活节奏快，工作压力大，为了节省烧饭时间，人们买来速冻饺子下了吃，也很方便。上海饮食多样化，年轻白领下班后喜欢去特色小饭店。有的网红店铺门口排着长长的队伍。为了好吃的，排队也值得。

鲍勃露出羡慕的眼神：哈哈，将来我一定要去上海看一看，尝一尝上海的美食。

我们的另一个老师名

国会山是著名的打卡地

2010年在DC旅行时拍的照片：华盛顿纪念碑

叫多娜，很年轻，语速非常快，性格奔放，脸上总挂着微笑。

多娜说，她在曼哈顿出生，从小随父母搬家来到这个小镇。小学、初中、高中都是在本地读的，大学毕业后又回到小镇工作，她对这里的一草一木太熟悉啦。

第一堂课的内容说的是美国首都华盛顿。一个来自多米尼加的同学不解：为何美国定都华盛顿而不是纽约？

多娜说，美国独立后，各州对首都位置有过争执。北方希望定都纽约，南方建议选个南部城市。协商无果，最终各自让步，在南北之间新建一座城市作为美国首都。

这就是后来的华盛顿DC，哥伦比亚特区，由美国国会直接管辖。

多娜说，首都很美，却常常拥堵，是美国道路交通条件最差的城市。

多娜跟大家谈美国历史

But……多娜指着地图：华盛顿DC的春天却是极美的！

是的是的！坐在角落的苏雅同学附和着。苏雅来自日本，她和丈夫曾自驾游去华盛顿赏樱。簇簇淡粉，束束银白，樱花摇曳在绿茵春色与潮汐碧波之中，苏雅说，那一刻很恍惚，以为自己置身故乡的花海。

我也陷入了沉思。我去过华盛顿，却错过了樱花季。这个春天，要不要去一趟DC？

初春的相聚

春寒料峭。我去了一趟曼哈顿，见到了好朋友Christina。

和Christina上次见面的时间，要拉回到2019年那个美丽的秋天，枫叶染红了中央公园。

Christina有许多业余爱好：绘画，电影，音乐，舞蹈，服装设计……最喜欢的是摄影。疫情期间，她阅读了几本英文小说，去看了一些艺术展。

她与我分享了摩西奶奶绘画的故事。

摩西奶奶76岁之前，只是一个相夫教子，在农场打工的平凡主妇。

一开始是手工绣画，后来因为关节炎不能拿绣花针，摩西奶奶就一笔一笔，用画笔绘出她热爱的乡村生活：美丽恬静的

摩西奶奶的画，图片来自网络

大自然，和那些以农活为背景的细碎时光。

80岁时，摩西奶奶在纽约举办个展，引起轰动。她大器晚成，画作一飞冲天，获奖无数，成为美国著名民间艺术家。

最令Christina感动的，是摩西奶奶那句著名的话：做你喜欢做的事，上帝会高兴地帮你打开成功之门，哪怕你现在已经80岁了。

这些年Christina变换了几次工作，身体有些透支，但不论多么繁忙，对摄影的爱好与日俱增。她常常把她拍的纽约风景，特别是中央公园附近的照片发给我，让我写文时配图使用，对此我一直心生感激。

我赞美她的摄影，她欣赏我的短文，两个白羊座的女人惺惺相惜，互相鼓励。在这寂寥寒凉的冬季，我们的友谊像一堆篝火，温暖着彼此的心。

不念过往，亦不畏将来。

Christina说，虽然我们的人生不像摩西奶奶那般传奇，但活着的每一天，我们努力去做自己喜欢的事，至少没有辜负生命。

正月里，我还和从日本赴美探亲的雨情见了一面，这也是我和雨情的初见。

我们是笔友，结缘于公众号。我偶尔写点心情文字，发在"大苹果花园"

我和雨情在咖啡馆相见

里，她则把日本生活的点滴，记录于"龙吟扶桑"。

之前我们在微信中有过多次交流。因惦念儿子，雨情飞来纽约，我们把见面地点，约在哈德逊河边一家小小的咖啡馆里。

跟我想象得一模一样，雨情人如其名，温文尔雅，气质若兰。她生活在东京，是一家报社的资深记者，儿子在纽约医院做医生。疫情之前，雨情常来纽约小住。

因为相同的媒体人经历，我们相谈甚欢。

雨情是大连人，她告诉我，很多年前她曾去镇江旅游，吃过锅盖面，看过焦山碑林。我们有许多共同点：都喜欢喝咖啡，都喜欢碎花长裙，更令人惊喜的是，我的一个上海好友，竟然也是她的朋友。

雨情多才多艺，除了写作，还是美食家，会做各式各样的咖啡拉花和日式糕点。

雨情内心柔软，对这个世界心怀善意。

十多年前，有个乌克兰留日学生去她们报社兜售手工艺品。在得知这个男生生活窘迫后，为了帮他解决点实际困难，雨情就从一堆物品中挑选了一只首饰盒。

乌克兰首饰盒

男生要价2500日元。雨情一边夸赞盒子花色漂亮做工精美，一边多付给男生500日元，最终花了3000日元买下首饰盒。

如今乌克兰陷入战火危机。雨情睹物思人，她说：

希望那个男生以及乌克兰百姓安好，祈祷世界和平。

可爱的小老虎

纵然不舍，终有离别。我和雨情交换了小礼物。我给她准备了一件红底印花棉衫，她送给我两对小老虎工艺摆件。

打开包装，小老虎一红一白，栩栩如生，我们相视而笑。雨情说，不论在纽约还是在东京，虎虎生威的新春祝福是一样的。

是啊，在这个国际局势风云变幻的春天，祝愿世界各地的华人都能够平平安安。

雪后的冰雕

几天低温寒冷，几天阳光明媚，3月初的气候总是很妖。

前阵子，一场冬季风暴来袭，雨夹雪之后是冻雨，纽约州、新泽西州和宾州地区积冰，造成部分道路瘫痪，人们通勤困难。

我宅在家里，得以一见晶莹剔透的冰雕。

大纽约地区的冬季极其漫长，每年的12月到第二年的4月，纽约都会下雪。一年中差不多5个月都是冬季。

人们早已习惯了这里美丽冻人的冰雪世界，既享受它带来的美景，也忍耐它给工作和生活带来的不便。

后院的花花草草却独立寒风，傲骨铮铮。

我在纽约地区已经不止一次看见冰雨后的奇观，不禁感叹大自然的诡秘。

默默伫立的橡树，冰凌透亮的枝条，静静绽放的冰花，被冷冷的冰雨胡乱拍打过的小镇……

冰雕玉砌，美得炫目。

春花、夏雨、秋叶、冬雪。四季分明，斑斓多彩。

纽约的初春，绽放于冰雪之中。万物开始复苏，绿意悄悄萌芽。她是那么平静，又是那么热烈。行走在这个陌生又熟悉的城市，内心总是莫名地悸动。

生活，总在不知不觉中馈赠给我们很多东西：有爱和包容，有不同寻常的体验，有驰骋天地的梦想……生活，也无时无刻不在拷问我们的灵魂：为了让这个世界变得更好，我们都做了些什么？在构建人类命运共同体的今天，每个人都不是旁观者。

愿人类和谐共处，远离战争，远离伤害。

2月28日，"上海公报"发表50周年纪念大会在上海举行。多家媒体转发了光明日报的重磅文章《中美关系合作共赢的大势不可逆转》，令人浮想联翩，充满期许。

虽然远隔万水千山，虽然两国关系冷若冰霜，但推动中美关系向好的善意和信心，让我们祈盼一个冰雪消融的春天到来。

愿这样的春天，带给世界祝福。

后记

2019年夏天，我从上海高高兴兴回到纽约，随即飞温哥华，去班夫旅游。旅行回来就贷款在纽约买了个新House，然后装修，出租，忙得不亦乐乎。农历鼠年之前，又兴致勃勃去美国西部旅行了一趟。我以为日子就这般热气腾腾地过下去了呢，未曾想，随后的三年，一场突如其来的大流行，让我的生活和环境发生了巨大变化。

2020年3月开始，我开启了居家隔离模式，原本买好春天回国探亲的机票也被取消了。

疫情以来，有太多悲欢离合，每个人都经历了艰难的时刻……美国华人华侨留学生的境遇究竟是怎样的呢？我开始写周记，记录发生在大纽约地区的人和事，并开设了自己的文学公众号："大苹果花园"。

纽约疫情爆发的那个春天，我的腰椎出了点小状况，有几个月根本无法行走。从躺在床上用手机写稿，到能够坐起来在电脑前写稿，到后来能去户外散散步回家再写稿……经历了一段难熬又难忘的时光。

在过去两年多时间里，许多国际航线停飞，很多海外华人无法顺利回国，饱尝了思乡之苦。

历经艰辛，漂洋过海，我分别于2021年1月和2022年4月，回到了祖国，见到了让我牵挂的病中老父，见到了身体孱弱的八旬老母，见到了家乡的亲朋故友。

日历翻到2022年秋。随着疫苗研发和接种，各国制定了相应的防疫政策，在全人类的不懈努力下，世界经济和社会秩序逐渐恢复。

作为上一本散文集《时差渐小，这一刻很温暖》的姊妹篇，这本书延续了文字原创，图片写实的风格。三年时间，1000多个日日夜夜，我以媒体人的视野和亲历，记录了纽约客的挫败，成长，蜕变，坚守，以及对故土亲情的深深眷恋……表现了纽约华人宁静闲散的日常，坚守奉献的精神，友爱互助的力量。

文中所写皆为真人真事，绝大多数照片都为现场拍摄。

这本散文集的出版得到了众多海内外朋友的关心和鼓励。特别鸣谢上海浦东自立彩印厂有限公司董事长陈建文先生，上海天亿投资集团董事长俞熔先生，感恩上海三联书店，上海三联文化传播有限公司，阳光城市论坛，金山杂志社等单位的鼎力支持。

写作，是一个漫长熬煮的过程，有欢欣鼓舞也有焦灼不安。但是坚持做自己喜欢的事，就是快乐的。因为写作，我结识了许多新朋友，学到了许多新知识，有了许多新体验，这些过程，是寂寞生活里的光。

为了一双鞋子，跑去商场配了一条裙子；牵念故土亲情，跑去三线城市买了一套房子；信了一个男人爱的承诺，辞掉上海的媒体工作去了一个陌生的国度……

异国他乡，春秋十载。树叶绿了黄了红了，飘零了。山河故人，江南烟雨已远，执手相看，掌纹裂出思念。

白羊星座的女人是不是都像我这么疯狂？

江南婉约，潮湿又迷离。纽约魅惑，热情又冷漠。人海茫茫，心安即是家。整理书稿，翻阅一篇篇故事，细品一张张照片，往事历历在目，内心波澜起伏。

山河远阔，不如人间烟火。

繁华落尽，唯愿此生精彩。

欢迎关注公众号"大苹果花园"给作者留言，谢谢您的支持和鼓励！

图书在版编目（CIP）数据

此心安处是吾乡 / 华晔著．—上海：上海三联书店，2022.9
ISBN 978-7-5426-7859-1

Ⅰ.①此…　Ⅱ.①华…Ⅲ.①散文集-中国-当代　Ⅳ.①I267

中国版本图书馆CIP数据核字（2022）第160181号

此心安处是吾乡

著　　者 / 华　晔
责任编辑 / 殷亚平
装帧设计 / 赵　蕾　徐　徐
监　　制 / 姚　军
责任校对 / 王凌霄

出版发行 / 上海三联书店
　　　　　（200030）中国上海市漕溪北路331号A座6楼
邮　　箱 / sdxsanlian@sina.com
邮购电话 / 021-22895540
印　　刷 / 上海南朝印刷有限公司
版　　次 / 2022年9月第1版
印　　次 / 2022年9月第1次印刷
开　　本 / 710×1000　1/16
字　　数 / 470千字
印　　张 / 28.75
书　　号 / ISBN 978-7-5426-7859-1/I · 1784
定　　价 / 128.00元

敬启读者，如发现本书有印装质量问题，请与印刷厂联系021-62213990